时辰已到

——襄阳铁警追凶大解密

王仲刚 著

群众出版社

目　录

1

第1章　刑警支队支队长蒙圈了

当刑警支队支队长董俊锋看到这份电报时，一下子蒙圈了。

这是一份公安部刚刚下发的传真通报，部署在全国范围内开展涉枪涉爆案件在逃人员缉捕会战，要求各地公安机关要高度重视，落实追逃责任和任务。其中，持枪杀人逃犯刘振海的追逃责任单位是武汉铁路公安局襄阳公安处①，要求必须在 9 月 30 日之前将其抓获。

董俊锋抬头看了一眼办公室里的日历：3 月 2 日。他心想，只剩下半年时间了。

对于刘振海这个逃犯，董俊锋并不陌生。

他是武汉铁路公安局襄阳公安处缉捕的 2001 年持枪杀人案件的首犯，距今已经潜逃十八个年头了。

一年前，董俊锋被任命为襄阳公安处刑警支队支队长的时候，

---

① 2010 年 11 月 26 日经国务院批复同意，湖北省襄樊市更名为襄阳市，原襄樊市襄阳区更名为襄阳市襄州区。2010 年 12 月 9 日，襄阳市各单位正式更换牌匾，襄樊铁路公安处更名为襄阳铁路公安处。

1

时任公安处处长王国强、政委樊成辉分别跟他谈话，都说到了这个持枪杀人逃犯刘振海。当年一共五个拿着长短枪的杀人犯中四个先后被抓获并被科以重刑，唯有这个刘振海销声匿迹。

王处长和樊政委希望董俊锋在他这一任上能够把刘振海抓获。

当时两位领导的口气是想想办法，是争取，不是必须抓获。因为经历了这么多年，经历了这么多任领导，都没能抓获，如果说给董俊锋下死命令必须抓获，这对董俊锋可能不公平。

况且，董俊锋虽然是刑警支队支队长，但他是刑侦战线上的一个新兵蛋子，他根本没有干过一天刑警。

但是，这是十八年来襄阳公安处历届领导班子十分牵挂的一个案件，更是时任政委、现任处长樊成辉的一个心结。

十八年前，樊成辉是这个公安处（当时是郑州铁路公安局襄樊铁路公安处）的刑警支队支队长。当年，他作为主要指挥员之一，在副处长田华富的领导下，带领战友们把四个持枪杀人犯先后抓捕到案。唯有这个一枪把受害人打倒在地的元凶刘振海潜逃至今，像从地球上消失了一样。

十八年来，樊成辉从当年的刑警支队支队长，先后升任襄阳公安处主管刑事侦查的副处长、政委，不久前又改任公安处处长。

樊成辉的职务在不断变化，一而再，再而三地提升，但他始终没有放弃刘振海案件，多次组织抓捕，可还是没能把这个刘振海抓捕到案。

受害人的家属多次到公安处来找他，有哭诉、有祈求、有督促、有不满，甚至到武汉铁路公安局、到北京、到铁道部公安局就是现在的公安部铁路公安局、到公安部大门口去上访反映，或者说去告状。这何止是樊成辉的一个心结，更是一块心病，他常常感到非常愧疚。

2

不仅樊成辉愧疚，还有处长王国强也是如此，虽然他已经升任了武汉铁路公安局副局长。

而这一次是公安部的明传电报下达的死命令，可不是想想办法和争取的事了。

是必须抓获！是硬任务！

董俊锋彻底地蒙圈了。

董俊锋翻来覆去地把文件看了几遍，还是这个意思：全国各地公安机关，只要历史上有涉枪命案逃犯的，这一次都上了这个名单，不管是铁路的，还是地方的公安机关，一视同仁，要求必须在中华人民共和国成立七十周年大庆之前抓获，最后的期限是9月30日18时，也就是说，距离现在仅剩半年时间。

董俊锋知道，这关系到保证中华人民共和国成立七十周年大庆安全的大问题，这可不是闹着玩的。

这是死命令！

这个命令是全国公安机关的最高指挥部发出来的，没有丝毫商量的余地。谁抓住了说明谁有办法、谁有能耐、谁就是好样的，就会立功受奖，就会受到表彰。反过来，谁要是到最后完不成任务，抓不住责任逃犯，谁肯定就是没本事、就是窝囊废、就是熊包，就要被追责。

实际上，自从去年2月任刑警支队支队长这个职务以来，也就是两位主官跟董俊锋谈过话之后，他就对十八年前的这个案件做了一些了解。不光调阅了案卷，看了有关材料，还找了办案人，找了当时负责这个案件的领导、时任襄樊铁路地区刑警大队大队长、后来任副处长的程前胜，以及后来接着办这个案件的襄北铁路刑警大队大队长、现在的襄阳北车站派出所所长刘建明。

调查了解的结果，众说纷纭。有人说刘振海已经死了，而更多的说法是，刘振海早就逃到国外去了。

总而言之，没戏。

你想啊！襄阳铁路公安处可以说是破案高手云集、群英荟萃，他们都没有抓住刘振海，董俊锋一个新手会有什么能耐？

每当想到这里，董俊锋的心里才产生了些许安慰。

襄阳公安处刑侦队伍的侦查破案打击犯罪水平在全国可是有些名气的，几十年来破案无数、战功累累，获得过很多很多的荣誉。

先说樊成辉，一个典型的智慧型干部，当年就是因为他的才华卓异被领导看中，作为可以重点培养的好苗子，把他从办公室副主任的位置调到刑警支队，直接担任支队长。

别看他一开始算是外行领导内行，可他很快就融入了这支队伍，适应了角色转换，一步一步成为刑侦方面的行家里手。他不仅带领大家破获了无数起案件，还把这支刑侦队伍带得呱呱叫，敢打硬拼，屡建奇功。他率领的刑警支队，在整个郑州铁路公安局管辖的六个铁路公安处中是一流的，在全国铁路公安系统也是顶呱呱的。

再说这起枪杀案发生时主管刑侦的副处长田华富，他的外号叫"拼命三郎"，是河南省劳动模范、全国优秀人民警察。

他是个老刑侦，他最大的特点是较真儿。只要他认准的事儿，没有办不成的。只要他抓的案子，也几乎没有不破的。在他的带领下，襄樊铁路公安处这支队伍包括樊成辉、程前胜在内，涌现出了一批拼命三郎。只要有案子，他们都争着上，争着去攻山头，不破不休。案子来了，饭可以不吃，觉可以不睡，案子却不能不破。

然而，刘振海这个案子却给他留下了一个深深的遗憾。带着这个遗憾，八年前田华富英年早逝。

当年具体负责侦破这起案件的，是时任襄樊铁路公安处刑警支

4

队襄阳铁路地区刑警大队大队长程前胜，典型的玩命三郎。他是董俊锋当刑警时的师父。

程前胜带领的刑警大队名声显赫，曾经是郑州铁路公安局所管辖的三十六个刑警大队里的一面旗帜，被公安部刑事侦查局命名为一级刑警队。当时全国铁路公安机关一共有六个这样的一级刑警队。"3·27"杀人逃犯中先后被抓获判刑的四个罪犯，都是程前胜带人亲手抓获的。

十八年来，由于程前胜所具备的敢抓敢管、疾恶如仇和拼命三郎的特质，他成了襄樊铁路公安处的救火队长。哪个单位上不去，就派他到那里去担任"一把手"。从刑警支队副支队长到降一级担任地区大队长，再到看守所所长、乘警支队支队长，最终升到了副处长。

这期间，程前胜按照樊成辉的要求，多次组织对刘振海的侦查和抓捕行动，包括公安部在全国范围内组织的两次最大的"清网行动"，也就是全国范围内抓捕公安部网上逃犯的行动，但是最终也没能抓获。

程前胜走了麦城。

提起这个事情，程前胜就摇头，这让他在自己的徒弟董俊锋面前很没有面子，说不起话来。

程前胜是带着这个遗憾退休的。

田华富、樊成辉、程前胜这些人都堪称刑侦专家，都是董俊锋的领导，都是他的前辈，也都是他的老师，哪一个都比他董俊锋不知强多少倍，可是他们都没能把刘振海抓获。

董俊锋心里实在是没底气。

他想，能不能绕过这个碉堡，也就是说，绕开这起案件，先把手头上正在侦办的两起大案拿下，然后再去抓刘振海。

当前正在侦办的这两起案件，应该说都很大。一起是武汉铁路公安局范围内最大的黑恶势力霸占铁路运输资源的案件。打击黑恶势力是党中央的部署，是全国公安机关正在开展的统一行动，这是武汉铁路公安局唯一在侦的一起涉黑大案。另一起案件涉案一亿五千万元，是全国铁路范围内最大的倒卖假烟和走私香烟案，已被公安部列为督办案件。

董俊锋思索着，先把这两起案件拿下，不说别的，单说自己的威信肯定一下子就会提升很多。因为去年在他上任刑警支队支队长的时候，很多人都不看好，埋怨处党委不知道是怎么想的，竟然选一个外行去担任刑警支队支队长。他根本就没有搞过案件，怎么能行呢？

另外，如果先把这两起案件拿下，回过头来再抓刘振海，即使最后抓不到，大家也不会说我董俊锋是个草包了。因为前面我已经破了两起大案。

天下的案子那么多，哪里可能都破呀！你有再大的能耐，也做不到每一起案子都破呀！

"丁零零……"董俊锋正在这么想着，突然电话铃响了。

他拿起电话，是处长樊成辉打来的。

樊成辉上来就问，刘振海的案件，我给你交代快一年了，现在有什么进展没有？

董俊锋激灵了一下。好家伙！处长没问那两起案件，上来就是刘振海。

他迟疑了一下，整理了一下自己的思绪。

他告诉樊处长，我把案卷都看了一下，还走访了这些年办案的侦查人员和过去的老领导，也开展了全面的调查和侦查，但是目前一点儿线索也没有。这小子就好像从地球上消失了一样。不过，现

6

在比较确切的消息说他逃到国外了……

樊成辉好像有些不满意，说："你现在到我办公室来一下，现在！"说完就放下了电话。

现在？现在去能有我的好果子吃吗？

来到樊成辉处长办公室的门口，董俊锋看到门口等了很多人在排队向处长汇报和请示工作。

他迟疑了一下，那我也排队等着吧。

可是转念一想……不对，处长叫我现在就过来，那口气好像很急，我还是先跟他报告一声我已经到了。

于是，董俊锋推开处长办公室的门，只露了半个脑袋对樊处长说："处长，我到了。"

樊处长立即道："进来吧，你先进来！"

他又对正在向他汇报工作的两位科室负责人道："你们等一下再来吧，让外面的同志都等一等，我有重要事情先跟小董说。"

三月底的湖北襄阳，正是春暖花开的季节，气候宜人，春意盎然。

董俊锋今天穿的是一身休闲装，上身是浅色 T 恤外着休闲西装，下身是休闲西裤。可一走到樊处长办公室门口，他却感到全身热得不行。

刑警支队距离公安处大院也就一公里多一点，而且他是开车来的，没走多少路，咋就这么热呢？

樊处长看见董俊锋坐在对面直流汗，连忙把电扇打开，对他说："别着急，这事也不是光着急就能解决的。"

看着面前这位比自己小十六岁的部下那么诚惶诚恐，又一脸迷茫，一瞬间，他突然怀疑一年前提拔董俊锋是不是一个错误。

说实话，在选择谁担任刑警支队支队长的问题上，当时有好几

7

个人选，都是刑警支队的老侦探，都在大队长位置上历练了很多年，而他和王处长偏偏就看上了这个没有干过一天刑侦工作的董俊锋。两个人的意见是那么一致。必须给年轻的、脑袋瓜子灵的、人品正的、有培养前途的年轻人压担子，况且这个小伙子曾经在中国刑警学院学过半年刑事侦查。

樊成辉之所以想提拔董俊锋，也有点儿自己的小算盘，他想试试看董俊锋会不会成为樊成辉第二。

二十年前，樊成辉是公安处办公室副主任，虽然在郑州铁道警察学院学的是刑事侦查，但他却一天刑侦工作也没有干过。可当时的处长和党委书记偏偏就让他去担任新组建的刑警支队支队长。现在回过头来看，不能不说两位领导很有远见卓识。一路走来，他没有让提拔他的两位主官失望，没有给当年的公安处党委丢脸。

可眼前这小子能行吗？

"能行吗？"樊成辉突然想起当年父亲问他的这句话。父亲此刻好像就站在他的面前。

当年，才刚刚年满二十二岁的樊成辉竟然像坐火箭一样一下子被提拔为整个襄樊铁路公安处管内最大的、刑事犯罪最为突出和治安秩序最为混乱的六里坪火车站派出所所长。

很多干部和民警私下议论，公安处处长和党委书记是不是脑子里进水了。

二十二岁当派出所所长，当时在全国恐怕也找不来第二例。

全处上下一千多名民警几乎都在议论，这小子能行吗？

这话传到了樊成辉父亲的耳朵里，父亲也怀疑自己的儿子。

父亲曾经这样想过，儿子这一辈子混到老，能混一个派出所所长当当，那就是祖上烧高香了。谁知道他刚出学校大门不久，也就是刚从警校毕业第三年，竟然就当上了派出所所长。

父亲和母亲怎么也想不到自己的儿子会有这样的能耐，怎么也不相信自己家的老坟地里竟长了这棵蒿。

能行吗？你能当派出所所长吗？而且是那么大一个派出所的所长。

嘴上没毛，办事不牢，谁会听他的呢……

"处长……"董俊锋看到樊成辉坐在那里走神，一闪念间他也在揣摩，处长是不是因为这个电报，因为能不能抓到刘振海，跟他一样也给整蒙圈了呢？

樊成辉"嗯"了一声。

董俊锋说："我先把这一段时间的工作情况汇报一下。"

樊处长没有直接回答，而是手里拿着那份公安部的传真电报问："看了吧？"

董俊锋连忙说："看了，我看了好几遍。"

樊处长说："这上面有公安部铁路公安局领导的批示，还有我们武汉铁路公安局领导的批示，都是要求我们不惜代价，必须把刘振海抓捕到案。"

董俊锋一个劲地点头："是的，是的。"

樊处长盯住董俊锋："不用再汇报了，你电话里也已经跟我说过了。实际上你不说，我也知道，还是那一句话，没有任何线索。但是，我把你专门叫来，是要当面跟你交代清楚，给你拧拧螺丝，给你上个扣。"

我的妈呀！这明显就是下了死命令。董俊锋心里这么想，但表面上还在笑，只是笑得有些尴尬。

"是的……是的。"他急忙把笔记本掏出来，认真做着记录。

樊处长说："'3·27'案件，从发生到现在已经是第十九个年头了。发生案件的时候是2001年，这中间经过了两次大的追逃行动，第一次是 2001 年 9 月到 11 月的全国追逃统一专项行动，第二次是 2011 年 5 月开展的全国清网行动。这两次行动都是公安部统一部署的，刘振海都作为我们处的第 1 号需要抓捕的逃犯，我们也下了很大的功夫，但是都没能把刘振海抓获。

"说实话，作为当年的刑警支队支队长，后来的主管刑侦副处长，到现在的处长，可以说我都是第一责任人。我们几届班子，包括郝阳处长、余宏建处长、孙大全书记都很重视，都专门组织采取过措施，提过具体要求。但我始终是第一责任人，我应该负主要责任。

"一直没能抓获刘振海，我很愧疚，也很不安。

"还记得一年前你刚上任的时候，我跟你谈话的内容吧？当时给你提的是希望，希望你能够把刘振海抓获。可是这一次不是希望了，公安部可是下了死命令，是必须抓获！我们没有退路。

"怎么办？你说，你什么感觉？"樊成辉一股脑说了这么多。

什么感觉？如坐针毡！如临深渊！董俊锋心里想，但是嘴上说出来却是另外一种表达，他深深地吸了一口气："压力蛮大……"

看到董俊锋紧张的样子，樊成辉起身倒了一杯水放到他的面前。

这时，办公桌上的电话铃响了，是武汉铁路公安局局长李冬生的电话。

"李局长好！"樊成辉接起电话。

"是……是，好好！"樊处长一边接听一边回答，同时记录着。

最后，樊成辉说道："请局长放心，我现在就抓落实，刑警支队支队长小董现在就在我这里。这一次我们一定千方百计把刘振海抓捕到案！"

放下电话，樊成辉对董俊锋道："李局长说，刘振海的案子，公安局由他亲自抓，公安局刑侦处负责督办，过些天他还要亲自听取这个案件的汇报。"

樊成辉朝他摆摆手："我跟你具体说一说怎么办，有这么几点。"

董俊锋继续记录着。

樊成辉说道："第一，为了加强对这个专案的领导，公安处成立领导小组，由我挂帅，余胜强副处长担任组长，你是副组长。你虽然是副组长，但你是刑（警）支队支队长，这个担子就压在你头上！"

董俊锋的额头上已冒出了汗珠子。

"第二，必须落实责任。必须在9月30日18时之前，完成抓捕刘振海的任务。如果完不成任务，也就是说，抓不到刘振海，公安处和处党委就要追究你的责任！"樊正辉边踱步边说。

这时他回到座位前，喝了一口水，问道："听明白了吗？"

董俊锋点点头："明白，听明白了。"

他咋能不明白呢？这个任务如果完不成，9月30日之前抓不到刘振海，到时候恐怕他这个支队长就该挪位了。挪位是小事，这一辈子可能就此玩完了。那丢人就丢大了，无异于被打入十八层地狱，恐怕再也翻不了身了。

此刻，董俊锋真有些后悔不该走进刑侦队伍，在襄阳车站派出所当个所长，已经干了三年了，多好呀！当什么支队长呀！

"第三，必须坚定信心！为什么我要说这一条？因为这个案子已经整整过去十八年了，现在是第十九个年头。前期经过了这么多年，那么多有经验的老领导、老前辈，还有那么多优秀的侦查员，都没有抓获刘振海，你可不能因为这个有畏难情绪，必须树立必胜信心！这个没有退路。是骡子是马，拉出来遛遛。"

怎么可能没有畏难情绪呢？董俊锋心里打着鼓，但还是连连点头："是！我一定坚定信心。"

"你不要听信他们说什么跑到国外去了，还有什么已经死了，你不要听信那一套。我不管他在哪里，就是跑到天涯海角，你也要把他给我抓回来！活要见人，死要见尸。"

樊成辉顿了顿，接着道："第四，要多措并举，就是要运用各种侦查手段。过去传统的侦查手段要用，新科技和新的侦查手段更要用，特别是要综合运用信息化手段来破案。这一方面，应当说你是有切身体会的。你当所长的时候，这方面做得不错，尝过不少甜头嘛。"

听到大处长表扬他的过去，董俊锋心头掠过一丝小得意。

他记得那个旅客被盗十九万三千元的案子，就是信息化起了大作用。还有 2016 年春运时，一个老贼在火车站广场连续偷了旅客十二部手机，整个过程完全在派出所指挥中心的大屏幕中呈现。最后董俊锋一声令下，抓！现场周边几个民警便应声把老贼拿下。襄阳车站派出所的这个大数据系统，就是在他董俊锋的手里建起来的。

樊成辉继续道："各种侦查手段和侦查部门一起上，以你刑侦为主，技侦、网侦、图侦和大数据信息化手段同步上案，由你全权统一指挥。"

董俊锋连连点头："明白。"

"第五，穷尽一切办法，动用所有的侦查技术手段去侦查、去抓捕。比如，把前期办案的所有人员包括领导一个一个找到，一个一个谈，一个一个回忆，要把案情吃透。包括我，包括退休的程前胜副处长，都要详细地谈，认真地谈。要把过去的案卷都调出来，广泛地调查了解情况，包括刘振海的家人和亲戚朋友，包括地方公安机关和社区的人员，还包括已经刑满释放的那四个同案犯，等等。"

听到这里，董俊锋插话："您说的这几点，我们都已经做过了。"

不料樊成辉提高了声音："做过了还要重新再做！一定要细，一定要深入，一定要抓细节，要从蛛丝马迹里发现情况。"

董俊锋还是道行太浅，领导正在给他作指示，他竟然这么说话，惹得领导有些不高兴。

他马上悟出了这一点，立即把头点得像捣蒜一样："明白！我一定认真落实。"

"第六，也是最后一点，我给你表个态，在公安处这个层面，全处上下，全力以赴支持你。你要什么人，我给你调什么人；办案经费，我给你保证；交通、通信工具，我给你保证。你说你还要什么，你还想要什么，我都满足你的要求。"

董俊锋连忙一个劲地摇头："不要了，什么都不需要了。已经太好了！太好了！谢谢处长！"

樊成辉一摆手："你先别说谢，我还要给你加一条，在 9 月 30 日之前，如果抓不到刘振海，我就拿你是问！好了，就这么多。"

平时温文尔雅的樊成辉，今天好像有些武断，他不容董俊锋还想说什么，就直接下了逐客令："好吧！就这样吧，你去吧！"

从樊成辉处长办公室出来的时候，在外面等待的各科室、各所队的负责人都纷纷跟他打招呼。要是以往，他会站在那里跟他们说半天，但是今天他却没有这个心情。他只想赶快离开这个地方。他和他们打着哈哈，连自己说了些什么都不知道。

董俊锋提着公文包，离开了公安处的大门，向刑警支队队部匆匆走去。

看来，说什么都没用，不可能把那两起案件办完再去抓刘振海。现在没有任何退路，必须全力以赴，必须穷尽一切办法，坚决把刘振海抓住。

静下心来一想，抓获刘振海应该还是大有希望的。

他跑了那么多年，怎么可能没有蛛丝马迹呢？

他逃跑的时候，上有老下有小，难道不牵挂吗？他能完完全全地丢下妻儿老小不管不问吗？

已经了解到刘振海还算是个孝子，他能放得下年迈的父亲和母亲吗？他怎么可能不跟家里联系呢？

有联系就有轨迹。有轨迹就有线索。有线索就有抓获的可能。不管他是死是活，都会留下轨迹。他不可能人间蒸发。

董俊锋参加工作已经十八年了，虽然没有干过刑事侦查，但是在不同的岗位上也经历了许许多多的事情。他始终记得毛主席曾经说过的话，世界上怕就怕"认真"二字，共产党就讲认真。

樊成辉处长经常在各种会上强调，不管你的工作部署、工作方案有多么具体，在执行的时候，交给不同的人去执行，最后可能就是不同的结果。

很多人都说董俊锋像他的父亲，像他的父亲一样做事认真，兢兢业业，从来不马虎。他自己也这么认为。

想到这里，董俊锋似乎有点儿小兴奋。说不定真有希望呢！说不定我一过细、我一较真儿，还就真的把刘振海给抓住了！

是不是一个合格的刑警支队支队长，用什么来证明呢？在别人手上，在那么多领导和专家的手上，刘振海都没有被抓住，可是却偏偏在我董俊锋手上把他抓住了，那不一下子就证明自己还行吗？

抓！下定决心抓！必须抓住他！

董俊锋拿起手机，让值班调度室通知支队所有领导、各大队大队长和副大队长、一大队的全体人员到会议室开会。

打完电话，他才发现自己已经快到刑警支队的大门口了。这时，他突然想起来把汽车忘在公安处院子里了。

第 2 章　情到深处

等董俊锋走进会议室的时候，所有参加会议的同志都已经在会议室坐好等候了。

董俊锋首先给大家介绍了案情，因为这一次参加专案的，都是原来没有参加过这个案子的同志，所以必须让大家先吃透案情。

案情是这样的。

2001 年 3 月 27 日 16 时 40 分，襄樊铁路公安处指挥中心接到报告，襄樊铁路车辆段材料综合楼施工现场发生一起持枪杀人案。受害人刘志全，男，四十六岁，湖北省襄樊市双沟镇人，被犯罪分子持枪杀害。

经侦查，作案分子共五人，均系湖北省襄樊市人。受害人刘志全被首犯刘振海开枪击中腹部，送往医院即死亡。

案发后，刘振海及其同案犯李光、陈晓曲、蔡云龙、吴安华分别潜逃。后来，四名作案分子陆续被抓获，唯有首犯刘振海潜逃至今，达十八年之久。

接下来，董俊锋向大家传达了公安部开展涉枪涉爆案件在逃人员缉捕会战电报的精神，传达了公安部铁路公安局领导的指示、武汉铁路公安局领导的指示，最后传达了樊成辉处长刚刚召见他作的六条指示。不，连最后加的一条，实际上是七条指示。

传达完毕，董俊锋郑重地对大家说："现在，我们必须下定决心，拧成一股绳去干！我们已经没有退路！我们每个人，都要一门心思考虑怎么样才能抓住刘振海，应该采取什么样的办法去抓，从哪里寻找线索和突破口。"

这等于开了一个专案组的动员会、打气会、鼓劲会，大家的情绪明显被调动起来。

董俊锋接着道："刚才从处里回来的路上，我想了一路，我觉得我们是有必胜信心的！这十八九年没能把刘振海抓住，我觉得，应该是我们的工作有不到位的地方，有疏漏。刘振海不可能从地球上消失。他是一个客观存在，我们找不到他，是因为我们的侦查触角还没有触及他。我敢断言，只要我们的工作做到家了，做细了，抓住了蛛丝马迹，我们就一定能够把刘振海抓获！"

这一番话引起了大家的共鸣。于是，大家你一言我一语说开了。

"我也认为他不可能从地球上消失了。"

"肯定是我们的工作做得不到位，才没有抓住。"

"就是啊……"

董俊锋打断了大家的议论，说道："一会儿再讨论啊。我现在想明确告诉大家，从今天开始，我们就绑在这一个战车上了。不把刘振海抓住，我们肯定是没脸再当这个刑警了！所以我说，我们没有退路。不把刘振海绳之以法，我们没法给死者和他的家属一个圆满的交代，也就是说，我们作为人民警察的职责没有尽到。我们要为人民警察的荣誉而战！我们每一个人都要无愧于我们头上顶的警徽！"

会议室里，是一张张严峻而肃穆的面孔。

董俊锋接着道："支队内部现在设立十人专案组，我是第一责任人。这个案子归第一大队管，林襄渝大队长是第二责任人。今天，专案组成员务必全部到位。"

专案组成员都是从刑侦、技侦、网侦、图侦等侦查部门挑选的富有经验的高手，很快就到位了。

各项工作紧锣密鼓地展开。

第一项重点工作是调阅案卷，熟悉案情。因为参加专案的十位同志，没有一位是原来的专案人员，大家对案情都不了解。

专案组迅速从公安处档案室把原来的全部侦查卷调出来，从刑事技术支队把现场勘查笔录调出来，从襄阳铁路运输检察院把原来的侦查卷、起诉卷全部调出来，从襄阳铁路运输法院把判决卷全部调出来。

案卷调过来后，专案组成员开始集中时间和精力阅卷，下功夫吃透案情，确定工作重点。

董俊锋特别强调要求每个人，包括他自己，一定要认真看卷宗，细致看，反复看。而且，每个人都必须捋出线索的辫子来。

这项工作整整进行了三天三夜。

大家把案情吃透了，头绪理清楚了，工作的重点也出来了。

第二项就是围绕刘振海的家庭成员和重要（亲属），以及四名同案犯进行外围调查走访，以发现蛛丝马迹。

经过澄清和梳理，专案组发现刘振海的周边一共有四十多个需要关注的人。重要的是这几个：

一是刘振海的父亲。他已八十八岁高龄，有病卧床，生活不能自理。母亲在刘振海出事后没几年就去世了。

二是刘振海唯一的亲生儿子刘龙云。案发时他只有几个月，现在已经十九岁，是襄阳文理学院大学一年级学生。

三是刘振海的三个姐姐和姐夫。刘振海一共姊妹五人，一个大哥和三个姐姐。与他关系最好的是三姐刘逸云，刘龙云一直由这个三姐抚养。而三姐夫鞠义山是个混社会的人，刘振海没有出事以前，经常跟着他玩，刘振海走到今天这一步，与这个姐夫有着直接的关系。

四是刘振海的妻子谢小菊，虽然夫妻两个原来感情挺好，但在刘振海出逃三年后，她已经起诉法院判定他们离婚了。

五是"3·27"案件的同案人李光、陈晓曲、蔡云龙、吴安华四名同案犯。案发后他们陆续被抓获并被判刑，现在都已经先后刑满释放。

第三项重点工作是找原办案人，特别是案发后专案组的组织指挥者和主办侦查员，包括樊成辉处长。

董俊锋已经先后跟樊处长详细谈过两次了。现在的重点是要找程前胜副处长，他还是其后两次集中抓捕行动的指挥员。还有一个就是原襄樊北刑警大队大队长、现任襄阳北车站派出所所长刘建明。

程前胜是董俊锋的老领导，又是他学习破案的师父，所以他决定亲自找程处长，和他展开地谈、敞开地聊，把全部案情吃透，把细节搞准。

第二天，董俊锋把程前胜约到一个小馆子。这是襄阳铁路那一片很有特点的一个小馆子，叫"情到深处"。

这里不仅菜做得好，小酒馆的名字也特别有味道。

情到深处，是什么情呢？

是爱情吗？是的，这里经常有一对又一对的情侣聚会。

是亲情吗？是的，这里经常有一家三口或一家数口，带着老人来相聚。

是友情吗？朋友情、战友情、同学情？是的，这里经常有各式各样的好友相聚。

小馆子的门头很精致。一个小巧的城门楼，由金黄色的琉璃瓦镶嵌而成。"情到深处"四个字雕刻在一块实木上，据说是襄阳市最著名的擅长隶书的书法家所书。不管是白天还是晚上，都吸引着过往行人的目光。有的游客还情不自禁地在这前面拍照留影。

小馆子不太大，但是装修得非常雅致。每一面墙上和每一个包间里都挂着一幅精美的字画，展现着中华传统文化之美。馆子虽说不大，除十几个卡座外，大厅里有五六桌，还有几个包间，也能接待十几拨客人。

程前胜最喜欢这里的卡座，清一色的软包装沙发座，每个卡座里吊着一个灯笼造型的小吊灯。

卡座里坐两个人是最合适的，偶尔也会坐三四个人。有人说这是情侣座，程前胜才不管他呢，反正他就喜欢这个小卡座。蜡染的印花门帘一掀下来，完全是一个私密的空间。每一次他和得意门生董俊锋在这里喝着小酒，夹着土菜，说着掏心窝的话，别提有多惬意了。

自从董俊锋第一次约他到这个地方小酌，他就喜欢上这里了。小馆子的菜做得特别好吃，都是清一色的襄阳特色小瓦罐，当然还有各种各样精美的小凉菜。罐子是清一色的土罐子，里面装的是各种各样的土菜，什么煨母鸡、煨公鸭、煨带皮羊肉、煨猪蹄黄豆、煨土鳝鱼、老火炖鸽子、矿泉水炖莲藕、纯净水煮青菜、山里红焖土猪肉，等等。

从那以后，他们偶尔聚一聚，都是约到这个小馆子。在品着小酒和土菜的同时，董俊锋听师父讲着破案的故事，跟他学习破案的本事。每一次听师父讲破案的故事，他就像小时候在农村集市上听盲艺人唱大鼓书一样过瘾。

每一次程前胜都让他收获满满。

程前胜以为这一次董俊锋也是找他闲聊的，骑着他的电驴一溜烟就到了。只要有喝酒的场，程前胜都不开他的汽车。退休以后，他买了一辆四驱的汉兰达，不喝酒的时候，总是开上这辆车，或者去爬山，或者去钓鱼，或者去旅游，或者去跟老战友们打打牌。

在程前胜明白今天董俊锋请他小聚的意图之后，一下子竟有些蔫了。

每次只要一提起这个案子，一提起刘振海，程前胜几乎都是毫不掩饰地说："唉！我这一辈子，最窝囊的就是这个案子。挂在心上十八九年，一直到退休，退休了也没有拿下来，真窝囊呀。"

董俊锋知道师父的脾气，就绕开这个话题，跟他聊别的，把他的话匣子打开，把他的思路聊开。

董俊锋这次依旧让程前胜给他讲过去的破案故事，讲他的辉煌历史，同时一个劲地跟他碰杯。不知不觉中，大半斤酒便下肚了。

程前胜终于打开了话匣子……

第 3 章　这事是黑山干的

"唉！一声枪响，改变了几家人的命运。"程前胜先叹了一口气，无限感慨地说。

二十年前的襄樊，很乱。当年的《楚天都市报》头版头条旁边写着"枪声不断，命案成串"八个字来描述当年襄樊的治安状况。

年轻人晚上去人民广场火凤凰唱歌跳舞，跳着跳着脚下可能就会踩着一支枪。

两个人谈事情、谈生意，刚开始还好好的，谈着谈着，谈不拢时枪就响了。

这对于时任襄樊铁路地区刑警大队大队长程前胜来说，主管铁路地区和家属区这一片治安，出这一类的现场几乎成了平常事。但是这些案件大部分不归铁路公安机关管辖。

2001 年 3 月 27 日那个下午，天气不太好，乌云密布，压得让人喘不过气来。

报案电话是一个叫廖效平的人打的，他说他工地的技术员被人开枪打伤了……

21

案发地点在襄樊市市区，襄樊铁路车辆段综合楼工地。

襄樊铁路公安处指挥中心最先接到电话，立即通知刑侦、治安部门赶赴现场。

程前胜是第一个赶到现场的。不一会儿，他的同事也就是襄樊铁路地区刑警大队的侦查员们都陆续赶到现场。

现场一片混乱。一大片施工工地，只有一个中年男子站在那里。

他满身泥土、满脸汗水，搓着手，来回走动，焦急、慌张，灰色衬衫的胸前和袖口一角有几块大小不一的血迹。

远处，有几个戴着安全帽的工人，向这边张望着、议论着。

谁也想不到，这里刚刚发生过一起让人不寒而栗的枪杀案件。

警报声一阵紧过一阵，"哇哇，哇哇……"

警车还没有停稳，廖效平就小跑过来，两眼紧张地搜寻着，他在判断谁是领导。

最后，他走到刚把摩托车停好的程前胜跟前，有些结巴地说："警……察同志，你你看……看这……"他手指着背后的工地，一脸的焦灼和恐惧。

"你叫廖效平？是你报的案？"程前胜问。

廖效平急忙点头："是的是的，我是廖效平。"

"别急，慢慢说，伤者在哪儿？死者在哪儿？谁开的枪？"程前胜尽量把语速放慢。他看得出，眼前这个叫廖效平的人身上打着哆嗦，很恐惧、很紧张。

正在这时，廖效平接到一个电话。来电话的人告诉他，刘志全已经死了！

廖效平的叙述本来就是混乱的，这一下更是结结巴巴，几乎说不成话了。

廖效平在嘟囔着："死了……他死了……"

程前胜追问："谁死了?!"

廖效平答道："就是刚刚被枪打伤的那个技术员,我们工地的技术员,刘志全。他正在工棚里打电话,突然就闯进几个人,长枪短枪,好厉害呀!那个端着长枪的年轻人,一枪就把他撂倒了。刘志全当时就倒在地上,双手捂着肚子,全是血……"

工地上一开始至少有几十号人,可就这一会儿的工夫,都跑得不见踪影。

廖效平当时就吓蒙了。但他还是想到了应该立即先把刘志全送到医院。于是,他一边打电话报案,一边安排人把刘志全送到了附近的铁路医院……

廖效平正回忆着现场情况时,又有几辆警车呼啸而至。

赶到现场的有主管治安的副处长张建华、主管刑事侦查的副处长田华富,刑警支队支队长樊成辉等一干刑事侦查和刑事技术人员,还有治安支队的民警。

随着众多警察的到来,刚才还四处躲避的工人又纷纷围了过来。瞬间沉寂的血案现场,顿时又热闹起来。

人们七嘴八舌,说什么的都有。

"听说是黑社会呀!一下子来了几十号人,个个长枪短枪,杀气腾腾,好吓人啊!"

"这啥地方呀!这么乱啊!"

"嗨!襄樊就是这样,成帮结伙,个个带着枪。看谁不顺眼、谁不听话,上去就是一枪。今天这里响枪,明天那里枪战。"

老百姓的议论,直指当时的襄樊市社会治安秩序。杀人抢劫嚣张、各类犯罪帮伙横行,抢夺地盘、霸占一方,何其混乱。人们外出会很小心,因为不知道突然会从哪个地方飞来一颗子弹。像什么撬门别锁，偷个钱包，盗窃个自行车、摩托车或者汽车，更是司空见惯了。

襄樊铁路车辆段周边这一片大约七八平方千米地方，老百姓中流传着这样一句话：老西湾是世界上最恐怖的地方。

这句话显然过于夸张了，但这里黑恶势力猖獗，命案经常发生，则的确使老西湾恶名远扬。

老西湾最突出的犯罪特点是争夺领地、抢占地盘，尤其是经常争抢承包建筑工地，并因供应建筑材料和砂石而引起黑社会火拼。

谁的势力最强大，谁就可以承包这里的建筑工地，或者是供应砂石等建筑材料。否则，你就得卷铺盖走人，灰溜溜地从这里滚出去。

不少犯罪团伙都拥有长短枪支，更有匕首、砍刀、斧头和锤子等凶器。除了抢占地盘、争夺建设工地之外，他们还帮人摆平事情，收取保护费，靠的就是手里的枪，靠的就是哥们儿人多势力壮，下手狠。谁心毒手狠，砍杀的人多，谁的名声就大，谁的生意就好，谁赚的钱就多，谁就能威震一方。

眼下这起血案，显然是一起严重的暴力案件，不仅有一条人命，还有五支枪。

时任公安处处长余宏建高度重视，要求组织各部门精干力量迅速开展侦办，在田华富副处长的统一指挥下，樊成辉带领刑警支队的同志们开展了全方位的调查走访、现场勘查和其他侦查工作。

张建华副处长则率领治安支队的同志们赶赴发生在老河口的又一起治安斗殴案件现场。

调查访问的结果，很快就厘清了这起案件的基本脉络。

案发中心现场位于襄樊铁路车辆段院内的综合楼建筑施工现场。

铁路车辆段是一个独立的专门负责火车车辆维修的单位，南来北往的客车车辆，也就是说，一节一节的客车，还有发往全国各地的一节一节的货车车辆，一旦有了问题都要在这里修理。即使没有问题，车辆过一段时间也都必须到车辆段内进行检修维修，以确保列车安全运行。全国像这样的车辆段可能有上百个，这是其中之一。

一方正在施工，而另一方靠武力参与进来，目的就是把正在施工的一方赶走自己来干。施工方哪里会同意？于是，就出现了这个血案。

这时，樊成辉对程前胜说，这是你地区刑警大队的管辖范围，这起案件就以你们大队为主来侦破。

而樊成辉自己则指挥几路人马，从接到报告赶赴现场的那一刻起，就开始兵分多路进行围追堵截。

他深知兵贵神速。他要求围追堵截的重点对象，是身上有血迹和持有枪支等凶器的可疑人员，同时开展现场勘查和现场调查访问。

按照樊成辉支队长的统一安排，程前胜大概走了一圈，问了一些人，心中已经有了一些想法。

程前胜迅速给刑警大队的侦查人员做了简单分工，兵分四路：

第一路，现场勘查，配合刑事技术部门进行反复的、细致的、认真的勘查。现场提取到一枚弹壳，初步分析判断是猎枪改装的枪支射击后所留。

第二路，指派两位民警马上赶到铁路医院，会同法医技术部门进行尸体检验。

第三路，了解被害人刘志全的情况。

第四路，抓紧时间开展现场调查访问，寻找目击证人，包括深入社会各个层面，了解在这一带活动的黑恶势力的情况。

最后，程前胜给大家提了一条要求：不分昼夜，连夜干。大家都知道，破案如救火，一切时间往前赶！

布置完毕，程前胜则一个人悄悄地离开了血案现场。

这既是程前胜的优点，也是他的缺点。现场勘查是由主管副处长田华富和支队长樊成辉负责指挥的，他在此时离开现场，应当汇报。但是程前胜就是程前胜，他谁也没有汇报，而是骑着他的电驴子，独自走了。

这个程前胜！你说他还有没有组织观念？

你说他另类不另类？

程前胜是开着他的摩托车赶赴现场的，现在他又开着他的摩托车出了大门。

如果是原来的主管副处长张建华，肯定会狠狠地尅他。当初田华富副处长还是刑侦科科长的时候，主管副处长就是张建华，田华富和程前胜都是他下面的得力干将，那个时候樊成辉还在办公室当副主任。

张建华知道程前胜的秉性，脑袋瓜子灵，能吃苦、爱钻研，热爱刑侦工作，绝对是不可多得的干刑侦的好料。但他就是有一个毛病，在没有案子的时候，有点儿懒散，劳动纪律遵守得不是那么好。张建华既爱他，又会时不时地批评他，而且常常是当着别人的面。他希望这块好钢能够用在刀刃上，将来能够担当重任。

自从田华富被提拔为副处长之后，碍于面子，加上他们的年龄又差不多，有时候田华富就不太好意思像张建华那样批评得那么严厉、那么直接、那么不给面子……

在张建华主管刑侦工作的那些年里，襄樊铁路刑侦已经在全郑州铁路公安局和全国铁路公安机关里有些名气了，屡破疑难大案，尤其是在打击货盗方面成效显著，干活不要命的作风已经在这里形成。

程前胜悄悄地溜走了，他知道田华富不会把他怎么样，樊成辉也不好意思批评他。

刚出大门，程前胜把摩托车停在路边，立即打了一个电话。

这个电话是打给他的线人张老歪的。

"你在哪儿？"程前胜急切地说。

"我在古隆中三顾堂。"张老歪回答。

"跑那么远啊！去那干啥？"程前胜问。

"来了一个外地的朋友，我陪他转转，他是河南南阳的，南阳有一个诸葛亮的隆中对……"张老歪说。

程前胜有点儿急了："我不听你说这些，我必须立即见到你！"

张老歪说："好的，我现在就过去找您程队。"

程前胜说："咱俩约个中间地带吧！这样快一点儿。"

"好的，您说哪里？"听到程队这么着急的声音，张老歪也有点儿急了。

程前胜想了想："古城门吧！就是全国文物保护重点那个标牌下面。"

襄阳古城谁不知道？迄今已有2800多年的历史。当年的古城墙仍然巍然屹立在襄阳市正中。

程前胜骑着摩托车很快就到达了。

他在想着自己这个线人张老歪。这个家伙还是很能干的，对铁路这一大片的情况很熟悉，黑白通吃，三教九流都有他的哥们儿。

张老歪是程前胜的得力线人之一，帮助他破获了不少案件。

四十分钟后，程前胜看到张老歪从出租车上跳了下来。

张老歪一溜烟跑到程前胜面前，还有点儿喘着气，边跑边问：

"程队长，什么急事啊？"

程前胜直奔主题，向他介绍了襄樊铁路车辆段建筑工地刚刚发生的枪杀案件情况。

张老歪一听就笑了。

"这个工地我熟悉，肯定是因为争夺这个工地的建筑材料承包权引起的。"张老歪道，"前一段就有人在争这个工地，也有人找过我，所以对这里的情况我知道一些。"

他十分肯定地说："这事是黑山干的。"

程前胜有些疑惑："黑山？你确定？你怎么知道？"

张老歪一副胸有成竹的样子："据我所知，是工地砂石的承包人廖效平托人找到黑山。黑山刚从牢里放出来，正好手头不宽裕，如果打一场架，火拼一场，也是奠定他江湖地位的好机会，又能赚一笔钱。黑山哪有不干的道理？"

张老歪越说越得意，眼角瞟了一下程前胜，似乎等待着他的表扬。

程前胜表情严肃起来："张老歪，少在我面前嘚瑟，警告你啊！这可是人命关天，别给我胡说八道。"

张老歪一见程前胜不信任他，急了，胸脯拍得啪啪响："程队，我拿脑袋担保，如果这事不是黑山干的，你就枪毙我！"

程前胜笑了："你小子，我不否认你说的这些情况的可信程度，可你小子有时候说话就是有些言过其实。但是，你今天说的这个情况，我觉得可能性还是蛮大的。"他在张老歪的肩膀上拍了一下，"动用你所有的关系，尽快给我摸到确切的情况。去吧！"

张老歪正要转身往回走却欲言又止，有点儿难为情地笑了笑："不好意思程队，最近手头有点儿紧，又来了朋友，晚上请他吃饭的钱都没有了。"

程前胜掏出身上的钱包，数了数一共就七百块钱，全部递给张老歪，说："别都花在女人身上啊！破了案，还有重奖！"

张老歪"嘿嘿"笑着一溜烟就没影了。

枪杀案件现场，在田华富副处长和樊成辉支队长的具体组织指挥下，经过初步的紧张调查了解，案情基本可以确定。

基本案情是这样的：

襄樊铁路车辆段材料综合楼工程由陈滨承包，而现场施工队伍是由福建福清新市海口镇人周增兴负责，其中的涂料工程则由湖北襄阳当地人廖效平承包施工。

当地砂霸叫姜军，霸占着这一方砂石。他心想，在我的地盘上供应砂石，不是我姜军而是你廖效平，那怎么行？

姜军找到正在施工现场的廖效平说："你怎么来我的地盘上承包工程呢？你不要干了，交给我来干！"

廖效平当然不愿意："看这话说的！我合法承包的工程，为什么要交给你干呢？"

于是，惨案就发生了。

第 4 章　究竟谁是凶手

这起惨案，究竟是谁具体实施的呢？

田华富和樊成辉认为，案情复杂，又是涉枪的严重暴力案件，必须抽调精兵强将组成专案组进行侦破。于是，抽调十八名民警，现场成立"3·27"专案组，由田华富副处长和樊成辉支队长担任专案组组长，刑警支队副支队长孙英杰和襄樊大队大队长程前胜任副组长，具体侦破工作由程前胜负责。

田华富在宣布专案组人员组成时，念到程前胜的名字，却突然发现程前胜不在现场。

程前胜呢？田华富问道。

这时，不远处传来了摩托车的轰鸣声，循声望去，只见程前胜骑着摩托车风驰电掣般地呼啸而来，吱的一声停在了田华富和樊成辉面前。

程前胜很兴奋，开口便道："我已经确定是谁干的了。"那表情很有点儿得意。

田华富副处长很认真地看着程前胜的脸，没有说话。

"什么确定是谁干的了？"樊成辉支队长问。

"作案人啊！就是今天开枪的人哪！"程前胜笑眯眯地说。

田华富一听，几乎忘了批评程前胜无组织、无纪律了，急忙追问："嗯？怎么回事？你说说看。"

程前胜便把张老歪说的情况汇报了一遍。

田华富和樊成辉都觉得这个情况靠谱。他们都知道这个线人张老歪，因为过去他已经协助破获过多起大案。

田华富和樊成辉分别向程前胜提出了几条具体要求。

最后，田华富说："我知道，把你从副支队长位置上调整到担任地区大队的大队长，你心里有一些想法。但上一次我也跟你谈过了，这是党委的决定，是对你的考验。在这么多大队当中，地区刑警大队的任务最为繁重，人数也最多，又在各级领导的眼皮底下，也最难带。所以考虑来考虑去还是觉得你去担任这个大队长最合适，相信你能够把这个队伍带起来，把地区大队肩负的繁重的打击犯罪和侦破刑事案件的任务完成好。"

田华富顿了顿，加重语气道："这起案件，也是你到地区刑警大队担任大队长之后最大的一起案件，希望你能够尽快拿下来！"

程前胜说："我尽力吧！"

离开两位领导，程前胜立即找到报案人廖效平。当时，罗建明副大队长已经在找廖效平问话。

廖效平对这个程前胜大队长早有了解，因此说话也立即改变了态度。

他说："千错万错都是我的错，错在忽略了这是老西湾的地盘，自己忘记了去拜山头。"

廖效平并不是这个工地的大老板，他只不过是承包了涂料工程和砂石的小活儿，很不起眼。

但是，就是干这点小活儿，他还是被人盯上了。盯他的是当地的地头蛇——老西湾的姜军。他想把廖效平的砂石工程抢过去，用暴力手段直接抢，还要借此机会抬高砂石料的价格。这个工地的价格提高了，在他的地盘上所有施工工地的砂石价格都会提高。这可不是一个小数，因此他对这块工地的事情特别重视。

于是，姜军带着一帮人跑到工地，公开阻止工人施工，谁敢动就打谁，嚣张至极。

廖效平有些害怕，但他怎么也不想把这块到嘴的肥肉就这么吐出来。

他想来软的，想用情义来感化姜军："大家都是道上的人，低头不见抬头见，今后大家都是哥们儿，请兄弟多多关照！"

姜军冷眼看了看廖效平："你也不撒泡尿照照你的影子，你还配跟我做哥们儿？"

好言与姜军商量不成，廖效平一咬牙，答应分一部分利益给姜军。

姜军翻着白眼说："呵呵，你小子他妈可以呀！本来100%的利润都是老子自己的，你还想分走一大部分，只给我这么一点点，你还真说得出口！你还想不想混了？我告诉你，赶快卷铺盖给我滚蛋！"

廖效平没招儿了，赶紧四处打听有没有朋友跟这个姜军好，想找个中间人说和说和。

好不容易，廖效平打听到他的发小吴安华也是黑道上的人，人脉广、朋友多。

他想，这种事，还必须找这种人，不然哪能镇得住姜军？

吴安华是个很有"故事"的人。

他曾几进宫，先后因"流氓罪""诈骗罪"被判刑，刚刑满释放没两年。

廖效平找到吴安华说明了原委，没想到吴安华一口就答应了下来。

吴安华很愿意管这种事，一是为了在老朋友廖效平跟前显摆一下，我吴安华手眼通天，没有我摆不平的事。二是他也想从廖效平这里分得一杯羹。不是说，天下熙熙，皆为利来；天下攘攘，皆为利往吗？

廖效平实在经不起姜军三番五次的威逼。最后这一次，姜军差点儿动手打他。现在，只要有人能够摆平姜军，他宁愿出钱，破财免灾呀！

廖效平承诺："咱们都是十几年的好兄弟了，只要把这件事情摆平了，哥绝不会亏待你。"

有了利益的驱使，吴安华很积极。但是他自己没有这么大的能耐，他知道自己不是姜军的对手，说白了就不在一个层面上。

吴安华第一个就想到了自己的难兄难弟李光，绰号"黑山"，他们曾经一起劳动改造过三年。没有什么比患难之交更贴心的了，他相信黑山会出这个手，帮这个忙。

黑山可是心狠手辣。谁如果不给他面子，他不会善罢甘休的。

没错！黑山是摆平姜军的最佳人选，估计是小菜一碟。

于是，吴安华约了黑山吃饭，畅叙友谊。两人推杯换盏中，交易达成了。

一旁的廖效平一直插不上话，只有不停地给黑山敬酒，说一些感激的话。

说实话，廖效平很不适应这种场面。他是靠劳动合法挣钱的人，他不敢相信眼前这个被自己称作"三哥"的人，曾是流氓无赖，是个多次被公安打击处理的人。

此刻，黑山被吴安华花言巧语的肺腑之言捧得已经有些飘飘然了，仿佛自己真是一位手眼通天的大人物，一副高高在上的模样。

黑山身边的几个马仔，更是对他毕恭毕敬，鞍前马后伺候着，把廖效平看得心里很不是滋味。

廖效平心里想：当个黑老大还真不错，众星捧月，真的有面子！哪像我，整天累死累活，挣点儿小钱儿，还要看老板的眼色，还要被人欺负……

吴安华眼看着自己把黑山的马屁拍舒服了，突然话锋一转："三哥，我想给你提个醒，不知……"他故意收住了话头，想吊一下黑山的胃口。

"提什么醒？"黑山微微一愣。

"听说那个姜军可是老西湾的地头蛇，打架可是不要命的主啊！"

"混账！闭上你那张狗嘴！哪有你这样的人，长别人的志气，灭自个儿的威风！你也不去打听打听，论打架，论动刀动枪，有几个能比得过三爷！"旁边一个矮胖的马仔敲着桌子，指着吴安华的鼻子道。

吴安华赶紧站起来，冲着黑山深鞠一躬："三哥，对不起，对不起，千万别误会。我只是想提醒三哥，听说那个姜军手里有枪，动不动就跟人火拼……"

黑山轻蔑地瞟了一眼吴安华，冷冷地一笑："枪？哼！老子手里大把枪！怕个屎！"

那架势，胜券在握。

这顿饭是 3 月 27 日中午的事。

时隔几个小时后，无辜的刘志全命丧黄泉。可悲的是，他到死都不知道冲他开枪的人是谁，又为什么开枪打他。

真冤啊！

廖效平也觉得委屈，他不过是想找人吓唬一下，保住嘴里这块"肥肉"。他根本就没想到会出人命。

此刻，他一而再，再而三地向程前胜大队长解释，无非想逃脱责任。

说起来，该死的应该是姜军，如果不是他步步紧逼，事情也不会发展到这一步。

可既然黑山拍了胸脯，答应帮忙摆平姜军，廖效平心里也就踏实很多。

当天下午，姜军再次带着一干人马来到工地。

这一次的架势可是不一般，每个人手里都拿着东西。廖效平不敢直接看他们，他感到，他们有的人手里拿着刀和棍，还有的人腰里别着鼓鼓囊囊的东西，估计不是什么好玩意儿，弄不好就是枪。

廖效平吓得腿都软了。

对方说的什么，他连听也没有听清楚，只管点头。

廖效平心想，自己要是不顺着姜军的意思来，估计不是伤也是残，甚至还可能丢掉小命。

吴安华接到廖效平的电话，立即通知了黑山，只说了一句："情况紧急。"

黑山自然就明白了。他二话不说，立马带着三个弟兄，四个人带了四把枪，很快来到了工地。

廖效平说，这几个拿枪的人，除了黑山，他一个都不认识。让黑山带枪，也不是真想打人，就是想吓唬一下姜军。

结果，姜军没打着，工地的技术员刘志全却无辜中枪。

事发以后，廖效平无数次在脑子里还原当时的场景，却怎么也想不清这枪是怎么响的。

他更弄不明白，为什么打死的是刘志全，人家是工地的技术员，工地上的纠葛和他一毛钱关系都没有。

正在这时，程前胜接到参与现场勘查的同事的电话，说在现场找到一枚子弹壳，初步判断是猎枪子弹，也就是说，作案分子在现场开枪打死人用的是猎枪。

放下电话，派到医院的兄弟也打来电话，告诉他说，刘志全临死前没有留下什么话。咽气前，他拼命想抬起手但是却抬不起来，眼睛死死地盯着面前一位警察的眼睛，使尽全身力气说："抓……抓……"

吴安华呢？哪里还有吴安华的影子，他早就跑路了。

案件到目前为止，已经确认是以黑山为首的黑恶势力团伙干的了。

但是，黑山究竟带了哪几个人来的？带了几支枪？是什么枪？又是谁开枪把刘志全打死的呢？

这一切还是个谜。

程前胜又给他的线人张老歪打电话。

张老歪的效率果然很高，他又摸出来两个参与作案的人。除了黑山以外，还有陈晓曲、蔡云龙。剩下的那个人是谁，目前还没有摸出来。

田华富副处长对程前胜说："你把手头其他的案件全部放下来。你们队要全力以赴，千方百计组织抓捕，估计动作晚一点，他们就会潜逃，都逃到外地。"他把脸转向樊成辉，"包括你们支队，都要全力以赴。"

樊成辉立即表态："您就放心吧！田处，我已经动员全支队的力量分头把控堵截了。我们会穷尽力量，采取多种措施，一定尽快把这几个犯罪分子全部抓捕到案！"

程前胜也信誓旦旦道："这不成问题！我一定把这几个家伙全

部给你抓回来。"

樊成辉看着程前胜道："前胜，你要给兄弟们说清楚，一定要注意人身安全。因为这些犯罪分子身上都有枪，绝对不能掉以轻心。你务必给每个人都传达到。"

程前胜一边回答着好，一边说："樊支队，现场这里你招呼一下吧！我现在还要去见一下线人。"

樊成辉点头答应。

程前胜立即跨上摩托车，一溜烟不见了。

望着摩托车消失的方向，田华富对樊成辉道："这家伙，只要一有案子，命都可以不要。"

"是啊，他就是一个干刑警的料。"樊成辉说。

田华富点上一支烟，深深地吸了一口，吐出了一条烟雾："他肯定还在记恨我呢！"

"不会呀！上一次调整完之后，我跟他深谈了一下，效果很好。当时，他思想上是有一些不同的想法，本来是支队的副支队长，一下子成了基层的大队长。但是我们谈了以后，他基本就好了。"樊成辉肯定道。

"他自己说，我就是一个当刑警的料，让我在支队当副支队长，我觉得有劲用不上。当个大队长，整天跟兄弟们摸爬滚打在一起，吃在一起，住在一起，破案在一起，连打牌也在一起，有时候去钓鱼也在一起，多开心呀！这都是他自己说的。"樊成辉补充说。

田华富说："是呀，那是因为你和他谈了之后，他思想上的疙瘩解开了一些。而且党委已经做出了决定，他也不得不服从，但是不能说他内心深处没有想法、没有意见。"

樊成辉接过话头："他跟我是这么说的。他说，我应该感谢田处长，感谢他把我放到这个位置上。他还说，实际上我和田处长我们俩的脾气很相似，干起活来都是不要命，但是遇到事情都有个人的看法，都有自己的主见。换个说法，是都有自己的个性，都会固执己见。他还说，当这个大队长比当副支队长感觉开心，在下面整天就是破案，天天跟兄弟们在一起，不用直接去面对处长，去跟处长汇报，还要整天开会，那样他反而觉得紧张、不自在。"

田华富微笑着，语重心长道："说实话，给他放在这个位置上，我是经过深思熟虑的。我也征求过你的意见，让他当地区刑警大队大队长，更能够发挥他的长处。他会干得更好，你信不信？"

樊成辉连连点头说："我信，我当然信啊！"

田华富接着道："我希望这支队伍在他的带领下，能够成为襄樊铁路公安处的一面旗帜，甚至是郑州铁路公安局的一面旗帜。"

樊成辉再次点头。

田华富又点上一支烟："我想，我们两个都要对这个刑警大队多投入一点儿精力，多去引导，多多培养。我会把咱们这个意见向党委汇报，向处长和书记汇报，我相信会取得他们的大力支持和帮助。"

那个时候，铁路公安局和处没有政委的职务，是处长和党委书记负责制。

樊成辉突然想起一件事，说："哎！田处，公安部现在正在全国开展刑警队等级评定，我们可以把襄樊地区刑侦大队作为一个点来抓。"

"好啊！这个想法很好。"田华富表示赞同，"那个文件我看了，标准还是蛮严格的，也是蛮高的。我们这个大队现在作为三级刑警队是一点儿问题没有，但是我们必须去创建，创建成二级刑警队，力争建成一级刑警队，这叫保二争一。"

"明白。等这个案子拿下来，我就来抓具体的落实。另外，我初步跟郑州铁路公安局刑侦处的王处长汇报了一下，请他给我们倾斜，给我们支持和帮助。"樊成辉道。

田华富显得有点儿兴奋："好呀！抽空我也给王处长打个电话，请他来给我们当面指导。"

程前胜约了线人张老歪在火车站广场见面。

初春的襄樊，夜晚还有些凉意，上下火车的人们在火车站广场上行色匆匆。

火车站广场对面的巨大广告牌上正在播放襄樊市公安机关打击黑恶势力犯罪的片段，有些旅客驻足观看。

程前胜已经在广场上遛了好几圈了。

在广场中央没有旅客的地方，程前胜一见张老歪就迫不及待地问："有没有什么新的情况？"

张老歪道："这几个家伙害怕了，不光是躲起来的问题，现在他们都准备要往外地跑了。"

"说说具体情况。"

"具体情况还不是太准确。不过，黑山还在襄樊，他现在正在热恋，刚刚谈了一个女朋友，他追得很紧。"

"嗯，这个情况很重要。摸到黑山住在什么地方了吗？"程前胜有些兴奋。

"还没有。不过我一个朋友的妹妹，跟黑山的女朋友认识。"

"很好。这个关系要利用好，能贴上去吗？"

"我来想办法。黑山的女朋友叫小娟，我朋友的妹妹叫雯雯。我刚才来晚了，就是跟雯雯见面去了。"

"雯雯怎么说？"

"她说她有点儿害怕，她害怕对不起小娟。因为她们是好闺密，好得跟一个人似的。"

程前胜点点头："嗯，有这个想法很正常。也就是说，如果她帮了我们，等于她出卖了朋友，她肯定会犹豫的。这就要看你工作的力度了。"

张老歪信心满满："我有办法。"那面部表情让人有点儿猜不透。

"你小子，肯定是歪点子。"程前胜笑了笑。

程前胜和张老歪已经认识好几年了。他虽然不到三十岁，但在道上混的年头却不短，已经十多年了，是个老江湖、老铁路了。他外号叫老歪，其实长得仪表堂堂，不知道他这个外号是怎么得来的。不管谁问他这个问题，他总是一笑了之，并不正面回答。也可能是因为他的歪点子多吧！仪表堂堂，靠歪门邪道不少挣钱，人却很讲义气，所以很招女孩子喜欢。有很多女孩子对老歪穷追不舍，爱得死去活来，甚至还有一个女孩儿曾经为他割腕自杀。

干刑侦这么多年，这个问题很让程前胜困惑，也一直没有想通。为这个问题，他还和他的好朋友，也是上级——郑州铁路公安局刑侦处的王处长探讨过。因为王处长不仅是个刑侦专家，还是个作家。王处长说，他这几十年也为这个问题困惑过，没有想明白。

这十几年来，程前胜打交道最多的就是社会上那些违法犯罪分子，小偷、流氓、诈骗犯、抢劫犯、毒贩等。用警察的眼光去看，这些人都是需要打击或者收拾的对象。但是，这些人的妻子、女朋友，或临时女朋友，或性伴侣，都那么漂亮。这些漂亮的女孩子为什么不去找有地位、有正当职业的，比如说干部、工人、公务员、警察、军人？

不走正道的老歪为什么那么有魅力？这一直是个谜。

张老歪十四岁那年就被送进少管所，出来后还没有两年，又被送去劳教，还有两次被拘留。

但老歪只要出来，身边就美女如云。

每次跟程前胜见面的时候，老歪都会带着不同的漂亮女孩儿。

所以刚才张老歪说他有办法的时候，程前胜就不得不往这方面联想。

张老歪笑着说："程队，你说得不一定对。我可不是主动去找人家，更不是去骚扰她，是人家盯着我不放啊！比跟屁虫跟得还紧。"

"你小子把自己说成香饽饽了，是雯雯盯着你不放吗？"程前胜问。

"是啊！自从去年3月跟着她哥哥认识我之后，她就一直在追我。可程队您知道，我身边的女孩子太多，我一直就没有把她放在眼里，更没有答应她。可是，你越不理她，她越追你。"张老歪有些得意扬扬。

"那最后她答应了吗？答应帮你的忙了吗？"

张老歪点头："程队，我可是为了打击犯罪，为了社会治安呀！更是为了您程队长对我的恩情，哪怕我牺牲自己的身体也要上啊！"

"你小子真会夸自己啊。"

"说实话，程队，不是为了这个案子，我肯定不会答应她。没有办法呀！您交给我的任务完不成怎么办？所以，我就答应跟她处朋友了。她很开心，马上就答应联系小娟。"

正在这时，程前胜的手机响了，是副大队长罗建明打来的。他便对张老歪说："你回避一下，我说点儿事。"

罗建明在电话里兴奋地说，已经初步掌握了几个作案分子的情况。第一个是黑山，又叫小黑山，以这个家伙为首。还有一个叫"嘎子"的，第三个叫陈晓曲，第四个叫蔡云龙。他们都是当地人。但准确的姓名和地址还不清楚，需要进一步调查。

程前胜高兴地对罗建明说："大家辛苦了！动作真快，没想到这么快就把这几个家伙的身份理出头绪了。接下来还要再下大功夫，把几个人的真实姓名、身份和地址搞清楚。注意啊！发现一个抓一个。你安排大家抓紧去吃点儿饭，我这里谈点儿事，一会儿就回去，咱们碰个头。"

随即他又嘱咐一句："一会儿碰头会，要求全体人员参加啊！"

挂断电话，程前胜看见张老歪也在打手机。

他走到张老歪对面。

"很好很好！那就好！我随时等着你的消息。雯雯，来让我亲你一下！我跟你说啊！等这个事情完了，我领着你去广州、深圳，还有海南，去玩一圈……好的好的，我等你的电话。好的，好好好……"张老歪很开心的样子，挂断了电话。

张老歪对程前胜笑着说："雯雯的电话，她和小娟已经通好电话了，小娟急着见她，说是男朋友要领她到外地去，准备去玩一大圈，需要很长时间。所以临走以前，很想见雯雯。"

"说没说什么时候走？"

"没有说具体时间，应该很快。"

"你现在就去找雯雯，当面跟她交代清楚，要她通过小娟一定把黑山引出来。千方百计要摸到黑山的准确行踪，咱们一定要在他到外地之前把他抓住。我二十四小时开机，随时等你电话！"

张老歪连连点头："好，好的，您放心。"说话间他已经拦了一辆出租车。

程前胜喊着他："记住！还有那几个，一个也不能放松，一个也不能让他们跑了！"

"明白，明白。"张老歪边说边往出租车方向走去。

他坐上出租车，不一会儿就消失在程前胜的视野里。

第5章 吃窝边草的兔子

董俊锋默默地给程前胜斟着酒，动作很轻，生怕打断了师父的思绪。

程前胜慢慢回过神来，端起酒杯和董俊锋碰了一下，一饮而尽。

程前胜早已醉眼蒙眬。他说，他虽然没有酒量，但却有酒胆，尤其是为朋友，拼命都不在话下，何况喝酒？

董俊锋确实见识过。

说起来，他和程处长不是一辈人。程处长曾是他父亲的老领导，怎么算董俊锋都是晚辈。

程前胜嘴里喊他"侄儿"，行为上却勾肩搭背如同哥们儿，搞得董俊锋有时挺尴尬，觉得自己没大没小。

而程前胜却满不在乎。他说，哪有那么多讲究，你若不介意，叫我哥都行，反正你爸爸也不在身边。

董俊锋就笑，两个人辈分上稀里糊涂，却是地道的忘年交。

在董俊锋刚到派出所当所长的时候，程前胜第一时间跑到派出所，和那些老同事、老朋友、老熟人喝酒，一杯接一杯，杯杯酒都是那句话："请各位老战友多多支持董俊锋的工作，他是我的侄儿，说是儿子也行。"

趁着酒劲儿，程前胜装疯卖傻道："如果有人不给董俊锋面子，不支持他的工作，那就是不给我程前胜面子，那就别怪我跟你们翻脸……"

想起这些，董俊锋心里暖暖的。

董俊锋真切地感受到程处长的睿智。他曾一再强调："一定要详细了解案情，越细越好，透过蛛丝马迹，获取新的线索。这些破案细节，在案卷里是永远看不到的。只有通过当事人一点一点回忆，还原当时侦破案件的经过，把自己带入当时的情境里，才能全身心地投入案件侦破中去。"

听师父讲着十八年前的"3·27"案件侦破经过，他渐渐有了感觉……

程处长不愧是老领导、老刑侦，看事总能高瞻远瞩。

当刑警就要像程处长这样，董俊锋想，这是自己未来努力的方向。

董俊锋给程前胜倒了杯水，递到他手里，没有说话。

程前胜接过水杯，看着他："小董啊，要知道我们那个年代比不了现在，很多办案手段都很原始。比如蹲守，确定了罪犯，马上派人到其家附近蹲点守候。其实，犯罪分子也不傻，好多还都是惯犯，一犯事，早就四处躲藏，没有人傻到在家里藏着等你公安来抓。那时候，手机也没有实行实名制，不用身份证都可以办，你想用大数据手段都用不上。那些罪犯一出事，手机一关，人一藏，想抓到他们真是比登天还难啊！"

事情没有按照程前胜预想的发展，张老歪那边出了意外。

他的女友雯雯爽约了。更准确地说，是黑山也就是李光的女友小娟放了她的鸽子。

雯雯没有一点预感。她兴高采烈，按照约定的时间、地点等着小娟。结果左等不来，右等也不来。

雯雯急了，给小娟打电话，电话关机了。

雯雯就一直打，她不相信小娟会骗她。小娟从来没有骗过她，以她俩的友谊是可以共赴生死的。她俩是闺密，而且是最好的闺密，曾经吃一碗饭、睡一张床。

小娟不来，一定是出了什么事。

这样一想，雯雯哭了，越想越怕。

她哭着给张老歪打电话。电话通了，她已经泣不成声，张老歪以为出了什么大事，赶紧跑到她们约会的地点。

雯雯扑到张老歪的怀里，什么也不说，只是一个劲儿地哭……

小娟最终也没有出现，电话一直关机。

雯雯说，说好的，小娟一定会来，她一定会来，她不来，我就不走。

任凭张老歪怎么劝，说到嘴皮子磨薄了也没有用。

这让张老歪很烦。他最近老是琢磨着怎么尽快甩掉这个雯雯。

这个雯雯就是个一根筋，一点儿也不温顺，一点儿也不小鸟依人。

哪个男人喜欢一根筋的女人呢？不听人劝，真没劲。

他张老歪可不想被哪个女人拴住，他还没潇洒够呢。他越想，就越觉得应该尽快把这个雯雯甩掉。

最关键的是，这一次她让自己在程大队面前掉了底子，程大队以后就不会再信任他了。

但是，他还是硬着头皮给程前胜打了电话。那一副哭腔把程前胜吓了一跳。

"程队，完了，彻底完了……"

程前胜沉住气："咋回事？好好说话，到底咋回事？"

"那个婊子……雯雯，就是那个雯雯，把这条线索整断了……"

问清了情况，程前胜好半天没有回过神来。

他只好另想办法。他找了另外一个眼线猕猴，把任务给猕猴安排下去。

支队长樊成辉和副支队长孙英杰每天都在盯着，但是连续几天的堵截没有任何效果。

没有线索，各路人马就在调查摸排上下功夫。很多案件都是这样的，一天到晚摸排、摸排。

有什么办法呢？谁让你当这个刑警呢？

当刑警的，可以说一年 365 天，几乎天天都在忙碌。破案只在一瞬间，于是高兴就在一瞬间。可是一瞬间过去了，新的案子又来了，很多案子在手上，很多时候都是忙得不可开交。

可是当刑警会让人很上瘾，很多人一生都不愿意改变。

侦查工作在紧锣密鼓地进行。

就在这时，4 月 13 日一大早，"3·27"枪杀案发生后的第十七天，又一起震惊千里铁道线的血案发生了。

一大早，襄樊铁路车务段来上班的人发现，两个门卫已惨死在血泊中。

真是应了那句话，枪声不断，命案成串。"3·27"枪杀案连一个罪犯的影子都没看见，这里又发生一起双尸大案。

发案那天早上六点多钟，襄樊铁路公安处刑警支队侦查员张勇就来到了刑警支队队部。

他刚进院子里，就看见樊成辉支队长从三楼往下冲，神情十分紧张。

他边跑边朝张勇喊："快，跟我走……"

张勇立即跟上，问："什么事？樊支队！"

樊支队边跑边说："襄阳铁路车务段发生凶杀案了。"

大概五六分钟，樊成辉支队长和张勇开着车就赶到了襄阳铁路车务段。

襄阳铁路车务段是一栋五层办公大楼，外走廊。大楼的一楼，进大门右手就是传达室，也就是门卫室。凶杀案件就发生在这里。

两人到达现场一看，两个门卫都躺在床上，身上、床上以及床前的地面上都是血。

三楼财务室的保险柜被打开了，里面五万元现金和一部摩托罗拉手机不翼而飞。这五万块钱是准备给职工发这个月工资的。

案情重大。很快，处长余宏建、分管刑侦的副处长田华富以及在家的处领导，包括刑警支队领导、所有各个大队的领导、在家的侦查员们都赶到了现场。

郑州铁路公安局刑事侦查处王处长也率领刑侦、技术人员以最快的速度赶到了现场。

经过现场调查和勘查，大家一致认为，这是一起针对财务室钱款发生的凶杀案。很可能是犯罪分子在作案时，被躺在值班门卫室的保安发现，就对他们两个下了毒手。

犯罪分子熟悉现场情况，事先有精心的谋划并进行过认真的踩点。

现场极其血腥，受害者死相很惨，都是被重器击中头部致死。门卫室的玻璃门已经粉碎，玻璃碎片散落了一地，在晨光中格外刺眼。

现场没有翻动和打斗的痕迹，两个人没有任何反抗便死在被窝里。

在墙边角落里的一张木桌上，有一枚比较清晰的鞋印，与两名死者的鞋印完全不同。可以断定是犯罪分子留下的。这似乎是犯罪分子留下的唯一线索。

可以推断，犯罪分子应该是老手，具有很强的反侦查能力。

凶手杀死两个门卫不是目的，他们是冲着三楼财务室的保险柜有备而来的。

从一楼到三楼财务室一路都是声控开关，这些开关很敏感，稍微有一点儿动静，灯就亮了。但是，现在一楼到三楼的楼梯和走廊上的声控开关全部被胶布粘贴住了。显然，犯罪分子准备得非常充分。也就是说，在作案的时候，这些声控灯无法自动打开。

保险柜是被撬开的，可以看出犯罪分子戴了线手套，保险柜一侧的门上留有细微的棉线纤维。除此之外，整个财务室再没有发现其他有价值的线索。

在门卫室地上的残留玻璃碎片上和在三楼财务室地板上提取的相同的鞋印，成了这起凶案的唯一有价值的线索。

案发现场在铁路车务段办公室内，恰遇早晨上班时间，围观看热闹的铁路职工越聚越多，现场很乱。

死者家属哭天喊地，把段领导办公室围了个水泄不通，阻止领导办公。他们要求领导马上破案，抓获犯罪分子，为他们的亲人报仇。

田华富副处长和樊成辉支队长上前解释，做死者家属的思想工作，为被困的铁路车务段领导解围，结果也被困在那里，一直到后半夜才得以脱身。局面很尴尬。

现场成立了专案组，由田华富副处长担任专案组组长，樊成辉支队长和郑州铁路公安局刑事侦查处处长担任副组长，并由郑州铁路公安局刑事侦查处王处长负责督导。

侦查工作全面铺开。

在案发现场，程前胜来来回回走了不下十圈，细细观察，不放过任何一个角落。

说来奇怪，他总感觉身后有一双眼睛，一直在盯着他，如芒刺背，很不舒服。

他回身找，仿佛看见在围观的人群中有一个影子，一闪，又不见了。他以为是错觉或者是幻觉。但这种感觉第二次出现时，他已经预感到了什么。他自认为，他不是一个感性的人，也不相信什么直觉，但这次除外。

会发生什么呢？

程前胜带的兵都是训练有素的，出现场时该干什么，几乎不用程前胜吩咐，都配合得十分默契。

现场留下的唯一线索——那一枚鞋印，其中一个花纹比较清晰，这是一种普通的男士皮鞋。

樊成辉支队长马上派人到附近市场寻找。

功夫不负有心人，几路人马分头寻找，终于在市场上找到了类似的鞋子。

这不能不说是一个重要发现。于是开始围绕那些熟悉现场的人，具备穿这种鞋子的人，而且又可能到过现场的人进行排查。

程前胜在勘查任何一个刑事犯罪现场时，都是最不安分守己的。他往往把现场大概看一下，然后开始走访，在周边转圈，以便发现可疑迹象和可疑的人或物。

因为他知道，像这种重要的刑事犯罪现场，都是由处领导或者刑警支队主要领导在现场统一指挥，况且这个案件又有郑州铁路公安局刑侦处处长在现场，轮不到他指手画脚。在中心现场勘查的，除了领导，还有各位专家。勘查需要很长一段时间。

每每因为这个不安分守己而在周边转圈的情况，他总是受到领导的批评。但是很多次，他都是在这种情况下发现了重要线索。

这时，程前胜看到张勇带着他的徒弟、新来的刑警周清恒正在跟车务段食堂的一名职工聊天。

看到他们两个聊天时的表情，程前胜就预感到，像警犬一样具有高度嗅觉的张勇一定捕捉到了什么信息。

程前胜最了解他这位老战友张勇。十几年来，他们共同战斗，破获了一起又一起案件。这个张勇非常有侦查头脑，况且他是在中国刑事警察的最高学府经历过两年正规培训的人。

张勇看问题的角度和深度，常常让程前胜吃惊。

果然，张勇告诉程前胜，有一个重要情况，他们段里有一个停薪留职的人，在案发前一天到过犯罪现场财务室，而且刚才好像还看见他溜了一圈又走了。

程前胜急忙问怎么回事。

原来，张勇正在访问的这个人，是车务段食堂里面的采买，人很精明，接触面很宽。

张勇首先找到了他，跟他套近乎。很快，两个人就热聊起来。

张勇说："车务段发生了这么大的事，你作为本段的采买，是领导非常信任的人，应该有责任配合公安机关破案，为你的同事报仇。"

这个采买没有表示反对，而是陷入了沉思。

凭着职业的嗅觉，张勇感觉到有戏。

他接着循循善诱道："你现在就把自己当作一个警察，是一个刑警，是一个侦探，如果让你破这个案件，你认为会是谁作的案？

有没有让你感觉很可疑的人或事？"

小伙子想了好半天，还真的提供了一个人。

他说："这个人叫金灿灿，是我们单位的一个正式职工，几年前办了停薪留职。他家是丹江口的。这个家伙经常偷偷摸摸，他甚至偷到我们单位内部来了。人家都说兔子不吃窝边草，可是他专门在自己窝里干事。他还撬开过我们车务段内的车棚，盗窃摩托车、自行车，派出所多次抓过他。"

顿了顿，他接着说："昨天我还见他来车务段了，而且还上了三楼的财务室，他今天上午也在看你们勘查现场。"

这时，程前胜接到通知，马上去参加专案领导小组会议。

各位领导、各路大员都来到了会议室。

田华富副处长听完大家对案情的分析判断和侦查方案后，说道："这个案件，正发生在铁路改革的关键时刻，职工思想不稳，有惧怕心理。这不光影响改革，还会影响到襄樊铁路分局管辖的两千多千米铁路沿线的安全。"

接着，他要求把半个多月前发生的枪杀案件暂时先放一段，所有侦查人员都先投入这个案件的侦破当中。

他下达了死命令："限定十天之内破案。"

田华富副处长话音刚落，一向不那么守规矩的程前胜便接过话头，大声说道："不用十天，三天就可以！"

他说得很轻松。

"开会呢！莫瞎说。"旁边在座的领导们都知道程前胜平时不拘小节，甚至还有点儿吊儿郎当，最喜欢开玩笑。

"我不是瞎说，我是认真的。"程前胜道。

一听程前胜承诺三天破案，田处长笑了："牛皮不是这样吹的。这样吧，不要说三天，给你十天时间，你要能破，我给你请功授奖!"

程前胜和田处长经常会为侦破案件意见不一致而争执,似乎谁也不服谁,谁也说服不了谁,有时闹得不欢而散。但是,扭头还是哥儿俩好,谁都不记仇。

"不用,说三天就三天!"程前胜的语气很坚定。

之所以程前胜敢说三天,就是基于张勇对金灿灿的分析。

但是,在侦破每一起案件过程中,都会出现这样或那样可疑的人和可疑的事,甚至感觉各种证据都确凿了,准备抓人了,结果却不是那么回事。

这种教训太多了。一般人都会把这种感觉先揣在心里,不会乱说,至少开案情分析会的时候不会说。

而程前胜却是个另类。

有些人确实把程前胜说的这种情况当作了一个笑话。而张勇却把这个情况向田华富副处长和樊成辉支队长进行了专题汇报。

樊成辉觉得这是一个重要的情况,应当引起高度重视。

樊支队长对张勇说:"今天已经很晚了,明天一早你带一个侦查员去丹江口。我们支队刚接了一台新车,桑塔纳。你带个人,开这个车去,新车会好一点儿,安全一点儿。将近两百千米的山路,一定要注意安全啊!"

程前胜在一旁插嘴道:"两个人太少了,再给他增加一个人吧。"

此时,本来正休病假的刑警支队副支队长孙英杰赶到了现场。虽然在休病假,但听到辖区发生这样的命案,他在家就坐不住了。在向樊支队长了解了大概情况后,孙英杰主动请缨,说道:"我身体没什么大碍,这条线索很关键,到丹江口还是我带队去吧。"

樊支队说:"你呀,又坐不住了。你去的话,我肯定更放心些。有支队领导在,他们也有个主心骨。"

加上年轻的侦查员魏志辉，这个三人侦破小组便商议着准备出发了。

刑警有时候会像警犬一样，一有气味就兴奋不已。

明天上午再出发？这太晚了，怎么可能等到明天再出发呢？

张勇、孙英杰和魏志辉各带一支枪，由孙英杰带队，星夜兼程便赶到了丹江口。

丹江口车站派出所的老莫说："这个金灿灿我很熟悉。他从襄阳铁路车务段停薪留职后，在丹江铁路车务段装卸公司工作。装卸公司的领导简直拿他没办法。他吊儿郎当，经常偷偷摸摸，也是我们派出所掌握的重点。"

这个情况很好。但张勇觉得，应该首先查一下金灿灿具备不具备作案时间。

因为哪怕有再多的疑点，如果案发那天他正在丹江口上班，那就什么都没法说了。

于是，张勇就把装卸车间的考勤表拿来了。

经查看，金灿灿的考勤，4月13日前后，他请了一个礼拜的假，没有上班。

再经调查证实，金灿灿确实在4月13日前后没有上班。

这就是说，金灿灿具有作案时间。

怎么才能够找到金灿灿呢？

装卸车间领导说："明天上午8点整，他应当准时来装卸队上班。"

第二天早上，孙英杰、张勇他们来到货场装卸队，直接向金灿灿亮明身份："我们是襄阳公安处刑警支队的。"并向他出示了警官证。

就在这一瞬间，张勇发现金灿灿的表情很不自在。但他还是极

53

力地镇静下来，装得好像没事一样。

张勇说："有个案子找你了解一下情况。"

金灿灿问："是襄阳车务段那个杀人案吗?"

"你消息挺灵通的啊!"

"我知道。"

"你怎么知道?"

"我昨天正好到段里去办事，就知道了这个事。"

"好，你知道就好。现在你跟我们到派出所去一下。"

金灿灿一听，脸有些变了："我不去。"

张勇直视着金灿灿的眼睛，说话声音不大，但是却很威严："你不去行吗? 那肯定不行的!"

第6章　给我留个两千块钱

金灿灿被带到了火车站驻站点公安值班室。他对这个地方好像有点儿怯场，但还是硬着头皮进去了。

孙英杰他们三人跟金灿灿聊了好半天，但是没有任何结果。

孙英杰想了想，决定迂回作战。于是他安排张勇、魏志辉到金灿灿家里开展细致的搜查，查找是否藏匿了作案工具和被盗财物。

张勇带领侦查员魏志辉来到了金灿灿家。

金灿灿在丹江口铁路家属区的房子面积不大，大概四十平方米，条件很差。

把门一推开，迎着门就是一个单人床。

张勇第一眼就看见床前有两三双比较陈旧的鞋，有皮鞋也有球鞋。

张勇思维缜密，多年的刑侦经验，使他养成了观察的习惯。他下意识地把目光扫向床底，只见几双鞋子横七竖八地堆在那里。

张勇蹲下身，一只一只翻看。

令人很失望，都不是他要找的鞋子。翻遍了床底下所有的鞋子，都不是。

难道凶手不是他？

张勇打开随身携带的手电筒，结果发现床底下另有一个崭新的鞋盒，靠最里边放着。

他费了很大劲才把鞋盒掏出来，打开鞋盒，里面装着一双很新的男士皮鞋。瞬间，他感到了一种失望向他袭来。

但是当翻开鞋底，他发现了鞋底上有一些灰尘。显然，这是一双刚刚穿过的鞋子。

张勇眼睛一亮，一下子就看见了那熟悉的鞋底纹路。

他是个有心人，这也是一个合格的侦查员必须具备的素质。他从襄阳去丹江口之前就做了充分的准备，把现场勘查记录，包括现场勘查拍的全部照片，统统带在了身边。

他把足迹照片拿了出来。现场足迹照片很清晰，而且很特殊。鞋印的前掌内侧靠近大脚趾，是一个圆形的图案，在圆形里面有一个像"儿"字形的特殊图案。技术人员对案件现场介绍得非常清楚。

一比对，鞋底花纹与现场提取的足迹照片完全一致。

还有一个细节，让张勇更兴奋，更加确认这个案件是金灿灿作的。金灿灿家的桌子上放有一张废纸，这是一条香烟的外包装，拆开的内侧光面上，画着车务段杀人犯罪现场的平面图。画图的人虽然技术不高，但让人一眼就能看出，这是现场的平面图。

这说明金灿灿在作案前曾多次踩点，并且画了平面草图。

张勇很激动，马上向正在看守金灿灿的副支队长孙英杰进行了汇报。

紧接着给樊成辉支队长打电话。

"我们已经把金灿灿控制住了。现在正在他家里搞搜查，发现了一双鞋，鞋底花纹跟咱们现场提取的犯罪嫌疑人留下的足迹一模一样，而且还发现了一张用手画的现场平面草图。"张勇停了一下，接着道，"百分之八十这案子破了！"

樊成辉支队长当即表扬了张勇和侦破小组，同时指出："工作要再细一点，从保险柜里抢走的五万元现金有没有可能在他家里的哪个地方放着？你们的搜查要再细致一点，一定要细。"

按照这个要求，张勇把卧室里面所有可能藏匿现金的地方，包括壁柜上面、柜子底下、抽屉里、写字台里、床上床下、里里外外全部搜了个遍，但是都没有找到现金。

张勇并没有气馁。他坐在沙发上，认真地观察着房子里的每一处设施和细节。

突然，他跳了起来。

果然，在壁柜的一个夹层里，他找到了五万元现金，从票面和包装上判断，这就是车务段保险柜内的现金。

张勇再次当即向樊支队和田处长报告。

"根据目前取得的证据，现在可以说是百分之百破了！祝贺！向同志们表示祝贺！"樊支队长由衷地给予了表扬。

正在这时，孙英杰给张勇打来电话："搜查结束了没，赶紧回来，金灿灿这小子借口要上厕所，强行往外闯。"

孙英杰是个病号，他一个人在驻站点警务区负责看押金灿灿。金灿灿看到孙英杰病恹恹的样子，觉得逃跑的时机成熟了。于是他坚持要上厕所，去厕所里解手。

张勇猛地想起了一个细节，刚才因为没有确凿的证据证明金灿灿犯罪，所以就没有给他戴手铐。

"坏了！"张勇不由得暗暗叫苦。孙英杰的身体还没完全康复，一个人很难对付金灿灿。

情况危急！金灿灿很可能强行逃跑，如果逃跑了就麻烦了。

"明白，我们马上往回赶，你要小心，这个家伙身体很壮实。"张勇大声说道。

说完，他们便冲出门，一路狂奔。

刚跑到警务区门口，就看见孙英杰正与金灿灿对抗着。金灿灿在强行往门外闯，孙英杰几乎快抵挡不住了。

但是，他仍毅然决然地拼死拦在门口。

"你凭什么不让我上厕所?! 你凭什么抓我?"金灿灿嚷嚷着已经挤出了门外。

但他被孙英杰死死地抱住了后腰。

就在这时，张勇他们赶到了。

"铐起来!"张勇大声道。

可金灿灿坚决不让铐。

"金灿灿，你死到临头了，还跟老子来这一套!"张勇这回是真来气了，说着便抓住金灿灿的臂膀，一下子把他撂倒在地，给他砸上了反铐。

打道回府，当即押回襄樊。

一路上，无论孙英杰他们怎么讯问，金灿灿都一声不吭。

到吃饭的时候了，张勇把事先准备好的食品拿出来，有酱牛肉、烧饼，还有卤鸡蛋。

张勇递了一块酱牛肉给金灿灿，但是他不吃。

又给他一块烧饼，他还是不吃。

"烟酒不分家，酒肉不分家。吃吧，兄弟。"张勇说道。

可能是张勇这句兄弟叫的，金灿灿竟一下子开始吃起来，而且吃得很香，很贪婪。

当天下午，张勇他们押解着金灿灿回到了刑警支队。所有专案人员都停止了工作，在支队部夹道欢迎侦破小组胜利归来。

樊成辉支队长安排张勇他们休息，同时组织三个审查小组开展审讯，力争一举拿下口供。

但张勇的脑子里还在思考案子，因为金灿灿的口供还没有拿下来，他睡不着。

他在间休室的床上辗转还不到十分钟，就听到"当当当"有人敲门。

樊支队走了进来。

"交代了？"张勇以为是金灿灿交代了杀人的犯罪事实，急忙问。

"交代个屎！"樊支队道。

"怎么回事？"

"这个金灿灿嚣张得很，他们搞僵了。算了！你也别休息了，这个碉堡交给你了。"樊支队下达指令道。

刚才还歇斯底里的金灿灿，见张勇走了进来，竟突然变了一个人，他一句话也不说了。

张勇也不说话，就这么看着他。他们两人谁也不说话。

审讯室里的灯光不是很亮，昏昏沉沉的。

隔壁会议室里，郑州铁路公安局刑事侦查处的王处长和田华富副处长、樊成辉支队长、支队政委文敏、副支队长孙英杰，都在通过视频观看张勇对金灿灿的讯问。

金灿灿好像有千里眼，他突然迸出一句话，几乎是歇斯底里："房间里所有的人，所有人都给我出去！"

金灿灿的声音非常大。张勇心想，这家伙是不是神经了？是不是大脑出问题了？

"我说你们里边房间的人统统出去！我只给张哥一个人讲，多一个人我都不会讲！"金灿灿还在吼。

张勇探头往外看了一圈，跟金灿灿说："没有人啊！什么人也没有，就我一个。"

"我叫你一声哥。"金灿灿的语气平静下来，又重复了一遍，"我叫你一声哥。"

张勇点头："好，你把我当哥，我把你当兄弟。"

金灿灿看着张勇："你叫我兄弟，你把我当兄弟，你看得起我，你没有不把我当人，你们吃啥也给我吃啥。"

"无论你有什么事，但人格上我们是平等的，你说是吧？"张勇真诚地说。

"张哥，"他没有直接回答张勇的话，而是说，"我不敢看你的眼睛，我一直不敢看你的眼睛。你那双眼睛太厉害了！真的，你的眼睛太毒了！在你跟前，我隐瞒不了，隐瞒不下去，说不了谎话。"

顿了顿，他突然道："我告诉你，这个案子是我搞的，我要让你一个人立功。"

瞬间，微型录音机的按键便被张勇按下了。

其实，张勇早就做好了应对准备，悄悄地把一个微型录音机装到自己的包里。而这个包离金灿灿不到一米的距离。

监控室里的樊成辉侧身转向田处长、王处长："有戏！"

五个人同时会心地微笑起来。

审讯室里，金灿灿继续往下说。

"张哥，这个案子就是我搞的。我让你一个人立功。他们第二个人进来我都不会讲。"他停了一下，接着说，"但是，我有三个条件，你要答应了，我就利利索索地跟你讲。"

"哪三个条件？"张勇问。

"第一，你到我家去搞搜查了，你也看到了，我家上有老、下有小，父母亲都有病，退休金又低，我有个两岁多的女儿，老婆又没工作，你多多少少可怜我们，给我留点儿钱。"

"你说个数吧。"

"你看到时候能不能给我留个两千块钱?"金灿灿有点儿怯怯地说。

这时是2001年,两千块钱不算多,但也不少,可能相当于现在两万块钱左右吧。

张勇想,追回来的这个钱是车务段的,对一个铁路企业来说,让他们拿出两千块钱应该不成问题。退一万步讲,哪怕是领导批评我,车务段不出这个钱,我自己出这个钱也认了。这么短的时间能破获一起杀人案件,实在不易。

"就给你留两千块,没问题!"这时的张勇既不是大队长,更不是处长,可他豪气一来就这么答复了。

这完全出乎金灿灿的意料。

看张勇这么仗义,金灿灿立即站起来,给他鞠了一个深深的大躬。

他接着说第二个条件:"在没有交代我杀人之前,我想看一眼我老婆和孩子。"

"这个肯定没有问题。百分之百让你见到你老婆和孩子。还有什么问题?"

金灿灿的眼睛湿润了,他没有立即回答。

这时已经是凌晨一点钟左右了。

监控室里听张勇审讯的田华富副处长和樊成辉支队长立即组织警力,从公安处调来两台车准备去丹江口接金灿灿的老婆和孩子来襄樊跟他见面。

田华富和樊成辉把这个情况向党委书记孙大全汇报了。

孙大全书记立即带着办公室主任王国强,还有襄樊铁路电视台的记者来了。

整个刑警支队的院子里灯火通明,人来人往。

一向对刑侦工作特别重视和关爱的孙大全书记个头不高，但是嗓门很大。他在院子里当着很多人的面大声道：

"这次一定要给刑侦的同志们好好记功表彰，该提拔的要提拔！我就说，我们的刑侦队伍是最有战斗力的！"

听到孙大全书记这么说，郑州铁路公安局的王处长紧紧握住孙书记的手说："谢谢孙书记，谢谢你一直以来对襄樊处刑侦工作的支持、重视和关爱！"

这时，张勇告诉金灿灿："我们处领导已经安排车辆，马上赶到丹江口接你老婆和小孩儿。你的第三个条件，说吧！"

"张哥，你就是我亲哥。我知道我这一次躲不过去了，我肯定死定了。我唯一的一个愿望，就是在我走之前，在我被枪毙的那一天，你一定要到刑场给我送行。因为张哥你是我的亲哥。"金灿灿这句话一讲出来，张勇完全被震撼了。

他的眼泪差点儿流出来，他的心里很不是滋味。

世间都说，人之将死，其言也善。张勇心想，既然如此，何必当初呀！可惜你不是我的亲弟弟，如果你是我的亲弟弟，我绝对不会让你走到今天这个地步。

"兄弟！你放心，我一定会到刑场去为你送行。因为我们公安处形成了这种规矩，只要是我们自己办的案件，又是我们铁路公检法枪毙人，我们刑警大队所有人都要到现场。今天，你请求我去送你，我跟你说，只要我张勇那一天没有死，只要我张勇那天还活在这个世界上，无论如何我都一定会到刑场去送你。"

金灿灿的眼泪在眼眶里打转。他提的三个要求，张勇都答应了。这么利索，他完全没有想到。

"张哥，我要抽根烟。"金灿灿说。

凭着多年审查罪犯的经验，张勇知道火候到了。因为只要犯罪嫌疑人开始要求抽烟，基本上就差不多了。

田华富副处长在会议室门口听见金灿灿要烟抽，便把门打开一条缝，递进去两包玉溪王。

张勇抽出一支，递给金灿灿："这可是好烟。"

谁知道金灿灿竟摇了摇头："我不抽这种烟。"

张勇有点儿不爽，声音有点儿高："你事真不少！你知道不知道？这是我们处长抽的烟。"

"这是烤烟，我不抽烤烟。"

"那你要抽什么烟？"张勇不会抽烟，也不懂得什么烤烟不烤烟。

"我抽襄阳产的金鳄烟，可能你都没见过。现在好像没有，是一种中低档烟，平民百姓最喜欢抽。"

这时已经是凌晨两三点了。张勇知道刑警支队楼下有一个小门面就是卖烟酒的，但是早就关门了，店里没人。

没办法，张勇只得让刑警支队内勤田华兰把副食店的门撬开，拿出一条金鳄烟来。

张勇与店老板关系很好，第二天再跟他解释，给他补偿。

"抽吧，这一条烟都是你的。"张勇把那条金鳄烟放在了金灿灿面前。

金灿灿把烟拆开，递给张勇一根："张哥你抽。"

"从小到大，我都没抽过一根烟。只要我一抽烟，头就晕得不得了，我抽不了。"张勇实话实说。

谁知道金灿灿却说："张哥，你要不抽，我也不抽，我也不讲了。"

这一下子可把张勇给气坏了。他心想，这个狗日的，毛病真是多得很，怪尿得很！

可是他转念一想，为了破案，还是抽吧。否则，唉！咋搞呢？

"好吧！老子今天就陪你抽！"张勇下了决心。说这话的时候，他显然忘了他俩是兄弟了。

就这样，他俩对着抽，你搞一根我搞一根。

再难受也得抽啊！张勇强撑着。

他知道，他的微型录音机一直在转动。

抽着抽着，金灿灿就兴奋了。

"张哥！你太够意思了，这个事我就让你一个人立功。人是我杀的，还有一个同伙。就在门卫室，是个小伙子。"

这是一个新情况！从现场勘查的痕迹物证反映，应该是两个人进入现场。

"张哥，我跟你说，我这个同伙是我发小，也是丹江口的，叫付磊，刚结婚十来天，没有工作，是个待业青年。"

张勇抓紧时间把这些情况赶快汇报给樊支队。

"你一定要稳定他。等他的情绪稳定一下，把他的全部口供拿下来。记住要固定证据。"樊支队发出指示。

几位指挥员紧急商量，必须立即去抓这个同案犯。因为万一走漏风声让付磊跑了，再到全国各地去抓，那就麻烦了。

"你好好配合我们把付磊抓住，也算你立功。"张勇对金灿灿说。

"我可以配合你们。我如果不配合你们，付磊跑了就麻烦了，可能你们花再多精力也不一定能抓得住。我跟你说的是实话。"金灿灿回答道。

凌晨三点了。十多个警力，由樊支队长带队，程前胜、张勇等一行立即出发。

这是一天之内第二次赶赴丹江口。

半夜三更，长途跋涉，为安全起见，也为防止金灿灿逃跑、自残、自杀，樊成辉让张勇给金灿灿戴上手铐。

张勇拿出手铐要给他戴，可是这小子坚决不戴。

"我不戴！你要是让我戴，我就不配合你。"

张勇眉头一皱，计上心来。

他把手铐"咔嚓"一声戴在了自己左手腕上："既然你叫我哥，我叫你兄弟，你看，那我们兄弟俩就连在一起，手拉手，心连心。"

这样一来，金灿灿便伸出了他的右手，老老实实戴上了手铐。

途中，迎面遇到了载着金灿灿老婆和孩子的汽车。

临时决定，金灿灿与妻子和女儿的最后一面，就在公路边进行，但同时要在周边做好严密警戒。

当张勇把金灿灿刚带下车，还没有站稳，金灿灿的老婆和孩子已经先下车等在路边了。

他老婆"扑通"一声跪在金灿灿面前，抱着他的腿号啕大哭。

金灿灿急忙弯腰抱住妻子。

妻子哭得更伤心了，边哭边说："你是怎么回事啊?！我们家里就是再穷再苦，也不能干那种事呀！伤天害理呀！你为什么要走这条路啊？你……你走了以后，我跟孩子怎么办？你的父母亲怎么办啊?！……"

金灿灿和妻子都知道这是他们两口子的最后一面，越哭越痛，越痛越悲，一家三口哭得昏天黑地。

樊成辉和程前胜、张勇商量，不能再耽搁了，还要抓紧时间赶到丹江口去抓付磊，于是把他们强行拉开了。

也可能是张勇的一系列动作感动了金灿灿，襄樊刑警很顺利地找到了付磊的家。

樊支队长对张勇说："你跟周启贵负责把金灿灿押到车上，后面抓人的事你就不用管了，但是必须保证不能让他跑了。"

说完，樊成辉带领程前胜、罗建明、陶建、魏志辉等十来个侦查员迅速将付磊的家团团包围起来。付磊住在一楼，樊成辉带人把所有可能逃跑的地方都布上了岗哨。

付磊家的防盗门很坚固，樊成辉敲了很多下没有反应。

一直敲，里边的灯终于亮了。

付磊手里提把刀，明晃晃的，声嘶力竭地叫道："谁敢来！谁进来我就砍死谁！反正我们已经杀了两个了，再杀一个都是赚的了！"

不开就强行撬开。付磊挥舞着大砍刀在门里发疯。

樊成辉他们根本不管他那一套。程前胜一马当先，不一会儿就把防盗门给撬开了。

"谁敢进来，我砍死谁！"付磊挥舞着大砍刀狂叫。

"真邪门了！竟敢这么嚣张！小子！我们是警察！"程前胜很恼火。

樊支队示意大家注意安全，自己却一点点向前靠近。

程前胜手里拿着枪，子弹已经上膛。因为他知道这是你死我活的斗争，他早就做好了开枪的准备。

"付磊！你给我老实点儿，你要再敢动，老子一枪打死你！信不信?!"程前胜喝道。

樊成辉支队长乘势猛地撞开防盗门冲进去，正对着付磊举着的尖刀。

刀尖就在樊成辉的鼻子前。

"危险！"程前胜大叫一声，一个箭步冲上前，枪直指付磊的脑门，"再往前走，一枪打死你！明年的今天就是你的忌日！"

付磊迟疑了一下。

只这一下，樊成辉他们已经扑了过去。

付磊被按倒在地，尖刀也早已被夺了下来。

这时候，天仍然没有亮。

66

押解金灿灿和付磊回襄阳的路上，金灿灿对张勇说了真话："张哥，我真的为你捏了一把汗。"

"为什么？"

"现在我可以告诉你，你差一点儿就死在我手里了。"

张勇诧异地看着金灿灿，问道："什么时候？"

"第一次你把我带到你们刑警队的时候。我知道这么一带进去，我就完了，所以我必须寻找机会逃跑。你还记得我跟你交锋的时候，我就想故意把你激怒。你如果被我激怒了，你就会骂我。你要是骂我，我就跟你对骂，然后你就开始打我，我就跟你对打。我已经准备好了，趁你不注意的时候，我用两个手指头上去一下子就把你的两个眼球抠出来！可是没有想到，你还喊我兄弟，还对我那么好，越来越好，后来我就放弃了这个念头。"

听到这里，张勇"啊"了一声，顿时浑身冒汗。

但是，他接下来很快就睡着了。他太困了，实在是太困了。

程前胜接着跟金灿灿聊。

金灿灿跟程前胜埋怨付磊："太不听话了，什么都不舍得丢，那双新买的皮鞋，他非得留作纪念。包括作案时穿的迷彩服、手套、蒙面的丝袜，都藏在了自己家的床底下。"

金灿灿接着又说自己也是鬼使神差把那双新皮鞋留下了，其余的作案工具都让他一股脑扔进了河里。

清晨的浓雾很大很浓，能见度只有 30 米。返回襄樊的路异常难走，说车速比牛车快一点绝不夸张。

还跟来时一样，金灿灿依然和张勇铐在一起。

早上 8 点多，樊成辉一行安全地回到了襄樊。几位领导在看守所门前迎接他们的到来。

金灿灿被关到了号子里。

第7章 要人命的"糊涂人"

真可谓：一念天堂，一念地狱。金灿灿做梦都想发财，可钱在自己家里还没暖热，自己就进了监狱，想想这事怪划不来的。

那一天，当他来到单位的财务室，看见会计打开保险柜的门，眼前出现了一沓沓红色的钞票，他瞬间两眼放光。

他还没有看够，"咔嚓"一声，女会计就把保险柜的门关上了。

金灿灿平时最喜欢看美女，特别是财务室的那个美女。以前他还没有停薪留职的时候，经常有事没事就到财务室去转一圈，为的就是饱一下眼福。

可是此时此刻，他对美女已没有一丝兴趣了，最吸引他的是那一沓沓红色的钞票。

他忽然偷偷笑了，一个大胆的主意瞬间萌生——抢了它。

他第一时间就想到了付磊，这是他唯一的好友。

两个人一拍即合。于是，先踩点，绘制现场图，购买作案工具。

在买鞋子的时候，两个人意见稍有分歧。

金灿灿认为没必要买新鞋，付磊却觉得生平第一次作这样惊天动地的"大事",怎么能没有仪式感?再说,马上就要发财了,也该有点儿像样的穿戴。

金灿灿想想也是,一直以来都很穷酸、卑微,很快就能扬眉吐气了,穿好点儿、吃好点儿也理所应当。

两个人几乎掏光了身上所有的钱,先去下了一顿馆子,点了几个像样的荤菜,还有一瓶襄阳老酒。这酒很香,很醇,据说跟襄阳古城一样的年龄,延续了两千八百多年。

吃的、喝的,是他们有记忆以来最爽的一次。

两个人查了一下皇历,选中了4月13日,黄道吉日。

一切似乎都很顺利,他们轻车熟路,犹如探囊取物,中间没有一点儿障碍。

他俩背着钱,心里乐开了花,特别想哼个小曲,但是却不敢。

金灿灿心想,只要过了门岗,世界就变了,他们将成为有钱人了。可以吃香的、喝辣的、穿好的,特别要让那些平时瞧不起自己的人看看我金灿灿的今天。我要在他们面前甩着膀子横着走,走出一副有钱人的派头。

就这样想着,金灿灿的脚下不由自主地生了风,飘飘然……

突然,脚底下好像踩到了一粒石子,崴了一下脚,他本能地"哎呦"一声。付磊想去捂住金灿灿的嘴,显然来不及了。

"哪一个?是哪一个?"门岗里传来询问声。

"是我。"金灿灿答应着,抄起锤子冲向门岗。

门卫还没有反应过来,就被连续几锤子砸下去,瞬间失去了生命,留下一片血腥……

站在围观的人群中,金灿灿看着警察忙碌的身影,心里充满了嘲弄。

只是,他的嘲弄短暂了些。一个异常短暂的梦,梦到高潮,直线跌落。

四月的襄樊，还算春天，襄阳车务段门口堰塘里的水还是刺骨的凉。

岸上很多人在围观。

雇来打捞凶器的两个小伙子在水里冻得瑟瑟发抖，一个多小时了，来回摸索，依然一无所获。

以程前胜为首，刑警支队来了十几个侦查员。他们很着急，生怕找不到扔掉的这些凶器和作案工具。这些东西如果找不到，给罪犯定罪量刑将会遇到很多麻烦。

程前胜站在岸上，打电话给看守所所长，要跟号子里的金灿灿通电话。与金灿灿进一步确定了位置后，程前胜准备亲自下水，他就不相信捞不到凶器。

他边脱衣服边喊道："是党员的，都跟我下……"

说完，他第一个跳下了水。紧接着，十几个侦查员都"扑通扑通"跳下去了。

侦查员们大部分是共产党员，而不是共产党员的也跟着跳下去了。

他们手拉手，排成排，顺着堰塘一点一点地摸，地毯式搜索。

不到十分钟，撬棍、锤子都被捞了上来。

这时，岸边围着好多看热闹的老百姓兴奋了。他们一边鼓掌，一边呐喊："好样的！铁路公安好样的！"

程前胜他们一身泥一身水上了岸，冻得嘴唇都发乌了。

住在附近的居民们纷纷拉着他们去自己家里洗澡，还拿出被子裹在他们身上。

"4·13"杀人案，仅用三天时间就成功告破。

樊成辉支队长安排程前胜和张勇他们休息一天，睡个好觉，恢复一下疲劳。

但他们一刻也没有休息，而是继续投入侦破"3·27"案件当中去了。

几个月后，张勇兑现了他的诺言，在金灿灿被执行枪决的那一天，不仅张勇去了，还有樊支队、程大队都到了刑场。

张勇与金灿灿对了一下眼神，没有说话。

金灿灿的脸上露出了一丝欣慰的微笑。他或许在想，二十年后又是一条好汉，我们那时再相见吧，大哥。

这会儿，程前胜要去见他的线人猕猴。

昨天半夜，猕猴在电话里火急火燎地说："快呀，程队，你们再不快点儿，黑山、陈晓曲他们就要跑了。"

猕猴长得很可笑，一对滚圆的小眼睛，很亮，距离有点儿近，他随便看你一眼，都能让你有种很专注的感觉。他没有正经职业，谁的忙都帮，但一般都是打酱油的角色，混个肚圆没问题。由于人微言轻，经常被忽略。他嘴甜、腿快、态度好，没人防备他，很适合打入"敌人"内部。

这话是程前胜开玩笑时说的。

猕猴没有犯罪前科，却有过触犯法律的经历。

程前胜总是感慨，像猕猴这种人，稍微引导一下，也不至于整天和那些不三不四的社会混混搅在一起。等机会吧！合适的时候，可以帮他一下。

程前胜这样想着，已经看见在公园门口张望的猕猴了。那样子看着就好笑。

71

"程队！"猕猴笑着冲他跑过来。

程前胜没有下摩托车，双腿支在地上："说说你摸到的情况。"

"昨晚我和一帮哥们儿吃饭，他们都在议论铁路车辆段工地持枪杀人的事。听说是黑山和陈晓曲干的，他俩是哥们儿，干啥都一起，连坐牢都一起。"

"这些我都知道，还有啥情况？"

"听说前两天他们聚会了，商量逃跑的事。黑山和陈晓曲意见不一致，还起了争执。听说是黑山搞了个女人，爱得死去活来。黑山想带她走，女孩儿却舍不得爹妈，就这样扯着。陈晓曲埋怨黑山为了女人连命都不要，黑山掀了桌子……"

"最后呢？"

"没有最后，桌子掀了，黑山就走了，应该闹崩了吧！"

"他们在哪里喝的酒？"

"哎哟，对不起程队，我忘了问了，对不起，我现在就打电话问。"猕猴说着就开始拨电话。

程前胜拦住他："不用这么急，你打听清楚再告诉我吧！"说着，从皮夹里掏出两百元钱递给了猕猴。

猕猴没接。

"拿着吧，留着跑腿用。如果帮我抓住了黑山，我申请多奖励你点儿。"程前胜执意让他收下。

猕猴接过钱，给程前胜深鞠一躬。

猕猴走了，程前胜掏出手机便给张老歪打电话。

不通，关机。

玩失踪，应该是躲那个雯雯吧？

看来，黑山他们还没离开襄樊。只是他们会躲在哪里呢？他们四个，不，包括吴安华，还有那个小娟，他们的家，程前胜都派了弟兄日夜轮班蹲守，始终没有动静。

当天晚上刚吃过晚饭，程前胜终于接到了张老歪的电话："黑山计划月底逃跑。"

"哪来的消息？"

"雯雯。"

情报完全一致。程前胜掐指一算，距离五一，满打满算还有十天时间。

程前胜是个讲故事的高手。

今天不偏题，重点讲"3·27"案，讲黑山，讲"嘎子"，讲蔡云龙，讲那一帮稀里糊涂就要了人命的"糊涂人"。

董俊锋不解："为什么说是'糊涂人'？"

"比如，'3·27'案件里的蔡云龙，就是稀里糊涂被卷进了这场杀人案里。"程前胜释疑解惑。

蔡云龙一直叫屈喊冤，说自己倒了血霉，碰到了黑山。自己虽然不是什么好人，但七年的牢狱生活，已经让他彻底清醒。他发誓，出狱后一定好好做人、好好做事。

但事与愿违，他生活的那个圈子，很容易让他重蹈覆辙，这似乎成了一种宿命。

那一天，也就是3月27日的上午，他帮着朋友料理白事，接近中午的时候，朋友周伯通给他打电话，想见面说一下工程方面的事。

蔡云龙当即答应，乘坐的士到了约会的饭店。两个人边吃边聊。

吃着吃着，黑山和陈晓曲来了，大家一起吃饭。

周伯通跟他们很熟，蔡云龙跟他们只是点头之交。席间，倒也客气，没说什么正经事，一直闲吹牛。

后来黑山和陈晓曲被人叫出去，交头接耳，似乎在商量什么事情。

吃完饭，周伯通吩咐蔡云龙到襄新路去找一个叫"坡子"的人，帮他拿个东西。

拿什么，周伯通没说，蔡云龙也没问。等他从坡子手里拿到一把仿"六四"式手枪时，蔡云龙有点儿害怕了。

周伯通在电话里吩咐他，让他把枪送到清河二桥，交给一个叫嘎子的人。

蔡云龙便到了清河二桥。

周伯通当时并没有告诉他什么事，他当然更不知道此时此刻的黑山、陈晓曲、嘎子已经坐在出租车上，离蔡云龙所在的位置清河二桥越来越近。

他傻傻地等在那里。

一辆红色的出租车突然停在了蔡云龙面前。由于车刹得急，荡起一股黄色的尘土向蔡云龙扑面而来，呛得蔡云龙连声咳嗽。

他刚想骂人，车窗里探出一个脑袋，是黑山，冲他勾了一下手指头。

蔡云龙小跑着过去。

"三哥呀，又见了！"蔡云龙搭讪着，有点儿讨好的样子。

说来奇怪，蔡云龙明明知道黑山不是什么好人，他也不想跟他走得很近。他知道自己虽不算好人，但他努力想做个好人，想做好人就要离黑山这种人远一点儿，可命运偏偏就要捉弄他。

"赶紧上车，带你去个地方。"黑山说完，摇起了窗玻璃。

"好的，三哥。"蔡云龙答应着。他拉车门的瞬间，突然想起自己要在这里等嘎子，他赶紧冲着黑山摆手，"不，不，我还要等人……"

"怎么？不愿意跟我玩？"黑山已经有点儿不高兴，"叫你是看得起你，还敢给老子摆谱？"

蔡云龙连忙解释："三哥，三哥，您千万别误会，我要在这里等嘎子，我真的有事。"同时对着黑山作揖。

事后，蔡云龙很恨自己。为什么见了黑山，自己就尿了，一副孙子的模样？

"嗨！走吧，我在这儿呢!"说话的是嘎子。

车上的嘎子摇下车窗，向蔡云龙摆了摆手。

蔡云龙就这样上了黑山的"贼车"。

车上，蔡云龙掏出了枪，刚想递给嘎子，却被黑山一把抓过去："试了吗？咋样？"

他用手拂了一下枪身，仔细打量着，歪叼着烟卷，一缕烟雾笼罩着他的半张脸，有些虚幻，有些神秘。

蔡云龙没敢接腔。因为他没试过枪，好不好用他不知道。

这个时候，他才看清，车上还坐着陈晓曲。他们每人手里都握着一支枪，嘎子和陈晓曲手里拿着的是长杆猎枪。

蔡云龙吓得一激灵，本能地伸手去推车门。

"你干什么？给我老实待着!"黑山的声音低沉，很恐怖。说着，他将那把枪扔回给蔡云龙，又把车窗摇下一条缝，一张嘴把烟蒂吐出窗外。

妈呀！这下完了。蔡云龙心里叫苦连天。我怎么这么倒霉啊！碰见黑山这个恶魔，还上了他的贼船。

"给，咱俩换换。"陈晓曲将他那把长枪扔给蔡云龙。不等蔡云龙反应过来，他腿上的那把仿"六四"式手枪已经到了陈晓曲的手上。

蔡云龙就这样稀里糊涂被带到了那个杀人现场。

接下来发生的一切，仿佛一场梦，总给他一种不真实的感觉。他只能跟在他们屁股后边瞎晃着。

"砰"的一声枪响，杂乱喧嚣的工地瞬间安静下来。

但眨眼的工夫，是更大的骚乱，所有人都惊慌失措地奔跑。

蔡云龙不明白发生了什么，站在那里发愣。

黑山踹了他一脚，骂了句："傻子，还不快跑?！愣着干啥！"

蔡云龙这才开始跑，踩着黑山的脚印拼命地跑。

来时四个人，走时一个不少。他们冲出工地，到了路口，拦了一辆出租车。

黑山没有想象中那么英雄，他看起来也很紧张，大口喘着粗气。

他看着嘎子："咋就那么准呢?"

嘎子脸色煞白，西装已被汗水湿透。他好像在微微颤抖："我也不知道。"声音里带着哭腔。

黑山没再说话。

他点着一支烟，猛地深吸两口，喷出了两股浓重的烟雾。坐在前排的嘎子似乎被烟呛到了，一阵剧烈的咳嗽。

黑山不停地抽着烟，也在不停地催着司机："叫你开快点儿，听见没有?！"

司机不断地轰着油门，又不断地踩着刹车，由于开得猛烈，把人晃得东倒西歪。

嘎子坐在前排不停地干呕。

"你咋开车呢? 不想活了!?"黑山气急败坏，从后排一把抓住司机的后脖领。

司机被勒得快出不来气了，挣扎着。

车失控了，七扭八歪。一声刺耳的刹车声，司机在关键时刻踩下了刹车。

"三哥，三哥，冷静点儿！冷静点儿……这样危险，冷静点儿……"陈晓曲去解黑山的手。

车终于停在了一个家属院门口，不等人下完，司机就迫不及待地冲了出去逃跑了，差点儿把最后下车的嘎子带倒。

天上乌云密布，暴风雨即将来临。

几个人小心翼翼地跟着黑山来到一栋居民楼的楼栋门口。

黑山说："你们等着我。"就一个人进了门洞。

嘎子的脸色更加苍白，浑身大汗淋漓，像刚从水里捞出来一样。

黄昏的天色极其昏暗，气压很低，眼看着一场大雨即将来临。

嘎子的魂似乎已经丢在了那个响枪的工地上，丢在了那个捂着肚子躺在血泊中的人身上。他靠着一棵光滑的垂柳哭着说："我不是故意的……我不是……故意的……"身体慢慢地顺着树干一点点蹲下。

嘎子大名叫刘振海。真实的他没有这么尿，相反，他挺勇猛。

几个月前，那时候，他刚认识黑山没几天，黑山就带着他去跟人打架，双方都拿着大砍刀，个个都拼命上，刘振海表现得异常凶猛。

其实他也怕，甚至腿肚子都有点儿转筋。但他为了得到黑山的认可，必须豁出去，必须咬着牙、闭着眼往前冲。他替黑山挡了一砍刀。这一刀不是很重，被他飞起的脚挡了一下，脚瞬间流了很多血，但没有留下后遗症。

这一下给黑山留下了很深的印象：这个小兄弟够味，够哥们儿。

从此，刘振海就常伴黑山左右，俨然成为他的左膀右臂。刘振海之所以瞒着家人投靠黑山，是想借助黑山的手，替他报仇，报那一嘴巴之仇。

刘振海崇拜的大哥叫鞠义山，曾是同一所学校高他两届的学长。他从小就被这个鞠义山带着闯社会。两人曾经亲如手足，后来鞠义山又娶了从小带他长大犹如母亲的三姐，成了他的三姐夫。从此两人更是形影不离，他成了鞠义山的跟屁虫，天天黏在一起。

只可惜，鞠义山这个靠山不太牢靠，他挨人嘴巴，鞠义山却不能给他报仇。

刘振海只好求鞠义山介绍黑山跟他认识。

鞠义山开始不敢，他怕刘振海的父亲，也就是自己的岳父。

第8章 两元钱换来两个巴掌

刘振海的父亲可是个老革命，耿直、善良。他和大哥兄弟俩一起参加过抗美援朝，保家卫国。后来大伯牺牲在朝鲜战场，永远留在了朝鲜那片土地上。

这是父亲永远的痛。每年的重大节日，父亲都会跪下来，手里捏三根香，对着一个红包裹磕三个头，嘴里念念有词。

这红包裹里是兄弟俩的军功章。

父亲常常一个人默默地把那些军功章摆出来，一看就是几个小时。在这个时候，从来没人敢去打扰父亲，孩子们即使偶尔撞见这一幕，也都会悄悄躲开。不然，父亲会冲着他们发很大的脾气。

这个家的家规森严，刘振海他们姊妹五个从小都是规规矩矩的，不敢有一点儿出格的地方。他们对父亲只有两个字：敬畏。所以，姊妹几个在外边受了委屈，谁也不敢跟父亲说。

刘振海在这种环境中长大，自然不敢有出格的行为。他中专技校学的是汽车维修，毕业后被分配在公交公司上班。

大锅饭吃着没意思，他就学着做生意，承包了学校的台球厅，还利用业余时间给同学们带货挣差价。

在公交公司最大的收获不是挣了钱，而是认识了他后来的妻子。妻子也是在新疆长大的。

当年，他和妻子的父亲都是去援疆支边，又先后从新疆调回襄樊。尽管一个在南疆，一个在北疆，但同是边疆的情结，让他俩一见面就成为好朋友。

第一次认识，还是因为刘振海的前女友，三个人一起吃饭，聊着聊着发现都是在新疆长大的，越聊越起劲。他的前女友人很豁达，见两个人有情有义，索性就成全了他们。

结婚后，刘振海不甘心在公交公司混日子，于是就承包了 7 号公交线路。"7"这个数字他喜欢，代表圆满。

跑车非常辛苦，早出晚归。但刘振海不怕，最怕受顾客的气，受不了那份侮辱。

他跑的线路，以起点坐到终点只有一块钱，短途是五毛。但就这五毛钱，也有人逃票。

那一次，刘振海很温和地提醒一个逃票的小伙子，其实他不止一次坐车不买票了。

"这位同志，你是不是忘记买票了？我可以帮你补一张吗？"

对方毫无反应，仿佛没有听见一样，眼睛一直望着车窗外。

"同志……你……"刘振海的话还没说完，突然，小伙子一转身，一巴掌扇到了刘振海的脸上："买你个头，老子坐车从来都没买过票。"

"老子坐你的车，是看得起你！你别给脸不要脸！"旁边几个年轻人跟着起哄。

看他们的爆炸头、喇叭裤，手里还提了一个日本的录音机，吹着口哨的样子，刘振海觉得惹不起他们，只能忍了。

可是，自己天天跑这条线，天天和这帮人相遇，怎奈恶虎斗不过群狼。

刘振海压抑着，也只能压抑着，等待着时机。

他把这事跟鞠义山说了。鞠义山也没有好的办法，一直劝他忍一忍。

鞠义山在人民广场开了个露天的卡拉OK，唱一首歌一块钱，也是因为一块钱，刘振海的父亲被人打了一巴掌。

事情就是这么巧，加起来数额不过两元钱，换来两个巴掌。

刘振海铁了心要报仇。士可杀，不可辱。反了，还敢侮辱我英雄的父亲！没有父亲和伯伯他们流血牺牲，哪有你们今天的和平和幸福?!

父亲的尊严神圣不可侵犯！刘振海已经想好了，为了捍卫父亲的尊严，他可以拼命。

为了报这巴掌之仇，在鞠义山的介绍下，刘振海认识了黑山。

刘振海个子不高，穿着鞋使劲算也不足一米七，皮肤也黑，从外形上看，有点儿不起眼。与黑山初次相见，没赚得多少好感，再加上黑山很善于摆谱，更给刘振海留下了高不可攀的印象。

但刘振海脑子活络，嘴也甜，手里也不缺钱，经常给黑山上供，并且鞍前马后地伺候，这让黑山很受用。

没多久，刘振海就取得了黑山的信任，尤其是替黑山挡了那一刀后，两人就结下了换命的交情。

有了黑山做靠山，报那两巴掌之仇，指日可待。

一切似乎都在正常轨道上运行。

如果没有"3·27"，如果不认识黑山，如果没有自己的那一巴掌，如果没有父亲的那一巴掌……

如果，如果没有这么多的如果，等待他的肯定不会是十八年的亡命生涯。

其实，刘振海没有搞明白一个问题，这就是"圈子"吧。

不是说物以类聚，人以群分吗？刘振海混进了黑山的圈子，黑山走到哪里都是前呼后拥、众星捧月，刘振海很崇拜黑山。

相比刘振海，陈晓曲就坦然许多。既然认准黑山做大哥，那就是一辈子的事。有福同享，有难同当，这是混社会人的基本准则。陈晓曲是典型的一根筋，一条道跑到黑，一头撞到南墙上，撞不死接着撞，回一下头他都不会。

陈晓曲经常和黑山开玩笑。如果我是女人，一定会对三哥死心塌地，白头偕老。总之，一句话，要生生世世在一起，这辈子甭想分开了。

1997年和1998年，黑山和陈晓曲分别以流氓罪、抢劫罪被判刑，关进了同一个监狱。

陈晓曲进去的时候，黑山早已是狱霸，折磨那些新来的犯人。而陈晓曲来这种地方不是第一次，他很清楚这里边的"流程"，挨一顿打，受一顿折磨，是必不可少的，陈晓曲早有心理准备。

也许是黑山那天心情好，也许是与陈晓曲有缘，黑山突然就动了恻隐之心，他不仅没让同监室的小兄弟们收拾陈晓曲，给他下马威，还让陈晓曲挨着自己睡。从此，陈晓曲一直被黑山罩着，如同老母鸡翼下的小鸡。

漫长难挨的牢狱生活，"一眨眼"就结束了，各回各家，各找各妈。

离开了黑山，陈晓曲一下子很不适应，甚至还很怀念那段牢狱生活。他又回到黑山身边，依然天天和黑山混在一起。

这让黑山的女朋友小娟很不舒服。她和黑山约会逛街，陈晓曲也会跟着，很碍事儿。黑山倒也习惯了，没觉得有什么，而小娟很不爽，为此跟黑山耍过几次小脾气。

黑山不以为然，认为兄弟永远比女人重要，"女人如衣服，兄弟如手足"。小娟最后只得让步。

与陈晓曲的死心塌地相比，此时刘振海杀人后的惊恐悔恨，黑山是理解的，毕竟刘振海没有过前科。第一次就犯了杀人案，还是在毫无心理准备的情况下，将心比心，换作谁都一样。

黑山把四支枪都收起来藏好，备着以后再用。趁着夜色，他带他们几个去一个比较隐蔽的饭店里吃饭喝酒。

黑山换了衣服，还洗了头发，人看起来精神了许多。

他仿佛没事人一样，点了菜，还要了一瓶樊城大曲，专门先给刘振海斟满一杯，说："兄弟，不用怕，这种事我见多了，大不了去外地躲一段，等风声过去再回来。"说着，端起酒杯一饮而尽。

"对不起，三哥……对不起，我可能连累大家了。"刘振海说得很诚恳。他甚至想站起来，估计是想给大家鞠一躬。结果，人没站起来，却被椅子绊倒，酒水洒了一地。

黑山挑了一下眉毛，他示意陈晓曲扶起刘振海，重新给刘振海倒了一杯酒，没再说话。

他在不断地翻看着手机。他在等电话。

吴安华在电话里的声音，听起来十分沮丧："三哥，大事不好！人已经死了，我们还是准备准备赶紧跑吧！"

黑山没有说话，挂断了电话。他拿起半瓶酒，"咕噜咕噜"下去了一大半。

气氛一下子紧张起来。

幸好，此时小娟来了。小娟如蝴蝶翩然而至，扑向黑山的怀抱。

瞬间，空气一下子又活了。

就是这个女孩儿，让黑山一次又一次改变主意，推迟逃亡时间，直到 4 月 30 日。

俗话说：男人不坏，女人不爱。就是黑山的坏，吸引着不少涉世未深的小姑娘，犹如飞蛾扑火。小娟就是众多扑火飞蛾中的一个。

乍一看，小娟算不上特别漂亮。细眉细眼，一对小虎牙，笑起来很妩媚，用可爱形容她比较恰当。她有一个特别动作，和人说话时，说到动情处，她会轻轻打你一下，显得很娇媚。

正是这些小动作，时常能惊艳到黑山，让黑山眼前一亮，感受着小娟的特别。

黑山初次见到她，就被她这个举动吓了一跳。怎么看，这个女孩儿都涉世未深，笑起来那么天真无邪，一双不算很大的眸子，清澈、干净，没有一丝杂质，让心存邪念的人不敢直视。

看得出，小娟不做作，是天性使然。这一切，让黑山感觉很新奇，也吸引着他，一步一步走进温柔之乡。

黑山是在一次聚会中认识的小娟，之后对她有了点儿兴趣。于是，就开始约她吃饭。

小娟没有扭捏，爽快地答应了，这让黑山心里还是有一丝丝失望的。凭他的经验，好上手的女孩子，大多很轻浮。

第一次约会，小娟由好友雯雯陪着。正好，黑山身边也有个陈晓曲，约会变成了聚会。

这次，小娟表现得更加娇羞，一颦一笑都像是做给黑山看的。不过，黑山并不反感，反倒更多了点儿兴趣。

可是，接下来的第二次、第三次，甚至第四次，小娟依然带着雯雯。

这就有点儿奇怪了。黑山第二次就没让陈晓曲跟着。他想单独约见小娟，可旁边有个不识趣的雯雯，很没劲。

最近黑山脾气很好，也多了一些耐心。其实，他身边并不缺女人，只是时间久了，厌了，想换了。反正，每个女人都不会跟他太久。刚开始相爱的时候，海誓山盟，什么非你不娶，非他不嫁，可等他一犯事一入狱，关系就戛然而止，没有一个女孩子去牢里探视过他。

黑山也想明白了，哪有什么真爱，无非玩玩而已。

小娟的谨慎，引起了黑山的好奇。

他发现，每次约她，她都不扭捏；也看得出，小娟对他印象不错，愿意跟他交往，但她似乎一直在防着他。除了每次跟着她的闺密雯雯，只要天一擦黑，小娟准会提出要回家，并说她妈妈要求她天黑前必须回家。

从这一点可以看出，她应该不是个随便的女孩儿，黑山得出这样的结论。

很快，一个巴掌就定了乾坤。

黑山还是第一次吃女人的巴掌。她简直是在太岁头上动了土，胆儿实在太肥了。虽然那一巴掌不重，却非同小可。

黑山受不了这种侮辱，借用他平时的一句话："敢打我的人，还没生出来呢！"

那一天下午，电影散场后，时间尚早，黑山领着小娟逛街，想给她买衣服。这一次，雯雯破天荒的没有跟着，让黑山感觉很舒服，至少是一对一，起码让他找到了谈恋爱的感觉。

步行街的马路是新修的，很平，被春天午后的阳光洒上了一层银光。正是这层光亮，给了小娟一种溜冰场的错觉。她像是突然来了灵感，拽着裙角，用高跟鞋当轴心在地上转圈圈，边转边笑边叫，天真烂漫，一下子就把黑山给迷住了。

黑山当时很激动，很冲动，甚至有点儿难以自制。

正好，小娟转晕了，突然一下子失去了平衡，猝不及防，一头向地面栽去。

黑山眼疾手快，一个箭步，一把就拦腰抱住了她。由于冲击力大，黑山险些没有站稳。

小娟回过神，先愣了一下，本能地想挣脱。由于眩晕，挣脱得毫无力度，黑山顺势轻轻调整了一下角度。这样，他彻底将小娟拥入了怀里，一股幽幽的香味，好像是茉莉，又好像是桂花，淡淡的，似有若无，沁人心脾。

黑山完全陶醉其中。

只是时间过于短暂，只几秒钟的工夫，小娟就开始拼命挣脱。

黑山不放，托在小娟后腰上的手越攥越紧。他的嘴已经贴上小娟的嘴。小娟已经闻到了这个男人嘴里的气息。

小娟脸一红，反手就给了黑山一巴掌。别看小娟身材娇小，巴掌的力度却不逊色，速度之快，下手之狠，让黑山始料未及。

黑山的脸上留下了五个手指印。

黑山愣在那里，本能地用手抚摸着伤痛的位置，火辣辣、丝丝缕缕的痛直达心底。这让他的心猛地一疼。就那么一瞬间，他傻傻呆呆，像一下子失了魂。

小娟跑了。黑山这才回过神来，本能地追了几步，停下来。

黑山笑了，心里在说：宝贝，你可能跑不了了。

他掏出手机，给陈晓曲打电话："买一束花，要漂亮一点儿的，别致一点儿的，送到小娟家里。"黑山的声音听起来很稳定，听不出着急的成分。

他已经下定决心，一定要把小娟搞定。

别看小娟年龄不大，欲擒故纵的伎俩却玩得相当老到。她早就看出黑山喜欢她，是他眼神里的宠溺出卖了他。

她想趁机试探一下他，看黑山到底有多少诚意，是不是玩一玩就算了。因为她不想玩，只想找个踏踏实实的男人过日子。黑山虽不踏实，但黑山豪爽、侠义，莫名地给她一种安全感。这是一般男孩儿没有的，也是小娟特别迷恋和看重的。

小娟的内心很矛盾，她亦步亦趋、小心翼翼地和黑山交往，生怕自己深陷其中不能自拔。她深知自己的一根筋脾气，开弓绝没有回头箭。她必须谨慎谨慎再谨慎，她不断地提醒着自己。

这是一朵带刺的玫瑰，黑山遇到了挑战，也激起了他的征服欲。

他和陈晓曲制定了多套方案。他不信拿不下小娟。凡是他黑山看上的女人，最终都逃不出他的手掌心。

第9章　订婚宴如期举行

谁知，小娟并不按常理出牌，把黑山搞了个措手不及，一下子就乱了方寸。

黑山一直在想，既然事情已经这样了，就需要大家伙坐下来，商量下一步怎么办。逃跑是肯定的，但需要好好谋划。

黑山认为，这个时候，大家伙都需要冷静，而不是作鸟兽状，觉得大势已去，树倒猢狲散。那样他们就不再是一个团队，团队最忌讳单打独斗，齐心协力最为重要。即便被抓，那也是暂时的，总有出来的那一天，日后在江湖上重逢，口碑就是重出江湖的根本。

在这群人中，也只有身为老大的黑山有这个觉悟。人说站得高，才能看得远。在这方面，陈晓曲一辈子也没有这个高度。所以他充其量只能混个老二，他的格局和境界决定了他的上限。

黑山犹如定海神针，让乱了方寸如无头苍蝇般乱窜的陈晓曲、刘振海、蔡云龙暂时安静了下来。他们被黑山召集到饭局上，听他的布置。

黑山的气色很好，印堂发亮。相术上说：男人印堂发亮，会有桃花运。

他穿着浅灰色的衬衣、深蓝色的西裤，一条质地很好的皮带将衬衣扎在西裤里面，显得很干练。

黑山个子不高，也不胖，腰板很挺，标志性的板寸头用发胶固定着，根根直立，整体外形给人一种硬朗的感觉。

相比之下，刘振海的精神头就很不好。随意一件深蓝色夹克，敞着怀，露出里面一件绿条纹的T恤，T恤长过外边的夹克，看着有点儿窝囊。他的头发是侧分，有点儿长了，胡子也没刮干净，面色微黄，显得很邋遢。明显的两个黑眼圈，让他一下子憔悴了很多，仿佛老了好几岁。本来正值青春年少，却一副未老先衰的模样。

黑山端详着刘振海，半天没有说话。他很理解刘振海，毕竟他刚在社会混，没有经验、没有前科，一下子就摊上了命案，紧张、害怕，这太正常了。

出事后，自始至终，黑山没有对刘振海有半句埋怨，甚至还安抚他："不要紧，有福同享，有难同当。我们都是一条绳上的蚂蚱，一条船上的人。"

刘振海却怎么也轻松不起来。出于礼貌，他只用咧咧嘴回应了黑山，气氛有点儿尴尬，空气似乎都是僵硬的。

所有人的心情都是一样的，都想着怎么才能逃过这一劫，哪有人能够轻松起来。

黑山为了缓解压抑的气氛，主动端起酒杯，和他们三个分别碰了一下。

刘振海端酒杯的手微微发抖，酒水顺着杯沿一点点蔓延出来，先流到他的指缝，再一点点流到他的手腕，他似乎没有感觉。

他杯里的酒本来是满满的，现在已经被他抖洒出好多。

一旁的陈晓曲用胳膊肘碰了他一下，他才如梦方醒，犹豫着喝下了那杯酒。然后他又呛到了，接下来就是一阵猛烈的咳嗽，声声短促激烈，肠子都要咳断的那种。

没有人说话，所有人都看着他，眼光都是冷冷的。他的样子实在让人扫兴。

看得出，黑山强忍着没有发脾气。

咳完了，刘振海擦了擦嘴，好半天，才终于活过来似的，深吸一口气，鼓足了很大的勇气说："三哥。"

他的喉咙有些发不出声。他使劲清理了一下嗓子，继续说："我们……还是赶紧跑吧……"

黑山没有说话，就那么一直看着刘振海，手里有一搭没一搭地摆弄着酒杯。

空气似乎更紧张了。

"是啊，三哥，外边的风声越来越紧，再不走，怕是来不及了。"蔡云龙比刘振海强，他虽然也怕黑山，但话还是能说利索。他总是觉得自己亏大了，越想越委屈，觉得黑山欠他太多。要不是你黑山那天非叫我上车，也不会走到今天这一步。蔡云龙总想去找黑山理论，但又害怕黑山。

现如今，理论还有什么用呢？

刘振海和蔡云龙的话，黑山虽然不愿意听，但还不至于让他发火。他心里说：用得着你们说废话，难道我还不知道跑吗？

傻瓜都知道，犯了事，不能坐以待毙。只是，小娟啊，啥时候才能拿下你？不拿下你，我心不甘啊！

小娟给黑山留下了"不是随便的女孩儿，是个良家女孩儿"的印象。小娟确实是个特别的女孩儿。一想到小娟，他就感觉她是枝浑身长刺的玫瑰。

"三哥，我觉得他俩说得对，不能等了，我们赶紧跑吧！"陈晓曲的话打断了黑山甜蜜的回忆。

黑山心里的火一点一点积蓄着，一丝一丝蔓延着，只差那"砰"的一声，瞬间点燃全场。

陈晓曲没长眼。

"再说一遍！"黑山的话已经是咬牙切齿了。只可惜，陈晓曲却丝毫没有感觉到。

"三哥，我觉得我们得赶紧跑。"陈晓曲真以为黑山没有听清他的话，就重复了一遍。

"要跑你跑，你现在就给我滚！滚得越远越好！老子又没拦着你。"他咆哮着，指着陈晓曲的鼻子骂着。抬手的时候，正好碰到桌上的杯子，里面装着满满的茶水。他抓起来，狠狠地冲着陈晓曲砸过去。

不偏不倚，正好砸到了陈晓曲的鼻梁上，水花四溅，陈晓曲本能地捂住了脸。

杯子里的茶水是深红色，浓到偏黑的液体，此刻正顺着陈晓曲的脸颊往下流，一滴一滴落在他那白衬衣的领子上。

他一动不动傻愣在那里，惊恐而又委屈地看着黑山。

他真被吓坏了。他不知道黑山为啥生这么大的气，发这么大的火。他心想，我也没有说什么过分的话呀？

他在心里反复回味着自己说过的话，到底哪里出了差错？思来想去，没什么特别呀！刘振海和蔡云龙不也这样说吗？为什么同样的话，他们说的时候三哥没有反应，我说却是这样的结果？

黑山的动作过大，那张空椅子绊了他一下。他飞起一脚把椅子踢飞。

陈晓曲似乎这才反应过来，他去拽黑山的胳膊："三哥，三哥……对不起，对不起，快消消气……"

他想拉黑山坐下，黑山"啪"地一甩胳膊，把陈晓曲甩了个趔趄。

黑山一回手把饭桌给掀翻了，"噼里啪啦"杯子碗碟破碎，饭菜酒水撒了满地。

这就是"3·27"四名主犯的最后一次聚会，结果是不欢而散。

从那以后，刘振海彻底失联，蔡云龙也没了音讯。陈晓曲"疯"了，像丢了魂一样，满世界找黑山。

黑山是他的大哥呀！是他赖以生存的"饭碗"，是他的精神依托，是他的再生父母，是他的命。为了三哥，我陈晓曲连命都可以不要……

陈晓曲自己在那里信誓旦旦，说到动情处，他被自己的这份忠诚感动，直到让自己涕泪横流。俗话说：只有失去后，才懂得珍贵，陈晓曲对这句话有了刻骨铭心的体会。

他现在只有一个念头——无论如何都要找到三哥，求得三哥的原谅。只要三哥肯原谅他，叫他干什么都行，包括死。陈晓曲已经不止一次在心里发这样的誓。

陈晓曲是个很灵活，很会见风使舵的人，他更是一个现实的人。他明白，离开黑山，他眼前没有能力自立门户，自己不能打、不能杀，甚至还有些懦弱，想自成一派，根本不可能。再说，自己什么事都不愿意操心，这辈子能够吃香的喝辣的，衣食无忧足矣。背靠着黑山这棵大树，他已经实现了自己的梦想。

黑山的几个住处，陈晓曲都有钥匙，他都来找过了，但都没见黑山的踪影。

陈晓曲知道，他此刻肯定和小娟在行宫里淫乐，但他不能去，那里是禁地，没有黑山的命令，谁都不敢去那里半步。

黑山知道陈晓曲离不开他，只想教训一下他，谁让他不知天高地厚，竟敢当着别人的面挑战他黑山的权威。

其实，黑山这样做也是给自己找借口，是他心情不好所以发了这么大的脾气。理智告诉他，当前逃命要紧，而感情上他又放不下那个他没有搞定的小娟。

他对小娟动了从未动过的真情。

黑山太自负了，明明知道在这个时候，逃跑比爱情重要多了，没有什么比保命更重要。对于他这个惯犯来说，根本不需要刘振海、蔡云龙他们提醒，该不该跑，毋庸置疑，跑啊。

可他就是放不下小娟。

凭他的直觉，搞定小娟是迟早的事，只是需要一点时间和耐心。他召集刘振海他们见面吃饭，是希望刘振海、蔡云龙他们不要着急，等等他，等他搞定小娟后一起走。

其实，黑山就是拿陈晓曲撒气，他心里很清楚，无论他黑山怎么骂他、打他，最终都不会得罪他，他依然会死心塌地地跟着自己。

中午了，黑山还赖在床上，迷迷糊糊、半梦半醒地做着白日梦，梦里尽是小娟的模样，一颦一笑，一举一动。

"咚咚……"似乎传来一阵微弱的敲门声，黑山不想理会。

敲门声第二次传来，黑山还是没有动。几乎没有人知道他在这里住，除了陈晓曲。陈晓曲拿有这里的钥匙，他会自己开门，显然不是他。

黑山狡兔三窟，随时换地方住，有时睡到半夜会突然爬起来到另外一套房子里去睡。

敲门声又一次传来，让黑山睡意全无，一股子无名火升起，他鞋都没穿就去开门。

"一大早就叫叫叫，叫魂啊……你！"黑山穿着短裤、背心，身上的肌肉很结实，凸起的胸大肌格外性感。他拉开了防盗门，隔着纱网，只见齐腰长发的小娟正站在门口。

他俩隔着纱网对望着，黑山本能的一个激灵，瞬间清醒。

他赶紧打开房门，让小娟进来。但是小娟怯怯的，犹豫着不敢进门。

"三哥，对不起，我，我不该打你……我来给你道歉。"小娟柔声细语道。

黑山彻底蒙了，看着一躬到底的小娟，一时竟束手无策。

他搓着手，正不知说什么好，突然瞄见自己的穿戴——跨栏背心，三角短裤，一下子觉得有些不好意思。

他扭身想回屋里穿衣服，却被快他一步跨进门来的小娟拽住了胳膊。

"咣当"一声，身后的门被小娟用脚关上。小娟的身子贴向了黑山的后背。

黑山被这突如其来的幸福憋得有些眩晕。

小娟一改往日的羞涩，用她细长的指尖，轻柔地在黑山的胸肌处画圈圈。

小娟身上桂花的香气缭绕着黑山，撩拨得他欲火焚烧。

黑山轻轻拿开在他胸肌上游走的小娟的手，指了指自己："对不起，我去穿件衣服。"

此时的小娟，内心波澜起伏、五味杂陈。自己一个黄花闺女，主动投怀送抱，却被拒绝，这脸该往哪里搁？她羞愧、耻辱、无地自容，恨不得挖个地缝钻进去。她能想到的唯一办法，就是走，一走了之。

她走向门口，手还没有摸到门，就被黑山从身后一把抱住。

"娟，我带你去个地方，包你喜欢，走。"黑山已经穿戴整齐，情绪也平稳了许多。

"去……去哪儿?"小娟有些羞涩地问。此时她已经伏在黑山的怀中。

黑山骑着一辆黑色嘉陵摩托车，小娟坐在黑山的怀里，一路以倒挂的姿势行驶着。

行宫是黑山的一个秘密基地，每次搞到新的女孩儿，第一次都会在行宫里度过。黑山挺注重仪式感。小娟更不能例外，唯一不同的是他带小娟去行宫的路上，没有蒙住她的眼。

以往，黑山每次带女孩儿去行宫，一般都是先在路上兜圈子，女人大多是路盲，几圈下来，早已不知南北西东了。这个时候，黑山会告诉女孩儿，玩个游戏，只需要你闭上眼睛，我带你到一个神秘好玩的地方，包你喜欢。

女孩儿都很好奇，很顺从地让黑山用事先准备好的手绢蒙住双眼。黑山便把摩托车藏在树林里，带着女孩穿过一段密林到达行宫。事后，没有一个女孩儿记得去行宫的路。

这是黑山淫乐和躲藏的地方。每次犯案，黑山都会藏进行宫，警察从来没有找到过他。

黑山从一开始就没打算防备小娟，她是他想真心对待的唯一的女孩儿。

被黑山称为行宫的地方，地理位置选得非常巧妙、隐蔽。位于城南外环外的一片森林湿地深处。这里栽满了桂花树、香樟树，郁郁葱葱。

顺着林荫路走着，不知不觉中有个不显眼的小岔路口，从这里拐进去，里面就没有路了，被半人高的灌木丛阻隔。不知道的人以为这里真没有路，走不通。

可扒开灌木丛走上几米，就能看见一条林中的幽静小道。再走几分钟，便看见一个小山坡，有一座灰瓦房，四周被一群垂柳围着，枝条涤荡，杨柳依依，非常诗情画意。

绕过瓦房正门的屏风，是古铜色的铁艺雕花大门。四周爬满了蔷薇，红色和黄色的蔷薇与紫色喇叭花交织着，热烈奔放，争奇斗艳。

房子里整齐干净，很雅致，现代化的家电和实木家具一应俱全，几面墙上全是落地窗，被四周的树木、山林掩映着，影影绰绰，似梦似幻。

卧室很大，一张硕大的圆形床安放在屋子的正中央，玻璃窗反射的光影，洒在白色的床单上，仿佛上面铺了一层细碎的银子。就连卫生间四面也全是落地窗，薄如蝉翼的白色窗纱被微风吹动着。窗外爬满了绿色的爬山虎，微风吹过，传来一片细碎的"沙沙"声。

房间里明显有女人住过的痕迹。这一点，小娟已有思想准备，在一切还没有开始之前，她需要和他讲讲清楚，她不想不明不白将自己交出去，她喜欢有始有终。

小娟其实很可怜，从小被遗弃，养母待她很好，只可惜在她五岁时，疼爱她的养母就去世了。爸爸又续了房，后妈是带着两个孩子进门的。在那个缺粮少油的年代，为了不和弟弟、妹妹争吃食，没少遭受继母的白眼，她跟继母说她不喜欢吃肉。父亲见她可怜，背地里偷两块肉给她吃，她很馋、很想吃，和着泪水却怎么也咽不下去。

小娟特别渴望有一个家，有一个属于自己的家，有一个疼爱她的男人。

黑山听了小娟的经历，内心更加疼爱她几分。

他也毫无保留地讲了他的经历，包括之前交往的几个女孩儿，当然是其中的几个。

小娟听完，认真地看着黑山说："你的之前和我没有关系，但你的往后会只有我吗？"

黑山没有回答，而是把小娟紧紧地抱在怀里。他们彼此能够听见自己的心跳，两个人都流下了眼泪。

小娟把第一次给了他，鲜血染红了床单。黑山在吃惊的同时，更是受宠若惊。他感动得涕泪横流，抱着小娟如同抱着稀世珍宝。他发誓，一辈子好好疼她、爱她，把她缺失的爱都补偿回来。

黑山第一次失眠了。他第一次开始想"明天"的事情，想他们今后的日子，想要一个和小娟的孩子。

可转念一想，自己整天打打杀杀，万一再犯事坐牢，甚至掉了脑袋，小娟怎么办？孩子怎么办？

他第一次有了金盆洗手的打算。

他想，要是早点儿认识小娟该有多好。

他又想起很多天以前，他接到了吴安华的电话，见到了需要帮忙的廖效平。廖效平答应，只要他把姜军摆平，就可以拿到几万块的酬劳。这等小事，黑山干得多了，无非就是仗着自己的名，人多、敢打架、敢下手，一下子就把对方镇住了。他想，事成之后，能拿到几万块钱，就可以给小娟办一个气派的订婚宴，正好借此机会对外宣布：我黑山已经"名花有主"了。

黑山找人算好了订婚的日子是 4 月 28 日，农历是四月初六，全是双日子，吉利。他想和小娟有一个好的开始。只是，心里横着个"3·27"，怎么也轻松不起来。要不是有小娟，日子只怕会过得惶惶不可终日。

"3·27"案恐怕没那么容易过去，毕竟是一条人命。哎！也怪那个该死的刘振海，明明说得好好的，拿枪只是为了壮胆，为了吓唬姜军，可他却……

一想到这些，黑山就有些心烦。

原以为这小子是个挺讲义气的人，但出了事却当起了缩头乌龟，说不定现在已经跑路了。

黑山早已看出，刘振海和蔡云龙不可能还跟着他，除了陈晓曲，其他人早已是树倒猢狲散了。

好在有陈晓曲这个死党跟着，也不至于成孤家寡人。再说，如今他有了小娟，不再孤单，他下决心要好好开始生活。

订婚宴如期举行，地点在郊外的一个农庄。农庄表面看上去没什么特别，但进到里面却很有些情调。

刘振海、吴安华、蔡云龙都没有来，三个人的手机都一直关机。

为了给三哥助兴，陈晓曲喊了一帮他认为信得过的哥们儿。

猕猴来了。当然，以猕猴的级别肯定不在黑山的邀请之列。但猕猴人缘好，谁的忙都帮，自然会有人想起他，带着他到处去蹭酒摊。

小娟穿了一件米白色的长袖连衣裙，质地柔软悬垂，把她整个人衬托得更加修长。她天生丽色，长发披肩，近刘海处别了一只粉色的卡通发卡，显得俏皮可爱。

黑山也打扮得很精神，白色衬衣，打着一条红色的领带，刚理的寸头，根根直立，干净利落，更加挺拔。

黑山时不时会抬手捋一下小娟的秀发，吻一下她的额头。小娟一直笑着回应他，她看起来很娇羞，两颊绯红，很少说话，只偶尔和坐在她另一边的雯雯咬一下耳根。

陈晓曲带着几个弟兄跑前跑后张罗着。

等三桌人都落座，陈晓曲跳上小舞台拿起麦克风，吹了吹，又清了一下嗓子："兄弟们，今天是三哥和三嫂订婚的大喜日子，三哥终于找到了非常美丽、非常贤惠的小娟嫂子。现在我提议，为三哥永久的幸福，干杯！"

不等陈晓曲说完，已经有人端着酒杯来到黑山跟前，一连串的"恭喜"声此起彼伏。小娟面前的红包已经摆了一摞。黑山微笑着，跟大家碰杯，接受着祝福。

"小娟，你真幸福，我好羡慕你。"雯雯用胳膊肘碰了一下小娟。

小娟满脸绯红，笑而不语。

"你有了心上人，以后肯定也没时间理我了。"雯雯的情绪有些低落。

"哎！是啊！怕是以后见面都难喽……"小娟收起笑容，叹了一口气。

"我就知道你……重色轻友。"雯雯有点急了，声调也跟着高了起来。好在黑山正被一群哥们儿围着喝酒，没在意她俩的举动。

"不是，不是的。"小娟看雯雯着急的样子，一把拉住她的手，"雯雯，你听我说，我可能要离开襄樊一段时间。不过，我会给你打电话的。"小娟安慰着雯雯。

"你要去哪儿？去旅游吗？啥时间走？我送你。"雯雯急着问。

"就这两天吧！本来早应该走，是我一直没下了决心，是我的心没定。"小娟俯在雯雯耳边，几乎是用耳语道。

"三哥对你多好啊！这么排场的订婚宴，羡慕死你了。"雯雯端起高脚杯和小娟碰了一下，"来，祝你幸福，祝你找到了心上人，一辈子幸福。"两个人同时将杯中的橙汁一饮而尽。

酒桌上气氛异常活跃，猜枚划拳声此起彼伏。

黑山瞟了一眼身旁的小娟，她正和雯雯窃窃私语。

黑山对陈晓曲说："这两天就走。你要想办法多搞一点儿钱，穷家富路，况且现在还有你嫂子。"

黑山深深地吸了一口烟，从牙缝里轻轻钻出的烟雾瞬间笼罩了他的脸。

"三哥放心。"

"来，兄弟，为咱哥俩儿的友谊，干一个！"黑山端起酒杯，主动和陈晓曲碰了一下。

陈晓曲赶紧站起来："谢三哥，谢三哥！"端起酒杯，一饮而尽。

第 10 章　假扮夫妻

今晚的夜色微凉，青草微香。床尾开着一盏小地灯，橘色的微弱的光，在房间蔓延开来，似有似无，把一团影子投射到落地窗上。黑山和小娟依偎在床上欣赏着窗外的夜空，隐隐约约能看到闪烁着星光的天河。

小娟那双纤手在黑山的身上画圈圈，她躲在黑山的臂膀里，幸福的感觉溢满她的身心。这是她的港湾。

黑山轻轻地长出了一口气，侧身抱紧了小娟。

"宝贝，困吗？我想和你说点儿事。"黑山尽量把声音放缓，他实在不想因为他接下来要说的话，破坏这美好的夜晚。

"什么都不要说……不要说……"小娟的声音很轻，轻到像梦里的呓语。她把她的食指竖在了黑山的唇上。

黑山握住了她的手，过了好一会儿才缓缓拿开："宝贝，你听我说好吗？"他的语气里有了祈求的成分，"再过两天，我们将离开这里。实在对不起，你要跟着我东奔西跑，让你受苦了。都怪我不好，我发誓，我一定改好。如果……如果你现在后悔，还来得

101

及……"

小娟再次捂住了他的嘴，不再是一指，而是用整个掌心。

她挣脱了黑山的臂膀，直起上身，黑暗中依然能清晰地看见她漆黑的眸子，专注地看着他的眼睛："从我决定跟你的那天起，我就没想过要离开。生是你的人，死是你的鬼！"

这让黑山很是感动。他翻身把小娟抱得更紧了。

"娟，你真是太好了，太好了！我长这么大，还没有人对我这么好呢！"黑山亲吻着小娟的秀发、额头、脖颈，眼泪也慢慢溢出了他的眼眶……

黑山纳闷，自己最近是怎么啦？跟个娘们儿似的，动不动就流眼泪。

夜已经很深了，但是两个人依然没有睡意。他们转移了战场，蜷缩在落地窗前的沙发上。

小娟像只大猫咪一样，慵懒地匍匐在黑山的胸前。她的视线刚好落在那一弯遥远的似乎在天外的新月上。

夜色如此撩人。但黑山已没有了欣赏月色的雅兴，他满脑子想的都是逃亡的事情。

刘振海、吴安华、蔡云龙已经跑了，襄樊再也不能久留。

他在想，再有两天，4月30日，农历四月初八，这是个特殊的日子，是佛祖释迦牟尼的诞辰，借着佛祖的生日，借着佛祖的保佑，保佑我平安顺利吧。

他面向北方，在心中无比虔诚地念了一声：阿弥陀佛！

凌晨时分，程前胜接到了猕猴的电话。

"程队，快，快！我有重要的事向你汇报，就现在。"猕猴说得很急。

"好，老地方见。"程前胜知道猕猴这么晚打电话，肯定是特别紧急的事。他边接电话，边起床穿衣服。

凌晨的街道，微风拂面，已经没有了白天的喧嚣。

程前胜本来就性急，车开得飞快。他赶到约定地点时，猕猴还没到。

眨眼的工夫，就见猕猴气喘吁吁地跑了过来。

"程队……黑山后天要跑。"

"别急，说清楚。消息可靠吗？"程前胜一边问，一边在心里掐算着时间。

"绝对可靠。是陈晓曲亲自和我哥们儿说的。30日一早，黑山去富贵酒轩旁边的家属楼接他女朋友一块儿跑。"

接着，猕猴就和程前胜描述他参加黑山订婚宴的情况。

"刘振海他们参加了吗？"

"没有。他们几个哥们儿我都认识，都没去，只有陈晓曲在场。"猕猴话说得很肯定。

"在哪里吃的饭，有多少人？"

"郊外一个叫小洋茂的农庄，差不多有二十多个人。"猕猴掰着指头算。

"黑山请你去的？"

"不是不是，是我哥们儿带着我去的，我是去蹭饭的……"猕猴有点儿不好意思。

正说着，程前胜的电话响了，是张老歪。他也是告诉黑山逃跑的信息，和猕猴说的完全一致。

程前胜听完就要挂电话，突然又多问了一句："你这消息哪来的呀？"

"雯雯呀！"

"嗯，看来她没有放你的鸽子。"

"她敢吗？"

挂了张老歪的电话，程前胜便问猕猴："还有啥？"

他边问边翻口袋，自言自语道："怎么会忘呢？"他把身上所有的口袋翻了一遍，"哎呀，出来得急，忘带钱包了。猕猴你记着啊！下次一块儿算。"说着，一条腿已经跨上了摩托车。

"不用，不用，程队，真的不用，我是帮忙的，我……"猕猴使劲摆着手，语气很诚恳。

不等猕猴说完，程前胜已经加大了油门，摩托车箭一样地射了出去。

趁着等红灯的工夫，他掏出手机给张勇打电话。电话只响了一声，就被接起。

"睡了没？跟我去趟富贵酒轩。"程前胜声音有点儿急促。

"好。"只说了一个字，张勇就挂了电话。

程前胜就喜欢张勇的睿智，他话虽不多，但一张口都在点子上。

富贵酒轩是个比较有名的酒店。店面灯火辉煌，"富贵酒轩"四个大字被一串串彩灯圈起来，彩灯忽明忽暗，非常抢眼。这里紧邻铁道线，襄渝铁路就从这里通过。

黑山的女朋友小娟就住在酒店旁边的小区里，是铁路家属院。几门几栋程前胜早就派人摸清楚了，也一直有人负责蹲守，只是一直没见小娟回来过。

程前胜和张勇围着家属院四周转悠着，借着路灯，勾画着现场图，商量着抓捕方案。忙完回家，已经是午夜两点。

4月29日是礼拜天，平时，如果没有案子，不值班，偶尔还能休息一天。

但今天上午不到10时，刑警支队的人就已全部到齐，都在会

104

议室听樊成辉支队长安排抓捕工作。

樊支队昨天半夜收到程前胜的信息，一大早第一个就到了刑警支队。

"礼拜天把大伙召集起来，主要是商量一下明天一早怎么抓铺'3·27'主犯黑山和陈晓曲。考虑到他们手里有枪，我们必须制定周密的抓捕方案，确保万无一失。"樊支队发话道。无论是破案，还是决策重大事项，他向来很民主，总是集思广益。

"我有个主意，大伙听听咋样？"程前胜第一个发言，"不过，这需要有人配合我。"

程前胜用眼光把整个会议室巡视了一圈，好像有点儿卖关子。

"人都在这里了，随你点将。难道还有谁不配合不成？"樊支队没明白程前胜的意图，"说嘛！"

程前胜没有立即答话。他正在打电话："快点儿，来队里开个会。"说完就挂了电话。

所有人都看着程前胜，不明白他葫芦里卖的什么药。

樊成辉觉得这并不奇怪。他们在一起也不是一天两天了，他知道，程前胜在破案方面，经常有奇思妙招。

门突然一响，审查组的吴晓丹走了进来，大家伙都齐刷刷地看着她。

抓人这活儿怎么着也轮不上女同志吧。况且，黑山一伙不仅有枪，还心狠手辣，无论如何也不能让平时在办公室搞材料的吴晓丹上，否则，不就把刑警支队的这帮爷们儿的脸都丢尽了。

樊支队也一样纳闷。

还没等他开口问是咋回事，程前胜赶紧站起来，一把拉过吴晓丹，撵走本来挨着他坐着的张勇："去，你一边去。来来来，晓丹，坐这儿。"

105

程前胜一副献殷勤的样子，把大伙都逗笑了。

平时，程前胜跟谁都爱开玩笑，吴晓丹已经习惯了。不过，这么正式的场合，看这阵势，不像是开玩笑的样子。

"程队，干什么？"吴晓丹一脸疑惑。

"唱一出戏。"程前胜依然不慌不忙，"我要请晓丹配合我，跟我假扮成夫妻。"

"假扮夫妻？做什么？"副大队长罗建明没明白。

"黑山女朋友住的地方，附近有个菜市场，早晨遛早买菜的人很多，我已经踩好点了。明天一早，我和晓丹假扮成夫妻，遛早买菜当掩护，趁机接近黑山。"程前胜说完了自己的方案，等着大家的反应。

第一个反应的肯定是吴晓丹："程队，你别开玩笑了，我可是从来没抓过人呢！"

"谁让你抓人了，你就负责扮演好我老婆，其他啥都不用你做。"

"不行，不行，我演不了，真演不了。一紧张，肯定露馅儿了。"吴晓丹极力地摆着手。

"哎！晓丹，这个主意似乎不错。"樊支队若有所思地点着头。

"我们就扮成路人逛街买菜，很随意，趁机接近黑山乘坐的车辆，不会引起黑山的注意。"程前胜觉得自己的主意很好。

"好！好主意。"张勇说。

"嗯，不错，可行。"罗建明似乎也回过味来了。

樊支队看向吴晓丹："晓丹，你也是老刑侦了，应该没问题吧？"

"肯定有问题啊！我根本装不出来的，我又不会……不会演戏。"吴晓丹急得说话都不利索了。

"不需要你演戏，更不需要你说话，只需要你挽着我胳膊，这样总会吧？"说着，程前胜就去挽吴晓丹的胳膊。他想给吴晓丹示

106

范一下，把大家伙都逗笑了。

"去一边吧！就你没正经。"吴晓丹甩开程前胜的手，脸都红了。

"我哪里不正经了？不就是让你假扮一下，又不当真。况且说，我程前胜这么帅，配你不行吗？"程前胜一脸坏笑。

"好了好了，说笑归说笑。"樊支队连忙说，"晓丹，我确实觉得这个主意不错，需要你配合一下明天的抓捕工作。你准备一下，不用紧张啊！另外，大家认真研究一下程队和张勇画的这份现场图，晚上再去熟悉一下现场，布控方面一定要严密。"

散会的时候，程前胜担心吴晓丹有压力，故意逗她："晓丹，来来来，咱俩夫妻双双把家还吧！"说着，故意做出挽胳膊的姿势。

"去去去，去一边吧，老没正经。"吴晓丹冲着程前胜摆手。

第 11 章　他想金盆洗手

这个夜晚，小娟注定是失眠的。明天一早，她就要离开这个家，这个对她没有爱、没有温暖、没有亲情的家。

可毕竟，这个冰冷的家，也为她遮风挡雨二十年，就是冰窟窿，也该捂出了温度。如今，要离开了，能不能回来，回不回得来，都是未知数，这让小娟此刻的心情有些伤感。

这是最后一个夜晚，她对黑山说，她要在家里度过。

按照习俗，姑娘出嫁，新郎要到新娘的娘家接走新娘，这是一个很重要的仪式。

一辈子就这一次，小娟不想错过。

她和黑山约好，黑山明天一早开一辆红色的车来家里接她，红色代表吉利。没有仪式、没有祝福，她的家人甚至不知道她就要出嫁了。其实，知道了又怎么样呢？她对于这个家，一直都是一个可有可无的存在。

她没有准备婚纱，只准备了一套红色的衣服，不是大红，是枣红，平时穿也不是很抢眼。领口和袖口有一些镂空和绣花点缀，看起来挺精致。一双深枣红色的皮鞋，偏粗一点儿的跟儿，这样穿起来既好看又不累。

今天她给自己化了一个淡妆，平生以来第一次化妆。因为这毕竟是自己一生中最重要的日子。

没有仪式不要紧，她可以在心中举行那个仪式，默念着幸福。

窗外很静，偶尔会有火车轰鸣而过，房子也会随之轻轻地颤动。躺在不足八平方米的小屋里的床上，小娟没有丝毫睡意。橘红色的灯光温暖地洒下来，照在房间里的所有物品上，小娟慢慢地一点一点地浏览着。她要把这些刻在记忆里、刻在心间。

人说来是奇怪的，平时不珍惜，甚至讨厌的人和事，还有某些物品，当你真正要离开和失去的时候，内心竟会格外地留恋。

黑山也一样没有睡好。他脑子里像过电影一样，回放着自己短暂而又异常波折的小半生，很是感慨。如果不贪图廖效平的那点儿好处，如果自己不那么自负，不在乎自己的那个"名声"；如果不带枪到现场，或者只拿枪而不装子弹，刘振海也不会开枪打死人，也就没有即将到来的狼狈逃窜。

他本可以为了小娟金盆洗手、改邪归正，好好地找一份工作。他想从此过安稳的日子，好好地疼爱小娟。小娟是个可怜的女孩儿，难得的好女孩儿，他不能辜负她。

他只能在心里一遍又一遍地祈祷着……

天还没亮，樊成辉支队长带着二十几个便衣来到抓捕现场附近。邵群、罗建明、张勇、孙英杰、罗峰、李忠斌、周清恒、王飞、陈玮，还有苏刚强等，开了三辆民用车牌的车，按照事先设计好的岗位各就各位。

大门口一边是铁路线，安排了两个弟兄，其他都是小区的院墙，放了两个流动哨。有两个路口可以进家属区，每个路口留三个弟兄把守，连小区的三面院墙外也布下了岗哨，防止罪犯紧急情况下翻院墙逃走。

程前胜带着吴晓丹，罗建明带着罗峰，他们四个负责接近黑山乘坐的车辆，伺机抓捕。

樊成辉除了现场全面指挥，还带了两个侦查员负责策应。

太阳已经从地平线上升起老高。此时，遛早买菜的人渐渐多起来。吴晓丹左手挽着程前胜的胳膊，右手提着菜，边走边聊。他们穿得很休闲，已经在早市上买好了菜溜达着走回小区。

"晓丹，你想过没有，咱俩这样走着，若是被你丈夫看见了，结果会怎么样？他会不会打我呀？"程前胜故意开玩笑，为了让吴晓丹放松。

"你看你，都啥时候了，还有心情讲笑话？"吴晓丹了解程前胜，平时见谁都爱开玩笑。不过，此刻她真没有这个心情。她不停地瞟着路口，注意着来往的车辆。

"我说晓丹，你真不用这么紧张。路口已经派了人把守，只要黑山的那辆红色车一出现，我们就会立马收到信号。你就像挽着你老公的胳膊一样，放松点儿。发现目标，我们走到那辆车跟前时，你等我拉开车门那一瞬间，立马躲开就完事了。你不会有任何危险，有子弹我挡住！"

这一句话，差点儿让吴晓丹的眼泪流出来。

程前胜下意识地碰了一下腰间的手枪。他知道他的枪早已上膛。

他斜了吴晓丹一眼，立马开涮起来："别呀！别假戏成真了啊！"

"想得美！"吴晓丹果然放松了些。

他们已经溜达了几个来回了，但是目标仍未出现。

不远处的罗建明和罗峰也在周围转圈，看似很闲散。

110

樊支队坐在不远处的那辆白色桑塔纳里，正对着路口。

八时差一分，各小组突然同时接到了樊成辉发出的信号：黑山出现了！

罗建明正在小卖部装作买烟，左右观察着动静。

不一会儿，一辆红色雪佛兰出租车开了进来。

这时，邵群打通了程前胜的手机："注意！进来了，是一辆出租车，红颜色，黑山好像就在后座上坐着。"

"明白！"程前胜回答的同时提醒吴晓丹，"放松，把我挽紧点儿。"说着，便慢慢地向红色车辆的左侧靠近。

红色雪佛兰缓缓地掉头，罗建明用眼睛的余光确认黑山就在车内。

雪佛兰停在了家属院的进口，距离程前胜、吴晓丹他们最多十米远。

罗建明摸着装在裤兜里的手枪，虽然子弹已经上膛，但他知道处于保险状态。

他和罗峰在向车辆的右侧靠近。

程前胜瞟向车内后座，车里坐着一个很壮实的男人，梳着板寸头。

没错！就是黑山。

离目标越来越近。

已经接近目标，罗建明一步跨到右后车门旁，"唰"地拉开车门，枪口对准了黑山的头。

与此同时，程前胜一把推开吴晓丹，拉开左侧车门，把枪口抵在了黑山的太阳穴上："别动！动就打死你！"

罗建明也说了同样的话。他们两个连说这话的语速都一样整齐。

刹那间，樊支队长也举枪对准了副驾驶的车门。

十几个人十几支手枪瞬间把红色雪佛兰团团围住。

作为黑社会老大的黑山，也许对这样的场景并不陌生，但这突如其来的神兵天降，还是一下子把他吓住了。

黑山腰间的枪，已被程前胜缴了，手已被罗建明铐了。

这一切，如此迅猛、如此出乎意料，迅雷不及掩耳。黑山根本来不及反抗便束手就擒。

"大家赶紧散开，小心同伙！"樊支队大声提醒道。

程前胜和罗建明控制住黑山，其他人迅速散开，举枪扫向四周。

"你们两个先把黑山押到刑警支队，其他人跟我在这里等他女朋友。"樊成辉吩咐程前胜和罗建明后，迅速部署下一步行动。

小娟正在和她的过往告别。她站在自己曾经无数次经过的小屋门口，身边是她的白色大拉杆箱，拉杆上面挂着一个咖啡色的布包。她已经穿戴好红色的婚服，脸上的妆容精致淡雅。一点微微的腮红，衬托着她微卷的睫毛，娇羞娇美。

她端详着自己的小窝，虽然破旧，但却很干净。这里承载着她二十二年生活的印记，她的或喜或悲的童年，她的生活的点点滴滴。她的所有喜怒哀乐，都与这巴掌大的地方有关。

如今这一走，她希望将曾经所有的一切都尘封在这里。

出了这个小屋，未来的一切都将重新开始。是喜？是悲？是迷茫？是期盼……小娟的内心五味杂陈。

最后临出门的一瞬间，她才把自己手里的一封信放在了那张只有三条腿的小桌上。

她希望自己走后，父亲能看见这封信。二十二年的养育之恩，尽管这种亲情很淡，淡到如一缕烟，让她细数一下父女情深，她会卡壳，大脑一片空白，但父亲毕竟给了她一个家，不至于让她流落街头。

对父亲，她心存感激。

她悄悄带上了房门。因为周末，父亲他们还没有起床。

这样很好，没有送别，就少了悲哀。可眼泪却无论如何也没有忍住，她努力控制着，不想毁了自己的妆容。

她亦步亦趋，三层楼的二十几个台阶，她仿佛走了一个世纪。

还留恋什么呢？不是早就想离开这个家了吗？这是自己日盼夜盼的结果。如今愿望即将实现，可为什么还如此眷恋和不舍？

她说不清楚，但有一点她是清楚的，那就是出了这个门，一切归零，一切都要重新开始。

小娟来到小区门口，无论她怎么张望，也没有等来她的黑山，却等来了三个警察，樊成辉支队长等人。

她受不了这突如其来的打击，瞬间昏倒在地。

一路上，押解黑山的汽车上，程前胜都在观察黑山。

黑山斜靠在后座上，他已经由刚才被抓时的半蒙，到现在已经完全清醒。他知道，这一抓，他就不可能再和他的小娟在一起了。

看上去，黑山的情绪很稳定。因为他有足够的思想准备。

坐在审讯室的椅子上，黑山低头沉思着。两条卧蚕眉已经拧在一起。

审讯室安静极了，竟能听得见节能灯管"滋滋"的电流声一波一波响起。

黑山此刻最担心的是小娟。

她找不到他，会怎么办？会怎么想？会不会想我在骗她？她现在会在哪里？会不会疯狂地在找他？

黑山越想越焦灼。但他依然拿不定主意，到底要不要申请见小娟一面，和她说清楚，自己的罪有可能吃枪子。即便不死，一时半会儿也很难出去，一定要让她对自己死心，不要等。

他害怕她那烈女的脾气。因为她不止一次和他说过："生是你的人，死是你的鬼。"

他不想让她的大好青春在等待中枯萎，她应该去追求新的幸福。

一想到这里，黑山又笑了。你黑山又不是三岁小孩儿，怎么这么婆婆妈妈，真是个脑残。

他在心里嘲笑着自己，真是自作多情，说不定小娟也会像他前面多任女友一样，他只要一进来，他们就永远结束了。

也许，小娟也只不过是玩玩而已，何必当真呢？

黑山内心还在挣扎。万一小娟和别的女孩儿不一样呢？他的心里还抱有幻想。

唉！我堂堂黑山，曾经在中心广场一带也是响当当、赫赫有名的人物。如今竟变得如此娘们儿，真没出息。

黑山把自己臭骂一顿后，心里敞亮了许多。

他抬起头，目光落在了程前胜的脸上。

田华富、樊成辉、程前胜谁都没有吭声，一直观察着黑山的一举一动。

"黑山，既然到案了，你也知道该怎么办了。"程前胜干脆也不拐弯抹角。

"我知道，杀人偿命，欠债还钱。"黑山回答得很利索。

"很好，很坦率，是条汉子。"程前胜觉得开篇不错，"你们开枪打中的那个人已经死了，这点你应该早知道了吧？"

"知道。"黑山的态度很好，看不出丝毫的情绪。

"眼下有个机会，不知道你想不想要？"程前胜边问边观察他。

黑山没有正面回答程前胜的问题，而是说："我想见一下小娟，如果你们能答应我的要求，我也会答应你们的要求。"黑山讨价还价。

"没问题，她就在隔壁办公室坐着呢！"樊支队答应得很干脆。

黑山怎么也没想到他们会答应得这么爽快。他想着肯定要让他先交代案情，才会答应他的要求。

"什么时候？"黑山索性问。

"随时。你现在想见她吗？如果现在见，我马上叫她过来。"樊支队起身欲离开。

小娟知道黑山被抓那一瞬间，脑袋"轰"的一声，眼前一黑，就什么也不知道了。

吴晓丹是主动要求与樊支队一起等着小娟的。她毕竟是女人，女人细腻，她在小娟没有出现之前就一直在设想着小娟知道真相后的种种反应。大哭大闹，还是装疯卖傻？

看到一个美丽的女孩儿在东张西望，焦急地寻找着，吴晓丹便判断，这就是小娟。

她走到小娟跟前，声音尽量柔和地问："请问，你是小娟吧？"

小娟愣了一下，瞭了一眼吴晓丹，发现并不认识，就没吭声，继续站在路口瞭望。

吴晓丹没有气馁，继续问道："请问你是在等李光吗？"

听到"李光"两个字，小娟的眼睛猛地一亮："是啊！是啊！他在哪儿？"

小娟急切地望着吴晓丹。吴晓丹望了一眼身边的樊支队。

樊支队心里犹豫着要不要给小娟看证件，他怕吓到她，而是说:"如果你是小娟,我们带你去找李光。"

小娟一听,立刻起了疑心:"你们到底是谁?"边说边后退,戒备心十足。

吴晓丹只得拿出自己的警官证给小娟看:"我们是铁路警察,李光已经被带到了刑警支队……"

不等吴晓丹的话说完,小娟眼睛一黑,身体摇晃着向前栽去。

吴晓丹眼疾手快,一把将她抱住。

……

此时,小娟已经清醒了。她目光呆滞,两眼发直,坐在吴晓丹办公室的椅子上,绾好的头发掉下来一缕,垂在胸前,被窗外的微风偶尔吹起,浮动在她一侧的脸颊。

她微微闭着眼,涓涓流淌的泪水早已弄花了她的妆容。

吴晓丹不知道该怎么安慰她。她给她倒了一杯热水,心想就让她静静吧!

黑山和小娟见面了。隔着审讯室的铁栅栏,小娟眼里的黑山部分被隐了起来,已经不完整了。

一身深蓝色的暗条西装,配着一件小领的白衬衣,领带是深枣红,一个金色的领夹别在胸前的第三颗纽扣上。被发胶固定的头发,根根直立在头顶,衬托得他十分精干有力。他的男人依然那么帅,她依然为他着迷。

一瞬间,小娟有点儿失神了。

黑山眼前的小娟,一身枣红色的套装,领口别了一枚金色的蝴蝶胸针,妆容整齐,一双微卷的睫毛忽闪着,定定地看着黑山的眼睛。

此刻,上午9时许,阳光正好闯过审讯室的大门,将小娟包裹起来。从黑山的角度看过去,小娟就成了一团耀眼的金光,晃得黑山有些睁不开眼，仿佛置身在梦里。

"三哥……"黑山被一声熟悉的娇滴滴的声音唤醒。

他回过神来，努力控制着自己的情绪。

"娟，对不起，对不起……我……"黑山突然有点儿说不下去了。

小娟自始至终都很冷静。她是个极度隐忍的姑娘，也有着超强的自制力。从五岁那一年，她亲眼看着养母咽气，邻居们都说她命硬，把唯一待她好的养母也给克死了。既然命硬，哭又有何用？反正没人疼，没人爱，受了委屈，躲在自己的小屋里舔舐伤口。每受伤一次，舔舐一次，伤口都会结一层痂，日积月累，痂越结越厚，仿佛形成了铠甲，坚不可摧。

小娟的冷静，让吴晓丹很是佩服。

"三哥，我说过，生是你的人，死是你的鬼。放心三哥，我等你！"小娟说话的口气很坚决。

"不，不要，娟，你等不到我了！不要等，不要等我……"黑山口头拒绝着，可心里却盼着小娟这样说，又怕小娟真的这样做。

"三哥，什么都不要说了，我等你。你好好表现，争取宽大处理，早点儿出来。"

"娟，我怕是一时半会儿出不去了，你千万别等我……"黑山已经没有底气解释了。

"三哥，我等你！……"

黑山开始主动交代。

他说，陈晓曲今天下午会领着老婆和孩子到襄阳公园玩。他本打算接到小娟，陪她逛逛街、买买衣服。等到傍晚时分，再去和陈晓曲会合，趁着夜色离开襄樊。

"不是说黑山很讲哥们儿义气，咋那么容易就出卖了兄弟呢？"董俊锋忍不住好奇地问师父程前胜。

　　"是啊，开始我也纳闷，想着无论如何都要好好较量一番。"程前胜趁机喝了一口水，接着说，"奇葩的是，黑山和陈晓曲早就约定好，无论谁先被逮住，一定先交代对方的去向。这样，也算争取主动检举、揭发同伙，能获得宽大处理，就有可能保住一条命。"

　　黑山顺利搞定，接下来便是抓陈晓曲。

第 12 章　担心吓着他女儿

陈晓曲整天只知道跟着黑山混吃混喝，一个人吃饱全家不饿，落得个逍遥自在。时间久了，形成了习惯。偶尔他回一次家，到哪里都不习惯了，女儿跟他也不亲，老婆更是，来就来了，走就走了，几乎把他当成了过客。

这也就难怪陈晓曲不愿意回家了。而越不回家，老婆和孩子对他就越冷淡，他对家也就越没了感觉，形成了恶性循环。

这次，要不是黑山硬赶着他回家，他才懒得回来，懒得看老婆的那张冷脸。

说起来，归根结底还是要怪那个小娟。没有小娟之前，他和三哥相依为命，同吃同住。虽然三哥身边不缺女人，走马灯一样，换了一个又一个，但三哥总是很好地践行着那句话：女人如衣服，兄弟如手足。他不会把心思都放在女人身上。陈晓曲跟着黑山，该咋玩咋玩、该咋乐咋乐，什么都不耽误。出门被一大帮小兄弟簇拥着，虽然不是簇拥着自己，但自己也算个老二。老二也很好，既不用像大哥那样操心，又可以躲在他这棵大树底下避雨纳凉，好不自在。只可惜，随着小娟的到来，一切都在悄然改变。

首先三哥不再和他形影不离。不仅如此，三哥时不时地还玩玩失踪。这让陈晓曲感觉到失落，有点儿没着没落。

陈晓曲心里万分郁闷，总是梦想着能回到从前。

从三哥看小娟的眼神里，他很明显地感觉到，这次三哥像是动真格的了。他感到了无望。

现在，他干什么都提不起劲。想到晚上这一走，不知道什么时候才能回来，陈晓曲计划好了下午要带老婆和孩子去襄阳公园逛逛。

他老婆正好百无聊赖，就随口答应了。

按照约定，熬到晚上，他就可以和三哥一起远走天涯，像武侠小说里描写的那样，想想都觉得浪漫。

逛公园，陈晓曲也是一副懒懒散散、随随便便的样子，他不过是为了应付一下老婆和孩子。反正熬过这几个小时，他就自由了。这样想着，难熬的感觉就淡了一些。

5月的襄樊，还没有进入夏天，正是游玩的好季节。

4月30日这一天，正如黑山掐算的，也许是沾了佛祖的光，天气晴好，冷暖适宜，是个黄道吉日。逛公园的人很多，进门买票还要排队。

售票员是个胖胖的小伙子，态度不差，慢悠悠的。陈晓曲耐着性子，好不容易轮到了他，递给售票员一张一百元的。

售票员抬头看了他一眼，直接把钱退给他说，没有零钱找，给零钱。

陈晓曲翻遍了口袋，也没有找到零钱。

他恼火了，"啪"地一拍售票窗口的台面："我就不信你没零钱，你想刁难老子是不是?"说着伸手就去抓售票员的衣领，但因

120

为隔着一张桌子没抓住。

售票员往里边一闪，躲开了。陈晓曲更恼了，扒着窗户想跳进去打人。

这时，有人从身后拽住了他。

他回身的同时张口就骂："找死啊！"接着一拳朝着拽他的人的面部击打过来。

没承想，被打的人却身手敏捷，轻轻一躲。

陈晓曲的拳头落空了。由于用力过猛，他一下子失去重心，向前猛蹿了几步，踉跄着差一点儿摔倒。

连着两次发飙都失利，他彻底怒了。他咆哮着，想再次进攻，却被老婆拽住了胳膊。

他一把推开他老婆，女儿吓得突然哇哇大哭起来。他下意识地回头看了一眼女儿，女儿满脸泪水，惊恐地喊着妈妈。

这时，他才好像一下子冷静了下来。他快步走过去想抱起女儿，女儿却哭着拼命躲闪，拉着妈妈的衣角怯怯地泪眼迷离地看着他。

他老婆抱起女儿，回身给陈晓曲要打的人深鞠一躬，连声说着："对不起，对不起。"然后带着女儿走到售票口，掏钱买了票。

看着女儿被吓得到现在还一直躲在妈妈怀里，陈晓曲动了恻隐之心，赶紧跑到公园门口的小商店买了三根雪糕，挑了一个最大的递给女儿。

女儿接过雪糕，这才破涕为笑了。

一场小小的风波就此结束。

此时是下午3时半左右，陈晓曲抬头看看天，几乎万里无云，天空一片蔚蓝。

陈晓曲的一举一动，包括他撩了一下头发，仰头看天，都被樊成辉看在眼里。此时，樊成辉就坐在距离陈晓曲不到二十米的一辆汽车里。

黑山也坐在车里，他被两个年轻的大个子警察夹在中间。为了防止黑山逃跑，暂时给他戴上了脚镣。

看着陈晓曲发飙，黑山恨不得冲过去一巴掌把陈晓曲扇醒，心说：陈晓曲啊陈晓曲，你就使劲作吧！不出几分钟，你就会和我一样，被周边隐藏着的警察逮住。

哎！该来的总会来。不是不报，时辰未到。这一切，都是我们的宿命吧！黑山似乎认命了。

但黑山有一事不解。他好奇地问樊成辉："樊支队长，你们不是要抓陈晓曲吗？"

"是啊！"樊成辉淡淡地回答，他知道黑山想问啥。

"刚才明明陈晓曲都跟程大队长交手了，你们为啥不抓？"黑山真的很纳闷。

程大队长程前胜刚才还和他坐在同一辆车上，看见陈晓曲和卖票的张勇争吵，要动手打张勇，才不得不过去拉陈晓曲。

"你没看见他身边有女儿吗？当着孩子的面抓他，怕吓坏了孩子。"樊成辉回答。

"担心吓着他女儿？"黑山以为自己听错了，又重复了一遍自己的疑问。

"怎么，你不信？不能伤害孩子，这是我们抓人时的原则。"樊成辉看着黑山吃惊的眼神回答。

其实，樊成辉、程前胜领着十几个便衣押着黑山，不到十一时就到了襄阳公园。

第一套抓捕方案计划在公园门口，等陈晓曲一出现，马上实施抓捕。

122

程前胜与公园管理处的领导商量，让我们的便衣分散在公园的进出口，张勇扮成售票员，找借口故意刁难陈晓曲，激怒他，让他动手打人，然后以扰乱治安为由抓他。但有一个前提是：尽量避开陈晓曲的女儿。

黑山看得没错。刚才，程前胜和陈晓曲交手的时候，陈晓曲只是咋呼得凶，完全不懂套路，而程前胜的擒拿技术是科班水平，陈晓曲自然不是对手。程前胜只需稍稍一动手，他就会束手就擒。不过，和樊支队说的一样，念及他的女儿在场，担心吓着孩子，程前胜只好假装让着他，不与他计较。

于是，改用第二套抓捕方案。

襄阳公园最大的亮点，是位于公园深处的护城河。据说这是全国最大最宽的护城河。

樊成辉料定陈晓曲会带着孩子去划船，于是，第二套抓捕方案的抓捕地点就设在护城河附近。这里早已有人在各岔口把守，准备请君入瓮。

樊成辉没有下车，他担心陈晓曲随时会给黑山打电话，如果不让黑山接，陈晓曲肯定起疑；如果让他接，万一黑山突然变卦，告诉陈晓曲危险，他肯定就跑了。以黑山和陈晓曲的交情，不是没有这种可能，不能不防。

可以确定的是，陈晓曲手里没枪，他们作案时使用的四把枪支，上午抓黑山时已经全部收缴。

程前胜、罗建明、张勇和五六个同事零零散散溜达在护城河边。

陈晓曲一家三口走在他们前面。夫妻两个各拉着女儿一只胳膊。女儿调皮，偶尔还会在父母的胳膊上打一个提溜，然后就是一串稚嫩的笑声。

这让身后的警察实在不忍心动手。

陈晓曲对身后分散跟着的十几个便衣警察毫无感觉，还在跟孩子嬉闹。陈晓曲的笑很有意思，笑声短促，很像笑到一半突然想起什么难过的事情戛然而止，女儿常常盯着他的脸仔细地观看。

这会儿，他们一家三口已经拐上了两边开满杜鹃花的小路。这是襄阳公园最为独特的风景。

孩子们追逐着、嬉戏着，好一幅和谐美好的生活画卷。牡丹花、芍药花、紫云英、刺玫，还有蔷薇正在次第开放，微风吹过，落英缤纷，花香四溢，沁人心脾。这一瞬间，陈晓曲似乎找到了做父亲的感觉。

护城河边，一股清新的夹杂着青草和花香的气息迎面扑来。河面蜿蜒，河水清澈，两岸的垂柳随着微风荡漾，阴凉处倒影纷纷。河面上散落着片片落花。偶尔有小舟经过，落花被人们手中的桨荡得惊慌失措，四处飘散。落花有意，流水无情。

河面宽，河水清，在水面上泛舟，是孩子们最感兴趣的事。陈晓曲把老婆和孩子扶上船，用力把她们的小船轻轻一推。瞬间，小舟就划出去几米远，女儿欢快地笑着、叫着。

陈晓曲站在岸边，与她们娘儿俩挥挥手。刹那间，他心中竟突然莫名其妙地生出一丝不舍。

小舟渐渐漂远了。陈晓曲回身看见阴凉处有一块干净的石头，便一屁股坐了上去。他长长地出了一口气，仿佛如释重负，终于完成了"任务"。

他想坐下来抽支烟，喘口气，然后给三哥打个电话，奔赴约见的地点。

他掏出烟，用打火机点着，打火机火苗太大，"噗"的一声蹿出来，吓了他一跳，还差一点燎到他的眉毛。他脱口就是一句脏话，狠狠地吸了一口烟，然后慢慢地吐着烟圈。

他闭着眼享受着，丝毫没感觉到危险正一步步逼近他。

程前胜他们几乎把他围在一个圈里，他才猛地睁开眼。

完了！陈晓曲拔腿就跑。但已经晚了，他被死死按在地上。

陈晓曲知道大势已去，便主动交代了黑山的行踪。

"你们真是好弟兄啊！"程前胜笑了，从口袋里掏出电话，打给了樊成辉，"抓到了。你把电话给黑山。"说着，他把手机递给了陈晓曲，"难兄难弟，你俩先聊两句吧！"

陈晓曲半信半疑，疑惑着不敢接电话。直到电话里传出黑山的声音："陈晓曲，是我。"

听出是黑山的声音，他便明白三哥已经被抓了。这时，他反倒一下子释然了，又能够和三哥一起，没什么不好。

至此，"3·27"案的两个主犯已经到案。但刘振海、吴安华和蔡云龙三犯仍在逃。

第 13 章　真假吴明亮

时光如梭，转眼很多年过去了。尽管采取了很多抓捕措施，但刘振海、吴安华和蔡云龙三犯仍然没有被抓获。

2011 年，"清网行动"在全国展开。5 月 26 日，公安部召开全国电视电话会议，决定从即日起到年底在全国开展缉捕网上逃犯的统一行动，要求全警参战，整体联动，有逃必抓，合力攻坚，务必在行动期间捕获逃犯百分之九十五以上。

襄阳铁路公安处对这次行动高度重视，公安处处长王国强、政委樊成辉亲自上手，梳理了历年来的逃犯，给襄阳铁路地区刑警大队分配的任务是，必须抓获十一名属于襄樊铁路公安处上网的公安部网上逃犯，其中就包括"3·27"持枪杀人案的三名在逃犯。同时，制定了严密、细致的缉捕方案。已经升任武汉铁路公安局政委的郝阳也专门给樊成辉打电话，要求借这次全国清网的东风，细化措施，千方百计抓捕到案。

程前胜这个时候已经调离了刑警大队大队长的职务，担任襄阳铁路公安处乘警支队支队长一职。乘警支队是一个拥有几百名民警

126

的大单位，领导让他去把这支队伍带起来。

现任刑警大队大队长叫刘建明，1970年出生的他正年富力强。他1994年入警，历任派出所民警、副所长，刑警队教导员、队长，刑警大队大队长。

刘建明在襄阳公安处这支英雄辈出的队伍里也是赫赫有名的，先后攻破过很多疑难大案，荣立个人一、二、三等功六次。刘建明不是当地人。他出生于河南郑州，从郑州铁路警校毕业后被分配到了襄阳公安处。

这次行动，公安处要求刘建明带领他们大队完成十一名上网逃犯的追捕任务，清网率达到百分之百。

他的压力很大，立即召开专门会议，对十一名在逃犯进行逐个分析研究，同时进行了责任分工。

结果不到三个月，他们就抓了七名。唯有"3·27"案三名涉枪杀人案的逃犯一个也没有抓住。

刘建明是个较真的人，他开始跟自己过不去。他下定决心，必须把这三个命案逃犯抓获。

他重新组织人马查找没有抓获的原因，制定抓捕方案，召集全大队同志开了一次再动员会议。

他知道，这么多年，每一任刑侦领导，包括副处长樊成辉，始终没有放弃对刘振海等三名逃犯的抓捕工作，仅对刘振海等三名逃犯的调查抓捕材料就有七十厘米高。

首先，刘建明对刘振海的前妻谢小菊及其亲属，包括他正在上学的儿子，还有刘振海亲属的轨迹、动态、理财、商务、交通等活动以及亲朋之间的交往，包括刘振海逃前在襄阳市公交公司的档案等，都进行了全面的调查分析。

但是，经过几个月的侦查，还是没有摸到一点儿刘振海的信息。

刘建明没有气馁，围绕着另两名逃犯吴安华、蔡云龙同时开展全方位的侦查。

他带领弓胜军、白韬先后三十余次深入吴安华的户籍地襄阳县泥嘴镇开展调查摸排，包括对他亲属的全方位大数据排查，都没有查到任何关于吴安华本人的动态信息和轨迹。

他又进行深入走访，了解到吴安华早已不在他的老家泥嘴镇居住，连他的弟弟吴明亮也在十多年前失踪了。

没有别的侦查途径，刘建明最后在这个镇上物建了几个线人，等待线人能够获取有价值的线索。

果然，通过一个阶段卓有成效的工作，线人意外发现了失踪多年的吴明亮办理了第二代身份证。

失踪了很多年，为什么还办身份证呢？既然办了身份证，当地人为什么就没有发现他呢？这个情况引起了刘建明的高度关注。

"会不会是吴安华冒用了吴明亮的身份呢？"刘建明觉得这很蹊跷，他的脑子里立马打了个重重的问号。

于是他组织人员专门针对吴明亮的信息进行深度调查和研判。

通过网上轨迹查询分析研判，发现吴明亮于 2010 年至 2011 年，在襄阳一共有九次住宿记录。

有了这个发现，刘建明更加坚定了自己的判断。

通过查询吴明亮在旅馆业、驾驶员、车辆等方面的信息，均有相关记录。这些信息与吴明亮失踪多年的情况明显不符。

刘建明把吴安华在逃时的照片和现在吴明亮的照片一起拿到吴安华原居住地泥嘴镇进行走访和辨认。

通过多方辨认，确定吴安华在逃时的照片和现在吴明亮二代身份证上的照片系同一人。

完全可以认定，吴安华漂白了身份无疑。现在在襄阳活动的吴明亮实际上就是吴安华。

于是，刘建明及时把工作方向转为对这个"吴明亮"的调查。

7月20日调查发现，"吴明亮"于7月19日23时入住襄阳市定中宾馆。

犯罪嫌疑人出现！刘建明当即带领民警前去调查，结果发现"吴明亮"是用自己的身份证帮朋友登记房间，并不是他自己入住，登记以后他就离开了宾馆。

该宾馆的监控录像显示，"吴明亮"曾两次使用手机打电话，而这两次通话所使用的手机号码，与前期调查中获取的吴明亮的驾驶证身份信息里面的移动电话一致。

当日中午12时30分，侦查获悉"吴明亮"此时正在襄阳市定中街迪欧咖啡厅。

刘建明火速带领弓胜军、白韬等十多名侦查员赶到咖啡厅。

为了确保抓捕行动一举成功，刘建明在路上就进行了明确分工。楼下三人把控，院内六人巡守和待命，他一个人先到咖啡厅内进行侦查。

果然就是吴安华。他正在与朋友一起喝咖啡。

刘建明悄悄一声令下，上来了三名同志，一举抓获成功。

一听说抓他的是襄阳公安处刑警支队的，吴安华连声说："完了，完了……"

冰冷的手铐终于铐在了吴安华的双手上。

押着吴安华下楼的时候，刘建明专门用衣服把他双手盖上，给他留足了脸面，吴安华感觉到了这个细节。

上车以后，他的态度很平静，有想交代的迹象。

吴安华提出一个要求，说近期在做生意，想跟老婆见个面，好把后期的生意交代一下。

刘建明当时表态说没有问题，并马上通知他的家属到刑警支队见面。

吴安华很快便交代了2001年3月27日伙同刘振海、黑山李光、陈晓曲、蔡云龙在襄樊车辆段持枪故意杀人后潜逃的犯罪事实。同时供认，为了逃避打击，利用他弟弟吴明亮失踪的空子，冒用他弟弟的身份并办理了二代身份证潜逃至今。

2012年3月31日，吴安华被襄阳铁路运输法院判处有期徒刑六年零七个月。

蔡云龙是稀里糊涂参与到这起持枪杀人案件当中的。当枪声一响，枪子真的打倒了一个人，蔡云龙这时才知道害怕。

大家都跑了，他也跟着黑山他们跑。他跑了很多地方，因为不敢出示身份证，他在城市里几乎无法生活下去。

最初，蔡云龙跑到四川一个建筑工地，跟着一个同学，在他的掩护下搬砖搬了快两年，累得像龟孙一样，谁都不把他当人看，更没挣到钱。不管怎么样，总算有一口饭吃吧！结果，他被当地公安机关盯上了。他得到信息后，连夜跑了。

没办法，只有投靠一个远房亲戚。但是远房亲戚不接纳他，通过他的言谈举止，感觉到他可能犯了事，只管了他一顿饭，就把他撵走了。话还说得很难听，如果你再不走，我们就向公安局举报你了。

以前听说过铁路上好混，于是蔡云龙来到了汉口火车站。人家都说一个汉口火车站，光流窜犯就有上千人。他找到了过去在一起劳改的难友。这个难友过去就是因为在铁路上流窜作案被判了有期徒刑七年，他们在一起待了好几年，建立了比较好的感情，而且传授了蔡云龙很多在铁路上流窜作案逃避打击的经验。凭着在监狱里学到的本领，蔡云龙在汉口火车站轻而易举地就立住了脚。

可是自从这一次犯了事之后，蔡云龙从不敢看警察，更不敢听警车警报响。一看见警察，他的血压马上就升到一百八，一听到警车叫，他马上就腿软。而在火车站混，警察总是来来往往，警车总是进进出出。

有一天，火车站广场发生了惊心动魄的一幕，几名警察围追堵截抓获一个杀人犯，那个杀人犯被当场击毙。

就是这一次，蔡云龙被吓瘫了，住了半个月医院还没有好。

父亲得到他的消息，到医院来看望他。

他的父亲、母亲都是退休工人，老实巴交。父亲这次来武汉，不光是来看望儿子，更重要的是规劝儿子投案自首。

"这几年，警察几乎是隔不了几个月，就会到家里来抓你，还反复盘问我们老两口，让我们说实话，把儿子交出来。有时还到亲戚和邻居家去找。你妈妈因为这，心脏病现在很重，血压也高，已经卧床几个月了。"父亲跟他说。

最后，父亲恳切地说："去投案吧！投案自首可以从宽处理，判几年刑回来还年轻，好好干还不晚。"

蔡云龙是2003年3月29日到襄樊公安处陈家湖车站派出所投案自首的。

民警问："你为什么投案自首？"

"总跑也不是个事啊！我不到案，你们天天到家里找我，我爸、我妈也受不了。一到中秋节、春节、元旦、五一，还有什么国庆节，没有一个节日你们会忘的，不光家人不得安宁，连亲戚朋友都不得安宁。"他十分沮丧地说。

"再说了，天天在外面提心吊胆，人不人鬼不鬼。听见警车叫，看见迎面走来个警察，就恨不得有个地缝能钻进去。连破案的电影和电视剧我都不敢看，听见里面警车叫，我就以为那是来抓我的。"蔡云龙深深叹息了一声，接着道，"你说这叫什么生活呀？身体都被憋出毛病了。这种滋味我可是受够了。一个一个都被抓住了，我迟早也会被抓住。"

不是不报，时辰未到。欠账还钱，天经地义。这个债总是要还的，蔡云龙想，还不如干脆进去算了。

刑警支队考虑到蔡云龙是主动投案，而罪行在几个同案犯里又是最轻的，于是在 2003 年 4 月为其办理了监视居住。

谁知道，2003 年 6 月蔡云龙再次逃匿，直到 2008 年被襄樊市公安局在清查流窜犯罪的专项行动中再次抓获。

这次逃匿，他不仅没有逃脱法律的制裁，反而为他加重了刑期。2008 年 8 月 26 日，武汉铁路运输中级人民法院以故意杀人罪、逃跑罪终审判处蔡云龙有期徒刑十年。

第 14 章　原谅妈妈不能陪你长大

五个罪犯已经到案了四个，现在只剩下刘振海一人了。

他会在哪里呢？

审查陈晓曲，他提供了刘振海的下落。他说，刘振海被他姐夫鞠义山接走了。

得到这个信息，程前胜就开始千方百计寻找鞠义山。

可程前胜几次给鞠义山打电话，要么不接，要么关机。去他家里和工作的地方找他，也总是不在。显然，他是在有意躲避。

然而意想不到的是，在案发后整一个月，也就是 4 月 27 日的下午，鞠义山竟主动找到襄樊铁路地区刑警大队。

接待他的正是程前胜。

那天刚到单位没多久，程前胜就接到了门卫的电话，说有人找你程大队。

程前胜问来人叫什么，回答说"鞠义山"。

他一愣，怀疑自己听错了，又问了一遍，不错，就是鞠义山。

他主动送上门来了。

程前胜喊着副大队长罗建明，两个人到了大门口，只见一个不到三十岁的男子正朝院子里张望。

　　他上身穿一件长袖白底蓝格子的 T 恤衫，下身穿一条深蓝色的休闲长裤，脚穿休闲皮鞋，干净整洁；白白的脸，有些文气。看起来虽然没有什么野气，但眼神似乎不太老实，瞟来瞟去，有点儿贼眉鼠眼的感觉。

　　进了程前胜的办公室，程前胜很客气地给他倒了杯水。

　　来的都是客，程前胜很注意这些细节。正是这些看似不起眼的细节，关键时刻，总是意外让有些罪犯卸下防范，打开心扉，交代罪行。

　　鞠义山那双眼睛满屋子瞟来瞟去。

　　"坐吧，先喝杯水。"程前胜拉过一把椅子，把水杯递给他，还递给他一支烟。

　　鞠义山摆摆手，谢绝了。但程前胜从他发黄的食指断定他是个烟鬼，不接烟不知道心里搞的什么鬼。

　　"请问你找我有什么事吗？"程前胜坐定问道。

　　鞠义山回答："我专程来找你们，是为了我妻弟刘振海投案自首的事。"

　　程前胜一愣："投案自首？好啊！怎么回事？"

　　"三月底，他在襄樊车务段院内的工地上给人帮忙，枪走火把人打死了。"

　　"你是怎么知道的？"

　　"事发当晚六七点的时候，他打电话告诉我的。"

　　"具体什么时间？"

　　"当天发生事情之后，具体就是 3 月 27 日晚上 6 点多的时候。"

　　"他是怎么跟你说的？"

"他打电话告诉我，出事了。我问他咋回事，他说，他把别人打伤了，现在人在医院里。他约我到市医院门口见面。我就赶紧打的过去，在市人民医院门口见到了他。"鞠义山说着说着，突然望着程前胜停住了。

"你接着说。"程前胜不经意地点头示意。

"当时他和小黑山、陈晓曲、吴安华，还有好几个不认识的人在一起。我就问他是啥事？他说给人弄伤了，在医院里。我让他说清楚咋回事。他说，下午黑山喊他到老西湾工地帮个忙，说廖效平在工地上跟人家扯皮。他就跟小黑山、陈晓曲、蔡云龙三个人一起到了工地，到处找闹事的人。这时，屋里有个人想往外跑，他就用枪顶住那个人。那个人说，他不是他们要找的人，并用手夺他的枪。这时候枪走火了，一枪打在那人的肚子上。他说他很害怕，之后大家就都跑了。"鞠义山说完，长长地舒了一口气。

程前胜一听案情大致相符，就问："他为什么要主动投案呢？"

"他知道犯了罪，而且人也死了，心里很后悔，也很害怕。他认为是枪走火了，不是故意要把人打死，想到不会被判死刑，能保住一条命，投案了还能宽大处理一些。"

"他现在人在哪里？"

"他跑到外地去了，具体在哪儿我也不清楚。他是打电话告诉我他要投案的。"

"你能让他主动来投案吗？"

"可以。他自己有这种想法，可能还会跟我联系，我也可以劝他投案。"

"我们非常欢迎他投案。也对你这种做法表示赞同和感谢，希望你能让他尽早来投案，或者你带他来投案。"

"我一定尽最大努力。"

"好的，那我们等着。"程前胜开始送客。

鞠义山站了起来，又急忙说道："还有，就是那天中午的时候，我和刘振海等人在中原路的一家餐馆喝酒。刘振海本来不太能喝，但那天几个人互相劝酒，结果刘振海喝醉了。所以，那天发生事的时候，被打的人夺他的枪时，他有点儿站不稳，枪就走火了。"

程前胜看得出，他是忙着替刘振海辩解。

"走火了？是刘振海让你这么说的吗？"

"是啊。他跟我说什么，我就向你们转达什么，我绝不敢编瞎话呀！"

程前胜点点头说："明白了。不管什么情况，我们都欢迎刘振海尽快来投案自首。也感谢你，也希望你能带刘振海来投案自首，越快越好，越快对他越有利。"

说着说着，他送鞠义山走出了门口。

这时，他忽然补充了一句："好像你和黑山、陈晓曲他们挺熟，是吗？"

鞠义山愣了一下，抬头看向程前胜，见程前胜也在看他，马上将目光躲开了，嗫嚅着，半天没有回答。

"我的意思是说，刘振海好好的一个娃，咋跟黑山他们混在一起了？"听程前胜那口气，不无遗憾。

鞠义山依然没有开口，低着头往前走，连程前胜和他挥手告别，他都没有回头。看得出，他很害怕谈到这个话题。

走出刑警支队老远了，鞠义山还没敢回头，他很害怕这个叫程前胜的人那双眼睛。

他感觉到他的腿还在发抖，心脏还在"咚咚咚"地跳。

他想想自己真倒霉，因为妻弟嘎子（刘振海）的事，搞得自己跟做贼一样。可躲了半天，今天还得乖乖地主动送上门去。幸亏在见这个程大队之前，自己事先打了草稿，背了一遍又一遍，才不至于说漏了嘴。

他走到了十字路口，左拐是回家的路。

但他不想回，他知道回家也没有好果子吃。妻子刘逸云不是哭就是闹，哭她弟弟刘振海一夜之间就成了杀人犯，丢下刚出生几个月的儿子，这以后的日子还怎么过？

刘逸云哭着闹着，不依不饶地骂鞠义山："你个炮打的！你把我那么好的一个弟弟往邪路上领，还把他领到黑社会里！你个杀人犯！"说着说着一巴掌就打了过去。

这是刘逸云第一次动手打他，更是他们结婚几年来的第一次。

他很理性，他心里清楚刘振海是怎么跟他一路走过来的。他理解刘逸云疼爱弟弟的心情，忍着疼没有还手。

其实，他很想替自己辩解，想说是刘振海三番五次央求着他去认识的黑山。可他知道，说了刘逸云也不会相信。她把刘振海带大，可以说是含辛茹苦，她对刘振海的疼爱早已超过了普通的姐弟情分。如今，一夜之间，弟弟竟成了杀人犯，都是因为他这个该千刀万剐的老公。

刘振海出事，鞠义山也不好受。毕竟，他俩是好哥们儿。他和刘振海是校友，高刘振海两届。

刘振海一直很崇拜他，崇拜他能呼朋唤友，哥们儿弟兄成群。他总是带上刘振海一起玩，无论是篮球，还是足球，两个人都是配合默契的队友，生活中更是不分你我的好兄弟。

他因为年长刘振海几岁，时时处处照顾他、维护他，两个人情同手足，以至于刘振海把自己最爱的姐姐介绍给他认识，并暗中牵线搭桥，让鞠义山成了自己的姐夫。

曾经的生活多么美好。哥儿俩形影不离，鞠义山承包公园的卡拉 OK，刘振海每天一大早 6 点钟就跑去帮忙。刘振海承包公交线路，鞠义山只要不上班，就跑去帮着刘振海卖票，不分彼此。

如今这一切，随着刘振海的那一声枪响，什么都变了。鞠义山在大街上游荡了半天，实在没地方可去，不知不觉中还是拐向了回家的路。

路两旁枝叶繁茂的梧桐树把夕阳挡在天外，偶尔有零星的余晖洒落下来，斑斑驳驳，像撒了几粒碎银子在马路上跳舞。一个扎着麻花辫的四五岁小女孩儿，笑着、跳着，追逐着那彩色的光点，将暮色沉沉的马路跳出了生机，竟把鞠义山给看呆了。

他突然想起来还是要回家。他小心翼翼打开家门。

屋子里一片漆黑，最近一段时间都是这样，刘逸云独自坐在黑暗里以泪洗面。

他也不敢开客厅的大灯，他怕惹恼她。他摸索着打开客厅的小地灯，只有一缕橘黄色的光。他轻手轻脚溜进厨房，很快煮好了一碗面条端到刘逸云跟前，轻轻地放下又赶紧躲开。

突然，"砰"的一声，那碗面在他的身后碎裂开来，面条的汁水溅到了他的脚上和裤腿上。

"吃吃吃，还有心思吃！死去吧你！"刘逸云哭着把茶几上的杯子砸向鞠义山。

他躲开了，随即一脚把茶几踢翻。

可是，他马上就后悔了。他告诉自己：忍！一定要忍！

他埋着头，开始收拾地上的残局。

"呜呜呜……"刘逸云把头埋在抱枕里呜咽着，声音渐渐微弱……

"嘎子，吃饭啦！"

"来啦！"嘎子不到七岁，黑黑胖胖的，跑到饭桌前。

姐姐张开手臂想要抱他到板凳上，他一甩手躲开："不，姐姐，我长大了。"说着自己费力地爬上板凳，坐稳，笑着看着姐姐说，"看，我不是自己能上来了吗？"一副骄傲的小大人的模样。

"是，是，嘎子终于长大了。好了，快点儿吃饭，你不是说从今天开始你自己骑马去农场给爸妈送饭吗？你要快点儿吃哦！"姐姐笑着摸了摸他的头，还顺便给他夹了菜。

嘎子在新疆建设兵团某司某团上小学一年级，这是父亲的连队的学校。跟同龄人比，他的个子比较矮小，头发浓密，眼睛很大，却不是双眼皮，略有点儿肿眼泡，黑眼球多，看起来很亮。一口整齐的白牙齿，给人的感觉这个孩子长得很周正，古铜色的皮肤很有光泽，透着健康。

嘎子每天一大早坐着连队的马车去四五里以外的连部里上课，怀里揣着姐姐给他做好的午餐。傍晚，姐姐准会等在路口，把他从马车上抱下来，趁机在他的额头上亲一口。小时候，嘎子很享受这种爱的感觉。现在已经上学了，若当着小伙伴的面，姐姐再抱他、亲他，他已经知道脸红了。

父亲的兵团实行承包制，父母在十几里以外承包了近百亩的土地，种了很多葡萄，还有一个农场，饲养了很多牛羊。平时，父母就住在农场，因为忙很少回家。

姐姐给他做饭，陪他写作业，夜晚还给他讲故事，陪他看星星，指给他看天上的银河，给他讲牛郎和织女的故事。

他顺着北斗七星，放眼望去，苍穹辽阔，给了他无尽的遐想。嘎子想得最多的是好好读书，将来到更远更大的城里去。

这是一匹棕红色、个头比较矮小的马，这是父亲专门挑给他的。稍有空闲，父亲就会教他骑马，但是父亲没有耐心，动作简单粗暴。

第一次骑马，爸爸就直接把他抱到马背上，缰绳递给他，只嘱咐了一句："拉紧缰绳！"随后就是一声带着哨音的鞭子，"啪"的一声抽在马屁股上。

马儿一疼，惊叫一声，抬起前蹄，像箭一样射了出去，差一点儿把他摔下马背。

他趴在马背上闭紧双眼，尖叫着，拼命地抓着缰绳。

耳边传来"呼呼"的风声，他不知道马儿会把他带到哪里，嘴里不停地跟马儿哀求着："停下—停下！……"

马儿根本不听他的话，只是拼命地跑。

他很恐惧，他想他可能会被摔死了，再也见不到自己的姐姐，还有父母了。

正当他无比恐惧、绝望的时候，马儿突然慢了下来，由刚才的疯狂驰骋转为闲庭信步。

嘎子这才敢睁开眼。满眼的绿色一望无际，青草上的露珠在阳光下闪着光，像夜晚的星星一样亮，各种各样的无名野花开得正艳，五彩缤纷，每一朵花苞里都含着一滴露珠。

这就是他的童年，他的家乡，他的第一次骑马。

马儿是父亲专门训练的，姐姐、哥哥的第一次单独骑马都和他一样，一场惊吓，一次学成。父亲当过兵，上过战场，对孩子们的教育有着军人的作风。父亲常说：男人不在马背上驰骋，不是男人。

骑马，他真的一次学成，那时他刚六岁。后来，他便开始骑上那匹枣红马，给父母去送饭。起初，他还需要姐姐把他抱上马背，后来他便学会踩着马镫自己上了。来回十几里的路程，在草原上自由奔跑，那种感觉真好。偶尔，他还会采一些野花送给姐姐，有时还会帮姐姐在头上戴一朵花。

……

一阵微弱的敲门声，搅醒了刘逸云的梦。

刘逸云睁着一双红肿的眼睛，有些迷糊。她四下看了一会儿，才回过神来。她看着鞠义山，示意他去开门。

他愣怔着，努力猜想着敲门的人会是谁。

会不会是警察？不对，自己不是刚从公安局回来吗？还会是谁？难道是黑山的人？还是死者的家属，跑来找他们要人？他做着各种假设。

敲门声再次响起，声音比刚才大了很多，也急了很多。

"愣着干啥？还不快去开门！"刘逸云说完，起身进了洗手间。她躲进洗手间洗脸，不想被来人看见她红肿的双眼。

等到第三次敲门声响起，鞠义山才走到门口，从猫眼里向外看。

外边走廊里的灯光很暗，隐隐地有一个背影，勾着头，似乎在不停地走动。

鞠义山踮起脚，努力向外张望，依然看不清楚。

"砰砰砰……"更大更急的敲门声再次传来。

刘逸云冲到门口，一把将房门拉开。

由于动静太大，把来人吓得倒退了两步，险些摔倒。

鞠义山这才看清，来人是刘振海的妻子谢小菊，怀里还抱着孩子。由于刚才的惊吓，她满脸都是惊恐的表情。

刘逸云倒是反应快，叫了一声："小菊呀！你怎么来了？"说着，急忙上前接过她怀里的孩子，把她拉进屋里。

灯光下的谢小菊双眼红肿，齐肩的卷发凌乱地披散着，灰色的外套是短款的，盖不住里面的长款衬衣，深色的裤子被衬衣盖住了大半截，衬得她个子很矮小。

由于瘦弱，再配上她那双红肿的眼睛，她显得楚楚可怜，没有了往日那种小巧和美丽。

她呆站在客厅中央也不说话，一副茫然无措的样子。

刘逸云刚刚忍住的眼泪又滚滚落下。她赶紧用手胡噜一下脸，拉着谢小菊让她坐在沙发上，只顾哽咽着说不出话来。

刘逸云怀里的婴儿动了一下，先是轻轻地"吭哧"了两声，紧接着就"哇哇"大哭起来。声音洪亮，中气十足，一听就是男孩的声音。

这是刘振海的儿子，刚出生八个月，还没有断奶。谢小菊本能地伸手想抱孩子喂奶，手刚伸到一半又停住了。她突然想起，她已经没有奶水喂给孩子了。

谢小菊找到刘逸云，是想把孩子留给她，因为这是刘振海最亲的人。自己经不起这个打击，实在没有精力，也没有精神，更没有体力带着这个孩子了，她觉得她随时都会垮掉。反正刘逸云是孩子的亲姑姑，儿子是他们刘家的后代，无论如何她都会善待他，将他抚养成人。

"对不起了儿子，原谅妈妈，原谅妈妈狠心，原谅妈妈丢下你，原谅妈妈不能陪你长大……"谢小菊默默无声地诉说着，她的心在滴血，"是你爸爸丢下我们母子，一个人走了……"

她站起身，从刘逸云手中抱过孩子，紧紧地搂在怀里，深深地亲了一下啼哭不止的儿子的额头。

她的泪水洒在孩子的脸上，流到孩子的唇边。孩子竟停止了哭声，"吧唧吧唧"吸吮着，声音很响。

她一遍一遍地亲着孩子，眼泪在无声地流淌着。

等刘逸云和鞠义山手忙脚乱地煮好了米粥端到客厅，已经不见了谢小菊的影子，只剩下睡着的孩子，孤零零地躺在沙发上。

城市的夜空，高远深邃，遥不可及。即便是晴天，也很难看见星星。除非到很空旷的地方，比如襄阳的护城河……

此刻，谢小菊走在去护城河的路上，她从来没有一个人晚上去过那里。她甚至不知道具体方向，只知道一路向北。只是这里不像自己北疆的家，那里有北斗七星，永远都不会迷路。

说来奇怪，自从她八岁随着父母回到遥远的湖北襄阳城里，她还没正式看见过北斗七星。她曾在心里怀疑，新疆的天和这内地的天到底是不是一个呢？她知道自己的想法很可笑，但每次还是忍不住这样想。

她在古襄阳城里走丢了，因为她再也找不到她童年的北斗七星了。过去每次到护城河，都是由刘振海陪着，尤其在她心情烦闷，有什么事情一时化解不开的时候，他们都会到护城河边上走一走，吹一吹那凉爽的风。有时是闭着眼睛，坐在刘振海的自行车后座上，耳边响起"呼呼"的风声，犹如骑着骏马飞驰在辽阔的草原上。

她曾和刘振海有过约定，一起回到草原，回到他们共同的家乡，回到那承载着他们童年记忆的地方，唱着那首《陪你一起看草原》。从南疆的喀什，到北疆的伊犁，他们两个人生长的地方距离一千多千米，策马扬鞭跑上一程，该是多么畅快。

此时的谢小菊，思绪如野马般飞奔，仿佛又回到故乡的草原……

第 15 章　究竟是谁撒了谎

刘振海去了北京。

错误的时间，认识了错误的人，让刘振海再次进入了又一个错误的圈，开始了长达近二十年跌入地狱般的挣扎……

自从上次替刘振海打探投案自首之后，鞠义山就再也没有消息了。无论程前胜怎么给鞠义山打电话，都没有联系上，要么是不接，要么是关机，发信息也不回。

看来这一次投案是假，摸公安机关的情况是真。

于是，程前胜带人来到北京找陈七军。

去北京见他之前，程前胜让一个朋友给陈七军打了个电话。

这个朋友告诉陈七军："襄樊铁路一个好朋友去北京办事，都是铁路的，还都是老乡，听说你在北京混得不错，顺便拜访你一下。"

陈七军听了，觉得挺有面子，自然很高兴地接待了程前胜。

见面地点是在北京的长峰宾馆。

陈七军敲开 418 房间，看见屋里坐着三个人，脚步明显地迟疑了一下。

很快，他便满脸微笑，冲着程前胜走了过去："你好，你好，你就是那位襄阳老乡吧？"

程前胜满脸堆笑地回答："是的，我是襄樊铁路公安处的程前胜。"说着，便拉过一把椅子让陈七军坐下。

一听说是铁路公安的，陈七军脸上好像多少有点儿不自在。但是既然是朋友的朋友来了，他还是拿出来笑脸，转头问旁边其他两位："你们也是襄樊的？"

"是的，我是铁路公安处的罗建明，这位是高志武。"罗建明一边回答一边给陈七军倒了杯水。

陈七军迅速地打量着面前的这三个人，脸上依然挂着笑："太好了，都是家乡人。"他的口音里带了一些京腔。黑底白条长袖 T 恤、休闲裤和黑色休闲皮鞋衬托着他那标准的身材，皮肤泛黄的长脸上，一双不大的眼睛，透着精明世故。

程前胜热情地递了支烟给他，陈七军赶紧站起来，躬了一下腰，接了，另一只手迅速从口袋里掏出打火机，"啪"地打着火，用手挡着火苗，给程前胜点着烟。回身后，他又从口袋里掏出烟，递给罗建明和高志武，但被他俩婉谢了，他们不会抽烟。

"老乡，知道我们大老远跑来找你，为啥事吧？"程前胜不想兜圈子，开门见山。

"大概猜到了，应该是为了嘎子开枪打人的事吧？"陈七军答。

"你是怎么知道的？"

"是他姐夫哥鞠义山告诉我的。"

"他怎么会告诉你，你们俩……"

"鞠义山是我 1990 年从北京调回襄樊后认识的。2000 年我在北京搞工程时，他来我这儿打过工，关系一直还可以。因为我找刘振海找不到，才找鞠义山。他就告诉我刘振海出事了。"陈七军说。

"刘振海你也熟悉？为什么要找鞠义山呢？"

"今年春节前，我回家是开车回去的。后来车子借给刘振海用了，结果他开车出了事故，车放在襄樊交警支队事故五大队听候处理。所以，我找刘振海想问车子的处理情况。我打电话找他没打通，就找鞠义山问他在哪儿。鞠义山回电话告诉我说他出事了，开枪打人了，并说他可能到北京来找我。"

"他来了吗？"

"来了。第二天下午刘振海就到了北京，用公用电话打手机找我，说他带媳妇和小孩儿到北京来玩。我就到北京西站把他一家三口接到我家。我问他这次到北京来干啥？他说来玩。我就直截了当问他，是不是开枪打人了？他承认了。我问他人打死没有？他说没有死，伤了。我又问他是怎么回事？他说中午喝酒后，黑山打电话给他，说老西湾一个工地上的朋友有麻烦，请他过去帮忙处理。刘振海他们四个人就坐出租车去了工地。黑山提供的枪，两把长枪、两把短枪，一人一把。刘振海拿了一把长枪，是黑山给他的。到工地之前，他就已经喝多了酒，当时只想吓唬那个人，那人起来拽他的枪，结果枪响了，把人打中了。"陈七军滔滔不绝地说着。

这时，他连抽了几口烟，接着道："我听了这些情况后，觉得人没有死，就赶紧劝他投案自首，争取从宽处理。他当时也答应了。"

顿了顿，他看了程前胜一眼："第二天他陪他媳妇和孩子在北京玩了一天。当天晚上我和他谈好，他同意投案自首。我就打电话给鞠义山，让他到北京来接刘振海，送他去公安处投案自首。鞠义山答应过来接他。"

说着，陈七军扔掉烟头："第三天吃晚饭的时候，鞠义山打我的手机，说他已经从襄樊上车了，第二天中午到北京来接刘振海。刘振海当时也听到了这个消息。可是晚饭后，大约 22 时，刘振海的媳妇跟我说，刘振海下楼打电话到现在没回来，还说他下楼时拿走了她身上的两千元钱，让我帮忙找他。"

陈七军的声音有点儿急促起来："我一听不好，刘振海可能变卦了，大概跑了。我就下楼找，结果没有找到。第二天中午鞠义山来了，我把刘振海跑的情况告诉了他。鞠义山说这咋搞，回襄樊跟公安不好交代。过了一个晚上，鞠义山就把刘振海的媳妇和孩子都带走了。"

"这么说，刘振海是把他的老婆和孩子丢在北京，悄悄地溜了。瞒过了你，也瞒过了鞠义山？"程前胜追问。

"是啊，这家伙不听话，太不够意思。连老婆和孩子都不要了，太不像话。"陈七军叹了一口气，摇了摇头。

"刘振海后来跟你联系过吗？你是否又见过他？"

"没有联系过，再也没有见过他。"

"此话当真？"程前胜严厉地追问。

"当然！真的！没有半句瞎话。我敢负法律责任！"陈七军信誓旦旦。

"当你知道刘振海开枪打人，他又到你这里来之后，你是否向公安机关报过案？"

"没有。因为我一见到他就劝他投案自首，而且他也答应了，就没有跟公安机关报案。"

"你向他提供过金钱或其他物资帮助没有？"

"我是在他答应投案后，才让他在我家住的，第二天鞠义山来接他。除此之外，没有给他提供任何帮助，而且他孩子第一次到我家来，按理说应该给他儿子红包的，但考虑到那样会对我不利，所以没有给。"

"假如以后刘振海再跟你联系，你能够及时向我们或者当地公安机关报告吗?"程前胜又问。

"能!一定能。我一定及时把情况向你们报告。放心。"陈七军说话总是那么干脆。

见面顺利结束。待送走陈七军之后,程前胜与罗建明、高志武便开始分析,陈七军和鞠义山究竟是谁撒了谎呢?

陈七军,1963年生于湖北省宜昌市,1980年入伍,1983年7月复员,在北京市城建总公司第一工程公司上班,1990年元月调入郑州铁路局襄樊铁路分局供电段工作,2001年元月内退后到北京从事建筑包工。

"3·27"案发生前不久,经鞠义山介绍,陈七军认识了刘振海。陈七军看小伙子不错,就劝说刘振海一起做工程。刘振海正好也不想跑车了,两人一拍即合,开始合作。第一个工程接的是襄樊供电段的花园工程。活是陈七军拉的,说好各出资一半,可陈七军说他的款项暂时不能到位。刘振海说没关系,钱我来出。后来才发现陈七军是个穷光蛋,不仅没出一分钱,连他儿子的两万块学费,都是刘振海给的。一个多月后,工程完工,每人赚了二三十万元。

这个工程虽然赚了钱,但对于第一次干工程的刘振海来说,真的不容易。在干工程的过程中,总有一些地痞流氓到工地找事,想抢活儿干,搞得刘振海焦头烂额。通过这件事,让他下决心找一个当地的大哥罩着。不然,像跑车时那样挨嘴巴的事,肯定会不可避免地重演。

就这样,黑山、陈晓曲等几个人先后在刘振海的生命中出现了。好也是因为鞠义山,坏也是因为鞠义山。没有鞠义山,刘振海与他们不可能走到一起。

最后,程前胜与罗建明、高志武通过研判认为,刘振海和鞠义山两个人都撒谎了。

可是，现在去哪里找刘振海呢？

带着这个问题，他们又回到了襄樊。

刘振海究竟在哪里？

十八年后的今天，董俊锋和师父程前胜两个人就这个问题展开了讨论，再次分析陈七军和鞠义山两个人到底说了什么谎话。

"首先是，陈七军肯定没说实话。"董俊锋说，"从时间上推算，鞠义山是 4 月 27 日到刑警支队替刘振海投案自首，这个时间，刘振海应该就在北京，就在陈七军那里。陈七军肯收留他，说明他们的关系不一般。"

"是啊，他们关系肯定不一般。不然，陈七军怎么会收留一个杀人犯。"程前胜道，"陈七军没有说实话，鞠义山也一样。是鞠义山联系陈七军的，让刘振海投奔他。鞠义山到刑警支队找我要替刘振海投案自首，应该是他们事先商量好的。"

"应该是他们三个共同商量好的。鞠义山说是来替刘振海投案，实际上是来试试水。"董俊锋说。

程前胜点点头表示同意。"不过，刘振海当时一定很害怕，有投案自首的想法，只是后来又变卦，逃跑了。"

"是啊，逃跑了，跑到哪里去了呢？"董俊锋问。

"听说逃到了国外。"

"听谁说的刘振海逃到了国外？自从 2011 年'清网行动'以来，基本上每个侦查人员都是这个说法，跑到国外去了。这个消息到底是从哪来的呢？"董俊锋很关心这个消息的来源。

"陈七军跟我说的。我一直认为，刘振海不管是不是到了国外，还是在什么地方，私下里一定和陈七军有联系。于是这么些年来，我就将计就计，给他传递一些宽松的信息，希望他能够告诉刘振海，让他投案自首。所以，陈七军每次从北京回到襄樊，都会跟我见个面，聊一聊，我也每次都认真地找他了解刘振海的情况，摸一摸刘振海的下落。但是，他始终跟我说，刘振海跑到国外去了。"

"那就是说，刘振海跑到国外去了这个消息，都是从陈七军这里说出来的，都是这一个渠道？"

程前胜点点头："是的。"

第16章 万里长征第一步

董俊锋不相信刘振海跑到国外去了。可是，光不相信有什么用？你必须要有根据。

樊成辉处长说：活要见人，死要见尸！这是死命令。

十八年来抓捕刘振海的一个主要办法，就是动员他的家庭成员和亲属，让他投案自首，当然也采取了许多其他的调查和侦查措施。

董俊锋觉得，这一手现在还能不能这么办，需要重新思考。因为十八年过去了，如果这一条确实有效，刘振海早就投案自首了。所以他认为，这一次抓捕行动必须秘密进行。公安机关这一次要动大劲了，不能让刘振海的家属和亲朋好友有丝毫的察觉。

专案组成立以来，各项侦查调查工作在紧锣密鼓地分头进行。尤其这些天，围绕刘振海的家庭成员和重要亲戚组织了几路人马，分头做了大量的外围调查工作。

首先说刘振海的父亲刘书成。他已经八十八岁高龄，卧病在床，话已经说不清楚了，生活也不能自理。母亲是在刘振海出事后没几年去世的。

刘书成最难忘的就是他那光辉的岁月，跨过鸭绿江，保家卫国。他时常拿着他在朝鲜战场上的立功奖章陷入沉思。那战斗的一幕一幕，他哥哥牺牲的情景，时常浮现在眼前。

当年刘振海的母亲年轻、美丽、纯真、能干，给她提亲的人踏破门槛，但她都没有同意。唯独这个刘书成让她情有独钟。后来她跟丈夫说，之所以看上你，不是你的相貌，也不是你有什么财产，就是看你是一个英雄。在这一点上你非常富有，谁也比不了你，每一个奖章都价值连城，无论用多少钱也买不来这些奖章。她希望他们生下自己的孩子，将来也能够像父亲这样光荣。

抗美援朝结束后，组织上把刘书成安排到大西北新疆建设兵团。有人说大西北不好，一片荒漠。刘书成却一下子喜欢上了这个地方。他告诉自己心爱的姑娘，来吧，这是世界上最美的地方。这里有像军毯一样的草原，满山遍野开满了成百上千种说不上名字的鲜花。

他们在美丽的北疆结了婚，有了爱情的结晶，先后生下了三女两男。三个女儿个个美丽、乖巧、可爱、听话，两个儿子懂事、稳重，又聪明可爱，他们两口子像掉到了蜜罐里一样幸福。

但是很多年以后，他们越来越思念家乡，想回到家乡工作。最后，费了九牛二虎之力，一家七口才从新疆建设兵团调回湖北襄樊市，回到了阔别二十多年的家乡。

能够回家乡工作，这是那一代人梦寐以求的。不管外面的世界多么精彩，不管在外面多么辉煌，工作多么好，个个都希望回到家乡。他们两口子回来了，过着幸福的生活，经常夜里能笑醒。

两个儿子娶媳妇了，孙子也都有了，三个女儿也都成家了，各有各的幸福家庭，各有各的幸福生活。多好呀！儿女们说，爸爸妈妈身体这么健康，将来可以活到一百岁。

可谁也没有想到，这个三女婿鞠义山竟把儿子刘振海领到了一个魔鬼的圈子里，引到了邪路上，竟然开枪杀人！

真是作孽呀！原本身体非常健康的刘振海妈妈，自从听到这个消息就一病不起，不久便含恨而去。

本来就不爱说话的刘书成，从此更不说话了，不久就偏瘫了。他实在想不通啊，自己奋斗了一辈子，一直充满自信自豪，可到老了，儿子竟出了这种事，自己活在这个世界上还有什么意思呢？

从多方面调查的情况反映，刘振海算是个孝子。母亲走了他没能尽孝，但对他十分敬仰的英雄父亲，他是不会不管的。他很有可能通过各种关系保持着和父亲的联系，甚至可能秘密地回来看望过。以前可能看望过，但是多方调查却没有发现这方面的情况。今后还会想方设法回来看望父亲，必须布控好，一旦联系或者回来，便立即能够掌握情报。

董俊锋想，如果直接找他父亲做他的工作，甚至对他父亲直接施加压力，让他提供线索，恐怕会给老人造成心理上的巨大压力，对老人的健康造成伤害，甚至出现意外。这可是一位抗美援朝的老英雄，所以这一条只能暂时放在一边。

正面不行，就从侧面了解。还是没有发现刘振海回来看望过他的父亲，或者是派人过来代表他看望父亲的任何迹象。因此，围绕他父亲的工作，只能在邻居中和有可能为我服务的亲属里面暗中布建了两个线人。虽然这方面寻找线索的可能性不大，但是这条线绝对不能放弃或者放松。当然，还有社区的居委会一直在操心这件事。

第二个外围调查对象，是刘振海唯一的亲生儿子刘龙云。案发时他只有几个月，现在已经十九岁，是襄阳文理学院大学一年级的学生。这是刘振海的亲骨肉，最有可能保持联系的一个人。经过外围调查，也没有发现刘振海看望和接触自己儿子的任何迹象。这是最重要的一条线，围绕着刘龙云建立了一个情报信息网，一旦刘振海与儿子联系或者接触就能够及时被发现。

第三是刘振海的三个姐姐和姐夫。刘振海一共姊妹五人，一个大哥和三个姐姐，关系最好的是三姐刘逸云，她一直在做钢材生意，家里条件比较好，刘龙云一直由他这个三姐抚养。

三姐夫鞠义山是个混社会的人。刘振海没出事以前，经常跟着他玩。刘振海走到今天这一步，与他这个姐夫有着直接的关系。

刘振海与鞠义山的关系一直比较好，有可能保持着联系。因为他既是刘振海的姐夫，他们俩又毕业于同一个学校，他是刘振海的学长；他们俩还是好朋友，他很喜欢带着刘振海玩。在刘振海这几个姊妹当中，最有可能保持联系的就是三姐和三姐夫。

但是各种数据汇集到一起，还是没有发现重要的情况。

第四是刘振海的妻子谢小菊。虽然他们夫妻两个原来感情挺好，但是在刘振海出逃三年后，她已经起诉法院判定他们离婚了。刘振海与她直接联系的可能性不大，但因为儿子的关系，也可能会有联系。但是，谢小菊拒绝与侦查员见面，也不提供任何情况。

第五是"3·27"案件的同案人黑山李光、陈晓曲、蔡云龙、吴安华这四名同案犯，案发后陆续被抓获并被判刑。

被判了二十年的李光是最幸运的，因为他爱上了一个好女孩儿。十八年前那个痴情的小娟，终于守得云开见月明，等到了她朝思暮想的三哥出狱。虽然如今的她已不再年轻，但结局终归是好的，可以如愿以偿厮守在一起，守着她心爱的三哥形影不离。李光出狱后不久，两人开了一家小餐馆，效益很不错，两个人已经心满意足了。

李光说，是小娟给了他第二次生命。十八年来的不离不弃，一月一次的探视，小娟风雨无阻，她就是他命中注定的"佛"，小娟是为度化他而来的。他说，接下来，他要为小娟而活，倾尽自己的后半生。

被判了十五年的陈晓曲，比李光早三年出狱，老老实实倒腾点儿生意过活。待三哥李光出狱后，他依然三天两头和三哥黏在一起，三哥仍然是他的主心骨。

被判了六年七个月的吴安华已于2017年刑满释放，靠倒腾小买卖维持生活。

蔡云龙是二进宫了，他1996年因抢劫罪被判处有期徒刑七年出狱后，2008年8月因参与刘振海持枪杀人案再次被判刑十年。2014年刑满释放后，他记住了父亲、母亲的教导，改恶从善走上了经商的道路，混得还算过得去。

另一个关键人物廖效平，似乎运气不错。2001年3月29日被襄樊铁路公安处以涉嫌故意伤害罪刑事拘留，后检察机关认为证据不足，于4月26日变更强制措施为取保候审，2002年4月15日被解除取保候审。而襄樊公安处认为廖效平应当追究刑事责任，于2019年7月1日再次以襄铁公刑捕字（2019）第22号提请逮捕书对廖效平提请逮捕，襄阳铁路运输检察院还是认为事实不清、证据不足，决定不批准逮捕。廖效平没有受到法律的追究。

围绕上述这些人的基础信息，包括职业、婚姻状况、居住地、手机号码、微信号码、QQ号码、住房、车辆活动，包括他们的现实表现、现实生活状况，包括他们是否有违法记录等一切信息，全部核查清楚，然后运用大数据，对他们进行了全面调查。调取他们的通话记录，微信、QQ聊天记录，物流快递记录，包括乘坐火车、飞机，宾馆住宿，这些海量的数据，一个个进行了解。

但是，最终没有发现可疑的线索。出师不利，前期的侦查工作陷入了僵局。

这一段时间没有董俊锋的消息，樊成辉已经猜到了七七八八。他正要给董俊锋打电话，结果他的电话就来了。

董俊锋是硬着头皮给樊成辉处长打这个电话的，声音很低沉。

他简要地汇报了这半个月对刘振海的工作情况，一句话，没有任何进展，也没有获得任何有价值的线索。

作为老刑侦出身的樊成辉知道，近二十年前遗留的这个老案子，老大难逃犯，他知道难度有多大。他理解董俊锋的心情，尤其是对这个上任不到一年，关键又没有多少刑侦经验的董俊锋来说，实在是难为他了。他甚至对他有些同情，但是嘴上却不能说，也不能表现出来，只能鼓劲、只能支持。

樊成辉没有责怪，更没有批评，而是继续给他鼓励，又给他提出了几点要求。

"抽空我再跟你聊聊，好好聊聊。"樊成辉说。

董俊锋本来是初生牛犊，认为只要工作措施方向对头，他个人又盯得紧，弟兄们又有热情、信心和干劲，更有足够的耐心和决心，哪怕是挖地三尺也能把刘振海给挖出来。可结果却是，理想很丰满，现实很骨感。

十多个人马不停蹄地连续跑了半个多月，白天、晚上没有休息，连轴转，能做的工作都做了，可以说几乎把和刘振海相关的亲朋好友、七大姑八大姨，凡是能想到的，一个不落，全部秘密进行了细致摸排。同志们加班加点进行比对，却没有发现任何可疑的线索，一点点都没有。哪怕是有一点儿可疑的地方，也能给同志们带来一丝希望，只可惜什么都没有。

第一个回合，董俊锋败下阵来。

董俊锋有点蒙了。

他自认为安排得非常周密，运用了无所不能的大数据，只要刘振海还活着，有活动轨迹，基本上是无处遁形的。

可为什么还是和以前一样毫无结果，难道刘振海会隐身术？死了？还是真的逃到了国外？

董俊锋十分郁闷。现在科技发展得这么快，这个时候都抓不住他，难道真要放弃不抓了吗？任由他逍遥法外吗？

不行！肯定不行。

可是抓，怎样才能抓住他？该从哪里下手呢？

前期，程前胜他们也去过新疆，刘振海最后见到的陈七军，他们也找到了，前前后后跑了十几个省都没有发现任何有价值的线索。

人脸识别系统也没有比对上。问题到底出在哪儿了？怎么办呢？

董俊锋一筹莫展。

说实话，他心里有点儿开始打退堂鼓了。不过，只是一闪念而已。

连续几天，他都没有睡好。半梦半醒中，他满脑子都在想着怎样抓住刘振海，各种头绪在脑子里交叉缠绕，分不清是现实还是梦境。

既然睡不好，他干脆起床，早点儿到单位去。

他正在路上走着，突然听见背后有人叫他："小董！"

一听这声音，就知道是处长樊成辉。

案件没有一点儿进展，董俊锋现在最怕见的就是樊处长。偏偏在这个时候，樊处长就叫住了他。

肯定没有别的话题，一定还是问案子进展得怎么样了。

董俊锋叹了一口气："唉！这些天我们又深入地做了一些工作，把该做的工作都做了，还是没有一点儿线索。"

"我今天不跟你聊案子。一个礼拜前，我就告诉你了，我准备找你聊一次，主要是解决你这个里面的问题。"樊成辉说着，指了指董俊锋的脑袋。

"你知道我经常跟你们说起的老领导，也是我走进刑侦的第一个领导，也可以说是我的恩师。"樊成辉继续说。

董俊锋点点头："我知道，田处长，田华富副处长。"

"田处长跟我们说得最多的一句话，是什么你知道吗？他说，案件越是在最困难的时候，走不动的时候，也就是案件即将破获的时候。"樊成辉加重了语气，"你作为刑警支队支队长，我希望你永远记住老一辈用几十年心血悟出的这一句名言。"

樊成辉说着，又放松了口气道："今天也巧，如果不碰到你，我也会打电话找你，准备带你去参观一下刚建成的公安处警史馆。咱们一起去学习学习历史，重温重温历史。"

他们一起来到位于公安处技术大楼六楼的警史馆。

董俊锋虽然专门来参观过警史馆，但说实话，也就是走马观花地看了一下。

陈列面积五百多平方米，分别是警史篇、警示篇、警魂篇和警营文化作品展示区，丰富的文字、照片和实物资料，集中展现了襄铁公安六十年间忠诚为民，维护铁路治安秩序，打击刑事犯罪，保卫旅客和人民生命、财产安全以及保卫国民经济大动脉的安全的光辉历程和英雄业绩。

在警魂篇展区，樊成辉引导着董俊锋驻足观望。

这里通过大量的图文篇幅展示了六十年来襄铁刑侦的机构变迁

和大事记。

樊成辉问董俊锋："看了这些，你有什么感触啊？"

董俊锋感慨万千地说："不容易啊，了不起呀！一部英雄的历史！"

樊成辉接着问："知道为什么我要下决心建成这个警史馆吗？"

董俊锋微微点头，像是知道，又像是不完全知道。

樊成辉道："这既是公安处的警史馆，也是政治教育中心，就是希望我们的干部民警深切感悟公安前辈艰苦奋斗、自强不息的精神，继承和发扬老一辈公安民警的优良传统，以实际行动忠实践行'对党忠诚、服务人民、执法公正、纪律严明'的总要求，续写新时代襄铁公安新的辉煌。"

正说着，闻讯而来的刑事技术支队支队长吴林长走了过来。

董俊锋知道，刑事技术支队是襄阳公安处大刑侦的一个重要组成部分。

"正好你来了，咱们就说说刑事技术吧！"樊成辉说道，"刑事技术一直是我们处的一面旗帜。这些年来，他们先后荣获集体二等功一次、集体三等功四次，2017 年被公安部授予'全国优秀公安基层单位'，还被授予'全国公安系统全国示范刑事科学技术室'。这在铁路、民航、森林这几家行业公安上还是第一家。吴林长既是刑事技术支队的支队长，还是主任法医师。他曾经荣立个人一等功一次、个人三等功六次，他曾经被公安部铁路公安局授予'全路优秀人民警察''全路先进技术工作者'荣誉称号。"

樊成辉顿了顿，看着董俊锋："刑事技术支队为什么走到全国的前列？你想过这个问题吗？根本原因就是，有一个好的带头人。"

董俊锋连连点头。

樊成辉指着吴林长说："他还参编过五本专业书籍，在国家级刊物上发表论文二十多篇。特别是他参与编写的《法医学铁路损伤勘验》这本书，已经被列为全国公安院校本科的教材，'铁路法医损伤'课题被列入公安部铁道警察学院的重点课题，这可是改写了铁路法医史啊！特别重要的是，在处里组织下，他带领全支队同志，利用四个年头完成了公安部技术研究的重点项目'网络化工具痕迹管理及鉴定系统'，2017 年通过国家验收，被列为国家标准，在全国公安机关推广应用，这个项目目前处于国际领先地位。"

樊成辉一边说着，一边注意着董俊锋的反应。

董俊锋满脸的敬佩和仰慕，他的头上开始沁出汗珠。

樊成辉接着说："你想一想，你现在进到这个大门，才刚刚一年多，还是个新兵。从新兵到老兵，再到行家里手，再到专家，这需要一个漫长的历练过程，需要刻苦的钻研，需要去攻克一个又一个难关，破掉一个又一个大案、难案，需要从实践到理论的不断扩充和转换，你才有可能成为这方面的专家。"樊处长说着掏心窝的话，"不错，你当了支队长以后，领着破获了几起案件，破得不错。可是这仅仅是刚刚开始呀！万里长征，你连第一步都还没有走完呢！"

董俊锋擦擦额头上的汗珠，朝樊处长连连点头。这一刻，他点头是发自内心深处的。

他知道他的这位顶头上司、大处长就是这么一步一步走过来的。当年他从办公室副主任干到刑警支队支队长这个位置的时候，外行领导内行，遭遇过种种非议。他就是咬着牙坚持，拼着命去学习，顽强攻坚，以不破不休的精神，攻克了一个又一个大案、难案，最后才得到了认可，赢得了大家的敬佩。

他可是十多年才磨出一剑啊。这把剑磨得是那么锋利，最终他成为刑侦专家。有了这一路扎实的成长和进步，他先是被提拔为副处长，后来又被提拔为政委，直到现在担任公安处处长。

"你知道什么是你的万里长征第一步吗?"樊处长扭过头来问他。

董俊锋有点蒙，没有回答。因为他不知道该怎么回答。

"把刘振海抓住了，就是你完成了万里长征的第一步。"樊成辉解释道。

明白了! 董俊锋茅塞顿开。

这个刘振海是非抓住不可。抓不住他，连第一步都迈不出去，还怎么迈第二步、第三步呢? 还怎么往前走呢? 抓不住刘振海，什么都别说了。

他冲着樊处长用力地点头："我知道了，处长。我一定想办法，千方百计，穷尽所有办法，一定把刘振海抓获!"

说这话的时候，他突然感觉到，自己的胸腔里好像有一股气冲了出来。

樊成辉拍了拍他的肩膀，说："这就是我今天要跟你说的根本的一条，也是唯一的一条。不要有任何侥幸心理，你没有退路，只有这一条路，就是抓住刘振海。抓住了刘振海，就迈出了第一步，接着一步一步地往前走，才有可能最终成为刑侦领域里的行家里手。"

第 17 章　三起案件的启示

说着，三人已经走到了"十大经典案例"展示区。

"十大经典案例"是每年公安部铁路公安局从全国铁路公安机关评选出的十个优秀案例，供全路学习借鉴。

"小吴，这些案子你基本都参与过，你可以给小董讲讲。"樊成辉说。

"太好了。"董俊锋满心欢喜道。

吴支队长有点儿不好意思："董支队长很优秀，不管他是当指挥中心主任，还是当襄阳所所长，都干得很好的！"

樊处长道："是啊，你说得没有错，他如果不优秀，我们会把他放到刑警支队支队长这么重要的位置上吗？今天叫你来，就是给他讲一讲你的一些亲身经历，你怎么攻坚克难的，给他上一课，开动开动他的脑筋。"

"不敢不敢，我跟处长汇报一下，给董支队长介绍一下。"吴支队长连连摆手。

"好了好了！你不要谦虚了，你就说吧！"樊处长有点儿批评的味道。

吴支队长于是不再客气，开始聊起宜万铁路线系列割盗案。

案子发生在2011年3月的宜万铁路隧道内。这是长江大通道的一条重要的铁路线，也是我国铁路史上修建难度最大、单位造价最高、历时最长的山区铁路。这条铁路线百分之七十左右都是桥梁和隧道。

"我们到现场一看，有点儿吓人，被盗的全是宜万线隧道内的照明电缆线。铁路电源被切断，造成铁路运输中断。这起案件跨度最长，涉及四个车站派出所管辖的范围，一共七个隧道，被割盗的电缆线有七八千米，也就是七八公里。

"隧道里面黑洞洞的，没有电，没有光源，怎么勘查现场，提取物证？另外，铁路边没有能够走机动车的道路，汽车又到不了隧道里面，只能靠步行。

"勘查现场的时候，过一会儿就有一列旅客列车或者是货车通过。火车的强大惯性，连同轰隆轰隆的巨响，在涵洞内掀起巨大的旋风。

"被盗的电线都在靠近隧道壁的上面，人摸不到，得站到梯子上勘查。野外勘查灯我们准备了十几个，搞了一个小整理箱，两个人要抬进去，再背着梯子。

"我们一方面勘查现场，另一方面对隧道里的断头进行提取。提取的东西还很重，到最后都背不动了，必须来回折返洞口运送。

"一连勘查了很多天。吃饭也是个问题，附近没有村庄。没办法，我们就五六点钟起床，吃过早饭，然后买点儿包子、饼干，再带点儿水，这一天的吃饭问题就这么解决了。

"勘查现场的时候，大量使用的是静电吸附。在两边的排水沟盖板上、枕木上，用静电吸附，提取有价值的线索。通过这个方

163

法，提取了大量的足迹。

"这些足迹，一部分是地面的，另一部分是犯罪分子爬到隧道顶上剪电线时留下来的。虽然残缺，但非常有价值。

"最后又发现犯罪嫌疑人遗落到隧道里的小手电筒。把手电筒打开，在里面的电池表面，意外发现了指纹。后来抓获了三名犯罪嫌疑人，现场提取的断头剪痕、足迹、指纹都发挥了重要作用，认定了犯罪。这个案件充分体现了我们的刑事技术人员顽强的意志、精细的工作作风、一丝不苟的工作态度。"

樊成辉感叹道："是啊，我们的刑事技术人员在那种艰苦的条件下，克服种种困难，提取了那么多的痕迹物证。如果没有这些痕迹物证，我们就不能把罪犯送上法庭，绳之以法。所以，小董，你们的侦查员，是不是在侦查的过程当中，都像我们的刑事技术人员一样，那么认真、那么较真、那么一丝不苟呢？如果做到了这一点，我想，就离抓到刘振海不远了。"

董俊锋张了张嘴，想说什么，被樊成辉制止了："听吴支队长继续说。"

吴支队长不敢怠慢，接着介绍。

"还有一起破坏铁路交通设施的案子，是 2010 年 6 月 15 日发生在襄渝线上的十堰车站派出所辖区。这个案子主要的侵害对象是电力机车接触网立柱。连续多次被人为损坏，造成铁路运输中断。电力接触网电线杆立柱被砸得露出了钢筋，只有一点连着，风一吹或者是客车一过防护网就来回摇摆，有可能马上整个网都要塌。如果真的塌了，造成车毁人亡，那可就不得了了！

"铁路各个部门和地方有关党政部门都赶到了现场，估计数百人。地方公安机关的刑侦部门也来了十多人。现场被破坏得一塌糊涂。现场再乱，我们认真勘查现场的思路不能乱，必须静下心来认真、细致、反复地勘查现场，提取痕迹物证。

"当时天气非常热，身上挂几个包，还要随时拍照，还要睁大眼睛去查找，发现有价值的还要提取，身上全被汗湿透了。

"地方公安机关一个同志看我们那么认真、那么辛苦，指着我们对他的同事们说，你看看人家，人家这是咋干活的？

"我们把每个电线杆下面立柱根部被砸的痕迹，逐个认真查看，一块一块地分拣，仔细察看细微的痕迹特征。最后，终于发现有一块预制板件上面有明显的条状棱边，还有一点弧度。这明显是作案工具形成的，是硬碰硬时砸下来留下的痕迹，也说明犯罪嫌疑人的作案工具有对应的有长有短的特征。再仔细观察，发现上面挂有纤维。再对这个打击痕迹进行分析，结果发现有铁锈一样的物质。

"最后我们确定，作案工具是一把用过的旧锤子，表面光滑平整，但上面有锈迹。当时刑警支队支队长是文敏，和我们一起勘查、一起提取、一起分析，把工具的特征详细吃透了。

"在后期守候的时候，有一天就抓到一个人，背了一个长杆的铁棒，估计有一米长，另外一头是自制的铁圆砣。文敏支队长一看锤子，一看锤面，哎呀，就是他！他直接就给认定了。从嫌疑分子家里搜到了一种布，与棉纤维做了同一认定。所以，破案必须锲而不舍，不放过蛛丝马迹。"

吴支队长讲到这里，樊处长拦住了话头："小董，怎么样？听到这些你有什么感受？"

董俊锋严肃地点了点头："技术部门同志的认真负责精神值得我们学习。"

"是的，关键是'认真'二字。"樊成辉肯定道，"在这个案件里，现场不仅技术部门是这样子，我们的刑侦部门也是这个样子。哪怕犯罪分子比狐狸还狡猾，也逃不过我们刑侦、技术人员那双猎人般的眼睛。刚才讲的这两段历史，你可能不知道。我让吴支队长在很多场合去讲，让各警种的同志们都听听这个过程。如果没有他们这种不怕吃苦的精细的工作作风，怎么可能在那种恶劣的环境中提取到那么多的痕迹物证呢？"

停了一下，他接着说："我在想一个问题，抓刘振海，你们的思路没问题，措施也没问题。关键是细节，关键是过程。是不是每一个侦查员都能做到像刑事技术人员这样，认真抓好每一个细节呢？你们回去可以好好反思一下。还是那句话，细节决定成败，抓刘振海同样是这样。我们的刑事技术人员、刑事侦查人员在勘查现场和侦查破案过程中，都必须有一颗像绣花姑娘一样细的心。如果做到了这一条，我相信没有我们破不了的案件，没有我们抓不到的逃犯。吴支队长，你再给小董讲一下 2015 年破获的那起案子，我觉得对抓获刘振海会很有启发、很有帮助。"

吴支队长看了看董俊锋那十分诚恳的神情，又继续讲述起来。

"那是 2015 年 4 月 20 日，在十堰车站，当时有一个人刷身份证的时候，车站派出所民警从后台发现，这个刘建明有前科，他 1997 年在湖北松滋市一家 KTV 里面吸毒的时候被民警查获的。民警当时就把这个人的身份证信息输入人员信息管理库里面去了。

"进一步使用大数据碰撞，发现他是涉毒人员。然后民警就把他身上和所携带的物品检查了一下，没有发现什么异常情况。接下来按照程序，就把他的指纹采集了，血样也采集了，然后就放行了。十堰车站派出所根据处里要求，把采集到的血样送到了刑事技术支队。我们支队立即把这些血样做 DNA 检验，同时把他的指纹输入库里面去查询。按照上级的规定，当时我们的血样一律送请北京市公安局帮助检验。到了 6 月 6 日，北京市公安局反馈说，这个刘建明和山东济南 1992 年 3 月 23 日一个杀人案有关联。该案有一个男子叫李军，不是叫刘建明，他把他的妻子王平杀死后就逃跑了。1992 年到 2015 年，二十三年了，这期间当地警方也下了很大的功夫，网上追逃，又经过 2011 年全国'清网行动'，都找不到李军这个人。后来山东警方就把李军父母的血液采集了，血样做成 DNA，放在库里面进行 DNA 大数据碰撞。我们也把这个刘建明的血清送到库里进行碰撞。最终发现，我们送去的刘建明的 DNA 血样，与 1992 年 3 月 23 日杀人案的犯罪嫌疑人李军父母的血样有亲缘关系（就是血缘关系，生物学上叫亲缘关系）。

"也就是说，这个刘建明应当是李军父母的孩子。得到这个消息，我们立即通知山东警方。6 月 11 日山东警方过来，我们一起直接到十堰，按照刘建明的身份信息很准确地就找到了他。刘建明一看这个阵势，当时就承认他是李军，杀害了他的妻子后潜逃过来，漂白了身份，在这里娶妻生子。"

樊成辉这一次没有再问董俊锋。

倒是董俊锋自己感慨万千，有些激动地说："很受启发。我们必须突破传统的思维模式，加大在现代科技和大数据方面的信息收集和研判。"

樊成辉点点头："好了，我想今天这个短期培训班，达到了预期的效果，不用我再多说什么了。我只强调一句话，传统的侦查思维和方法还要坚持，不能丢，但是必须有现代科技的意识，要用现代的科技手段和信息研判来破案，来抓人，来抓刘振海！"

董俊锋站了起来，给处长和支队长郑重地敬了个礼："感谢为我指明方向！"

第18章　新一轮攻坚

早上不到 8 时，董俊锋就来到了办公室。这天的阳光很好，透过玻璃窗，一抹光亮正好斜射在会议室的一角，一棵巴西木叶子油亮，深绿色的老叶和浅绿色的新叶混搭着，有着分明的层次感。

董俊锋喜欢侍弄花草，每天进办公室第一件事就是拿起喷壶"滋滋滋"，让每一株花草喝饱水，看着花草们精神抖擞的样子，他的心情也会放松很多。

昨天樊处长还有吴支队长给他上课之后，他的心情显然好了起来。虽然案子仍然没有一点儿头绪，但他已经感觉到胜利在望。应该能抓到刘振海！一定能抓到刘振海！绝对能抓到刘振海！

不知不觉地，董俊锋在心里边就哼起了小曲儿，也是一首他最喜欢的歌曲《火车火车》。

会议室里已经坐满了人，所有该来的人都到齐了。

了解他的人都知道，他最近心情很不好，可是他今天竟然哼着小曲儿进来了。大家不禁有些惊讶，怎么回事？有线索了？有希望了？

董俊锋扫视着大家，问了一句："都到齐了？"

有人答，都到齐了。

"各位，咱们这个抓捕刘振海的专班，已经成立二十多天了，我知道，大家做了大量工作，还经常顾不上吃饭，熬夜加班加点，的确辛苦了。樊处长说了几次，让我转达他对同志们的问候和感谢。"董俊锋十分诚挚地说道。

"但是，大家都知道，到目前为止，一条像样的线索也没有。我相信每一个人都尽了力。我现在想听听大家的意见，一起来分析一下，我们的问题究竟出在什么地方？"董俊锋扫视着每一个人的脸。

他突然这么一说，让大家有点儿丈二和尚，摸不着头脑。刚才还哼着小曲儿，怎么现在又是一条像样的线索也没有呢？

林襄渝和董俊锋是老战友，虽然两人原来不在同一个单位，但是彼此关系一直很好，说话也就随便一些。

"你刚才进来还哼个小曲儿，我们还以为有什么好事呢！"林襄渝问道。

董俊锋笑了笑："哦，这样啊？破不了案子，抓不住刘振海，我也不能天天愁眉苦脸呀！我如果给你们吊着脸，那还有你们过的日子吗？这叫愁脸揣怀里，笑脸拿出来。无论遇到什么不开心的事，遇到什么样的沟沟坎坎，都要坦然去面对。至于刚才为什么哼着小曲儿进来，过一会儿我会告诉你们。"

"接下来，我们讨论一下，为什么一点儿线索也出不来？问题究竟出在什么地方？大家伙畅所欲言啊！"董俊锋看了大家一圈说。

好一会儿，没有人说话。

"林队，这个案子、这个任务主要是你们大队负责，就你们先说吧！"

169

"好的，闫鹏，你先说一下。"林襄渝看着老侦查员闫鹏道。

闫鹏是 2007 年 8 月在铁道警官高等专科学校，也就是现在的公安部铁道警察学院刑事侦查系毕业，被分到襄樊公安处六里坪刑警队。

"抓刘振海，一直是我的一个梦想。"闫鹏开口道。

"2011 年'清网行动'时，刘振海就是一号抓捕重点。这项任务当时就由我们襄北刑警大队负责。我和副大队长王建伟一起，到刘振海的户籍地派出所查看过他的户籍底照，到银行对他的家属、近亲属查过银行流水，查过他前妻谢小菊的话单。据我所知，当时手段不能说不穷尽，最起码我们能想到的都做了。刚开始就用了人像比对，对他前妻的住处蹲守，找亲属感化，这些方面我们都做过，但是没有任何收获。

"2011 年我印象最深的一件事，是他的同案犯吴安华已经身份漂白了，用吴明亮的身份在生活。当时我就想，是不是刘振海也一样漂白身份了，或者这个人真的已经死了。因为一直没有线索，这个事就没有继续往下做了。

"当时吴安华被抓到之后，我做过一个梦，梦见我走到一个十字路口，在红绿灯附近，我猛然间转头一看，哦！身后有个人，就是那个刘振海，长得和户籍底照一模一样。然后我就醒了。

"这可能是当时压力之下的一种心理反应。我现在给大家讲这个事，是想跟领导和同志们表示一下，我此刻的心情，也是我一直以来的心情，就是一定要把刘振海抓获。

"说实话，这么多年，每一任大队领导只要一提起陈年旧案，一提到逃犯，刘振海就是第一个。要说做工作吧，从我个人的角度讲，特别是 2011 年之后的这些年，信息核查方面我们始终没有放松。

"这一次把任务交给我们大队之后，林大队长非常重视，带领我们对刘振海和他前妻、他三姐刘逸云的住宿、乘车记录，银行往来等都查了，可是都没有线索。包括他儿子，我们还多次找过他儿子的老师，也没有线索。他主要的关系人，他三姐及其父母，以及他的岳父岳母，我们也从外围采取了措施，都没有线索。目前看，各种方法，包括之前用过的，我们都用了；没用过的，我们也用了，但是都行不通。这一次我们吸取前十几年的教训，没有进行正面接触和了解，而是秘密地进行，从外围进行，但是都没有走通。

"这些天，林大队一直在组织我们分析研究，总结经验教训。我们认为之所以没有发现情况，可能还是我们的工作做得不细，有漏洞。我个人建议，一定要把短板补上，不留任何漏洞和遗憾。"

闫鹏的发言，得到了同志们赞许的目光。

接下来，一些同志陆续谈了自己工作的感受。

最后林襄渝大队长发言。他今年四十二岁，也是从铁道警察学校毕业，但比闫鹏早毕业九年。

他一当警察，便被分到了铁路治安最为混乱的六里坪地区。一开始在六里坪车站派出所当民警，1998年成立六里坪刑警大队时，他经过考试，竞争上岗成为六里坪刑警大队侦查员。由于侦查破案有方，表现突出，2004年年底他被提升为胡家营车站派出所副所长。2005年他重回刑侦队伍，任襄樊刑警大队副大队长，2013年11月被调任刑警支队一大队大队长至今。

他是一个很优秀的侦查员，颇有些传奇色彩。刚到六里坪车站派出所，他就和战友们一起开始独立破案、办案，整天打盗窃货物列车的作案分子，先后把四个罪大恶极的罪犯送上断头台。这对一个派出所来说，简直是奇迹。

由于他表现突出，被当时主管刑侦的副处长田华富和刑警支队支队长樊成辉看上了，将他调任六里坪刑警大队当侦查员。结果，他连续攻克疑难大案，三次荣立个人三等功。同志们记得最清楚的是那次利用信息化手段破案。这在2011年那个时候，是比较超前的一件事，追回来的赃物装了满满两卡车，案件价值一百多万元。

在目前这支队伍里，林襄渝显然是一个老干探了。

"我跟大家的意见是一致的，也可以说，这些意见是我们这些天讨论的结果。"林襄渝语气沉稳地说道。

"首先，我认为我们确定的侦查方向和措施没有错。大家也都认为没有一点儿问题。那就是说，这一网撒出去，我们撒对了。但是不是我们在工作中有疏漏，也就是说网眼大了，就把鱼漏掉了呢？我们现在必须首先从主观上找问题。

"其次，现在条件这么好，不管是人像识别，还是采集DNA入库，还是大数据，都给我们提供了广阔的侦破空间。我建议，我们在把外围基础工作做好的同时，还要加大力度查找刘振海的照片，做人脸识别；再就是，要采集刘振海家族父系DNA数据，入库进行比对。"

大家竖着耳朵听着，还想一直听他说下去，可是林襄渝已经说完了。

接下来，董俊锋传达了樊成辉处长两次和他谈话的精神，也传达了技术支队吴支队长的办案体会。

最后，董俊锋总结说："我认为今天这个会开得非常好，大家都发表了非常好的意见。大家都认为，我们前期的侦查方向和措施是对头的，之所以刘振海还没有出现，可能是我们的工作有疏漏。这恰恰也是樊处长反复找我谈话的中心内容，也是他要求我们，特别是我本人向刑事技术支队吴支队长学习的根本点。

"樊处长说，传统的侦查思维和方法还要坚持，不能丢，但必须有现代科技的意识，要用现代科技手段和信息研判来破案，来抓人，来抓刘振海！今天这个会，使我们上上下下统一了思想，统一到公安处党委的思路和决策上来了。

"下一步，主要做好三件事：第一，要再撒下去一网，争取把刘振海这条鱼能够捞到网里；第二，我们必须千方百计找到刘振海的近期照片；第三，就是要想办法收集刘振海家族的 DNA 信息。

"总而言之一句话，要把传统侦查方法与现代科技手段紧密结合起来，用现代的科技手段和信息研判来破案，来抓人。但是，在这里我要宣布一条严肃的纪律：我们这一网，也就是第二网下去，如果由于工作不严、不细、不认真，漏掉了刘振海的线索，对不起，最后要严肃追究责任，给予严肃处理。那么，这个刑警支队你也就别想待了。如果哪一个同志发现了重要线索，做出了贡献，我们也会积极向上建议，给大家请功奖励！"

董俊锋的一席话，博得了大家的热烈掌声。

转变侦查方式，新的一轮攻坚开始了。

专案组又增加了五个人，这一次更加兵强马壮了。

董俊锋对专案组进行了重新调整和分工，共分六路人马，朝六个工作方向开展工作。

第一个专班，侦查员主要查找刘振海最近一个时期的照片，由林襄渝负责。

为了找到刘振海的近期照片，林襄渝他们到户籍地派出所前前后后去了三遍，户籍照片和上网照片是同一张，还是那个很久以前的照片。上网时应该还有一张年轻时的照片，但是派出所无论如何也找不到这张照片。2011 年还去交管部门查过刘振海的档案，也没能找到他注销的档案。找来找去，还是只有这张户籍照片。

没有办法，只能按照这张照片去开展人像比对。

林襄渝把他的户籍照片在网上开展比对，因为是黑白照片，可辨识度较低，重新找技术部门修复后入库，效果也不好。又请户籍地派出所襄阳市定中门派出所比对湖北省户籍库，结果发现有一个人相似度竟然达到了百分之八十三。

林襄渝欣喜万分，眼看就要捅破窗户纸了。

可结果一查轨迹，最后完全否定了，与刘振海没有任何关系，白白高兴了一场。

这之后，林襄渝大队长又联系市公安局领导安排对照片进行比对，结果市局反馈了几个重点人，比对结果还是都否了。

又联系了以前参与过办理该案的刑警支队副支队长李忠斌。他从当年笔记本内查到该案的很多照片，但比对结果都不是刘振海，差别比较明显。

又联系参与办理过该案的吴晓丹、刘建明、孙建等人，他们手里拿的都是刘振海那张户籍照片，没有其他的照片。

林襄渝还是不死心，又跑到刘振海上班的单位，翻箱倒柜，没有找到刘振海的人事档案。

又跑到民政局，调到刘振海的离婚判决书，竟没有刘振海的照片。他是 2004 年离婚的，刘振海缺席判决。

又找到结婚证，上面也没有照片，只有编号。

林襄渝纳闷啊！

结婚证怎么会没有照片呢？咨询 2000 年登记结婚是否有登记照，回答说当时有，哪怕是黑白的也应该有。

为了这个事，林襄渝跑了襄阳市三家民政单位，但就是一直没有找到他结婚的信息。

后来他到了襄州区民政局。听工作人员讲，以前可能是没有电脑，登记信息不完整，档案保管可能有遗漏。

林襄渝又跑到樊城区档案馆，仍然没有找到刘振海的人事档案，也没有找到他的招工信息。

就这样查来查去，还是只有这一张刘振海最原始的黑白照片，也就是公安部网上追逃使用的照片。

真是费了九牛二虎之力，就是找不到刘振海的稍微近期的照片、更接近于他本人现在相貌的照片。

第二个专班，调取了刘振海十一个近亲属的所有电话号码，分析研判近亲属的网络通信工具、支付宝、微信等，以便从中发现刘振海的踪迹。

同时通过电信诈骗平台查询其十一个近亲属有无涉嫌诈骗的信息。结果是没有查到任何信息。

第三个专班，查询刘振海十一个近亲属近几年在全国各地宾馆住宿情况。共查到十一个近亲属在十二个省市区住宿信息六十条、二百一十四人、二百二十八人次，涉及香港、澳门、上海、青海、广西、福建、海南、贵州、湖北武汉等地。

从酒店位置来看，均为旅游景点附近；共同入住的人都是其家人或亲属，入住人员身份登记未发现可疑情况，也未发现其他可疑人员。对比户籍照片、核查身份背景，均排除存在刘振海的可能。

第四个专班，查询其十一个近亲属铁路乘车信息二十三条，涉及武汉、上海、南宁等八个城市，未发现可疑同乘购票人员。共查询民航乘坐记录三十四条，同行十六人，往返武汉至广州、武汉至洛杉矶、福州至武汉等航线，其同行人未发现可疑人员。其中离出境两条同行五人，未发现同行人中有刘振海踪迹。

第五个专班，到房产局对其十一名近亲属的房屋情况进行调查，查到 2002 年以后的数据，没有发现与刘振海有关系的可疑房屋交易情况。

又查了十一名近亲属的银行卡及其流水，涉及工商银行、农业银行等五家银行，没有发现可疑的转账往来。

还查了十一名近亲属的淘宝账户、微信账号，分析了海量的信息，未发现可疑迹象，未发现异常登录情况，查到收发快递住址信息十一条，未发现可疑情况。

调查了邮寄包裹、汇款等的收查信息，共发现七十三条信息，未发现可疑情况。

第六个专班，专门到新疆分别调查两家在新疆的原单位有关情况、原住址和亲朋好友及其交往情况，也是空手而归。

第二个回合转眼十天过去了，概括一句话，没有发现任何有价值的线索。

本来雄心勃勃的董俊锋和他的侦查员们一样，一筹莫展，一下子又跌入了谷底。

第 19 章　新疆来的包裹

今天的碰头会开得很没劲，但是董俊锋必须强打精神，还得给大家鼓劲。他把各项工作又布置了一番，让大家接下来继续分头行动，树立必胜信心。

开完碰头会，他最后一个离开会议室，下楼，开车。

车上的音响没关，一直播放着那首《成都》，这是他最喜欢的一首歌，吉他伴奏，讲述着一个有着淡淡惆怅的离别故事，让他产生某种共鸣。

还有那首《张三的歌》，悲而不绝，伤而不亡，在悲伤之余仍然给予人希望与光明。歌手那浑厚的低音，被誉为"人声低音炮"，声音纯净、不急不躁、娓娓道来，让他很快就静下心来。

董俊锋在这一刻，才真正体会到音乐的治疗作用。他没想到，平时开车时无意识播放的两首单曲循环，此刻竟发挥了作用。

他顺着马路，慢悠悠地开着车，没有方向、没有目的，顺着马路一直向前开。

最后，他把车拐进了一条比较僻静的街道，停在了路边，熄了火。

他将座位向后移了移，调到可以半躺，选了一个比较舒服的姿势，慢慢地闭上眼睛。

正值中午，阳光透过车顶上的树枝洒在挡风玻璃上，点点透亮。树叶的影子斑斑驳驳，随风摇曳着。

刘振海！这个刘振海在哪里呢？真的跑到国外去了吗？从来就没跟家里和亲戚朋友联系过吗？他是一个铁石心肠的人？

不对。可错在哪里呢？为什么一点儿也摸不到他的踪迹？

就在这一瞬间，突然一个念头在董俊锋的脑海里闪现：会不会是这个刘振海真的已经不存在了？他已经成了另外一个人了？也就是说，他洗白身份了？所以你再怎么找，也找不到他的踪迹……

进站的客流，人山人海，旅客们带着大包小包拼命地往前挤。

董俊锋手里拿着大喇叭，一再地提醒大家：请大家不要挤！请大家排好队，按照顺序进站上车！

然而，旅客们好像根本就没有听见他的喊叫，仍是只管拼命地往前挤。

有旅客喊道：抓住他！抓住他！

董俊锋猛地发现刘振海就在旅客当中，看见他扭头就跑。

他急忙追上前去……

"哐！"玻璃外面的响动，把董俊锋从睡梦中惊醒过来。

原来是一对恋人靠在他的车上打闹……

他开车回到家，已是晚上 11 时。

他小心翼翼，踮着脚上楼，生怕弄出声响，打扰左右邻居休息。这是他多年养成的习惯。

他开门更轻。妻子有早睡的习惯，身为小学老师的她，作息时间非常规律。她每天都会早起，准备简单的早餐，然后叫醒十岁的儿子，吃完饭，带着儿子去学校。

她从来不指望丈夫。她理解董俊锋忙，平时只要是自己能够解决的事，一般不会麻烦他。因为董俊锋十天半个月不着家已是家常便饭。儿子现在上小学六年级，他只去开过一次家长会。

他坐在客厅里，没有开灯。窗外不远处，有一盏亮着的路灯，橘黄色的淡淡光线正好洒进他家的客厅，很柔软，很舒服。

他斜靠在沙发上，将身体完全放松下来，心情也开始平静，思路逐渐清晰。他开始梳理案件的信息。

由于太投入，连妻子什么时候走到他身边，他都不知道。

她以为他睡着了，蹑手蹑脚地走到他身边，轻轻地给他身上搭了一条被单。

他没有睡着，也没敢说话，担心吓到她。

他先翻了一下身。

"你没睡啊，我还以为你睡着了，干吗不回屋睡呀?"妻子一脸惊讶。

"睡不着，翻来翻去怕影响你。"董俊锋说着，坐了起来。

"没事，这么多年了，早就习惯了。"她说着将手递给了董俊锋，想拉他起来，"是不是碰到棘手的案子了? 别着急，慢慢来，总会有办法的。"

她总是这样自问自答。因为她知道，丈夫工作上的事，她不懂。那些个斗智斗勇的活儿，她永远干不来。她只需要当好他的妻子，管好这个家，管好他们来之不易的儿子，还有他年迈的父母。

当然，她还要管好她那一班的学生。做好这些，已经够她忙乎了。

夫妻俩的深夜交谈，从来不涉及他的工作。那些打架斗殴，甚至血淋淋的案子，最好不让她知道。不好的事情，让她知道得越少越好。他希望她永远生活在温润的阳光之下，和谐而美好。

聊聊中学同窗时的趣事，聊一聊儿子。

说起儿子，董俊锋忘不了妻子的不易。

刚怀孕的前三个月，吃啥吐啥，人几乎每天都处在虚脱的状态，靠着输营养液过活。

他心疼她，却帮不上任何忙。那时，他还在公安处指挥中心上班，加班是家常便饭。别说照顾她，忙起来连打个电话的时间都没有。

好在妻子理解他，从来不埋怨，还反过来关心他，提醒他工作干好，身体也要保养好。

这一点董俊锋很是感动，觉得自己有幸娶了一位好妻子，不仅支持他的工作，还替他尽孝照顾自己的双亲。

好不容易熬过了三个月，妻子又突发急性阑尾炎，需要马上手术，需要麻醉，需要输大量的抗生素，而这些足以要了一个尚未成型的"婴儿"的性命。

医生朋友一再跟他说，孩子肯定保不住了，很可能会自动流产，让他们夫妻俩必须接受这个残酷的事实。

妻子哭得难以自制。

哎！那种感受，现在回想起来，还有剜心之痛。

奇妙的是，孩子保住了。医生朋友再三规劝，孩子不能要，生下来肯定不健康，极大可能会残疾。

她说，既然孩子留了下来，注定与我们有缘，我们没有权利剥夺他的性命。无论孩子未来是个什么样子，健康与否，我们都要全盘接受。

看着妻子坚决的样子，他才真正体会到了什么是为母则刚。

但是，家里人担心孩子的健康。母亲要他带妻子去武汉找个名医看看。

名医专家是个老太太，和蔼可亲，上来就对心事重重的夫妻俩说："我有个亲戚，情况和你们一模一样，孩子生下来不仅健康、聪明，还上了名牌大学。"

名医专家的一番话，给了他们夫妻俩很大的信心。

出乎意料，检查结果真的很好，孩子很健康。

这个消息让他们开心至极。

专家要他们一个月以后再来检查一次，还特别额外嘱咐，平时一定要多想好事，想好事就来好事，这就是著名的"宇宙吸引法则"。

回到襄阳，他更忙了。这期间，公安处上上下下都很忙，都是大事、特事。

在宜昌那边有一个特别任务，公安处大部分人马都去执行这个任务了。

不过，这种事向来与董俊锋无缘，他永远都是留守的那一个。因为一下子缺了人手，董俊锋一个人要干几个人的活，并且连着三天三夜，一边接处警，处理日常警务工作，一边还要整理资料，忙得人几乎快要虚脱了，上下楼腿都是软的、抖的。

领导知道董俊锋辛苦，特意请他吃饭。吃了没两口，他竟然趴在饭桌上就睡着了。好在他年轻，身体有资本，挺一挺也就过来了。

一个月后，他带着妻子再到医院检查，在襄阳中心医院做的检查。医生开始说，孩子有脑积水，后来又说有肾积水。

这个消息犹如晴天霹雳，把他们两个一下子打晕了。

董俊锋想，六个多月时检查还好好的，怎么刚过去一个月，突然就有了脑积水、肾积水呢？

当天，没跟父母说，董俊锋请了假，带上妻子直接坐上午 11

时的特快列车到了武汉。

还是找的那位专家，全国知名教授。找专家看病，都是需要提前预约的。但他管不了那么多了，直接就闯了进去。

运气真好！正好专家那天坐诊，并且一进门就互相认出了对方。看到这位专家，董俊锋就像看到了救星，迫不及待地把在襄阳中心医院做的 B 超给她看。

专家看过后，气得当时一拍桌子，说："凭什么说是脑积水、肾积水？"

"我也不懂，大夫说里面有几项指标偏高。"董俊锋有些战战兢兢地回答。

"某一项指标偏高，不能说明问题，要综合看。"

"那怎么看？"

"这样吧！我们再来做一个检查。"

检查完以后，专家对董俊锋说："小伙子，这个小孩儿很健康，没有任何问题。你们安心地回去，注意一下营养，一定要吃好，心情要好，肯定不会有任何问题。"

就这样孩子保住了。后来，孩子顺利地生下来，茁壮地成长，这就是现在的儿子，已经长成半人高的小伙子了。

想起专家说的"宇宙吸引法则"，董俊锋便想，用这个神秘的"宇宙吸引法则"指引我来抓刘振海，会管用吗？

于是，他开始在心里默念，一定要抓住刘振海，一定会很快地抓住刘振海。

终于有了好消息。

尽管从严格意义上说，只是一个有希望的线索而已，民警们依然为此兴奋不已。4 月 20 日的这个消息如同久旱逢甘露，如同一记

182

强心针，让侦查员们都"活"了过来。

经过秘密调查，突然发现刘振海的儿子刘龙云收到了一个来自新疆的包裹。

当侦查员们得到这个消息时，眼睛都绿了，仿佛看见刘振海已经被抓住。

他们第一时间想到，这个包裹会不会是刘振海寄给儿子的？

很有可能。因为新疆是刘振海的出生地，地大物博，人口稀少，他很有可能就隐匿在那里。

于是，侦查员们马上围绕这个物流单展开调查，开展大数据排查，并请寄件人归属地的公安局协助调查，千叮咛、万嘱咐，一定要认真仔细……一个劲儿地拜托，生怕错过这个重要的线索。

最终，围绕寄件人的详细信息传递过来，这是刘振海前妻谢小菊的一个远房表妹寄给刘龙云的坚果等零食。

这和刘振海没有半点儿关系，她甚至不知道刘振海是谁。

线又断了。

不是说希望越大，失望就越大吗？

侦查员们犹如泄了气的皮球，一下子更蔫了。

不仅如此，坏消息或者说失望的消息，一个个传来。

人像比对的结果陆续反馈：从近万个符合基本条件的人中，相似度超过百分之二十的寥寥无几。

只有一个是襄州石桥镇的货车司机，照片相似度达到了百分之六十几，这算是相似度最高的一个。

为了进一步核实，依然采取身份核实、行动轨迹以及人际交往交叉核查，甚至他的亲朋好友也都查了一遍，结果都被逐一排除。

最后，民警们依然不死心，想看一下这个人有没有可能与刘振海的家人认识。

于是，又挖掘这个人的互联网信息，看看有没有共同关注的人，有无交叉点，结果还是没有发现疑点。

侦查发现，刘振海的三个姐姐都有抖音，这个货车司机的好友列表里也有其姐姐。但看过这个人的近照，与抖音上传的照片一比较，和刘振海完全不像。

又查否了。抓捕工作再次陷入了僵局。

上不上，下不下，侦查员们的情绪已经降到了冰点。

第 20 章　田处长的当头棒喝

虽然眼前已经看不到希望，可工作还得做，会必须按时开，碰头会每天开一次。

大家灰心丧气的情绪显而易见。董俊锋理解大家的心情。他们无论说什么，怎样发泄，怎样情绪失控，他都能理解。他感同身受。

"我们干吗死揪着这个刘振海不放？吊死在一棵树上。"

"是啊！还有很多案子等着我们去破，没必要这么一根筋吧……"

好几个侦查员建议，还是把抓刘振海的事放一放，先去破别的案件。有人说，退一步海阔天空，我们先把另外两个大的专案拿下来，再回过头来抓刘振海。

现在正在侦办的两个大专案，一个是老河口涉黑的案子，这可以说是铁路系统最大的一个涉黑案件，还没有收网，是公安部铁路公安局督办案件；另一个是"2·23"特大网络制假烟案，案值一亿五千万元，是公安部直接挂牌督办案件。

"11·16"老河口货场黑恶势力团伙案件，是襄阳公安处根据公安部在全国范围内开展为期三年的"扫黑除恶"专项行动的统一部署，在 2018 年 11 月摸到线索以后立案侦查的。董俊锋刚上任刑警支队支队长，公安处决定由他牵头侦办。

在走访的过程中，有不少货主、群众反映，老河口货场近十年来，存在强行代理和长期垄断铁路货物运输业务的违法犯罪活动行为。

在 2013 年 6 月 30 日货改以前，由武汉铁路局有关部门代为办理装车、卸车，包括车皮计划业务，对货主收取相关费用。货改以后，这些收费的项目已经取消了。

但是老河口车站有一对张氏兄弟，一个叫张伟伟，一个叫张星，他们兄弟还是强行向货主收取代理费，强行办理车皮计划。同时他们还垄断了跟铁路货物运输业务相关的一些项目，比如说装卸、运输等。货主如果不让张氏兄弟办理车皮计划，你到老河口车站来，就会没有这个车皮；如果不让张氏兄弟来搞运输、搞装卸，你的车就进不了老河口车站，你的货就永远摆在那里没人给你装，并且把车皮给你放到最偏远的地方，让你无法装卸。

侦查员们分析认为，张氏兄弟之所以能长达十几年长期垄断老河口车站货场，就因为车站领导、货运主任是他们的后台。

董俊锋在询问一个女货主的时候，问着问着，她竟失声痛哭起来。她的哭声，深深地刺痛了董俊锋。

经过一个时期的深入侦查，侦查员们取得了确凿的证据，确定这是一起黑恶势力犯罪团伙案件。

2018 年 11 月 16 日，董俊锋带领二十名警力，出动了五台汽车，地方公安又配合出动了三十个特警，声势浩大地把张氏兄弟抓捕归案。

通过审查调查，有确凿证据证实这起犯罪团伙的幕后黑手是两任站长、四任货运主任。

张氏兄弟向货主收取每节车皮三百八十元代理费，其中有一百块钱分给了站长，八十块钱分给了货运主任。

按照既定计划，要在 2019 年 4 月对两名站长、四名货运主任进行集中收网。但就在这个关键时刻，公安部开展抓捕涉枪逃犯的行动开始了，要求集中精力抓捕刘振海。

收网行动放在什么时候，等待领导决策。

第二个专案，是公安部督办的特大假烟网络专案。

2019 年 2 月 19 日，襄阳公安处执乘的深圳东开往襄阳的 K1656 次列车，乘警发现 17 号车厢有两个无人认领的黑色行李箱，里面装有香烟九十四条，都是黄鹤楼 1916 系列的，总价值五万多元。

列车一直开到武昌站也没有人来认领，但是这批香烟却被三名冒充车站派出所民警的人从餐车里拿走了。

当时乘警在巡视车厢，觉得这个情况非常不符合常理，便给武昌车站派出所打电话，结果答复是他们派出所没有安排人接过车。

后经侦查发现，这是一个家族式的通过铁路从广东非法贩运香烟到湖北的贩卖假烟团伙，顺线追踪，很快就打掉了这两个新型的贩运假烟犯罪团伙。

樊成辉处长是当过八年刑警支队支队长的老干探，对制贩假烟犯罪规律特点非常熟悉。他认为，事情没有这么简单，于是要求刑侦部门深入侦查，继续挖上线、打下线。

董俊锋正想证明一下自己作为刑警支队支队长的能力，他紧盯不放，下决心要把这个案件做大、做深入。

经过一个时期的细致侦查，上线打到了深圳一个叫利顺商行的地方，一举从商行里面搜查到价值五百余万元的假烟。顺着这个思路又打上去，一下子发现了福建云霄假烟的生产窝点和境外走私的线索。

案情重大，逐级上报到武汉铁路公安局、公安部铁路公安局和公安部经侦局。公安部对这个案子非常重视，列为公安部督办，定名"2·23"特大假烟网络专案。

经过一个时期的侦查，最后端掉了福建云霄的生产窝点，抓获犯罪嫌疑人三十一人，收缴生产设备和原材料价值一亿四千七百万元。

案件还在深入侦破当中，还没有最后收网。

也正是在这个节点上，公安部部署抓捕涉枪逃犯，以确保中华人民共和国成立七十周年大庆安全的全国统一行动开始了。

可以说，这两个案子正办得如火如荼，侦查员们士气高涨，董俊锋更是找到了担任刑警支队支队长的感觉。

他想，大家说的不是一点儿道理没有。

一个是铁路系统最大的涉黑案件，惊动了中国铁路的最高层中国铁路集团公司，也就是改革前称为铁道部的领导。另一起制贩假烟案，也是公安部督办的案件，可以说跟抓刘振海案一样重要，都是公安部督办的。怎么办？

三起特大专案，都是惊天大案，同时压在董俊锋的肩头，他感觉有点儿喘不过气来。

领导们都说，要学会十个手指头弹钢琴，董俊锋想，我怎么就弹不好呢？那两个案子都办得非常顺利，就是怎么收网的问题。就是刘振海这个案子找不到突破口，也没有方向，他真的想打退堂鼓。

可不可以把那两起案子调整一下牵头人？案子还是由我来挂帅，让其他支队领导来具体负责，两全其美。

可转念一想，别人对那两起案子都不熟，应该说抓这两个专案，非我莫属。

董俊锋反复琢磨着。

要么干脆把老河口这个案子及时收网，把公安部督办的"2·23"特大假烟网络案理顺，再腾出手来办刘振海这个案子。

况且，也有领导在专案会议上提出过这样的建议：我们应该先易后难，如果同时盯这三起棘手的案件，到时候有可能都办不好，到头来刘振海还是抓不住。

董俊锋第一次感觉到自己的精力有点儿跟不上了。

他在专案会议上没有表态。他说，这个事让我再考虑考虑。

思前想后，暂时放弃抓捕刘振海这个案件的想法，在他的脑子里逐渐占据了上风。

董俊锋觉得，现在要做的第一件事，是应该把老河口这个案件涉案的两名站长、四名货运主任先拿下来，拿下他们的口供，打一个漂亮仗，把这个案子了结。

接着就是公安部督办的"2·23"特大假烟网络专案，已经抓了二十一名犯罪嫌疑人，当前的重点是调查取证，要办成一个铁案。如果把这个公安部督办案件办好了，成绩也不亚于抓住刘振海。

董俊锋越琢磨越感觉自己的想法是对的，同志们的建议也是对的，于是心里渐渐释然了。

但是，他脑海里马上又浮现出《公安部关于开展2019年涉枪涉爆案件在逃人员缉捕会战的通知》，还有这个文件上各级领导的批示。

这次缉捕涉枪涉爆在逃案犯，关系到保障中华人民共和国成立七十周年大庆安全的大问题，公安部对全国公安机关在时间上的要求是9月底完成，时间很紧迫。如果抓捕刘振海这个案子拿不下来，到了9月底完不成任务，肯定会一级一级追查下来。那个时候，该怎么交代呢？

董俊锋关起办公室的门，苦苦地思考着，整整几个小时没有喝水，没有走动。

他想起樊成辉处长一次次的教导和指示，尤其是他那充满信任的殷切的目光……

如果我就这样放弃了，对同志们的信心，包括对我自己的信心，应该说都是一种打击。怎么对得起培养我、重用我的樊处长？

董俊锋十分纠结。

他又想起自己刚当警察时的一些事情，想起他的第一个引路人、已故的田华富副处长。

他最初的理想是当一名乘警，像自己的父亲一样，过着逍遥自在快活的生活。父亲每次跑车回来，总给他们讲遇到的形形色色的人，碰到的稀奇古怪的事，让他感受着外面世界的精彩，让他对未来充满了幻想。那时候，当乘警是他最大的梦想。

2002 年 7 月那张命令，一竿子把他发配到了荆门东派出所，一下子将他的梦想击得粉碎。他顷刻间就蔫了，很长时间都提不起精神。

当不成乘警也就算了，自己年轻，以后多的是机会，可从长计议，但问题是，偏偏让他到那么偏僻的荆门东派出所当警察。公安处管辖那么多派出所，让他去哪里不好，偏让去那个荆门东，这不是成心和他作对吗？

那个荆门东派出所，他实在是记忆深刻。他八九岁的时候，每逢暑假必去，因为那时候父亲就在这个所当所长。多年后，他做梦都不会想到，他的第一份工作会被分配到这里。冥冥之中，仿佛是在轮回。

荆门东派出所不大，现在已经改为货运派出所，主要负责荆门炼油厂专用线 3.712 千米的安保工作，国家二级消防单位。没有案子，主要工作就是消防。

这个派出所没有通客车，坐火车最多只能坐到荆门站，接着还有一段路要走。那时候，父亲带着他，先坐火车到荆门站，然后父亲推出事先寄存好的一辆破自行车，把他安放在后座上，每次都不忘嘱咐他："坐稳，抱住我的腰。"

因为接下来的这段路，有两个很大的坡，父亲每次都要用很大的劲儿才能一点一点蹬上坡顶，偶尔还会摔倒。这个时候，父亲都会惊慌地叫着他的名字，侧着身一只手扶着车把，另一只手死死地抓住他。这情形真有点儿惊险。

好不容易爬到坡顶，接下来就是如同过山车般地向坡底俯冲。突然的失重感，让他的心好像一下子就提到了嗓子眼儿。他使劲闭着眼，拼命抓住父亲的腰带。耳边传来呼呼的风声，被风卷起的细小沙粒落到脸上、耳朵上，如同针扎般，把他的脸打得生疼。

……

十几年过去，这里依然没有通车。

他报到那天，接他的是一个年轻小伙子，叫杨猛。但人长得却和他的名字相反，瘦弱得像个豆芽菜一样。他之所以记住了这个名字，是记住了他的自我介绍。

"你好，我叫杨猛，猛男的猛。"

董俊锋没好意思笑出声，心说，嗯，是够"猛"的。

他开了一辆几乎已经报废的，除了喇叭不响哪里都响的破旧警车，整个车身乱晃，随时都可能散架似的。

董俊锋上车的时候，被车座"烫"了一下屁股。车上没有空调，热得如同蒸笼。

接下来的二十多分钟车程，简直是汗如雨下。

与十几年前相比，派出所周围的环境变化倒是不小。

原来院子里有一个很大的葡萄架，架下一片阴凉，一串串绿色的葡萄垂下来，还有阳光透过葡萄叶片的缝隙洒下来的光影，小风一过，就在人的身上脚边起舞。还有墙角处，一人多高的石榴树上，挂满了提溜成串的红石榴，惹得人垂涎三尺，不断地吞咽着口水。

如今，那个小院已经不复存在了，办公室也搬到了附近的二层小楼上，过去的老房子出租给了当地商户，一大早就有鸡鸭鹅伴随着人的叫卖声，市井气相当浓重，烟火味十足。

门前有一个很大的池塘。正是荷花怒放的季节，荷花的雅致和清香沁人心脾，让人感到仿佛进入了世外桃源，瞬间忘却了烦恼，得到极大的精神抚慰。

加上所长，派出所总共七个人，几乎都认识他是老董的儿子，是这个派出所历届所长一次次申请终于派下来的"年轻血液"。对这个来之不易的他，上上下下都把他当宝贝。毕竟他是警校毕业，好歹也算科班出身。自然大家也都十分照顾他。

很快，他被安排做了内勤，上情下达、下情上报，负责写材料，管着所里边的吃喝拉撒，并得到一个绰号"董二把"。

因为没有案子，不是很忙，基本上每天都会睡到自然醒。所长的家也是襄樊的，他们周末结伴回家、结伴返回。

董俊锋好睡懒觉，所长经常帮他买好早餐，没有一点儿所长的架子。两个人不知不觉处成了兄弟般的关系。

这种没有压力的自由自在的生活，董俊锋似乎很享受，过得很滋润、很习惯。如果不是突然间被黑脸的田华富副处长抓了个现行，当头棒喝，将他敲醒，如今还不知道自己会在哪里干什么呢！当然绝不会有今天，更不可能当上刑警支队的支队长。说不定他还蹲在那个偏僻的小派出所里，过着没有多少色彩、多少追求的生活呢。

那天下午三点多，田华富副处长到派出所检查工作。

董俊锋午睡还没有起床，正在梦里吃着牛肉面、享受着美食。他是个典型的吃货。

突然被同事喊醒，把他吓了一跳，心里很不爽，但他并没有表现出来。

他依然迷糊着，一边系着衣扣，一边进了办公室，见有个陌生人黑着脸，用不太友好的眼神上下打量着他。

董俊锋还没有完全清醒，他打着哈欠，揉了揉眼睛。

旁边的同事小声提醒他："这是田华富处长。"

一听到这个名字，董俊锋猛地"激灵"了一下，完全清醒了。

田华富，没有人不熟悉这个名字，他是铁路公安处的刑侦专家，是全路刑侦的一面旗帜，非常能吃苦、非常敬业，破案能手。案子到了他手上，就是不吃饭、不睡觉也必须拿下来，他的外号叫"拼命三郎"。

董俊锋对他一直十分仰慕，非常崇拜。

从外形上看，他个子不高，扁平脸，眼睛不大，却透着锐利的光芒，头发比较稀疏，三七分，柔软地贴在头皮上。如果不看此刻的他，阴沉着一张脸，会觉得他脾气比较温和。因为一般脾气比较大的人，大多头发浓密，发质偏硬，一发脾气，毛发直立，一副怒发冲冠的模样。

"小伙子，叫什么名字？"田华富冷冷地问。

"我叫董俊锋。"董俊锋声音有点儿小，回答得很没底气。

"啥时候来上班的？"他接着问，声音依旧十分冷淡，脸上没有表情。

董俊锋紧张得手心开始微微冒汗了："上班刚几个月。"他规规矩矩地答道。

"把所里的卷全部拿出来，我看一下。"田处长盯着他说。

董俊锋一听，蒙了。

什么卷？卷在哪儿？他根本不知道。

"卷？我……我……"董俊锋支吾着，不知道该怎么回答。

当时刑警支队在荆门地区有一个刑侦探组，探长叫陈典明，就站在董俊锋旁边，赶紧提醒道："你把肖军的卷拿出来，我们看一下。"

陈探长给董俊锋使了一下眼色。

董俊锋更蒙了："肖军，肖军是……"

他突然想起来了，肖军是一个老上访户，一年到头不停地到处上访，反映的问题就是在运转室工作期间有几个蒙面人把他打伤了，案子一直没有破，他就一直上访。

"田处长，我没有他的卷。"董俊锋知道今天无论如何也躲不过去了，索性说了实话。

"为什么没有他的卷？"田处长两眼直视着他，一副不依不饶的表情。

"我刚接手的内勤，以前的内勤没有交接这份卷。"董俊锋似乎豁出去了，反正逃不过，不如干脆实话实说。

"以前的内勤哪儿去了？"田华富的脸色已经很阴沉了。

"调宜城所去了。"董俊锋说完，暗暗松了一口气。反正人不在，就可以搪塞过去。

"现在通知他，让他立即回到荆门东所来，就说是田处长说的，你们今天就是挖地三尺，也要把肖军的案卷给我找到！"这个时候的田处长已经火气很大了，脸色也黑青起来。

董俊锋彻底蒙了，傻站在那里，完全不知道该怎么办。

田处长站起身，怒气冲冲地往外走。他的秘书、司机，还有刑警支队的人，大家都面面相觑，簇拥着跟在他身后。

这时，董俊锋才反应过来，领导可能要走了，赶紧追出门外："田处长，实在对不起……我……你们等一下，吃了晚饭再走吧！我……现在就给所长打电话。"

"不用。"田处长冲董俊锋毫不客气地摆了一下手。

董俊锋灰溜溜地跟在他们身后出了大门。

田处长被司机、秘书，还有刑警队五六个人围着，他虽然个子不高，却显得非常威武。

突然间，田处长回过身来，把董俊锋拉到一边没人的地方，已经没有了刚才的火气。

他拍着董俊锋的肩膀，语重心长地说："小伙子，现在都已经三点多钟了，还是睡眼蒙眬啊！你不可能昨晚上还加班熬夜吧？年轻人，刚上班，这个所比较小，平时事少，但是你不能这样荒废你的青春，浪费你的光阴啊！有工作就要积极地工作，认真地干好。没有其他事的时候，就要好好学习，看看书，包括业务书，还有业务之外的书，可以博览群书啊！可以在我们的网页上浏览一些其他单位办的案子，还有写的文章啊！多学习，学习铁路公安业务，可不能这样把大好的青春荒废了！自己要严格要求自己。刚上班没有父母管了，平时自己要自觉。你这样不主动学、主动干，不拼命，是出不了成绩的，也不可能有很好的前程……"

这时的董俊锋早已满脸通红，一句话也说不出来，只能频频点头，羞愧难当。

临走，田处长再次拍了一下董俊锋的肩膀："小伙子，好好想想吧！"说完，他意味深长地看了董俊锋一眼，那眼神里充满了期盼。

田处长走了之后，董俊锋一个人站在大门口一动不动，足足站了有十分钟。

对面的池塘里，荷花开得正旺，清风徐来，清香四溢。荷叶上落着两只蜻蜓，它们扇动着翅膀，惊得荷叶上的露珠来回滚动。

董俊锋呆呆地望着，却无心欣赏，满脑子都是田处长刚才说的那番话。

田处长作为一个过来人，作为处领导，他推心置腹的一番话，既体现了对年轻民警的关心和爱护，也的的确确说到了董俊锋的痛处。就这样浑浑噩噩地过日子，吃了睡、睡了吃，过着像猪一样的生活，真的是在浪费自己的光阴和青春啊！

从那以后，董俊锋警醒了。

他每天头天晚上定上闹钟，中午定好闹钟，到点就起来，该起床起床，该上班上班，绝不再一觉睡到自然醒。

也是从那一天开始，他再也不让所长给他送饭了，工作也积极主动起来。

他想，自己已经是一名警察，必须自己约束好自己、管好自己。

他开始积极地找教导员汇报思想，要求进步，主动提交了入党申请书，表达了积极向党组织靠拢的愿望。同时他向党组织保证，以党员的标准严格要求自己，全身心投入工作中去。

田处长的当头棒喝，让董俊锋完成了人生的蜕变。

事隔十多年，虽然都成为过去了，但一想起来自己都脸红。

关于刘振海案件，樊成辉处长已经跟自己谈过几次了，说得那么清楚，难道还要樊处长给自己再来一个当头棒喝吗？

真是浑球！董俊锋骂了自己一句。

虽然刘振海这个案件时间久远，没有线索，可抓住刘振海是几

196

代刑侦人的接力战！几代人都在持续对他进行抓捕，虽然一直没有把他抓捕归案，但田华富副处长没有放弃过，程前胜副处长没有放弃过，樊处长更是一直没有放弃过。

案发时，樊成辉任支队长，时隔这么多年，他已经是处长了，依然对这个事念念不忘。

他们都没有放弃，我怎么能放弃呢？

再说了，人命关天！刘振海在光天化日之下持枪把人打死，难道就这样让他逃之夭夭吗？不抓住他，怎么能够给死去的人交代？怎么给死者的亲属以心灵的慰藉？自己作为人民警察，作为一名刑警、一个支队长，抓住刘振海完全是自己的使命，也是一项政治任务！必须把他拿下！

董俊锋最终没有屈服于自己内心的苟且，也没有采纳同志们的建议，他决定，将这三个案子同步推进，并以抓刘振海为第一任务。

第 21 章　刘龙云到过海南

就在董俊锋下定决心的关键时刻，樊成辉处长、余胜强副处长事先没有打招呼，突然出现在刑警支队。

樊处长很着急，抓捕专班已经成立一个多月了，始终没有抓到有力的线索，案件一直停滞不前，这怎么行呢？怎么才能在规定的时间破案呢？怎么才能完成公安部交给的任务，向中华人民共和国成立七十周年献礼呢？

现在，最好的办法，就是当面给专案组的同志们鼓劲、加油。

樊处长、余副处长走进会议室。

董俊锋汇报了这些天的情况，重点谈了自己的侦查思路调整情况。

他说："我们专案组全体同志重新统一了思想认识，下一步决定三起专案齐头并进，一个都不放松，力争全面开花，向中华人民共和国七十周年献礼。"

樊处长、余副处长首先给大家鼓了劲，肯定了专案组全体同志这一个多月来的辛勤努力和付出，并代表处党委向同志们表示感谢和慰问。

余副处长说道："这段时间，大家都很辛苦，很多同志已经一个多月没有休息了，这些我们都看在眼里。但是三个专案都是硬骨头，越是硬骨头，我们越要把它啃掉！这是最能够检验我们刑侦这支队伍战斗力的时候，也是难得的锻炼队伍的契机。希望你们齐心协力，顽强攻坚，坚决把这三起案子全部拿下！"

最后樊处长说："余处长刚才说得很好。我同意你们三起专案齐头并进，一个都不放松的思路，这三起案件都由你董俊锋亲自抓。但是，抓获刘振海必须放在第一位！要放在重中之重！你董俊锋的主要精力必须放在这里。因为这是保卫中华人民共和国成立七十周年大庆的硬任务。必须尽快把刘振海抓住！我只看结果。"

樊处长、余副处长的态度十分坚决，没有丝毫讨价还价的余地。

针对"11·16"老河口涉黑的案件，董俊锋立即向老河口市政法委领导进行了汇报，老河口市公安局政委王坤、分管刑侦的副局长陈艳阳表示全力协助，联合办案，铁路警方主侦，他们配合。涉及老河口政法委、公安，包括一些外围调查取证工作，由他们来进行。董俊锋从刑警支队抽出了一部分专人，由一大队大队长林襄渝驻扎到老河口，进一步对铁路内部人员调查取证。

"2·23"制贩假烟案件，因为跨越五个省的八个市，与襄阳市烟草专卖局、武汉铁路局烟草专卖局联合办案。

协调好关系以后，董俊锋派出一个精干的侦查小分队，在副支队长李忠斌、三大队大队长的带领下，与福建、广东及当地铁路公安机关联合办案，克服了人不熟、路不熟、情况不熟的问题。

把这些事情安排好以后，董俊锋迅疾召集十人追捕小组开会。

他首先感谢大家给他提的建议，又把两起案件的侦查思路包括联合办案的工作模式给大家进行了通报。

大家听了，认为这样做，既统筹兼顾抓住了重点，又节省了警力，减轻了抓捕小组的压力。

最后，董俊锋将为什么必须把刘振海这个案件牢牢抓在手上的几点原因给同志们进行了分析。他把自己思想深处的矛盾与斗争都说了出来，说的都是掏心窝子的话。

大家听了都非常感动。

特别是董俊锋斩钉截铁地说出"绝不言败，绝不放弃，必须成功"的决心后，大家一致表示：就是一百头牛也别想把我们拉回头！

董俊锋把原来的每三五天开一次碰头会，改成了每日召开一次碰头会。这也就是要加快进度、加大力度，当天安排的工作必须当天完成。绝不允许在那里拖沓、踢皮球。

近段时间以来，有一个人一直在董俊锋的脑海深处挥之不去。

这个人就是陈七军。

陈七军为什么说刘振海逃到国外去了呢？他到底有什么目的？是什么居心？会不会是障眼法？是不是故意放烟幕弹？是不是在给刘振海打掩护？

刘振海出事以后，第一时间就是找的他，投靠了他。他们的关系肯定非同一般，他应该是刘振海最信赖的人。

都是在外面混世道、走江湖的人，江湖有江湖的规矩，江湖有江湖的道义必须遵守。作为江湖朋友，陈七军应该不会轻易地出卖刘振海。

为此，董俊锋做出了一个大胆的设想：这个陈七军肯定说的是假话，他完全知道刘振海的下落。

坚定了这个判断之后，董俊锋便开始对陈七军进行全面侦查。

首先对陈七军的基础信息进行摸排，调取了他的所有大数据方面的信息，并逐一进行分析。

结果，这个陈七军还真有问题。

他是一个有前科的人。2014年他曾因诈骗罪被判刑两年半。

但大数据分析的结果依然令人失望，他除了有那个污点外，其他的一切似乎都挺正常，没有任何直接或间接与刘振海有联系的反常现象。

不得已，董俊锋只好在他身边安了两个"钉子"，先把他暂时放到了一边。

侦查思路又回到了原点。必须找到刘振海的近期照片！

只有找到了这样的照片，人像比对才有价值，才有可能获得突破。

但是，刘振海的照片仍然只有户籍上那一张黑白照，还不是很清晰，这给人像比对带来了很大难度。

尽管多次请技术部门的同志把刘振海的照片进行了翻拍，并进行技术处理，增加了清晰度和可辨识率，但效果依然不理想。

没有更好的办法，只能大海捞针。

先从襄阳市公安局人像比对库入手，从数据库中筛查出年龄符合人员为五十三万余人。经比对，相似度达到百分之六十以上的有二十七人，其中相似度达到百分之七十五以上的有六人。但最终比对的结果是：排除嫌疑。

襄阳市没有找到，接下来便扩大到湖北省人像比对库进行比对，从数据库中筛查出符合条件的人员六百五十余万人，其中相似度达到百分之六十以上的有二百二十一人，相似度达到百分之七十五以上的有四十五人。通过上述比对，未发现相似度达到百分之九十的相似人员。

董俊锋认为，十八年过去了，刘振海在相貌上肯定已经发生了很大变化，于是把相似度达到百分之六十以上的全部人员纳入排查。由情报中心逐一开展核查，主要在人员轨迹、社会背景、关系人等方面进行分析，特别是与前期专班划定的刘振海八名重点关系人之间有无联系，一个一个地排查、核查和筛选。

结果仍然令人失望，最终逐一排除。

就在这个时间点上，老河口涉黑案件到了需要收网的时候。董俊锋组织人马用了三天时间，把所有嫌疑人全部抓获，干脆利索，算是了了一桩案件。

按理说，"11·16"老河口涉黑案件是公安部督办的，破获了这么大一个涉黑团伙案，又是董俊锋接任刑警支队支队长以来破获的第一个大专案，抛开立功受奖不说，对于从没干过刑警的董俊锋来说，已能够证明他的工作能力了。可案件尘埃落定后，他曾有过的那份内心的激动和欣喜，或者想受到表扬的心情，却一点儿也没有了。

现在，董俊锋满脑子想的都是怎么抓住刘振海。

此刻，他正坐在去武汉的动车上。武汉铁路公安局李冬生局长亲自召见他，让他代表公安处汇报老河口涉黑案件。如果在以前，他肯定心里像揣了只小兔子一样高兴。因为老河口涉黑案，毕竟是铁路公安系统打掉的第一个涉黑团伙，还拔出萝卜带出泥，揪出了涉黑团伙的保护伞，打得干净彻底。全局上下都在传说着襄阳公安处破获的这起涉黑案件。

局长专门听取汇报，肯定少不了表扬，搞不好还会记功。

董俊锋给李局长汇报时自然流畅。可是接下来，他心里十分清

202

楚，李局长一定会追问刘振海的案子。

该怎样回答呢？一个多月的时间过去了，刘振海还是没有一点儿线索，仍然停留在十几年来的那个说法：逃到国外去了。

这个说法连他自己都不相信，李局长会相信吗？他会怎样责怪批评呢？

果然，李局长听完汇报后，对"11·16"涉黑案给予了充分的肯定和表扬，同时话锋一转："对了，刘振海的案子怎么样了？"声音很平和，像是突然想起来似的。

尽管董俊锋已有思想准备，但还是很紧张："我们下了很大功夫，但是，一直没……没有线索。"

其实，在来的路上他就想好了，他要跟李局长讲讲他们围绕刘振海案件都做了哪些工作，遇到了哪些问题，要如实和领导汇报清楚。可是眼下，他突然觉得，没有什么可讲的。讲再多，没有抓到刘振海，有什么用呢？

就像樊成辉处长说的：我不管你的过程，我要的是结果，结果就是抓到刘振海。

"小董啊！你不要紧张，我能够理解你们。刘振海这个案子毕竟过去快二十年了，现在抓他，肯定不会那么容易。如果好抓，那不早就抓住了吗？那就轮不到你了。你要拿出打掉这个黑社会团伙的劲头去抓刘振海。咬定青山不放松，我相信你会成功！"李局长见董俊锋蔫蔫的，额头上出了很多汗，显然他的压力很大。

其实，关于抓捕工作的进展，樊成辉已经多次向李冬生局长汇报过，情况他都了解。因此，他不想再给董俊锋施压。

临别时，他拍着他的肩膀说："等你们的好消息，到时候给你们开庆功会！"

自己是怎样走出李局长办公室的，董俊锋完全没有印象。他只记得自己听李局长说到刘振海，先是头皮发麻，紧接着就是一身汗。虽然李局长面容慈祥，带着微笑，显得那么温暖、那么和蔼可亲，很像邻家的叔叔伯伯，没有一点儿领导的架子，可董俊锋依然手脚冰凉、汗流不止。

终于走出了局长办公室，董俊锋长长地舒了一口气。

就在这时，公安局政委郝阳也专门给董俊锋打电话，对抓捕工作提出了要求。

和董俊锋相比，林襄渝同样一点儿也不轻松。

董俊锋是刑警支队支队长，林襄渝是负责这个案件的第一大队大队长，是更直接的责任人。或者说，董俊锋是第一责任人，他林襄渝就是第二责任人。他俩是一根绳上的蚂蚱，谁也跑不了。

但在林襄渝看来，自己就是第一责任人。

一个多月来的侦查和排查工作，应该说大部分都是林襄渝带着他大队的侦查员干的。本来瘦小的身材更瘦了，脸变得有点儿蜡黄。

林襄渝说："如果能抓住刘振海，我愿意再瘦二十斤。"

十八年啊！整整一代人。就像刘振海的儿子刘龙云，父亲当初开枪杀人的时候，他还在襁褓里，几个月大的一个婴儿。他和母亲跟着他的父亲仓皇逃到北京后，在北京照了张全家福，也许这是刘振海有意这样安排的。他早就有了逃跑的想法，留下照片，在他日后逃跑生涯中，每当夜深人静、孤独想家的时候，拿出来看一看，也是一个念想、一份慰藉。

谁知一晃过去了十八年，刘龙云已经长成了大小伙子，已经读大学了。

林襄渝一直在纠结，要不要趁着五一放假，把刘龙云的 DNA

采了。

他已经完全摸清了刘龙云的行动轨迹。刘龙云总是经常一个人坐在校园里那宽大的篮球场外围的长椅上看打球，偶尔也会叫声"好"，但他从来不参与打球。

黄昏后，大多数时间，他把自己埋在长椅里，或躺或坐，一副心事重重的样子。当然，如果你不知道他的家庭、他的经历，单看他的外表，一米七五左右的个头，瘦高、白净，有一股淡淡的书卷气，尤其笑的时候，看起来很阳光，不像有什么大的心事。

纵观刘龙云的行动轨迹，从小学、高中到大学，他基本都是住校。除了节假日，他大部分时间都待在学校里，人际交往也不复杂。

功夫不负有心人。经过一个多月的周密侦查和布网，林襄渝突然摸到一条重要线索：刘龙云到过海南。

如果不是 2019 年 2 月这次突然的出行，林襄渝也不会这么纠结。

刘龙云和他姑姑一家，也就是一直抚养他长大的刘逸云一家四口，突然到了海南。这是刘龙云长到十九岁第一次出远门旅游。

林襄渝觉得很蹊跷。

他总感觉有一个影子，或者说是一条线，如果能找到线头，说不定就能找到自己最想要的东西，牵出那条大鱼。

凭着十多年的侦查工作经验，林襄渝总觉得他们绝不是单纯的旅游，说不定就是借着旅游，去和刘振海见面。

他查了他们的出行记录，机票、宾馆住宿，但是都没有发现与刘振海见面的痕迹。

他又通过广州铁路公安局及其所属海口铁路公安处，广东省公安厅、海南省公安厅多管齐下，想查找他们的登岛记录以及乘船情况。但春节期间，去往海南的客流量实在太大，没有发现刘振海到过海南的蛛丝马迹。

仿佛雾里看花，还是无从下手。突然冒出来的希望，就这么又破灭了。

林襄渝思前想后，还是坚持他曾经给董俊锋支队长提出过的那个建议：十多年前就有人漂白身份，刘振海很可能已经漂白了身份。

如果这样，他们父子就是见面，也不好发现他们的踪迹。不然，为什么下了这么大的功夫，还是找不到刘振海的一点儿信息呢？

这进一步坚定了林襄渝再次向董俊锋支队长建议：侦查工作要从漂白身份上入手。

紧赶慢赶，董俊锋还是没有躲过那场雨。刚才还晴空万里，转眼就大雨倾盆。

刚走出车站没多远，董俊锋便被那突如其来的大雨淋了个精湿。索性就不躲了，淋吧！淋点儿雨也好，可以让自己清醒点儿，可以理一理最近烦乱的思绪。

车站离单位不远，只有几分钟的路程。还没等他走到单位，雨就已经停了。真是来得急、去得快，这就是湖北襄阳的气候。

董俊锋一抬头，只见一盘很大的橘红色落日挂在天际，四周还有淡淡的彩虹。

在美好的夕阳和淡淡的彩虹下，董俊锋的心情霍地舒展开来。这会不会预示着案件有转机呢？

办公室备有衣服，他赶紧换上。头发随便用毛巾擦了擦，喝点儿水，喘口气，歇一会儿。

可是，还没等他坐稳椅子，电话铃就响了。

"回来了吧？来我办公室一趟，就现在。"是樊成辉处长的电话，他不等董俊锋答话就挂断了。

听他的声音，虽然听不出着急，但现在已是下班时间，这时候找他，不用猜，肯定还是刘振海的事。

出了办公室的门，董俊锋才发现外面又下起了雨。雨虽然不大，但雨点很密。他抬头望望天，头顶正中有一大片乌云在空中滚动，眼看一场大雨即将来临。没办法，他只好开车去。

夜晚，整个办公大楼很安静，只有少数窗口的灯还亮着。

樊处长办公室的门虚掩着，一束白色的日光灯影斜射在走廊上。由于周围一片漆黑，这束光显得异常明亮。

董俊锋下意识地放轻脚步，隐约从门缝里传出说话声，应该是樊处长在接电话。董俊锋本能地止住步。

"是小董吧？进来，门没关。"樊处长在办公室内对董俊锋说。

他推门进屋，见樊处长开始忙着沏茶。

"快坐，你应该没有吃饭吧？正好我这里有饼干，你随便喝点儿水，吃一点儿垫垫吧！"樊处长说着，弯腰从办公桌的抽屉里拿出一包饼干递给他："凑合着吃两块吧！"

他帮董俊锋撕开了饼干的包装袋。

董俊锋赶紧接过来："谢谢！谢谢处长关心。"

他想不到樊处长这么细心体贴，忽然一下子很感动。

樊处长将那杯缭绕着香气的绿茶推到他跟前，说："应该给你来杯咖啡提提神，可惜我这里没有了。尝尝今年的云雾茶吧，挺香的。"

其实董俊锋明白，此刻关于刘振海的案子，他和樊处长是心照不宣的。问来问去，也还是那几句话，没有更多、更新的内容。

于是，两个人都沉默着。

也许是一杯茶、一袋饼干、几句温情的话，让董俊锋紧绷着的那根弦一下子松懈下来。他好像忽然间就明白了，樊处长是理解他的，毕竟他是老刑警出身，经历过无数的案件，有过无数次的山穷水尽，最终靠着毅力、靠着信念走了过来。

"你进门前，我刚接的是李冬生局长的电话。他说了，他见你思想压力很大，对能否抓住刘振海信心不足，让我找你谈谈。"樊处长看了一眼董俊锋，接着说，"李局长还要派分管刑侦的郝勇智副局长和刑侦处的孟军处长专门到襄阳督战。你准备一下吧，把我们前期做了哪些工作，遇到的困惑，还有下一步的工作方向和措施，一并进行详细汇报。"

"好的，知道了。"董俊锋答应着，心里更加忐忑了。

第 22 章　董俊锋改用激将法

夜晚的街道异常宁静。暴风雨过后，空气清新，街道却显得有点儿凌乱，被暴雨吹落的梧桐树叶子，不时地在空中翻飞着。

人必须能承受挫折，经得起失败，要有屡败屡战的精神。董俊锋边开车，边想着心事。

不知不觉中，他又开到了和师父程前胜经常聚会的那个"情到深处"小酒馆。

酒馆的灯还亮着。玻璃窗下坐着三五个顾客。这家酒馆是不打烊的，因为开酒馆的是夫妻俩，他们就住在酒馆上边的阁楼里。无论什么时候有人要吃饭，他们都会乐意接待。

董俊锋停好车，看看表，已经晚上 10 时 10 分了。

他知道师父也是个夜猫子，或许是常年的刑警生活早把他们的生物钟打乱了。一般这个时候，他应该在院子里和几个同样是夜猫子的老同事下象棋。

说来好笑，师父的棋艺不错，棋德却一般。如果碰上高手，或者是对方运气好，赢了他，他准定不服气，追着人家一盘又一盘地拼杀，直到他赢了为止。

按理说，像这种小孩子耍赖死缠烂打的事，无论如何也不该是他干的，可他在这一点上总让人大跌眼镜。他美其名曰，这叫传承，就像田华富处长一样，好胜心强，无论是工作还是逗乐，处处都要得第一，不然觉都睡不好。

思来想去，董俊锋没给程前胜打电话，只发了一条微信，三个字"老地方"。

师父肯定懂，如果能来，他不会推辞，等着就好了。

下车的时候，脚边有个东西动了一下，把董俊锋吓了一跳。他赶紧打开手机的手电筒，只见一只小麻雀匍匐在地上，正在惊慌地拼命挣扎，却因羽翼未丰，想飞又飞不起来。

董俊锋看着它，一时不知道怎么办才好。

要是儿子在身边，他一定乐坏了，他会兴高采烈地扑过去……

最后，董俊锋把那只小鸟放到了路边的草丛里，藏得很深，希望它能靠自己的努力活命。

董俊锋进了酒馆，和老板夫妻点了一下头，算是打过招呼，依然坐在老位置上。

不用点菜，老板知道该上什么。

董俊锋坐在靠墙的位置，正好脸对着门口。

刚坐好一会儿，程前胜就到了。

"咋这么晚，有事？"程前胜还没坐稳就开始问。

看着师父有点儿着急的样子，董俊锋故意轻松一笑："没事，今天去武汉了，刚回来，还没吃饭呢！"说着，他开始给师父倒酒。

"去武汉，去那里干啥？"

"给李冬生局长汇报老河口涉黑的案子。"

"这个案子办得漂亮，应该有奖。"程前胜说着，端起酒杯和他碰了一下，"祝贺啊!"

董俊锋笑了笑，没有接话。

"破了这么大的案子，你还蔫不拉唧的，该不是还在为刘振海的案子发愁吧?"程前胜夹了一口菜说。

董俊锋知道什么都瞒不住师父，也不想瞒，找他就是想向他诉说心事和烦恼，想让他出主意。在师父面前，他不用掩饰，喜怒哀乐都可以尽情表达。

"说吧，我听着。"程前胜选了一个舒服的姿势。

他知道董俊锋这么晚找他，一定是有什么事想不明白，或者案子上的事梳理不清楚，需要他出谋划策、指点迷津。

眼前这个徒弟，还太年轻，羽翼未丰，刑侦经验不足。可他相信，他很快就会超过自己这帮老家伙。他不到四十岁，年轻又勤于思考、胆大心细，关键是非常谦虚，虚心好学，是个干刑侦的好苗子。

"师父，还记得那个田圣坤吗?"董俊锋突然问。

"当然记得，他前两年还和我联系过呢!怎么，这家伙又犯案了?"

"没有。"董俊锋摇了摇头，若有所思。

这个田圣坤值得一说。

那是 2011 年，公安部组织开展对在逃人员进行集中抓捕收网的"清网行动"，武汉铁路公安局要求抓捕率达到百分之九十五。

董俊锋那时还在指挥中心任副主任，他包保的派出所是荆门车站派出所，一共抓捕三个逃犯任务。文件要求，包保单位必须安排一名领导干部会同派出所一起来完成这个任务，包保单位的领导干部跟派出所所长、教导员两名正职负同等责任。完成任务了，该立功立功，该受奖受奖;完不成任务，一并追责，甚至免职。

当时指挥中心主任是董俊锋的师父李涛。李涛找董俊锋谈话，说:"我想了想，这个任务还是交给你。你过去，会同派出所一起来完成三名逃犯的抓捕任务。"

董俊锋没有多想就答应了。他根本没想过完不成任务会要处理人或者就地免职这个问题。

在办公室待了这么多年，现在突然让他去抓人，他觉得很兴奋、很刺激。他从小就有过当刑警的梦想，趁着这次抓人的机会，看看自己到底是不是一块干刑警的料。

前两个逃犯抓得很顺利，剩下最后一个，就是这个田圣坤。他是个惯偷，盗窃铁路运输物资价值二十多万元，已经潜逃十多年。这个家伙非常狡猾，每次都能逃避打击。

刚开始，董俊锋他们得到消息，田圣坤在武汉。于是他们马上赶到武汉，结果就在他们赶到前的两个小时，田圣坤只身逃到了贵州铜仁。

于是，他们马上出发前往贵州。两天两夜的火车下来，坐上大巴车从县城到田圣坤打工的工地要走八个多小时，都是盘山路，上上下下，拐来拐去，像坐过山车一样，晃得人头晕目眩。

董俊锋上车就发现了一个奇怪的现象，他们乘坐的那辆大巴的车厢过道上，摆了很多塑料桶，红红绿绿，鲜艳无比。他很好奇，不知道这些桶用来做什么。很快，随着山路陡峭，车厢颠簸，很多人开始对着那桶呕吐。

董俊锋从来不晕车。也许是因为没吃东西，也许是受周围人的影响，他也开始呕吐，是干呕。

好不容易到了田圣坤的工地，结果又扑了个空。

工友说，上午田圣坤还在。

他们是下午赶到的，田圣坤此时已逃往广东东莞。

每次都比他晚半步、慢半拍。总是田圣坤前脚刚离开，他们后脚才到，像是在和他们玩捉迷藏一样。

就这样来来回回折腾了好几次。光是铜仁就去了两次。

最后，董俊锋得到情报，说田圣坤跑到了汕头。可等他们到了汕头，田圣坤又像风一样刮跑了，他们再次扑空。

这也太窝囊了吧！不能老被这个田圣坤牵着鼻子耍来耍去。

这时候，董俊锋想到了师父程前胜，就给他打电话，向他求援。

他把案情跟师父讲了，表明不是徒弟太笨，而是这个田圣坤太狡猾了，需要师父这样大智慧的老刑警才能对付得了。

他在电话里不停地说着，也不管程前胜啥反应。

好半天，程前胜才问："你啥意思？"

"想请您老人家出山，过来帮我们指导一下，看看怎么才能帮我把这个家伙给抓了。"董俊锋诚恳地说道。

可让董俊锋没想到的是，程前胜一口就回绝了他。

他说："我们每个副处长本身也有抓逃犯的任务。再说，这个田圣坤也不是我抓捕的任务名单。我是处领导，我帮某一个基层单位抓人不合适啊！下边会提我意见的。"

"师父，你就当帮我。再说了，抓谁都是抓，还不都是干工作嘛！"董俊锋有些哀求了。

"不行。我没时间。"程前胜依旧坚持道。

董俊锋看软磨硬泡不行，就改用激将法。

他一本正经地说："你天天跟我吹，你曾经抓过多少人，破了多少案，别人抓不到的罪犯你都抓到了，别人破不了的案子你都破了。"

"你个小屁崽子，我什么时候跟你吹过瞎话了？"程前胜不温不火。

"那我也要亲眼看一下师父是不是真英雄。到时候我跟人家吹，也好有资本呀！谁知道你说的是真是假？"董俊锋继续拱着火。

程前胜提高了嗓门："激我呀！你个小屁崽子，你等着吧！等

213

我抓个给你看看!"

董俊锋的激将法成功了。

程前胜到了广东以后,先认真听了董俊锋汇报的前期详细情况,然后说:"知道你们为什么被人家耍得团团转吗?肯定是有人给田圣坤通风报信。我分析,是你们找的提供线索的人把你们卖了。所以他一直在跑,你一直在追,一直追不上,每一次都慢半拍。"

董俊锋觉得师父说的有道理,便问:"那你说怎么办?"

程前胜解析道:"我们都是外地人,口音不一样。你刚一张嘴问,人家马上就知道你是来抓人的,马上就有人给他通风报信。田圣坤已经是惊弓之鸟,一个电话打过去,他肯定就跑了。"

最后,程前胜出主意说:"我们可以求助当地公安机关。他们人熟、地熟、情况熟,请他们帮助我们摸排一下。"

地方公安很配合,也很给力,线索很快就出来了。田圣坤确实在东莞,而且摸到了他的家庭住址。

但是,等董俊锋他们赶过去,依然扑了个空。

田圣坤的老婆说,她老公很多天都没回家了,她也不知道他去了哪里。

又一次扑空,董俊锋很失望。

而程前胜还在和田圣坤的老婆聊天,他从她手里要过她的手机,这一下子,她脸色马上变了。

查看她的通话记录,发现两个人刚刚还通了电话。

田圣坤的老婆只好说出了实情。原来,工厂老板是田圣坤的亲戚。

于是,程前胜他们来到田圣坤打工的工厂,找到老板,装作好像什么也不知道似的跟他聊天、跟他绕圈子,观察他的表现。

果然,老板上钩了。

他一直追着问，谁是领头的、谁当家说了算。明显让人感觉到他很关心这件事。

董俊锋灵机一动，指着程前胜说："这是我们程处长，肯定处长说了算。"

老板一下子对程前胜表现得非常热情，主动跟他套近乎。

程前胜将计就计，好像碰到了知己一样，无话不谈，聊得很投机。

事后，董俊锋问程前胜："你们两个刚见面认识，有啥好聊的？聊得那么热火，还不停地聊。"

程前胜说："我跟他聊，是要摸清楚他的动机，他跟我们套近乎到底想干啥？最后搞明白了，他实际是想给田圣坤说情。这不就好办了吗？"

"田圣坤这个人怎么样？"程前胜问老板。

"这个人好，非常仗义。"老板说。

"那就好，是好人我们就帮他。他仗义，我们就跟他来仗义的。"程前胜道。

老板很开心，一定要请程前胜他们吃饭。

董俊锋觉得有工作纪律，也担心这个老板为田圣坤求情，所以不愿意跟他一起吃饭。

而程前胜却觉得这个饭一定要吃。

既然他跟我们套近乎，想给田圣坤求情，说明他肯定能找到田圣坤，或者就在他厂里打工。何不来个将计就计，摸出真实情况，说不定不费吹灰之力就把田圣坤抓捕到案。

但程前胜还是非常小心的，他也有自己的底线。他马上给樊成辉处长打电话请示。

樊处长完全赞同程前胜将计就计的意见，力争一举成功。

215

这顿饭吃得很热烈、很煽情。大家推杯换盏，越聊越投机。

酒喝到正酣的时候，程前胜觉得时机成熟了，就开始摊牌了，说："我们也知道你是什么意思，我们也了解田圣坤这个人很义气、够朋友。如果他不义气、不够朋友，为什么每到一个地方他都能得到消息，人就跑掉了呢？"

"所以说，既然他到你这里打工，说明你们关系很好，他肯定也信任你。"程前胜说到动情处，满满地给自己倒上一大杯酒，举起酒杯道，"这样吧！只要你让他主动来向我们投案，我们一定从宽处理。我这个人说到做到。"

老板听了这话，也很动情，赶紧也倒了满满的一杯酒。两个人碰了杯，一饮而尽。

程前胜手里拿着那只空杯子，突然换了一副面孔："但是，你要告诉田圣坤，他这个事，他想跑，他永远也跑不掉！就是跑到天边，跑到国外，我们也会把他抓回来！"

老板一怔，马上换上了笑脸，连连点头："那是，那是……"

第二天上午，这个老板就把田圣坤亲自送到程前胜他们手里。

通过这件事，董俊锋对师父佩服得更加五体投地。以前是听别人说，后来是听他自己说，这一次是实实在在地跟他一起亲身经历了，深切地感受到师父的确有过人之处。那脑袋瓜子不是一般人能够比的，眼一眨就是一个点子。

田圣坤的案子看似陈年旧案，但最近却总是在董俊锋的脑子里回旋。

他总会莫名其妙地把刘振海和田圣坤联系在一起。田圣坤靠好人缘，逃跑十年中躲过一次次追捕，都是有人给他通风报信。那么刘振海呢？会不会也是这样？只是他采取了我们不知道的更加隐秘的方式。

第 23 章　第一次独立带队破案

武汉铁路公安局郝勇智副局长和孟军处长专程来到襄阳公安处，督办刘振海的案子。

下了车，两位领导风尘仆仆地由樊成辉处长、余胜强副处长陪着，来到专案组给追捕专班开会。

会议一开始，郝副局长就直奔主题："我们这次来，是根据李冬生局长、郝阳政委的指示，就一件事，来督办刘振海的案子。这个案子，你们前期做了很多工作，大家很辛苦。说一说吧！你们都开展了哪些工作？取得了哪些进展？有没有什么重要的线索？下一步将采取什么样的措施，才能尽快把刘振海抓捕到案。"

董俊锋系统汇报了前一阶段的情况。简单一句话就是，围绕刘振海的各项侦查、排查，包括大数据分析，一共进行了两轮，但是都没有发现任何有价值的线索。

只有一点，侦查发现刘振海的儿子刘龙云和抚养他的三姑刘逸云一家去过海南。会不会和刘振海见面，会不会与刘振海有关系，目前没有调查发现可疑的线索，还需要进一步侦查。

"前一阶段的工作，可能是哪个方面做得不到位，也可能在哪个环节上有疏忽，这些我们还要进一步分析，有些工作还要回过头来重新做。从目前调查的情况，可以做出基本判断，没有发现刘振海因为疾病或者意外的原因死亡的迹象，也没有充分确凿的证据证实刘振海到了国外。我们认为，刘振海就在国内。专案组全体同志一致认为，刘振海漂白身份的可能性比较大。所以，我们下一步的工作是，重点围绕漂白身份，围绕能够找到刘振海近期的一些照片两个方面下功夫。"董俊锋语气坚定地说道。

余胜强副处长接着说："是的，总结反思我们这一个多月来的工作，大家一致认为，我们下一步要突出信息化侦查措施的运用，结合传统侦查手段，再对刘振海的信息开展一次彻底的摸排研判，力争寻求突破。"

樊成辉处长接着表了一个态："我们公安处，特别是我本人，会紧盯着不放，多策并举，千方百计，穷尽办法，举全处之力，一定把刘振海抓捕到案！请局领导放心。"

公安局督导组两位领导同意下一步的工作方案，只提了一条要求，就是一定要把各项措施落到实处。

"这一网撒得好不好，关键看网眼密不密，也就是看我们的工作细不细。绝不能让这条大鱼从我们的网眼里漏出去。"郝勇智副局长强调。

说一千道一万，上到公安部铁路公安局，下到武汉铁路公安局，再到襄阳公安处，已经铁了心背水一战，一定要把刘振海抓捕到案。

为了认真贯彻公安局督导组的要求，董俊锋立即组织追捕专班全体同志开会。会议从早上八点半，一直开到晚上七点，一共梳理了五个方面一百二十八项工作，其中六项重点工作。

这六项重点工作是：

第一，由一大队林襄渝大队长负责，通过各种手段，尽快提取刘振海儿子刘龙云的 DNA 信息，然后放到全国的 DNA 库去碰撞，看看能不能关联出刘振海的情况。

第二，刘振海潜逃前就跟着鞠义山在社会上混，逃亡后也不可能安分守己，也有可能因为生存原因去做违法犯罪的事，说不定有可能在全国 DNA 库里把他比中。

第三，仍然由林襄渝大队长负责，把照片比对扩大到全国每一个省、市、区，一个省一个省地进行，大海捞针也要捞。

第四，人脸识别比对，这个工作量非常大，但是再大再难也必须进行。

第五，开展信息反查。刘振海有驾驶证，有驾驶车辆的历史，他有没有可能在国内某一个地方充当驾驶员，或者拥有自己的车辆呢？要在全国的驾驶员信息库里寻找刘振海的踪迹。

第六，在全国范围内查询企业法人的信息。也许刘振海在哪一个地方注册了自己的企业，正在全国的某个地方从事企业活动。

又是一个大规模的筛查，整整用了一个星期，加班加点连轴转，二十四小时地分析、比对、筛查。

结果是：

一、关于提取刘振海儿子刘龙云 DNA 信息的问题，目前找不到合适的合法理由提取他的 DNA 信息。

二、原来分析认为刘振海可能会去做违法犯罪的事，在全国 DNA 库里比对，结果没有发现。

三、从驾驶员信息库里面没有发现刘振海的信息。

四、全国所有的建筑公司、注册公司数据库里，也没有找到刘振海的任何线索。

五、人脸识别系统比对这一大项，因为任务量太大，涉及几十个省、市、区公安厅局，需要一个省一个省地比对，目前正在紧锣密鼓地进行当中。

董俊锋把刘振海的照片发给湖北省公安厅，请求通过湖北省的人脸识别库进行全面比对并分析。

省厅指挥中心主任梁军高度重视，但是经过三天筛查比对，没有刘振海的任何线索和信息。

湖北省没有，那只有在全国其他几十个省、市、区的公安厅、局一个一个进行比对。太艰难了！但是再难也必须进行下去。

现在追捕专班虽然没人再发牢骚了，但是能够看出他们的情绪不高。

越是至暗时刻，越接近真相。董俊锋突然想起了这样一句名言。

他还想起了田华富副处长经常念的那句老经：越是没有线索的时候，越是艰难的时候，就越可能是接近破案的时候。如今，这句话已成了樊成辉处长的口头禅。

"小董，你在哪里？"主管刑侦的尹涛副处长打来电话。

"尹处长啊！我在支队呀！"董俊锋回答。

"那好，你到我办公室来一下。"

董俊锋有些惊讶："他们上午还说您在武汉，在局里看到您了呀！您这么快就回来了？"为了保卫七十周年大庆安全，尹涛副处长被抽调到武汉铁路公安局工作好几个月了。

一个是分管领导，一个是直接下级，两人见面难得有一些寒暄，接着就切入正题。

"刘振海的案件怎么样了？"尹涛问。

董俊锋摇了摇头，叹了一口气："唉！太难了。所有的办法都想尽了，还是没有一点儿线索。你肯定也听说了。"

"是啊！就是因为听说了一些情况，而且听说你有畏难情绪，所以我今天专门回来找你聊一下。"

"不是光我有畏难情绪，而是追捕专班的所有同志都有畏难情绪。"跟分管领导，董俊锋不遮不掩，实话实说。

尹涛用手指点了点董俊锋的脑袋："我觉得，这不是下面同志的问题，而是你这个追捕专班指挥官的思想有问题。"

他点了一支烟，连着抽了几口，意味深长地望着董俊锋："你还记得你刚到刑警支队当支队长的时候，枣阳那起电话线被割盗的案子吗？"

怎么能忘记呢？董俊锋一辈子都不会忘记。那是他担任刑警支队支队长后，第一次独立带队侦破的一起大案。

去年这个时间，四月底五月初的样子，董俊锋刚上任不久。一大早，刑警支队就接到报警电话，枣阳车站铁路沿线发生一起电话线被盗割的案子，案件价值二十多万元。案值大小不是主要问题，关键是整个汉丹线铁路系统的通信中断，铁路运输也因此中断。

董俊锋感觉事态严重，赶紧向分管的尹涛副处长报告。尹副处长命他立即带人赶赴现场。

董俊锋刚走出刑警支队大门，尹副处长又给他来了个电话："小董，这个案子是你上任之后第一起价值和影响都比较大的案子。这个案子就由你全盘指挥，我不参与，但我做好你的后勤保障。你需要调集哪个部门的人，调集什么设备，我来给你做好服务。你放开了干，就按你的思路来干，干到哪一步是哪一步。我只提醒你一点，一定要把现场看好，把现场吃透，把现场分析透，这是重点。切记。"

"记住了，尹处长。"董俊锋郑重地回答。

接着，他便迅速带着刑侦、刑事技术、情报以及枣阳车站派出所的同志赶去了现场。经过初步的勘查判断，被盗割的电话线长度达数千米。这显然不是一天盗割的，应该是经过了很多次、很多天盗割才形成的现场。

董俊锋现场做了分工：

第一，技术部门负责勘查现场，提取有价值的痕迹物证，把整个被盗割的线路理清楚，到底被盗割了多少米，搞清楚分几次盗割的。

第二，技术部门要找到每一处断头，分析作案工具，同时对每一个断头进行提取，争取在断头上看有没有指纹、DNA 信息能够提取到。

第三，现场访问组找报案人了解当时的现场情况。现场紧邻家属区，白天到处都是人，不可能作案，只有夜间作案。要广泛走访周边群众，有没有发现可疑人、可疑事，比如半夜有没有狗叫、脚步声、车辆进出等。

第四，情报部门对周边的视频、几个路口的视频，不管是公共视频，还是单位视频、家庭视频，都要全部调取，从中发现可疑的人、可疑的车、可疑的物品。这么大量的电话线，肯定要有运输工具，比如农用三轮车、摩托车、汽车等运输工具。

第五，围绕整个枣阳地区，特别是案发现场附近的废品收购网点，进行全面的布控、走访，以发现赃物。初步分析，盗窃分子偷这些线，主要是要里面的铜线，用来卖钱。

第六，对整个枣阳市区有盗窃前科，特别是盗拆、盗割前科的人员进行调取和摸排，掌握这些人的现实状况和表现。

安排好这一切，董俊锋认为，想得很细，分工也很细，这些部署和要求完全符合尹处长的指示精神。

最后，他还是不放心，又把现场走了十几个来回，连嫌疑人从哪里进哪里出，他都分析出来了。

他心想，这案件破获肯定是没问题了。这第一仗，我董俊锋绝对一炮打响。

可是，三四天时间过去了，案件并没有实质进展。

这期间，视频组也发现两三个可疑的人，最后都全部否定，其他的工作也都没有任何进展。

问题出在哪里呢？董俊锋抓耳挠腮，很郁闷，更着急。

憋了整整一天，最终，董俊锋还是给尹处长打了电话，向领导汇报，跟专家请教。

最后，董俊锋说："尹处长，能不能请您亲自过来一下？帮我把把脉，帮我分析分析问题到底出在哪里？"

下午三点多钟，尹处长到了。

他什么都没说，先跟着董俊锋看现场，把现场从头到尾看了一遍。

他看得最细的是路口。围绕整个案发现场，他走了整整两个小时。

董俊锋认为，自己走了那么多遍，已经非常细了，谁知道尹处长看得比他细致得多。

那天天气比较热，头上有大太阳，他们走得满头大汗。整个枣阳站区当时在搞站房建设，到处是施工现场，很多大货车，扬起阵阵尘土，把他们搞得头上、身上、鞋上全是灰尘。

看了现场以后，尹处长什么话都没有说，接下来就在枣阳车站派出所召开分析会。

董俊锋把前期开展的工作情况，以及侦查思路、侦查方向作了全面汇报后，想听尹处长的指示。

不料尹处长把桌子一拍，说："我听了，我也看了，该做的工作都做了，可以说穷尽了。但是，现在为什么破不了案呢？问题出在哪里呢？"

他用手指着情报大队的负责人："问题就出在你情报大队身上！你们来了几个人？你们是怎么看视频的？你们在视频里发现了什么东西？你们在这里慢慢腾腾、磨磨叽叽，就是你们在窝工，在耽误整个案件的侦破进展！"

说着，他拿起电话，要求在襄阳处机关的所有情报人员立即赶到现场。

"全部都给我来看视频！二十四小时连轴转，不准休息！"尹处长是真急眼了。

放下电话，他对参加专案会议的全体同志说："当刑警的，我不管你平时是什么样子，但是一旦发了案子，到了发案现场，绝不允许按部就班。不管你是刑事技术部门，还是刑事侦查部门，不管是技术员还是侦查员，人不抓回来，你就不要想着休息！必须二十四小时给我连轴转！不破不休！"

接下来，尹处长又单独对董俊锋一顿棍棒："发了案件，让你带队来破案，这个时候不是让你来心疼兄弟们的！案件破不了，你就是饭桶！所有参加破案的人都是饭桶！你就把这个队伍带成了饭桶！你去看看，你不是把现场走了十来遍吗？所有的路口都有视频，那作案分子会飞吗？如果你认真地看现场，反复地看现场，而且看了现场以后认真地去琢磨，那破获这起案件，就是一个很简单的事情。"

简直是一顿臭骂，骂得董俊锋一下子头脑清醒了。

骂完，尹处长连晚饭都没吃，一甩手气哼哼地走了。

按照尹处长的要求，情报中心所有人员都来了。他们昼夜加班，重新调取、重新拷贝视频资料，重新看，认真看，反复看。

一天半以后，情报人员果然从监控里发现了嫌疑车辆。

经过追踪，找到了收赃点。查找收购站老板的手机，找到微信转账记录的证据，进而查到了犯罪嫌疑人。

很快，两个嫌疑人就被抓了，案子自然也就破了。

尹处长真神了！

这是董俊锋当支队长之后第一次带队破案，让他真正见识了什么是老刑侦，什么叫姜是老的辣。他更加明白了为什么尹涛能当分管刑侦的副处长。

董俊锋还在沉思中，尹处长打断了他的思路："那起案件，当时你之所以进展不了、破不了，不是你的侦查方向和采取的侦查措施有什么问题，而是你没有认真地去抓好落实。三心二意，优柔寡断，所以你破不了案件。现在抓刘振海的专案，我觉得，你又在犯同样的错误。"

董俊锋一愣。

没有啊！我没有优柔寡断呀！每一项措施我都是反反复复搞好几遍，生怕哪一点儿哪一个环节没有抓好落实，留下遗憾和漏洞。

尹涛看出了他的困惑和不解，接着说道："今天我没有让你给我介绍和汇报这个案子的情况，但是我通过别人已经了解过了。这十八九年来，我们没有把刘振海抓住，应该是有我们的教训，也包括我本人。我们不能一味地仅仅做家属的工作、做知情人的工作、做他近亲属和跟他关系好的人的工作。不能说这样做不对，但是如果一直这么做，那就有问题了。现在是大数据时代，是现代科学技术飞速发展的时代，我们必须跳出原来的侦查思维模式，要用现在的大数据，去寻求对这个案件的突破。这就是我今天跟你讲的一个核心问题。据我所知，这个方面你们已经采取了相应的措施，做了一些工作。但是，就是没有把它做穷尽，一追到底。"

说完，尹涛副处长就走了。他今天晚上必须赶回武汉，因为那里的工作非常忙。

犹如醍醐灌顶，董俊锋的大脑一下子清醒了。

他坐在那里一动不动地思考了大约两个小时，最后，他决心抓住人脸识别系统这个根本去下功夫。

现在，全国库和湖北省库已经筛查过了。但是全国库的资料不全，还是要按照前期部署的一个省一个省地去开展，一个省一个省地去筛查、去比对。

如果还不能解决问题，再放到地级市这一级数据库里一个一个地去比对。

背水一战！

董俊锋坚信，只要刘振海他人还在中国这九百六十万平方千米的任何一个地方，就一定会有他的活动轨迹。

只要有活动轨迹，人脸识别库就一定能把他碰上。

现在全国库比完了，湖北省库也比完了，接下来比对的重点，应放在北京。

为什么把北京作为重点呢？因为刘振海逃跑后第一个去的地方就是北京。北京有落脚点，有能投靠的人。而刘振海消失的地方也是北京。

再一个重点是新疆。

新疆是刘振海的出生地，他对那里很熟悉，那边有亲戚，还有朋友，具备投靠的条件。另外，那边偏僻，人烟稀少，荒芜，很适合刘振海躲避。

北京和新疆两个地方很特殊，有全国任何地方都比不了的优势条件。北京作为首都，始终是全国反恐防暴和保证安全的重点；新疆作为反恐的前沿阵地，其信息化手段，包括人脸识别系统在全国都是最先进的。这就为开展这项工作奠定了扎实的基础。

董俊锋想起几年前，曾经参加公安部刑侦培训班，听过公安部刑侦局命案处处长的课，当时就有心留了他的联系方式。

于是，他立即和这位处长联系，请他帮忙安排北京刑警总队进行人脸识别系统的比对。

但这一切都需要时间，着急也没有用。

第 24 章　编外追捕组成员朱露

朱露并不是抓捕专班的成员。

2019 年年初，他的职务是襄阳铁路刑警支队二大队教导员，没有一个领导给他下达过抓捕刘振海的任务。可是，这位年轻的"老刑警"，暗暗给自己下达了一个任务，一定要千方百计为抓获刘振海做点儿贡献。

朱露 1986 年 11 月 21 日出生在湖北省宜昌市夷陵区长江边上的一个农村家庭。他的父亲是一个木匠，特精明，善于钻研，木匠活儿在他手上就像绣花一样，一块普通的木头在他手上很快就成了一件产品，甚至一件艺术品。因为手艺好，又为人谦和，所以附近十里八村的木匠活儿都请朱露爸爸去做。他不光木匠活儿做得好，而且精通电器维修，很多东西一学一看就会。母亲是一位家庭主妇，农忙的时候忙活田里的事，不忙的时候也出去做零活儿来贴补家用。

父母做事非常严谨，这对朱露影响很大，特别是父亲作为木工那精益求精的工匠精神，为朱露后来当一个合格的警察，当一个优秀的刑警奠定了基础。

父亲常常对朱露说："你要记住，将来不管干什么事，都必须认真地干好，不能马马虎虎。就像我干这木工活儿，如果我不把每一件产品都认真做好，时间长了，我的名声就坏了，谁还去找你干活儿呢？"

父亲对儿子的管教很严："一定要认真做好每天的作业，将来到社会上了，参加工作了，就要把你的工作做好，这样你才会有出息。"

父亲的话，深深地烙在朱露幼小的心灵中。

父母经常白天不在家，晚上回家也很晚，幼小的他渐渐理解到了父母的艰辛。

朱露自己学习洗衣做饭，很多时候，等爸爸妈妈很晚回到家，他已经把热腾腾的饭菜端上了桌。

父母悄悄地议论："咱们这孩子将来一定有出息。"

这句话他听到了。这是父母对自己的鼓励，同时也给他指明了人生的方向。将来一定要有出息，不能让父母失望。

2007 年 8 月，朱露正式从郑州铁道警察高等专科学校经济犯罪侦查专业毕业，进入襄樊公安处宜昌车站派出所工作。

这第一个工作岗位让他有些失望。因为他的目标是当一个刑警，当一个好刑警。在大学校园的三年里，他常常默念的一句话就是："当警察就要当刑警。"

与他同时毕业的一共有五名同学，都是学侦查专业的，其他四名同学都被分到了刑侦部门，只有他被分到了车站派出所。

朱露不理解，难道领导不了解我吗？

在没有正式参加工作之前，每年的寒暑假他都会到宜昌车站派出所实习，他的表现很突出，这是大家有目共睹的，甚至还得到了车站派出所领导以及公安处有关业务部门和处领导的表扬。

难道分配工作岗位时，各级领导忘了他在实习期间的表现了吗？

2006年暑假，朱露作为大学二年级学生，实习期间抓获网上在逃人员一名；2007年上半年实习过程中，他抓获公安部网上逃犯两名；2007年下半年见习过程中，他又抓获公安部网上逃犯三名。见习一年期间抓获五名公安部网上逃犯，朱露荣立个人三等功一次。

但是，他还是被分到了车站派出所。也许，这就是命运。

在车站派出所当民警，不能实现自己当刑警的梦想，朱露心里很是不平衡。但是，他相信，靠自己的艰苦奋斗一定会改变命运。

在派出所工作的一年多时间里，朱露主动学习业务，千方百计争取机会参与破案和办理案件，学习制作笔录和法律文书。既然当警察，就要有警察的样，不能当一个只会刷身份证抓逃犯的"机器"。

机会终于来了。

2009年，时任宜昌所所长、现任公安处副处长的余胜强告诉朱露，襄北刑警大队缺一个内勤。他征求朱露的意见，问他是否愿意去那里当内勤，如果愿意，他可以推荐。

虽然要离家到外地工作，但朱露连想都没想，就一口答应下来，心心念念当刑警的愿望终于实现了。

到襄北刑警大队报到后，时任襄北刑警大队大队长、现任副处长尹涛找朱露谈话，感觉到他是一个干刑警的好苗子，想让他直接当侦查员进行历练。

朱露又是毫不犹豫地答应下来。直接当侦查员，正式开启了他的刑警生涯。

2009年年底，武汉到广州高铁开通之际，连续发生大量贯通地线被盗割的案件，铁道部公安局从全国各地抽调一大批侦查员到武广高铁案件发生地开展破案攻坚会战。朱露参与破获了三起大案，表现突出，再次荣立个人三等功。

在襄阳铁路刑警这支队伍里历练，朱露从一名刑侦新兵，慢慢成长为一个合格的老侦查员。他不光学会了破案、办案，更多的是学习和传承了襄阳铁路公安刑警永不言败的精神，对案件锲而不舍、顽强攻坚、不破不休的精神。这种精神是襄樊铁路刑警田华富、樊成辉等几代人共同创造的。

在十一年的刑侦生涯里，朱露参加过多起大型专案侦破，多次立功受奖，荣获过武汉铁路公安局、襄阳公安处破案能手，全处"优秀人民警察""优秀共产党员"等荣誉称号。

2018年3月初，新任刑警支队支队长董俊锋到朱露所在二大队调研，直接给朱露提了一个要求，现在电信诈骗案件很突出，让他适应刑事犯罪形势的变化，想办法侦破几起电信诈骗案件，开襄阳公安处没有破过电信诈骗案件的先河。

领导这么器重，朱露觉得是组织上对自己的信任，他二话没说就答应了下来。

刚接了这个任务没几天，襄阳处担当值乘的襄阳东开往深圳东的K1656次列车上发生一起电信诈骗案件，受害人一次被诈骗两万多元。

这个案件原则上应该由襄阳处客车刑警大队负责立案侦查，但朱露得知这个案件的情况之后，立即向支队领导请缨，要求接手这个案件，请领导指定让二大队侦办。

经支队领导同意，朱露迅速带领侦查员前往广东惠州，找到受害人详细了解被骗过程，并立即制订了侦查计划。

朱露带领三名侦查员马不停蹄地赶往福建龙岩，在没有任何侦查手段的情况下，千方百计发挥主观能动作用，调取视频资料、深入调查走访、摸底排队，成功运用专案线人、蹲坑守候等多种传统的侦查手段，仅用五天时间，就抓获了第一个犯罪嫌疑人。

全国各地在这个地方侦破电信诈骗案件的同行们，都很钦佩朱露的缜密侦查思路和坚定的侦查信念。因为在此之前多个地方公安机关立案后前往龙岩侦查，都由于条件太差，最终放弃了侦查。

初战的胜利，更加坚定了朱露深入侦查的决心，他一鼓作气，顺藤摸瓜，打掉了一个重大电信诈骗团伙，抓获二十余名涉案嫌疑人，为旅客挽回了巨额经济损失。

由于这是襄阳处办理的第一起电信诈骗案件，在侦查、取证、认定、起诉等各个方面与检法机关都存在着一系列需要沟通和统一认识的问题。朱露迎难而上，主动上门与检察院、法院联系沟通，确保了对该案的涉案人员的顺利批捕、起诉，最终使该案所有涉案人员都被依法追究了刑事责任，圆满结案。

朱露再次荣立个人三等功。

朱露知道，刘振海是公安处的第一大逃犯，抓获刘振海是处长樊成辉的最大心愿，支队长董俊锋是第一责任人。但是他现在的职务是在大队教导员的位置上，没有参加这个专案的机会。

而老搭档林襄渝是这个专案的第二责任人，朱露知道，林襄渝为了抓获刘振海正焦头烂额。

最开始关于刘振海案件的信息，朱露就是从一大队大队长林襄渝那里得到的。他请朱露帮忙。他知道，朱露与宜昌市公安局技侦支队邮监大队关系很好，并且和顺丰快递湖北分公司（办公地址在宜昌）的安保部经理关系也很好。

为了抓住刘振海，林襄渝什么办法都想尽了，什么关系都用尽了。他请朱露通过那些熟人关系，查询刘振海的前妻及儿子近年来收到的快递信息，尤其是特殊日子里，比如元旦、春节、中秋节、

232

端午节、五一节等传统节假日和生日等特别的日子，从外地给他们寄来的物品，以此来发现刘振海的踪迹。

林襄渝之所以想到这一点，是因为在此之前他们曾经成功合作过。

那是2011年公安部开展"清网行动"，朱露和林襄渝都在恩施铁路刑警大队当侦查员。当时公安处给他们队分配抓一个网上逃犯的任务，即抓捕1997年因货盗案件被公安处上网追捕的逃犯蒋兴哥。

蒋兴哥自从1997年作案逃跑后，就一直销声匿迹。

林襄渝和朱露分析认为，一个人再坏，对自己的孩子，对亲骨肉一定是有感情的，他可以不跟任何人联系，但自己的孩子肯定割舍不掉。

顺着这个思路，他们从蒋兴哥的家人入手，调取了蒋兴哥的妻子及其儿子所有的银行账户流水。结果发现，他儿子名下一张银行卡的转账记录里，有一笔是从广东东莞厚街的一个银行转来的。

这个情况引起了林襄渝和朱露的高度关注。他们随即赶往广东东莞进行核实，果然发现了蒋兴哥的踪迹，最终将其抓捕归案。

虽说该案中蒋兴哥并没有漂白身份，但是他一直隐姓埋名，使用假身份证在一些小工厂打工，和所有漂白身份的逃犯是一样的，也是所有的轨迹都查不到。

经过这一次深度合作，林襄渝和朱露加深了战斗友谊，增加了彼此的了解。再一点，他们都是从郑州铁道警察学院毕业的，都梦想当一个好警察，当一个好刑警，为保卫铁路运输、生产安全和人民生命、财产安全施展一番作为。

所以，在巨大的压力之下，林襄渝想起了老搭档朱露。

朱露接到林襄渝的请求后，二话不说，立即联系顺丰快递湖北分公司安保部经理，请他调取了刘振海前妻及儿子在顺丰快递近三年的收发货记录，并通过宜昌市公安局有关部门调取了圆通、韵达、申通等几个国内主流快递的相关数据。

根据调取的快递数据来看，他们的快递数量并不多，只有几十条数据量。朱露拿到数据后，挨个仔细核对收发件人，并使用地图确定收发件人的位置，通过大情报数据平台对每个收发件人进行数据分析，看是否有可疑点。

但是，通过一个星期的分析研判，确定这些快递大部分均为网上购物，少部分是正常的朋友、亲戚邮寄的东西，并没有反常的地方。

这个忙看来帮不上。

但是，朱露并不甘心。他开始仔细分析刘振海这个人。

刘振海在案发前，就是一个社会闲散人员、一个小混混，对社会上的三教九流门清，包括对公安部门也有一定的了解。这种人一般讲义气、重感情。

案发时，刘振海的儿子很小。一个讲义气、重感情的人难道真能割舍对儿子的感情吗？难道他就不会与儿子联系吗？哪怕是间接的联系？不关心儿子的成长吗？还是说刘振海联系了，我们没有发现？

从一般意义上来说，一个人消失若干年，没有一点儿痕迹是不可能的。在当前城市智能化水平越来越高、管理越来越规范、管理精细程度越来越高的情况下，朱露判断只有两种可能：

要么人已经死了，要么已经改名换姓（漂白身份）重新开始生活了。

刘振海属于哪种情况呢？

说他死了吧？没依据。

说他漂白了身份，那他现在用的是谁的身份呢？也就是说，冒用的是谁的照片呢？

第 25 章　鞠国旗是谁

朱露是个有心人。有一天，他加入了一个公安内部的微信群，叫"全国超级识别者协作群"。

这个群让朱露眼前一亮。那一瞬间，他似乎看到了抓住刘振海的曙光。

因为他知道，随着人工智能、科技的不断进步，人脸识别技术已经成熟，现在全国地级市的火车站都装有人脸识别系统，这为我们刑侦破案开辟了新的思路。

进群之后，朱露经常关注群内动态，经过一段时间的接触，了解到"全国超级识别者协作群"的群主叫翁燕敏，是浙江省台州市公安局黄岩分局人像比对工作室的负责人。

更重要的是，他是一位人脸识别方面的专家。

翁燕敏告诉朱露："随着人像比对技术的发展，由于资源和发展的不对称性，数据不能共享。虽然各地都建有人脸识别系统，但是民警找不到相应的资源库进行协作比对。所以，庞大的人脸识别系统数据库没有发挥应有的作用。"

翁燕敏还说："在公安内部这个团队里面，能接触到很多优秀的人和资源。为了把我们大家掌握的资源能共享出来，最大限度地服务于一线侦查工作，所以我就想到通过即时通信（微信），建立一个平台、一个微信群，让大家相互交流、相互学习、相互帮助，为侦查破案服务。"

在这个群里，朱露进一步了解了人脸识别系统在侦查破案中发挥着巨大作用。通过人脸识别系统，可查找海量的"路人库"，就是过路人被人脸识别记录的照片库里自动查找某个人的照片，再通过其他系统核实该人身份。这除了可以迅速核实相关人员的真实身份以外，最大的用处就是追寻人员轨迹，让各类作案分子无处可逃。

有一天，群主翁燕敏发布了一条消息："今年（2019年）公安部正在开展'云剑行动'，主要是抓捕涉枪涉爆命案的逃犯。现在我们手里很多人都有人脸识别的权限，而且很多人的权限很高。我们可以开展自主研判，为群里的兄弟单位开展'云剑行动'服务，为保卫中华人民共和国成立七十周年大庆安全作出我们的贡献。"

对于朱露来说，这个消息简直就是久旱的及时雨。

他看到这条消息后，随即在群里发布了一条消息："我这里有一起1997年涉枪命案的逃犯，距今年代久远，没有任何轨迹信息。能否将该人的照片做个人脸比对，查一下该人是否漂白了身份？"

他还在后面发了刘振海的身份证号码和在逃人员登记表的照片。

群主翁燕敏马上回复："该人是否有逃跑方向？最好确定几个方向，让兄弟们好有针对性地比对。"

看到此信息后，朱露立即联系林襄渝大队长，问："通过前期研判，刘振海有可能逃往哪里了？"

林襄渝的态度很明朗，也很肯定，说："刘振海在新疆长大，他的母亲又是新疆人，并且他的前妻谢小菊也出生在新疆。新疆与他有着千丝万缕的联系。新疆地广人稀，便于躲藏，极有可能去了新疆。"

朱露很赞成林襄渝这种分析，随即又在群里发布了一条消息："刘振海逃往广东和新疆的可能性大，请广东和新疆的兄弟帮忙比对一下，也请全国其他单位的兄弟抽时间帮忙比对一下。不胜感激！"

信息发出去不到一个小时，新疆巴音郭勒盟自治州且末县公安局合成作战室的戴荣华警官就给朱露发来了一条信息："是否有近年来的照片？"

朱露回复："他案发出逃后再也没有轨迹，也就没有更新的照片。"

戴荣华回复："好的，我马上安排人比对。"

第二天下午，新疆巴音郭勒盟自治州且末县公安局合成作战室的王顼警官联系朱露："一个名叫鞠国旗的陕西汉中男子，于 2006 年到过新疆，与刘振海比中，相似度为百分之九十六点八三，该人多次更换户籍地址。"

朱露按捺住兴奋的心情，请王顼警官进一步核查这个鞠国旗到底是哪里人。

王顼警官马上回复："鞠国旗祖籍是湖北襄阳人，现户籍在陕西汉中。"

凭借职业老刑侦的直觉，朱露觉得他们比中的这个鞠国旗应该就是刘振海！

朱露激动得简直想跳起来！

激动之余，他立即拨通了林襄渝大队长的电话："老林！比中了！"

林襄渝顿时丈二和尚，摸不着头脑，反问了一句："什么比中了？"

"刘振海被比中了！新疆比中了！他已经漂白了身份，用的是鞠国旗的名字……"

"真的？你不骗我？"林襄渝大叫了一声。

"军中无戏言！"朱露回敬了一句。

放下林襄渝的电话，朱露又立即向支队长董俊锋报告。

这简直是一条爆炸性消息！

2019 年 4 月 30 日，董俊锋一辈子都不会忘记。

朱露是下午 5 点左右的时候，给他打电话汇报的："在新疆人脸识别库里面，比中了一个叫鞠国旗的男子。这个鞠国旗和刘振海的相似度达到百分之九十六点八三，鞠国旗身份证号码也是襄阳的。"

朱露还给他发了一张截图。

董俊锋激动得好半天没有说话。

接下来，董俊锋立即通知抓捕专班全体侦查员："今天晚上都不回去吃饭了，我们必须加班加点，明天五一节也不准休息，我们就围绕这个鞠国旗，开展深度研判。"

这个鞠国旗，会是刘振海吗？

现在已经是下班时间，董俊锋按捺不住内心的激动，第一时间给樊处长打电话，报告这个喜讯。

隔着电话都能感觉到樊成辉处长很兴奋，他迫不及待地问："你现在在哪儿？"

"我在支队。我已安排追捕组的十名同志全部留下来了，围绕这个鞠国旗展开深度研判。今天晚上无论如何，我们要把这个鞠国旗查个水落石出。"

"好，太好了！我和余处长马上过来支队。"

两位领导一过来，就立即组织大家开会。

董俊锋把新疆那边的比对情况，包括比中的照片截图，分别给樊处长、余胜强副处长看。

大家一起看，一起仔细比较，结果发现鞠国旗和刘振海在眉毛、眼睛、鼻子、嘴巴、颧骨，以及体貌等各个方面都很像。

董俊锋开始对追捕专班的人员进行调整分工：

首先，连夜对鞠国旗做一个深入研判，把鞠国旗所有的轨迹千方百计搞清楚，务必精确、精准、全方位，要把鞠国旗的通信方式、职业、婚姻状况、住房、居住地、微信号、QQ号、车辆，包括他所有的活动轨迹，现实的生活状况全部理清楚，做到滴水不漏，不允许有任何漏项。如果在对鞠国旗的核查中发现了不认真的、马虎的、有遗漏的，坚决清理出刑侦队伍。

樊处长和余副处长也认同董俊锋这个意见。

余副处长说："核查工作一定要细之又细，特别要注意收集鞠国旗与户籍地襄阳存在的千丝万缕的联系，要深度研判他与刘振海亲属之间是否存在信息关联，这些细节也许就是案件成败的关键。"

樊成辉处长最后强调："经历了这么长时间，接近两个月呀！这么艰苦的付出，好不容易熬到柳暗花明，一定要紧盯不放，要做到极致，力争一举突破。同志们辛苦了，拜托大家！"

樊处长又对董俊锋表态："在人员方面，你大胆地提，还需要谁，还需要多少人？我们举全处之力，要坚决把这个鞠国旗查清楚，把刘振海抓获！"

又是一个灯火通明的不眠之夜。东方已经露出了鱼肚白，终于，鞠国旗的信息浮出水面。

鞠国旗，男，小学文化，身高1.63米，身份证号码：42060119×××××0032，户籍地址：陕西省汉中市汉台区老×镇新×村组××号，出生地湖北南漳县，1991 年 12 月 31 日签发身份证，2003 年 7 月 18 日第二次办理身份证。

其妻郭秋菊，陕西省汉中市汉台区人。

其父鞠天海，母亲邹瑜颖，户籍地是湖北省襄阳市襄城区，现住襄城区冯家巷社区绿化家属。

其大哥鞠有名，襄阳市襄城区南街。

其二哥鞠义山，身份证号码 420601×××××××74511，湖北省襄阳市樊城区大庆西路，系刘振海三姐刘逸云丈夫。

2011 年 11 月，鞠国旗把户口迁入陕西汉中，现户籍地陕西省汉中市汉台区老×镇新×村，原户籍地：陕西省汉中市汉台区××街×号××号楼。

鞠国旗的户籍经过几次迁徙，而且迁徙时间很值得研究。

鞠国旗现在是两家公司的法人，长期在陕西汉中和西安活动，名下有两台车，一台奥迪 Q7、一台奥迪 A4，娶有一妻，生有一子。

经查鞠国旗的活动轨迹，发现了一个很奇怪的现象，鞠国旗从来没有到过湖北，更没有回过襄阳。

也就是说，近二十年的时间，鞠国旗从未踏入过家乡的土地。

人都说，故土难离，每个人都少不了思乡情结。况且，现在的鞠国旗，可以说已经是一个成功人士，早就应该很风光地荣归故里。对于一个男人，没有什么比荣归故里更让人有面子，那种风光、那种排场、那种被众多人艳羡的目光包围着的画面和场景，应该是很多男人梦寐以求的。

这个鞠国旗，为什么如此反常？

就算他低调、不虚荣，不追求那些外在的虚名，但最基本的一点，他也是父母所养，最起码应该尽孝道。而他恰恰相反，他从未和自己的父母、兄弟、姐妹有过任何联系。

他们中间到底发生了什么？是什么让他如此反常？如此绝情？让他置不忠、不孝、不仁、不义的名声于不顾？

继续查，又查到他的手机号码，调取他的通话记录，依然没有他和亲朋好友联系的线索。

更不可思议的是，刘振海的姐夫哥鞠义山，就是他的二哥，他们之间竟然也没有任何联系。

查遍了微信、QQ等所有方式，都没有任何联系的痕迹。

当太阳即将从东方升起的那一瞬间，终于发现了一个让人兴奋不已的线索：

2019年2月，鞠国旗去过海南！

这条信息让林襄渝眼前一亮。他马上翻看刘振海的儿子刘龙云的行动轨迹，结果发现：他们的轨迹在这里重叠了。

也就是说，刘振海的儿子刘龙云跟这个鞠国旗，在2019年同一天坐飞机到达了海南，虽然不住在同一个酒店，但两个酒店却非常近，直线距离也就两三百米。

这些情况表明，这个鞠国旗很可能是刘振海。因为这绝对不会是巧合，而是人为的安排。

前边的研判，带出了鞠义山；后边的海南之行，牵扯出了刘振海的儿子刘龙云的同一行程。

这只能说明，这个鞠国旗很可能就是逃跑了十八年之久的刘振海。

接着往下查，鞠国旗的原户籍地在襄阳市古城派出所。

天一亮就是5月1日，是五一节假期。一夜没有睡觉的林襄渝和闫鹏赶到了古城派出所。因为董俊锋事先与派出所所长打过招呼，户籍民警一早就在那里等着他们。

结果查到了鞠国旗的一份二十世纪八十年代的迁徙证明。

户籍显示一家五口人，父母和弟兄三个：鞠有名、鞠义山、鞠国旗。

这再次证明，鞠义山就是鞠国旗的亲哥哥。而鞠义山又是刘振海的姐夫。

那就是说，不管这个鞠国旗是不是刘振海，至少，刘振海和鞠国旗以前肯定认识，说不定他们之间还很熟悉，或许还经常一起玩呢。

这让林襄渝想到，在刘振海上学期间，刘振海和鞠义山就在同一所学校，虽然不同年级，由于两个人都好交朋友，性格上又彼此吸引，很快就成了死党、哥们儿。刘振海甚至还在暗中为鞠义山和自己的三姐刘逸云牵线搭桥，让鞠义山顺利地成为自己的姐夫。

从迁徙的资料里看，刘振海和鞠国旗的家庭几乎在同一年从新疆迁往湖北襄阳。

共同的经历，老乡的情谊，让这些男孩子很容易玩到一起。鞠国旗虽然年龄不大，很有可能就是那个跟在哥哥屁股后边跑的小娃子。

综上所述作出判断，鞠国旗肯定和刘振海认识。

找来找去，只有迁徙证明，却没有找到鞠国旗的档案，也就没有找到照片。

林襄渝再三拜托户籍民警，无论如何也要想办法找到鞠国旗的那份档案。

民警四处打电话，询问老一辈的户籍民警，请他们帮忙分析。最后判断，档案应该在真武山派出所。

果然，在真武山派出所找到了鞠国旗迁移户口的底档，上面有一张一寸的黑白照片，还缺了一个角。

鞠国旗的这张照片有一些模糊，看起来年龄不大，是一个十八九岁的男孩子，一双不大的眼睛，偏厚的嘴唇，眼睛不太有神，给人的感觉有点儿木讷。

反复地看，无论怎么看，这张照片和 2003 年鞠国旗办理身份证的照片都有太大差别。

好像不是同一个人。

不管是否同一个人，有了照片就好做比对。闫鹏掏出手机，将两张照片拍了照，马上用微信发给了董俊锋支队长。

董俊锋马上安排情报部门做人像比对，让技术部门将两张照片重新翻拍，便于入库比对时能够更加清晰、更好识别。

接下来进行走访，寻找鞠国旗。

鞠国旗的父亲退休前在园林绿化所工作，住在襄城。

因为不能单刀直入地找他家人，就先到居委会打听。得知鞠国旗的父亲身体不好，现在的妻子是二婚，有一个儿子陪着他。这个儿子在居委会登记的名字叫鞠国旗。

林襄渝仔细询问鞠国旗的情况，但是居委会的人说，不能肯定这个男子是否叫鞠国旗。因为居委会值班的是个年轻人，对辖区居民不熟悉，问了半天，也打听不出有价值的线索。

林襄渝他们又来到了园林绿化所，也就是鞠国旗父亲的单位。一位五十多岁的大姐热情地接待了他们。

林襄渝和闫鹏出示了证件，说明了来意。

这位大姐叹了一口气说："这个鞠老头很可怜啊！他的儿子'鞠老三'鞠国旗，当年大学毕业后在园林局上班，可是在二十世纪九十年代末就离家出走了。二十多年了！到现在都没有回来，至今下落不明。三个儿子，除去找不到的这个鞠国旗，其他两个儿子也都混得不怎么样。可怜哪！"

鞠老三也就是鞠国旗离家出走了，老二鞠义山在人民广场工作，与他们掌握的情况相符。

那么现在跟鞠老头住在一起的肯定是鞠老大，也就是鞠有名。这也证实了居委会掌握的情况，有一个儿子和老头住在一起。

为了进一步核实鞠国旗的情况，林襄渝和闫鹏又去了建华路园林绿化处档案室，准备查询一下鞠国旗在原单位的档案资料。

档案室的人很热情，询问他们："想查什么？"

林襄渝出示了自己的证件后，说："现在正在建设的汉十高铁在挖地基的时候，发现了一具白骨化无名尸，想了解一下你们单位是否曾经有失踪人员。听说你们绿化处有个叫鞠国旗的，多年前失踪了，想了解一下他的情况。"

没想到，档案室的同志说："真是太巧了，你们算找对人了！正好有几个正在干活儿的职工，当年就是跟这个鞠国旗一起的同事，他们就在这附近干活儿。"

说着，档案室的同志就拿出手机打电话。

很快，四五个老工人便聚拢过来，七嘴八舌地说起当年的往事。

鞠国旗，也就是鞠老三，大学一毕业，就分到园林局上班。他性格比较内向，不喜欢扎堆，喜欢一个人独来独往，总是一副心事重重的样子。刚上班时，大家日常就是植树，都是体力活儿，一身泥一身土，又累又脏。鞠国旗就经常抱怨，说他一个大学生，天天干这种又脏又累的活儿，累死累活读个大学，还不是照样风吹日晒干粗活？读这个大学有啥用？

从那时候开始，他就很少说话，到后来就更加沉默寡言了。

有一天，在长虹路栽完树之后，只见他穿着一件崭新的白衬衣，头发有些湿漉漉的，好像刚洗过一样，骑一辆崭新的自行车离开了。

有人喊他，和他打招呼，他也不理，头也不回地走了。

从此，再也没有见过他了。

正说着，园林管理处一位副主任来了，他和鞠国旗的父亲住楼上楼下，是几十年的老邻居，对他们家的情况很了解。

他说："这么多年，我们楼上楼下住着，出出进进从来没有见鞠老三回来过。开始那几年，见到鞠老头，还会打听一下他家老三的情况。后来，鞠老头身体不好，也不愿意有人再提起他儿子的事，怕他伤心，以后也就没人再问再打听了。这么多年过去，鞠老三杳无音信，怕是……"

主任说到这里，停下来，突然又想起来一个小细节。

"有一次，他们家的老大或是老二到单位来，说是要给他们家老三，也就是鞠国旗办户口。当时我就觉得很奇怪。我说老三失踪这么长时间了，怎么还来办户口？也就是这么好奇地问了一句，不是失踪了吗？怎么还办户口啊？他们没有回答。"

主任就更好奇了，又问了第二遍，结果还是一样，没人吭声。

因为他们楼上楼下非常熟悉，鞠国旗的哥哥要求他们单位出个证明。其余的再问，他就什么都不说了，仿佛没听见一样，好像很避讳这个事情。

主任也就没再多问，开完证明就匆匆走了。

为这事，主任心里一直很纳闷。

鞠国旗在原单位的档案依然没有找到。想找鞠国旗的大哥或者二哥出具的证明底稿，也没有找到。

林襄渝翻出手机里鞠国旗那张缺了角的照片，给主任和鞠国旗的那几个同事看。

他们一眼就认出来了。

"这个就是鞠国旗。"

"一看他那双小眯眯眼，绝对不会错，就是鞠国旗。"

林襄渝又翻出 2003 年和 2011 年鞠国旗办理身份证的照片，再让他们仔细看。

结果几个人都摇头否认：不是鞠国旗，这肯定不是鞠老三！

他们根本不认识这个人。

林襄渝和闫鹏相互欣慰地看了一眼，情况已经明了，完全能够肯定：鞠国旗的身份被人冒用了。

带着几天来调查走访的信息，林襄渝和闫鹏回到了支队，把整个过程详详细细向董俊锋作了汇报。

董俊锋很兴奋，立即向樊成辉处长汇报。

樊处长直接打断他，说："不要在电话里说了，我和余处长过来刑警支队，当面商量。"

董俊锋把林襄渝他们翻拍的照片，在他们自己的人脸识别比对系统里做了一些测试，可能是由于软件不同、算法不同，结果相似度不是很高。

再看鞠国旗那张摄于一九八几年的缺了角的照片，更是差距甚远，而刘振海在逃前的身份照片又没有，现在没办法否定。

鞠国旗以前工作单位的许多人都说鞠国旗失踪了，那现在西安这个鞠国旗是谁呢？

董俊锋没少在人像比对这一块儿下功夫。他想起一大队副大队长弓胜军听过全国人像比对专家的课，为此他俩以前多次谈论过。

弓胜军参加公安部举办的人像识别研修班时，听过全国刑事技术特长专家、公安部图像对比专家、江苏省盐城市公安局高级工程师韩朝阳老师的课。韩老师主要讲的是尸体人像的比对技术，重点是对无名尸体，包括面部残缺、尸源不好找的不完整的尸体的比对鉴定。

弓胜军想，既然韩老师在尸体人像比对方面有很高的成就，那么对于刘振海这个活人，而且还有照片，请韩老师做一下人像比对，岂不是很有意义？因为韩老师很厉害，他现在正在制定国家关于图像比对的技术标准。

董俊锋马上让弓胜军将刘振海的照片通过微信传给江苏的韩朝阳老师看。

韩朝阳看过照片后，要求把这个照片进行修复，或者提取更加清晰的刘振海的半身照片。

只可惜，抓捕专班的同志们穷尽了所有办法，也没能找到刘振海另外的照片。仅有的那张照片，已经请专业人员多次修复翻拍，由于年代久远，依然达不到人像比对的最佳效果。

董俊锋嘱咐弓胜军，一定要和韩朝阳老师保持联系，看看他有没有什么办法。

韩朝阳老师很热情，说："没问题，我看看有没有什么其他办法。"

韩老师虽然是全国知名的人像专家，却一点儿架子都没有，话也不多，戴一副无框眼镜，很儒雅，一副学者的气质。

韩朝阳老师把三张照片放在一起比对查看：

一张是刘振海的照片，还是那张仅有的十八年前的照片；

一张是鞠国旗的照片，就是以前鞠国旗身份证上的照片；

一张是现在鞠国旗的照片，在户籍系统里查到的照片。

韩朝阳老师回复说，给我三天时间。

三天很短，眨眼就过去，可对于董俊锋来说，这种等待简直度日如年，因为他实在是太期盼这个结果了。

越接近真相，越让他忐忑。这份结果，实在是太重要了。

第三天，韩朝阳老师准时来信息了。一个令人振奋的消息：

现在户籍系统上查到的鞠国旗身份证的照片，与刘振海是同一个人。

　　也就是说，现在陕西西安的这个鞠国旗，就是逃跑了十八年的刘振海。

　　这是真的吗?!

　　董俊锋竟有些不敢相信了。他一遍又一遍催着弓胜军给韩老师打电话，反复确认。他很害怕出现差错。

　　韩老师非常坚定地说，准确率百分之百，六个点位都进行了重叠，脸部重要的六个点位都显示是同一个人。

　　董俊锋又问："这种点位认定可靠吗? 科学吗?"

　　韩朝阳回答："人脸识别技术就像指纹一样可靠，是唯一的。"

　　韩朝阳老师不愧是国家级专家，非常认真，充满自信。

　　他说："我给你们出具有法律效力的鉴定书。"

第 26 章　南方大酒店

人像比对专家韩朝阳比对的结果，让抓捕刘振海的工作取得了根本性的进展。

刘振海漂白后的身份，现在已经确定。

接下来，就是怎么尽快查清行踪并抓捕的问题。

"越是这个时候，越要保持清醒的头脑。仗要一步一步地打，措施要一环扣着一环地落实，绝不能出现任何疏漏，否则将前功尽弃。"樊成辉处长对情绪高涨、异常兴奋的全体侦查人员叮嘱道。

针对下一步工作，樊处长决定由董俊锋带队，立即赶赴陕西汉中，查找"鞠国旗"。

为了确保万无一失，董俊锋他们已经在出发前围绕鞠国旗做了大量的工作，把鞠国旗所有的实名制数据、家庭状况、车辆信息、公司信息，还有车辆运行的卡口信息、人脸识别信息、话单信息等，凡是能想到的一些基础信息，通过运用大数据、刑专系统、警综大情报系统全部调出来进行碰撞。

同时，查到了鞠国旗近期的活动轨迹，家在哪儿，公司在哪儿，他平时活动的轨迹情况。

又用了一天多时间，基本锁定鞠国旗的家在陕西汉中某小区，他的车辆运行轨迹，包括他平时乘车的轨迹，主要是经常在陕西汉中到西安之间往返，既有高铁的往返记录，也有车辆的往返记录。

通过车辆卡口抓拍到的照片，进一步确认鞠国旗就是要抓的刘振海无误。

确定了刘振海的踪迹，怎么抓呢？怎么才能确保抓捕成功呢？

董俊锋生怕有什么闪失造成工作失误。从 4 月 30 日得到线索，到今天已经过去了半个月的时间，谁也不敢保证没有走漏风声，刘振海会不会闻到什么风声潜逃呢？

所以，宜早不宜迟。

5 月 13 日，董俊锋带领一大队大队长林襄渝、侦查员闫鹏、情报员胡宇轩、技侦组魏志辉和王江六人组成的追捕组，坐最快一班列车赶往汉中。

到达汉中已经是傍晚时分。

他们预定的酒店，位置就在鞠国旗户籍登记所在地附近。

为了节省时间，董俊锋安排在火车上买了盒饭，下车前都已经吃过了。

董俊锋将六个人分成两个小组：

第一组，由他带队到户籍所在地，就是鞠国旗登记的住址所在地进行初步走访，并熟悉周围的环境。

第二组，由闫鹏带人去鞠国旗名下登记的两个公司的注册地址进行走访，摸清楚他公司的详细位置，同时熟悉周边环境，为下一步抓捕做好准备。

两班人马把鞠国旗的住处及公司所在地进行了仔细摸排，熟悉了方圆两千米内的环境，确定鞠国旗的妻子郭秋菊驾驶的奥迪车就停在其居住的小区里。但却没有发现另一辆车在什么地方。

为了摸清另一辆车的去向，他们在鞠国旗居住的地方蹲守，看看他到底在家没有。

但是守了大半个晚上，也没有发现鞠国旗的丝毫动静。

董俊锋马上联系情报部门，调查了鞠国旗最近一周的活动轨迹，结果发现鞠国旗在他们到达的前一天，坐另一辆车已经到了西安。

董俊锋马上联系西安铁路公安局，请他们协查奥迪 Q7 的轨迹。很快西安铁路公安局反馈回来信息：这辆车目前确实在西安。

进一步调取交通道路卡口视频，判断坐在汽车副驾驶座位上的男子就是鞠国旗，就是使用鞠国旗身份证的人。

再进一步查看他在西安的活动轨迹，发现鞠国旗一直往返于一个酒店和工地之间。

这个工地是西安地铁七号线的施工工地。

董俊锋断定，鞠国旗很可能在那边有个工程，他应该每天在工地现场。

目标准确锁定在西安，董俊锋马上向樊处长汇报。

鉴于案情重大，樊处长亲自与西安铁路公安处处长于广燕联系，请求他们给予支援配合。

于广燕处长立即安排刑警支队支队长雷伟、副支队长陈荣刚带两名侦查员全力配合，并且特意嘱咐每个人一定要带上手枪。

加上董俊锋他们六个人，共十个人组成了抓捕小组。

15 日一大早，他们奔赴西安。

西安那么大，刘振海（鞠国旗）又是个大活人，想找到他，很不容易，必须发挥襄阳公安处和西安铁路公安处的大情报系统优势来查找。

查来查去，只查到鞠国旗4月的一个住宿轨迹，还有4月之前的几次住宿记录，都住在南方大酒店。

奇怪的是，近一段时间，尤其是近几天的住宿记录没有查到。

他会不会住在工地呢？会不会租房子住呢？

但是，从车辆卡口的录像看，他每次晚上回来都是在西安一个闹市区停留，第二天早上又开车走。

围绕着他每天晚上回来最后一个卡口的位置，反复对他的车辆进行搜索，依然没有发现他住宿的痕迹。

难道他听到了什么风声，嗅到了什么风险，已经逃跑？

不然怎么那么巧，董俊锋他们前脚到汉中，他头天晚上就已经离开。他们紧跟着赶到西安，现在却又找不到他的落脚点。

奇怪！

大家的心又悬了起来。

如果这个鞠国旗就是刘振海确认无疑的话，他的确很狡猾，反侦查能力达到了很高的水平。不然，怎么会一躲就是十八年？

刘振海就如同黑暗中的幽灵，像一股黑风，来无影，去无踪。董俊锋一想到这儿就窝火。

董俊锋简直气得咬牙切齿。他想，一旦把这小子抓住了，一定要把他打个半死！

苦思冥想，董俊锋与追捕组几个同志商量：是否应该换一个思路，跳开车辆这条线索，直接到南方大酒店寻找？

既然这个鞠国旗每次都会住在南方大酒店，这次会不会也住这里？人都喜欢住在熟悉的地方。他既然是这里的老客户，会不会和前台登记的人熟悉了，不用身份证就可以住宿？或者他用工地上其他人的身份证登记呢？

两种可能都存在。大家一致同意董俊锋支队长的这个分析。

于是，他们抱着试一试的心态直接来到了南方大酒店。

九个人分乘两部车。当然都是民用牌照的车，分别停在不同的位置。

没想到，董俊锋刚下车，第一眼就看到了鞠国旗老婆名下的那辆奥迪 Q7 停在南方大酒店门口。

这真是踏破铁鞋无觅处，得来全不费功夫。董俊锋马上意识到，这里附近一排全是酒店，鞠国旗的车虽然停在南方大酒店门口，但他是否就住在这里还不好说。虽然他有住南方大酒店的习惯，可目前并未发现他有住宿登记。

既然他的车停在这里，就说明他早晚都会来开车。我们何不来个守株待兔？

董俊锋紧急应对，重新对十个人进行了分工：

第一组四个人一台车，停在奥迪车附近蹲守。

第二组四个人，以南方大酒店为中心，把控周边的几个路口，每个路口安排一个人进行瞭望。

第三组，考虑到鞠国旗每次都住在南方大酒店，这里是重中之重，由董俊锋和林襄渝亲自蹲守在南方大酒店的大厅内外。

董俊锋他们是 5 月 16 日中午 10 点到达的南方大酒店，一直等到中午 12 点，都没有任何情况。大家不免有些着急。

但是不能贸然行动，必须继续等待。

这个时候，绝不能贸然去前台查住宿登记。

董俊锋两眼紧盯着酒店大堂的进出口，直到两眼发酸，很想流泪。

他能感受到自己的心跳。他期待奇迹能够出现，就是那个潜逃了十八个年头的刘振海，突然出现在自己的视野里。

将近两个月的时间，五六十个日日夜夜，漫长而煎熬，董俊锋很多次做梦都在抓刘振海。

突然，董俊锋的手机振动了一下。他急忙从口袋里掏出手机查看，情报组给他发来信息："目标已经离开酒店！"

嗯？怎么可能？

董俊锋自始至终没有离开大堂半步，眼睛搜寻着大堂里来来往往的每个人，包括老人、女人、孩子，总之，只要有人从大堂经过，董俊锋都会认真仔细地打量一番，不敢说连只蚊子都没放过，至少他没发现有任何可疑的外部特征像鞠国旗的人从他眼前经过。

再说，不是还有林襄渝吗？他在大堂内的另一边沙发上坐着，也是和自己一样正对着大门门口。

如果说自己有疏漏，那林襄渝为何也没看见？到底是哪里出了问题？

董俊锋在大脑里迅速地过电影，却怎么也想不出哪个环节出了问题。

再看林襄渝，他手里正拿着手机，好像也在努力地想着事情。不用问，他肯定也收到了信息，正在纳闷。

难道这个酒店还有后门或者侧门？从后门溜了？车呢？

我们的人就在车边守着，只要有人动车，他肯定会第一时间收到信息，没有人动车。

就这样想着，董俊锋赶紧给闫鹏发信息："有动静吗？"

"没有。"闫鹏几乎是秒回。

既然鞠国旗没有开车，就说明他没有走远。

转念一想，现在是中午吃饭时间，他会不会出去吃饭呢？不管他是不是去吃饭，总之，他没开车，肯定走不远。还是在这里老老实实坐着，守株待兔吧。

时间仿佛静止了。

董俊锋不停地看表，他听见自己的心脏铿锵有力地跳动着，一下一下地……

时间一分一秒地过去，一点一点地逼近董俊锋的极限。

现在是下午三点。已经五个小时过去了，还是没有任何动静。

莫非鞠国旗不在这里？门口的那辆奥迪 Q7 也不是他开的？或者是鞠国旗已经嗅到了气息，弃车逃跑了？抑或故意让人开着这辆车，将我们引开，声东击西，自己寻机逃跑？

董俊锋就这样胡思乱想着……

想着想着，董俊锋不由得笑了。

刘振海不过是一个杀人犯，为了活命，为了逃避法律的制裁，要些阴谋诡计也算是本能吧！没必要把他想象得那么神，他又不是福尔摩斯，又不是间谍。

董俊锋相信法网恢恢，疏而不漏。

不是不报，时辰未到。

第 27 章　我叫刘振海

　　董俊锋正在胡思乱想，突然，手机"嘀"地响了一声。

　　他打了个激灵。这是行动暗号。

　　闫鹏发过来四个字："有人动车。"

　　董俊锋迅速从沙发上弹起，并下意识地长长舒了一口气。

　　目标终于出现了！

　　与此同时，不远处的林襄渝也已经站起来，两个人默契地交换了一下眼神，快步向门口走去。

　　外边不知什么时候下起了小雨。雨点不大，雨丝细密，急急地下着，给人一种匆忙急促之感。不远处的地面停车场，雨水荡着一层薄薄的轻雾，如梦如烟，似有似无。

　　一个穿着白色 T 恤、深色短裤的中年男人，正打开那辆奥迪 Q7 的后备厢，探身在里边翻找东西。

　　他丝毫没有意识到，在他隔壁的另一辆汽车里，几双眼睛正虎视眈眈地盯着他。

　　此刻，闫鹏坐在车里没动。因为他没有接到行动的命令。他离这名男子最近，直线距离不超过两米，甚至，探下身子就能抓到那人的衣领。

闫鹏仔细辨认着，这个人和掌握的 2011 年那张户籍照片相差特别大，简直可以说不敢认。

2011 年照片上的那个人，很帅气，戴副眼镜，看上去文质彬彬，有一股淡淡的书卷气。

可眼前看到的这名男子，完全是另外一种游走江湖的商人气质。

他个子不高，连一米七都不到，矮胖，穿着一条深色短裤，浅色上衣，挺着个大肚子，脸上油光锃亮，满脸的络腮胡子，典型的中年油腻大叔形象，与 2011 年那张照片判若两人。

从 2001 年到现在的 2019 年，十八年光景，也许是岁月这把杀猪刀，刀刀刻下了生活的艰辛和不易。

这个持有鞠国旗身份，秃顶，挺着个大肚子的中年大叔，无论和文质彬彬的鞠国旗，还是和一介莽夫刘振海相比，都可以说完全对不上号，完全颠覆了闫鹏的认知。

眼前这一幕，谁都不会料到。

董俊锋没有打伞，冲着这名男子走来，装作一副若无其事的样子，走到奥迪 Q7 车跟前，与从后备厢里抬头的男子正好打了个照面。

董俊锋也吃了一惊。这个人完全不是他想象中的样子，既不像鞠国旗该有的儒雅，也不像刘振海该有的凶悍。

他在微信上看过他的照片，是一个中年男子牵着一个小孩儿。当时他认为这个中年男子应该就是要抓的刘振海现在的模样，看着比较有老板的气质，也戴了一副墨镜，很阳光、很健壮。

再看照片中的小孩儿，看长相与调取的他儿子的照片也比较像。所以在董俊锋脑海里，感觉刘振海应该是一米七多，看着比较健壮的中年人形象。

但是眼前这名男子，身高最多一米六八，穿着很简单的 T 恤衫，满脸大胡子，看着很邋遢，挺着个大肚子。

太不像了！

眼前的这个小个子男人，看起来极其普通，属于混在人群中你不会多看他一眼的那种。

这家伙到底是谁？难道搞错了吗？

怎么办？抓还是不抓？

董俊锋一时不知道怎么办才好。

为了不让眼前这个人起疑，他假装走到另一辆车跟前，趁机给车上的闫鹏比了一个暂停的手势。

因为他看见那个人已经关好了后备厢，锁好车门。

如果他此刻开车走，董俊锋马上就会下令把他抓了。

但是，只见他手里提了一个塑料袋，悠闲地朝酒店大堂走去。

董俊锋看着前面走着的男子，从他悠闲的步态，还有手中轻松转动着的塑料袋判断，此人毫无知觉。

董俊锋来不及多想，既然人像比对已经超过百分之九十六，应该无须怀疑。

再说，宁可错抓，也不能错过。

董俊锋紧跟几步，也朝宾馆大堂走去。

此刻，林襄渝就站在大堂内的玻璃门边上，看起来也很悠闲，似乎在欣赏雨景。其实，他早就接到了闫鹏的信息，正仔细端详着迎面走来的这个男子。

说实话，第一眼，林襄渝也感觉很不像。

此刻，鞠国旗已经进了大堂。

董俊锋紧跟其后，靠近林襄渝，小声问："像不像？"

林襄渝摇摇头："不太像。但是，面部神态有点儿像。"

"跟上他！看他到几楼，住哪个房间。"来不及多说，董俊锋和林襄渝一前一后进了大堂。

林襄渝快步向电梯口走去。

距离电梯口不足两米的时候，小个子男人回了一下头，正好和林襄渝打了个对脸。

两个人似乎都愣了一下。

像？不像？

林襄渝的大脑急速地旋转着、判断着。

小个子的眼神四处搜寻，好像很警惕的样子。

就在这一瞬间，从他紧张的神态里，林襄渝感觉这就是刘振海。

电梯来到了一楼，小个子快步进了电梯，快速按下按钮，两只眼睛一直看着电梯外站着的林襄渝。

林襄渝冲他摆摆手，示意他先走。

这时，追捕组的同志们都跟了过来。

"他上了几楼？确定是一个人吗？"董俊锋问。

"十七楼，肯定是他！"林襄渝很肯定地说。

怎么办？抓还是不抓？

董俊锋脑子还在纠结。

"怎么搞？怎么搞？"林襄渝连问了两句。

大家都看着董俊锋，等待着他的决断。

西安公安处的同志是配合的，肯定以董俊锋的意见为主。

董俊锋飞步来到前台，立即把前台的监控调出来查看，看十七楼，看这个人进了哪个房间？

从监控里看到小个子进的是 1718 房间。

董俊锋马上安排了四个人上楼，把十七层左右两边的进出口先封着，并埋伏好，防止他逃跑。

然后，董俊锋查 1718 房间是谁登记的。

一查才明白，鞠国旗办了一张会员卡。会员入住不用登记，所以在后台一直查不到他的住宿登记。他每次拿着会员卡就入住了。

服务员说，1718 号房间里住了两个人。

两个人？

那么，刚才进去的这个小个子究竟是鞠国旗，还是他的司机或者马仔？

如果是马仔的话，那房间里就有可能是两个人，但也可能就这一个人。如果就这一个马仔，那我们先把他控制住，鞠国旗肯定还会回来。如果是鞠国旗的话，我们就抓对了。

董俊锋找到大厅的领班。领班是个中年男子，很热情。

西安公安处的同志把警官证掏出来："我是西安铁路公安处的，要进 1718 房间，请你们配合一下，安排一个人把门给我们敲开。"

领班说，这要向经理汇报。经理在二十楼。

董俊锋让林襄渝跟着领班到了二十楼，找到经理，说明了情况。

经理很支持，安排领班去选一名合适的服务员配合。

领班到前台指着几个女服务员说："你们看哪一个合适？"

董俊锋一看，全是年轻的小姑娘。他担心她们年轻，胆子小，没有经验，最后选定了正在打扫卫生的那位四五十岁的保洁阿姨。

安排好这一切，也就几分钟的时间，董俊锋迅速做出以下安排：

第一，由保洁阿姨配合把门敲开。服务员敲门很正常，应该不会引起他的怀疑。分析对方没有察觉，因此警惕性应该没有这么高。

第二，由西安铁路公安处的陈荣刚支队长带枪跟在董俊锋和林襄渝身后，董俊锋和林襄渝跟在服务员两旁，敲开门后，由他俩第一时间冲进房间，一人拧住一只手，一左一右先把手控制住。如果房间里面是两个人的话，董俊锋和林襄渝先控制开门的这个人，陈支队和西安处的民警控制另外那个人。

一切安排好，董俊锋嘱咐保洁阿姨："没关系，你一定要冷静，别慌，不要让他看出什么破绽。你把门喊开以后，马上往旁边站，其他的你就不用管了。"

考虑到抓捕过程中存在很多可能性，董俊锋还是不放心。他让陈支队和西安市公安局指挥中心进行了先期通报："我们要抓捕一个持枪杀人逃犯，我们持有枪支，我们现在在南方大酒店，请求他们增援。"

安排好这一切，董俊锋下达了行动命令。

一干人迅速向 1718 房间靠近。

保洁阿姨很紧张，她看向一旁的董俊锋。

董俊锋目光坚定地向她点了一下头。

她攥紧拳头向门口靠近，大气都不敢出一口，不停地看向身边，所有人都用眼神鼓励着她。

保洁阿姨终于鼓足勇气，将右手抬了起来。

"咚咚咚"敲了三下，声音不大，仔细听有点儿怯怯的。

过了几秒钟，听见里面有响动，一个男人的声音："谁呀？"

"是我，服务员，我来……来给你送水。"保洁阿姨说完，使劲按着自己的胸口。

"哦，来了。"随着声音，门打开了。

董俊锋一伸手，快速把保洁阿姨推开，一个箭步冲进房间。林襄渝也同时冲进房间。

出现在眼前的，就是刚才在楼下奥迪 Q7 车开后备厢的那个中年男子。

他还没有反应过来是怎么回事，董俊锋和林襄渝两个人一左一右已经把他的手拧住了。

与此同时，陈支队长等端着枪冲进门。但是没有发现房间还有其他人，卫生间也没人，阳台也没人，最后把窗帘掀开找了一遍，确定没有其他人。

董俊锋见房间里只有他一人，心里放松了很多。他架着男子的右臂，林襄渝架着他的左臂，两个人将鞠国旗夹在中间，夹得死死的，让他根本没有办法反抗。

"叫什么名字？"董俊锋问。

"我……我叫，鞠……国旗……"他回答的声音都是颤抖的。

董俊锋一听他说鞠国旗的名字，心里一块石头落了地。他知道，这个案子破了，他就是刘振海。

"我们是襄阳公安处刑警支队的，知道找你干啥吧？"林襄渝接着说。

他像是突然清醒过来，身体开始微微地抖动。

"我们找你这么多年，十八年了，你知道是啥事吧？"董俊锋看着他的脸，豆大的汗珠儿正从他微秃的头顶冒出。

"知道。"他回答的声音几乎让人听不到。人开始往下坠，若不是他俩架得紧，他肯定已经滑到地上了。

董俊锋和林襄渝把他拖到旁边的沙发上。这家伙整个人已像一摊烂泥一样，瘫软在沙发上。

一股白烟从他的头上冒了起来，也就是这一瞬间，他全身的衣服以肉眼可见的速度全部湿透，整个人就像刚从水里打捞上来一样。

"你到底叫什么名字？"董俊锋问。

过了好长时间，大概有十几秒钟，他才有气无力地说："你突然这样问我……我都一下想不起来……想不起来叫啥名字了。"

"你再好好想想，你到底叫啥名字？"董俊锋声音很平和。他知道眼前这个人正处在极度的惊恐之中。

被汗水完全打湿的他，几乎是虚脱的状态。

"我叫……刘……刘振海。"他几乎用尽了全身的力气说完了这句话。

听到"刘振海"三个字，所有人都如释重负。

这一刻的兴奋，是前所未有的、刻骨铭心的、终生难忘的。所有人都紧握双拳。接着大家互相击掌，欢呼雀跃。

董俊锋下令把刘振海铐了起来。

第 28 章　十八年的噩梦

刘振海完全瘫倒在沙发上，汗如泉涌，把身下的沙发濡湿了一片。

林襄渝从卫生间里找来一条大浴巾帮他擦拭，汗水依旧不停地往外冒。最后，那条厚厚的浴巾都擦湿了，也没能把他的汗擦干。

董俊锋拿起电话打给樊处长。电话刚响了一下，便被迅速接起。

"怎么样？抓到了吗？"樊处长迫不及待地问。

"抓到了！他说他就是刘振海。"董俊锋声音轻快，难掩兴奋。

"太好了！祝贺祝贺！一定要注意安全，千万不能让他逃跑、自杀或者自残！"樊处长在祝贺的同时特别强调了安全问题。

走出酒店电梯时，董俊锋把一件衣服随意搭在刘振海被反铐的手腕上。几个人前后左右地一拥而出，不知情的还以为刘振海是个什么大人物，被人簇拥着。

再看刘振海，脸色苍白，整个人就像被抽去了魂一样，走路略微踉跄，眼神空洞，瞳孔松散。

为了不引人注意，董俊锋指挥着走酒店后门。

刚拐进走廊，就听到"噼噼啪啪"的雨声打在屋顶上。

雨下得实在太大了，完全就像瓢泼一样，若站在雨里，只需几秒钟，人就会变成落汤鸡。雨点迎面打来，让人猝不及防。

他们只好站在廊檐下。

董俊锋看着头顶上一团很厚的乌云，越积越厚。乌云压顶让人感觉到压抑和窒息。看来雨一时半会儿停不下来了。

而他们不能等，多等一分钟，就多一分危险。

刘振海是这个酒店的老顾客，很多服务员都认识他，一旦走漏风声，会是什么后果呢？或者，万一这个时候，刘振海的马仔们回来，或者他本来就有什么防范措施，说不定会发生什么意外。所以，此地不宜久留。

董俊锋让闫鹏去酒店借来伞，弯腰挽起裤腿。刘振海本来就穿着短裤，闫鹏给他打着伞，一行人走进雨里。

董俊锋直接要过刘振海的车钥匙，准备开刘振海的奥迪车，连夜赶回襄阳，免得夜长梦多。

有了这个想法后，他赶紧给余胜强副处长打电话请示："现在刘振海的车在我们手上，我们想开他的车把人押回去。"

余副处长询问："西安的天气怎么样？"

董俊锋看着自己湿了半截的裤腿和皮鞋，说："这边的雨很大。"

"这样吧，先不慌。你们这些天搞得很紧张、很辛苦、很疲劳。再说，连夜开车不安全。先把刘振海带到西安铁路公安处看守所，简单讯问一下案情，制作一份简单的笔录，晚上就羁押在西安处的看守所。明天再往回带，坐我们自己的火车带回来，这样安全些。"

不愧是老警察，考虑得这么周到。

董俊锋赶紧跟现场的西安处雷支队长说："晚上这个人可能要在你们这里羁押。我们先把人带到你们看守所，先做份笔录，固定一下案情，然后再把人关进去。"

雷支队长说："没问题，我们现在就直接去看守所吧！"

雨依然在下，下得很大。乌云很厚，天很黑，没有要停的意思，去西安铁路看守所的路出奇的堵，比乌龟爬还慢。

这时，董俊锋的手机响了。

他拿起电话，一看是李冬生局长打来的。

"你们干得好啊！圆满完成了公安部部署的缉逃会战任务！为你们感到骄傲和自豪！我代表公安局和公安局党委，对参战的民警表示慰问！"李局长热情洋溢地祝贺道。

听到李局长这么说，董俊锋内心竟涌出一股从未有过的激动。

刚放下李局长的电话，郝阳政委的电话又打来了，首先是表示祝贺，同时要求一定要深挖细查，扩大战果。

进了西安铁路看守所，董俊锋立即开始讯问。先给刘振海做讯问笔录，让他把当时开枪杀人的过程简单描述一下。

刘振海似乎已经缓过神来了，只是脸色苍白，有些气力不足，像大病初愈一样。

他对十八年前开枪打人的犯罪事实供认不讳，态度也很好，很配合。

他对前期案件交代得很清楚，跟警方已经掌握的情况大概一致，但对开枪杀人这一关键点不认同。他认为自己不是故意杀人，是不知道咋回事枪就响了，属于枪走火，是过失杀人。

看来这个刘振海没少研究法律，为的就是今天被抓时为自己开脱。

"你要放下包袱，不要有抵触情绪，不要有侥幸心理。好汉做事好汉当。"董俊锋告诫道。

"我知道这一天早晚都要来。只是我希望等到儿子大一点儿，

266

长到十八岁以后，我会去找你们投案自首的。"刘振海说。

"你儿子早过了十八岁了，早就上大学了。你要是想投案自首，早就投案自首了。"董俊锋对他的话嗤之以鼻。

刘振海不说话了。

现在自己公司做这么大了，自己又是几家公司的法人，又重新娶了老婆，生了儿子，怎么舍得去投案自首呢？

把口供拿下来，基本的犯罪事实固定下来，董俊锋长长地舒了一口气。

"你放心，我一定配合你们。"刘振海说。

但他提了一个要求：他想和他现在的老婆见个面。

他说："我老婆不知道我杀过人，更不知道我以前结过婚，还有小孩儿。我这一进去，有可能就出不来了，所以我还是要跟她把一些事、个人的情况说清楚。

"还有，我长期在外面做生意，我要告诉她合同在哪儿，我还欠别人多少钱，别人欠我多少钱，我要跟她交代清楚。该还人家的钱要还，该收回来的账要收。他们娘儿俩以后还要生活。

"另外，我想把我的手机留给她，有些领导、朋友的电话在我手机上，以后家里有什么困难，小孩上学、老人就医的问题，我都要跟她讲一讲，告诉她可以找谁帮忙。"

说实在话，在抓到刘振海之前，董俊锋对他已是深恶痛绝。他端起枪把一个与他没有任何恩怨的人杀了，简直是罪该万死。

但是，经过短暂的接触和谈话，刘振海提了这么一个要求，董俊锋突然感觉到，这个刘振海是一个很有担当的人。

所以，董俊锋很爽快地答应了。

进了监号，让刘振海感到还有一丝生机的，是那扇小天窗。

天窗开在接近屋顶的斜上方，正好可以看见那轮圆月，清澈、透亮，没有一丝杂质。也许是白天的那场暴雨，将一切污浊的东西都洗刷干净了。

夜，是宁静的。偶尔有一两声蛐蛐的叫声，让这个夜晚有了生气。

看守所的房间很狭小，唯独斜上方墙上的那一扇小窗，可以连接高墙电网外的世界。以后自己人生的大半时光，大概就是要在这样的环境中度过了。

尽管那一方小窗很窄小，射进来的无论是日光还是月光，都只有那么一缕儿，但对于失去自由的人来说，那就是希望。

刘振海喜欢晚上的月光。

十八年的逃亡生涯，每一个失眠的夜晚，他最多的时间就是望着月亮发呆，默默在心里诉说着自己无法告人的心事。偶尔他也会不由自主地哼唱那首《月亮，我的月亮》，这是他年轻时最喜欢的一首歌，也是他思念母亲时，最愿意哼唱的一首歌：

"当我躺在妈妈怀里的时候，常对着月亮甜甜地笑，它是我的好朋友，不管心里有多烦恼，只要月亮照在我身上，心儿像白云飘啊飘……飘到自己的家乡，飘到母亲、妻子、儿子的身旁……"

此刻，刘振海斜靠着墙面，半躺着。

这个角度，刚好可以看见那束月光。因为窗子狭小，月亮看起来距离很遥远，挂在天边，冷冷淡淡的。

他呆呆地望着那轮明月，一点点整理纷乱的思绪，眼前不断回放着白天的画面。

他显然还有些惊魂未定。警察的突然出现，让毫无准备的他确实受到了惊吓。

尽管他曾无数次想象过、梦见过自己被抓的那个场景、那个画面，但当一群警察荷枪实弹蜂拥而至，如同神兵天降般出现在他的面前时，他还是被吓到了。

瞬间，他仿佛灵魂出窍，汗如雨下。他已经无法分清究竟是现实还是梦境。

那副冷冰冰的手铐，在他的手腕上越扣越紧。该来的，终究还是来了。

对于这一天的到来，他其实做足了思想准备。十八年前那一声摄人魂魄的枪响，还有躺在血泊里的那个人，几乎夜夜造访他的梦，就连他的新婚之夜也不放过。他逃亡的日子里，想得最多的就是被抓的情景。

此时的妻子郭秋菊在干什么？在等他的电话吗？按照以往的习惯，只要他出差，他们每晚都要通个电话，聊几句。他经常在视频里看看儿子，他才两岁，刚刚会叫爸爸。那一声奶声奶气的"爸爸"，叫得他内心五味杂陈，偶尔竟会精神恍惚。

这个儿子和那个儿子，这个菊和那个菊，让他一时分不清到底是哪个菊。难道是天意？她们的名字最后一个字都是菊。

那一声稚嫩的"爸爸"，总让他想起那个千里之外的儿子。逃跑时，他刚呱呱坠地，如今早已长成青年。他的整个成长过程，他都是缺席的，甚至连一个电话都不敢打给他。他不认他这个父亲，对他极度冷漠，他完全能理解。

想到这里，他的内心一阵愧疚，为父不教、为子不养，不仁不义、不忠不孝啊。

十八年来，他一直背负着这个骂名。而更要命的是那个鲜血淋漓的命案，一直折磨着他，使他夜夜做噩梦。

如今，梦终于醒了。他怕这一天，也有点盼着这一天。这种心情是非常矛盾的，是十分煎熬的。

他曾经多次想过，干脆投案自首，也解脱了。可转念一想，又不甘心，当初拼了命逃亡，就是不想吃枪子、坐牢房。

作为儿子，他不能尽孝，连自己母亲去世都不能见上最后一面，这是他今生最大的憾事。

当初，他为了逃命，狠心抛下了第一任妻子谢小菊和儿子。而现在，他又要抛弃第二任妻子郭秋菊和年幼的儿子。

唉！他这一生，怎么就和叫菊的女人那么有缘？

他的第一个老婆叫谢小菊。二十年前，他们都在公交公司上班，因为祖籍都在新疆，两个人刚一认识，就分外有好感。两个人会不由自主地聊到故乡、草原、羊肉串，骑着马儿自由驰骋的童年生活片段，让他们两个的心越走越近。

谢小菊虽然比较内向，身材娇小，人却长得很耐看。当聊到故乡、童年……她眼眸里是闪着光的，浑身上下充满着青春的活力。她的一颦一笑、一举一动，都深深地吸引着刘振海。

这是一种很奇妙的感觉。他对她产生了很强的保护欲，认为自己有能力给这个女孩儿幸福。

只是，他们结婚才一年多的时间，儿子才刚降生几个月，一夜之间他竟成了杀人犯。

谢小菊平时虽然很胆小，但刘振海带她逃到北京的时候，她不仅没有犹豫，自始至终也没有埋怨过刘振海一句。她只是默默地流泪，跟着他，嘴里不停地祷念。

无论到哪里，只要一家三口在一起，她就心满意足，这是她的幸福追求。她爱刘振海。他是她的天，是她的一切。

刘振海思来想去，怎么也不忍心让他们母子俩跟着他四处逃亡，过那种食不饱腹、居无定所的生活。

于是，在北京的那个夜晚，他咬咬牙，一狠心，借口下楼打电话，便不辞而别了。一别就是十八年。

不知道谢小菊现在可好？

今天，又是不辞而别。警察突然从天而降，他瞬间束手被擒。

现在，电话在警察手上。每一个给他打电话的人，都联系不上他。人家会怎样猜想？无论如何，谁也猜不到，他刘振海是一个隐藏了十八年的杀人逃犯。

被抓前，他是两个企业的法人，虽算不上太大的老板，但也家财万贯，手下有一帮弟兄围着，天天被人喊着"鞠总"。虽然做不到一呼百应、众星捧月，但他被很多人尊重着，挣的钱已够他们一家三口花的了。

都说他刘振海有爱心、有情怀，最体恤那些卖苦力的工人。谁家有困难，他都会主动帮忙接济、解决。

都说他没有老板的架子，只要他在工地，什么活儿都跟着干，和工人们同吃一锅饭。他还资助了很多贫困儿童、山区的贫困家庭。

就是这样一个很有善心的成功人士，转眼间已成了阶下囚，被关在公安局看守所的监房里。

望着天窗外的一缕月光，他已无能为力，连想给妻子打个电话、报个平安，都成了奢望。

他知道，等不到他的电话，郭秋菊是不会睡觉的，她会一直等，傻等。

记得有一次，刘振海出差在外，和朋友喝了不少酒，迷迷糊糊地忘记给她打电话了。等他一觉醒来，已经是后半夜了。他怕吵醒他们母子，干脆就没有打电话。

结果，郭秋菊等了一夜，也哭了一夜。她想了很多的可能，什么他和别人打架受伤了，什么他被别人绑架了，什么他不要他们母子了，回老家了……

郭秋菊曾经不止一次地探问过他的身世。每次他都骗她，说自己母亲死得早，父亲很快娶了继母，并且生了两个妹妹，侵占了他的房间，在那个家他成了多余。于是，他和父亲赌气，离家出走，自己打拼。

尽管刘振海把自己的身世编得天衣无缝，可郭秋菊似乎没有真正相信过，时不时旧话重提。

尤其是生了儿子后，她总以带孩子看望爷爷之名，提出回他的湖北老家去看看。他总是以各种理由推托。

郭秋菊觉得刘振海这个人哪里都好。他为人仗义，出手大方，心地善良，常年做慈善，以她的名义向各地灾区捐款。尤其是汶川地震，刘振海带领自己的工人组织了很多车辆，载满救灾物资，开往汶川，帮当地受灾群众，搭建简易房，忙了一个多月。

但一想起不能回他老家看看，郭秋菊就心里没底，一直存有一个大问号。

她内心很崇拜刘振海身上的那种担当与责任，还有他给她的那种安全感。他很让郭秋菊迷恋。

她从小就没有父亲，母亲带着她和弟弟，生活很艰辛。好不容易弟弟长大成人，却因吸毒过量而死，剩下母女俩凄惨度日。童年的成长经历让她缺少安全感，内心十分渴望找一个可靠的男人托付终身。

一个偶然的机会，她认识了刘振海，被他身上的那种男子气吸引。虽然他不帅，个子也不高，但他笑起来一口大白牙，很爽朗。这让人感觉到，这个人实在，不藏奸耍滑，是个本分人。

她思来想去再三权衡，决定放下女孩子该有的矜持，主动出击。尽管一开始刘振海表现得有点儿冷淡，甚至从未主动联系过她，可她并不气馁。她对自己的长相十分自信，虽然算不上国色天香，青春靓丽还是称得上的。

再说，他比自己大了整整十岁，年龄的优势更增添了她的自信。她不相信刘振海不喜欢她，她恰恰认为他的冷淡、矜持，是他不好色的表现。

她认为，他眼下已经算是个成功的老板。而大部分老板都好色。也就是说，成功的男人都好色，这是郭秋菊最初对男人的基本认知。可刘振海似乎是个例外。他看起来挺正经，规规矩矩，面对女孩子甚至还有些羞涩和局促不安。那副模样，像极了一个情场小白，郭秋菊一下子就被吸引了。

她潜心研究了一段时间的恋爱攻略，找已婚的姐妹们取经。总之，她做足了功课以后，向他射出了丘比特之箭。

其实，刘振海不是假装正经，更不是不动心，他之所以不敢轻易招惹女孩子，是怕给自己惹来麻烦。

这个叫郭秋菊的女孩儿，一看就涉世未深，一双大眼睛灵动活泛、清澈见底。面对着这双纯洁无瑕的眼睛，他觉得自己很污秽，觉得自己配不上她，更不想连累她。

他心里很清楚，自己随时都有可能被警察逮住，等待他的将是吃枪子，或者是无尽的牢狱生涯。她这么年轻，这么纯洁，这么美好，他不想耽误她。

他想，自己已经害苦了一个谢小菊，不能再害一个郭秋菊。

人就是这样，越是得不到，越觉得稀罕。刘振海的躲躲闪闪，更加激起了郭秋菊的兴趣。她下定决心，这辈子认定他了，而且非他不嫁。

目标已定，她马上付诸行动。她三天两头给他打电话，电话里嘘寒问暖，极尽女人的柔情。

这时候，一直孤独流浪、有家不能回的刘振海，正极其缺少爱和温暖，尤其到了夜晚，每每被那个噩梦吓醒，经常是一身冷汗，然后再也不敢睡去，只能睁眼熬到天亮。他开始假想，如果身边有个女人陪着，是不是会好些呢？

随着自己事业的扩大，关注他的人越来越多，给他介绍对象的人也越来越多。但是他都没有同意。

有人就怀疑了，年轻力壮的，光棍一条，是不是身体有缺陷，不是个真男人。当别人背地里窃窃私语指手画脚的时候，刘振海很心虚、很屈辱。

但是，这些他都必须忍，他知道小不忍则乱大谋。随他们说去吧。担惊受怕了这么多年，他已经学会了忍。他平日里非常低调，即便和别人有生意上的不和，他都是躲着、让着，一忍再忍……

唯有那份孤寂，是最难熬的。想当年，他第一站逃到了东北，身上只剩下一块钱。他买了四个馒头，一包榨菜，熬过了两天。

接下来怎么办？作为一个大男人，总不能眼睁睁挨饿，坐等着喝西北风。可他举目无亲。因为没有身份证，他找不到工作。

最后，他想起上街去给人擦皮鞋。这个活儿不需要什么技术，也没人看你的身份证，这是最好的选择。他想，先干着，填饱肚子再说。

邻摊的一个大哥，冷眼旁观了他几天，最后叼着烟卷，幽幽地说了一句话："你不能一直在这里给人擦皮鞋，这个地盘是属于我们的，你不是我们这个圈的人。"

"圈"？又是"圈"？

当初他千方百计和黑山混进了一个"圈"，最后落得个杀人犯的下场，有家不能回，如同丧家之犬。如果不是当初混错了"圈"，老老实实在自己原有的"圈"里待着，他的人生将会是另一番风光境地。

哎！生活没有预演，都是现场直播。一步错了，就会步步错。怨得了谁呢？这或许就是命吧。

既然命运安排他这个时候遇到了郭秋菊，她又是如此痴情，他动心了。

他也看到了郭秋菊和她母亲生存的不容易。他相信自己能让她们母女过上好日子。万一警察抓不到他，那他就可以和郭秋菊过好下半辈子。这是他的愿望，更是他的奢望。

又是一念之差，刘振海答应了郭秋菊。他答应娶她，并一起照顾她的母亲，这让她欣喜若狂。

她觉得，一定是上辈子积了大德，才让自己打着灯笼找到了这么好的丈夫。

可庆幸之余，她又有些惴惴不安。

细细回想，生活中不经意的点滴小事，总是让她不安，让她浮想联翩，引起她的怀疑。比如，经常睡到半夜，他会突然大叫一声从床上弹起，双手捂着肚子喊"救命……"紧接着就大汗淋漓。

刚开始，郭秋菊被吓坏了，以为他得了急病，需要急救。她手忙脚乱地打 120 求救，每次都是电话刚拨通，就被他强行挂断。再问他，他要么说工作压力大，要么就说自己很累想睡觉，然后就背过身去。

这个时候，她也不好再追问。凭着女人的敏感，她猜到刘振海是个背后有故事的人。

像他这么优秀的男人，有故事很正常，顶多是他幼年死了母亲缺少母爱，有些伤感、有些敏感。这一点，她可以试着补偿他。她还往最坏处想过，他有过情史，爱过别的女人。那有什么关系呢？那都是过去的事情了，只要现在爱我，在我身边就足够了。

郭秋菊这样劝慰着自己。

可是，她哪里会想到，她那么信任依赖的、和自己同床共枕、生儿育女、打着灯笼都难找的好丈夫，竟是个杀人逃犯，而且还隐藏那么多年。

她如果听到这个真相，会不会如五雷轰顶、玉石俱焚呢？

哎！天要下雨，谁能挡得住呢？眼下，最要紧的是赶紧停止胡思乱想，抓紧考虑，明天见了郭秋菊，该嘱咐她什么事情，除了老人生病看病和孩子未来上学，主要的还是生意上的事情。

一直以来，郭秋菊从未涉足过他生意上的事情。她也不懂，她只负责照顾孩子和老人的生活。这一点不能怪她，怪自己没有远见，明明知道自己不知道哪一天就可能被警察抓住，应该让她学着和自己一起经营企业。

他很清楚，十八年来，警察一直没停止过对他的追捕。他早该带着郭秋菊熟悉他生意上的事情，锻炼她，以便随时接手自己的摊子。这才叫未雨绸缪。而自己一直心存侥幸。

他曾经找算命先生算过，说他有一劫，但是能够躲过。

可忽然间，天就塌了。什么都没来得及和郭秋菊交代，仅凭明天董支队长格外开恩，特批他在火车上和她见面，用二十分钟的时间向她交代生意上的事情。这么短的时间，能说得清楚吗？

再说了，她在毫无准备的情况下，得知他是一个杀人犯，能接受得了吗？会不会一病不起？抑或干脆放弃他？恨他？

在郭秋菊的世界里，对就是对，错就是错，非黑即白，没有灰色地带。

根据他对她的了解，她肯定接受不了眼下这个事实。

第 29 章　父子不相认

　　刘振海一直在想，明天她来不来见我？想着想着，他居然睡着了，居然踏踏实实睡了个好觉。

　　他已经十八年没有睡过这样舒服的好觉了。这十八年，他只做了一件事情，就是逃亡。在逃亡的路上，他躲避、掩盖、心惊肉跳。无论家里多么舒适，无论住的宾馆多么好，他都睡不着，靠安眠药度日。现在他居然心安理得地睡着了。

　　想想这十八年的逃亡，似乎真没有多大意义。当年"3·27"案件的另外几名案犯都已刑满释放，过上了正常人的生活。只有他，一直在隐姓埋名、提心吊胆地奔波。

　　为了见到分别十多年的魂牵梦绕的儿子，他经过多年周密策划，可以说是千方百计，费了很大的周折，才终于成行。他兴奋、激动、忐忑不安、诚惶诚恐，做了各种心理准备，在心里预演了很多次和儿子见面的场景。见了儿子，该说什么？该怎么解释？告诉他自己当年因为年轻无知、交友不慎才失手将人打死，一失足成千古恨？

他想，他将告诉他，千万不能走自己的老路，通过自己痛心疾首的真诚忏悔，求得儿子的原谅。

可儿子呢？两人见面时，只一个冷漠的眼神。那个眼神甚至都没有看向他，只是对着天空翻了一下。

儿子的那个眼神，瞬间就把刘振海打垮了。那个眼神，也把他在心中预演了很多次的话语，一下子给硬生生地憋了回去。

刘振海尴尬地站在那里，汗水顺着毛孔渗出，很快便涓涓流淌。

二月的三亚很热。刘振海只穿了一件衬衣，站在冷气开得很足的五星级宾馆房间里，汗水依然无法止住。这是他十八年前那一声枪响后留下的后遗症，只要过度紧张和惊吓，就会汗如雨下。

对于儿子的冷漠，刘振海其实是有思想准备的。

换了谁，都会和刘龙云一样啊。十多年来，杳无音信，现在突然冒出来站在他跟前，让他喊爹，想想实在是太突兀。

刘振海的三姐一手把刘龙云带大，如同他的母亲。只是每次提到他的父亲，三姐刘逸云除了抹眼泪，剩下的就是一声接一声的叹息。为了不让孩子自卑，小时候他们都瞒着刘龙云，只说他的父亲出了意外。为了瞒过刘龙云，刘逸云不惜求着弟媳谢小菊，求她看在和刘振海夫妻一场的分上，也是为了孩子健康成长，在他懂事前，不要告诉他实情，能瞒多久瞒多久。

谢小菊本来就性格内向，现在更是少言寡语、行为怪异。她经常一个人跑到襄阳的护城河边，一坐就是一整天，从不与人主动交流。

虽然她已经和刘振海办理了离婚手续，那不过是迫于家人的压力。其实，她心里还在梦想着刘振海能回来投案自首，哪怕判个十几年，甚至二十年，她都愿意等他。

可日复一日，年复一年，刘振海音信皆无。谢小菊在这种无望的等待中，日渐心寒。她相信他没有死，只是不愿意回来。她越来越觉得他薄情寡义，狠心将他们母子抛弃，开始对他生出了恨意。

尽管刘龙云一直由三姐刘逸云抚养，毕竟谢小菊是他的母亲。母子连心，这是自然天性。随着刘龙云日渐成人，他和母亲越发亲近，也越发理解和同情母亲的那种哀怨及抑郁的状态。

关于十多年前的那件事，随着刘龙云渐渐长大，早已不是秘密了。他只需上网搜索一下，案件清楚明了。刘龙云很清楚当年他的父亲干了什么。至于为什么杀人，他总是听姑姑刘逸云和他解释，说你爹是因为年轻无知，枪走火过失杀人。他愿意相信姑姑的话，可是，杀人犯儿子的骂名无论如何他都是要背的，这让他的童年、少年过得很孤寂，总是一个人如影子般飘来荡去，没着没落。

刘龙云不停地求姑姑帮他转学，只为到一个陌生的环境，没人知道他的身世，这样可以稍微喘一口气，卸下包袱，轻松一下。

只是，好事不出门，坏事传千里。更何况，襄阳就这么大，兜来转去，最终刘龙云很难真正跳出这个"圈"。

童年，本来是无忧无虑、充满绚丽色彩的。而刘龙云的童年却充满了孤寂、压抑和沉重。他心里清楚，这一切都是他父亲一手造成的。他惹下这么大一个祸端，自己拍拍屁股一走了之，根本不管家里人承受怎样的压力和痛苦。他这个人实在太自私了！

所以刘龙云也和他母亲一样，越来越恨他的父亲，恨他不负责任、不够担当，只顾自己拍拍屁股跑路，留下骂名让家人承担。

无论如何，他心底里都没法认可刘振海。他宁愿没有父亲，他要与他撇清关系。

当一个身材不高，挺着一个啤酒肚，已经有些谢顶的中年油腻大叔满脸笑意地走向他，冲他讨好地点了一下头的时候，刘龙云本能地吓了一跳。

他向后退了半步，心说：这个人想干什么？为什么冲着我笑？不是说无事献殷勤，非奸即盗吗？

刘龙云的防范意识很强，尤其在这个陌生的地方，他更是小心翼翼。

这是他长这么大第一次出远门，从冰天雪地的襄阳到春暖花开的海南三亚，大海、沙滩、椰子树，眼前的一切，之前他只在影视上、图片中见过。如今，置身其中，他还有些不适应，有些恍惚，以为这是一个梦。他胆怯、好奇，第一次感觉到了世界的美好。

眼前的这个人正两眼热切地看着他，那眼神发光、发亮，带着浓浓的爱意。

刘龙云的心猛地颤动了一下，然后开始剧烈地跳动。奇怪！为什么眼前这个其貌不扬的人会让他如此慌乱？莫非他对自己施了某种魔法？

猛然间，他似乎意识到了什么，难道他是……

他急忙转身看向身后的姑姑。

刘逸云两眼泛红。看得出，她是强忍着眼眶里一直转圈的泪水，无限爱怜地看着刘龙云。她声音哽咽着："云儿……云儿，姑姑告诉你，他是你……爸爸，你爸。"刘逸云边说边看着刘龙云的表情。

刚才刘振海一出现，她匆匆扫了一眼眼前这个让她日思夜想的弟弟，发现他胖了，老了，头发也秃了，完全没有了过去精明能干的模样。但无论容貌如何改变，岁月如何变迁，那种骨肉深情，那种打断骨头连着筋的亲情永远不会改变。

刘逸云的眼泪无论如何也控制不住，一直流淌着。

此刻，她最关心的还是刘龙云。见他惊愕的样子，她知道，刘振海的突然出现吓到他了。

"云儿，我……是爸爸呀！……"看着儿子惊慌躲避他的样子，刘振海心如刀割。一下、两下，割着他的心。

他慌了，迫不及待地往前迈了两步，他想伸手去拉儿子。

"你！你别过来！我……我不认识你！"刘龙云一边使劲冲着刘振海摆手，一边后退，一下子撞到了身后的刘逸云。

刘逸云抱着已经高出她一头的刘龙云的后腰，喃喃着："云儿，不怕，不怕……"拍着他的后背，像拍打着婴儿一样，想让他冷静下来，嘴里继续安慰着，"云儿，听姑姑说，他真是你的爸爸，他很爱你……"

刘龙云停止了挣扎。他挣脱了姑姑的怀抱，看着姑姑，只用眼角瞟着一旁的刘振海。

"爱我，他还好意思说爱我？我长了十九岁，他除了让我替他背负杀人犯的骂名，他管过我什么？他是管过我吃，还是管过我穿？当我被别人欺负时，他又在哪里？现在跑来认我，我不需要！我没有这个爸爸！"刘龙云一口气说完，头也不回地冲出了房间。

他身后的门被重重地关上。所有人都愣住了。

不过，只几秒钟的时间，所有人都不约而同地冲出房间。

刘逸云的丈夫动作最快，他已经追出大堂门外，看见刘龙云疯了一样向海边跑去。

"快……快去追呀！"刘逸云已经跑得气喘吁吁，她推了一把自己的丈夫。

他们入住的这家宾馆有自己的内部海滩。因为此时正是大中午，太阳很辣，海滩上的游客很少，可以清晰地看见那个奔跑着的少年。

刘龙云并没有被眼前的海水拦住，而是径直扑向海水。很快，一个大浪打来，他毫无防备，突然被海浪打翻，倒在海水里。

刘逸云吓坏了，大叫着扑向大海。刘振海更是发疯了一样，以百米冲刺的速度向儿子倒下的地方扑去。

刘龙云从海水里露出了头，刘逸云和刘振海一起扑到他身边。刘振海从背后紧紧抱住了他。

"放开我！放开我！"刘龙云拼命挣扎，声音歇斯底里。

刘振海哪里肯放，他宁愿自己死，也不能让儿子有什么意外。儿子的人生才刚刚开始，美好的生活正等着他，不像自己，人不人，鬼不鬼，一个杀人逃犯，死不足惜。

两股力量的较劲，在海水里翻出了巨大的浪花。最终结果，刘龙云还是败给了刘振海。

其实，刘龙云并不想死，他只是被这个突然出现的自称是他爸爸的人给吓到了。十多年来，他阴魂不散，让自己始终无法摆脱他的阴影。如今，他又幽灵般突然出现，还让自己喊他爸爸。

我的爸爸早死了！

看来，是姑姑瞒着自己，设下了见面的圈套，还美其名曰，一个人一生哪里都可以不去，但海南岛的三亚必须要去。不然，会终生遗憾。没想到，姑姑让他来这个地方，竟然是为了让他们父子相认。

不可能，他早在心里发过无数次誓：一辈子不见他！一辈子不会原谅他！在刘龙云心里，他的父亲早已经死了。

尽管刘振海设想过儿子可能不认他，但那仅仅是设想，他不愿意相信，更不愿意看到这个结果。不然，他也不会冒着被警察发现的危险，就为了和儿子见上一面，求得儿子的谅解。可如今……

是啊！在孩子干净纯粹的世界里，怎么能接受一个杀人犯是自己的亲生父亲？哎！看到刘龙云如此激烈的情绪，刘振海担心他做出什么极端的事情来。

他不得不洒泪告别，也来不及和日夜思念的三姐叙说相思之情，就无比沮丧地回到了汉中。

至此，刘振海又增添了一块心病。如果他哪天被抓，现在他和郭秋菊生的这个小儿子，会不会也像大儿子一样不认他，视他这个杀人犯的父亲为耻辱？

都是自己作的孽，报应啊！

第 30 章　陈立书是谁

在给郭秋菊打电话这个问题上，董俊锋很费了一番心思。

董俊锋知道，此刻，她还被蒙在鼓里。可能像刘振海说的，她正像往常一样等着丈夫的电话。尽管此时才夜里 10 点，按照以往的习惯，一点儿都不晚。

自己的丈夫自己疼，刘振海是他们一家三口的山，是他们家全部的依靠。妈妈不止一次地跟她说，一定要疼爱自己的丈夫。

有时刘振海忙起来，忘记给她打电话，她会一直等，甚至等过整整一夜。她就是这么个执着的人，只要什么事情事先定好，她肯定不会变。

她不想主动给刘振海打电话，不为别的，只是担心他的安全，怕自己打电话时，刘振海正在开车或者在工地，一不留神，一块砖、一块飞石，就有可能带来危险。

刘振海怀疑她早已知道了他的秘密，只是装迷糊。为了孩子，为了这个家，她不愿意捅破这层窗户纸。到了夜晚，尤其睡着的时候，他最担心的是自己好说梦话。开始他并不知道自己说梦话，是朋友无意间告诉他的。

为此，他开始害怕，万一哪一天说梦话暴露了自己隐藏多年的秘密。那时，郭秋菊会对他怎么样呢？大骂他是骗子，是浑蛋，和他一刀两断，弃他而去并检举他？一想到这些，他就后背发凉，冷汗直冒。

董俊锋调整了音调，让自己的声音听起来柔和一些，很平淡地告诉郭秋菊一个事实：

"我们是襄阳公安处的，现在鞠国旗和我们在一起，他现在不方便和你通话，请你乘坐明天早晨8点西安到襄阳的火车，鞠国旗和我们会在车上等你。"

这几句话，董俊锋事先打好了腹稿。他生怕郭秋菊听说他们是公安机关的，就联想到不会有什么好事，情绪一下子失控。

"你是谁？是哪里的？"郭秋菊反问了一句。

"我们是襄阳公安处的，鞠国旗现在和我们在一起。"董俊锋又重复了一下。

"他怎么了？麻烦您，我跟他说话。"郭秋菊声音有些急促。

"对不起，他现在不方便跟你说话。请你明天早上8点钟赶到西安火车站，西安开到襄阳的火车，鞠国旗和我们会在车上等你。"董俊锋依旧十分平静地说。

郭秋菊沉默了，很长时间的沉默。手机里传出的电流声时断时续，电话那头的郭秋菊毫无动静，仿佛睡着了。

董俊锋见半天没有回应，以为是电话断线了，他拿起手机看了看，手机上的时间数字正在一闪一闪地变化着。

仔细听，能听到微微的抽泣声。

接着，电话里传来嘟嘟嘟的声音。显然，对方把电话挂了。

董俊锋觉得，她应该已经听明白了，她应该是个比较理性的人。

可是，放下电话后的郭秋菊却越想越不对劲。鞠国旗人在西安出差，是不是被人绑架了？还说明天早晨让我去火车上找他……

她马上打电话给刘振海，电话关机。

这下子郭秋菊开始慌神了。

情急之下，她给刘振海的秘书打电话。秘书也说找不到老板了，老板电话一直关机。

郭秋菊更慌了，心想一定是出了什么大事。不然，鞠国旗不可能一声不吭，不辞而别。认识他五六年了，尽管他有些怪癖，但他从没玩过失踪。

为什么他要明天早晨在火车上见我呢？

最后她还是想起来了，好像对方说他是什么公安局的。这到底是怎么回事？

郭秋菊于是又打电话给董俊锋。

董俊锋又跟她重复了刚才的话。这一次更加明确地告诉他："我们是公安机关的，正在办案，请你明天早上准时赶到西安火车站，在火车上可以见到鞠国旗。"

整整一夜，郭秋菊自己都不知道是怎样熬过来的。从她那红肿的双眼和黑黑的眼圈，可以想象她这一夜的煎熬。

这么多年来的疑虑一股脑涌了上来。从相识到相爱，再到结婚生子，这么多年了，她多次提出来回他的老家看看，但他从来都是用各种理由搪塞过去……

这显然是不祥的预兆啊！

第二天，她还是准时赶到了火车上。

当她把头探进软卧车厢的门口时，刘振海一眼就看见了妻子。

他本能地想站起身，却听见"哗啦"一声，手铐、脚镣的声音很清脆。紧接着，手腕马上一阵揪心的疼，他又迅速地坐了回去，并且很快将被铐着的双手使劲向胸口拢。

他不想让郭秋菊看见他戴着一副锃亮的手铐。那样，肯定会吓到她。

没想到，他的一举一动已经被站在门口的郭秋菊看得清清楚楚。手铐的那一声脆响她也听到了。

她在惊愕的同时，眼泪早已模糊了双眼。

她惊恐、疑惑、委屈，不知道到底发生了什么！丈夫竟被戴上了手铐。不用说，身边的四五个青壮小伙子，肯定是便衣警察了。

"为什么……会会这样？他他……可是好人哪！"郭秋菊的身子靠在车厢门上，像是在为丈夫申辩，又像是自言自语，因为她的声音很小。

"菊，我……我……对不起你……对不起……"刘振海声音也不大，眼圈已泛红。

坐在对面铺位上的董俊锋、林襄渝、闫鹏、王江看着眼前的场景，禁不住也有些眼睛发热。

闫鹏、王江分别用手机和执法记录仪拍摄着。

郭秋菊早已泣不成声。

"时间不多，只有二十分钟，抓点儿紧吧！"林襄渝小声提醒着刘振海。

"好的，好的。"刘振海连忙应答着。

他坐直了身子，使劲咽了一下唾沫，仿佛要把激动的情绪压下去。

他看着自己的妻子，她已经哭成了泪人。

他心疼极了，很想上前替她擦擦眼泪，抱抱她，给她一点儿安慰。可他动不了，他的手被铐在了铺位的茶几上。

"菊……你别难过，我……现在……跟你说实话。我不叫鞠国旗，我的真名……叫刘振海。十八年前，为了朋友义气，不小心枪走火，误杀了一个人……"刘振海结结巴巴地讲述着他的真相。

郭秋菊睁大了一双泪眼，惊愕地看着他："你不叫鞠国旗……不叫鞠国旗？不叫……"她的声音越来越小，仿佛在自言自语。

接下来的时间，郭秋菊时不时就重复那句话："不……你就是鞠国旗……"她有点儿入魔般使劲地盯着刘振海的脸，目不转睛地盯着，越盯越陌生，越看越糊涂。

眼前的这个人，就是那个深深地爱着自己，自己也深爱着的丈夫吗？

刘振海已经完全冷静下来，他开始和郭秋菊交代家里的事情。

他交代了一笔又一笔的账目往来，什么谁谁欠他多少钱，他也欠谁谁多少钱。还有他经营的那个土特产商场，以后该怎么经营。

董俊锋在想，如果不是把刘振海抓了，哪怕是晚几天，他刚刚在西安中标的那个土建项目就奠基了，那可是两个多亿的项目啊！

有人说刘振海现在是亿万富翁，有人说他只有六千万身家。不管怎么说，他都算是个大老板，算是个成功的企业家。

如果不是十八年前那一枪……如果……

没有如果。

刘振海继续对妻子交代道："两个多亿的项目，就给我最好的那个哥们儿干吧！如果他赚了钱给你，你就拿上，不给也就算了……"

"我短时间肯定出不来，以后的生活怎么过，都要看你自己了。"他实在说不下去了。

过了一会儿，刘振海又交代，给郭秋菊母亲治病的问题，去哪个医院，找哪个科，什么医生。

最后是关于他们两岁儿子的教育问题，怎么抓好孩子的学习，以后该上哪个学校。

他说："我不在跟前，也许不在这个世界了，孩子的抚养和教育都拜托你一个人了。"

说着，他自己已泪如雨下。

感觉时间差不多了，刘振海便请求董俊锋，把他的手机交给郭秋菊，他有几个电话要查一下，给妻子交代一下。

董俊锋答应了。

郭秋菊接过手机。

他告诉她，哪几个手机号码要记下来；又嘱咐她，发生什么情况该先找谁后找谁，家里哪方面的事情该找谁，等等。

说完，差不多正好是二十分钟时间。

这时，刘振海突然把嘴凑到郭秋菊耳边说："我知道是陈立书说的，他的情况我也会跟警官说的。"

他这样说的时候，虽然声音不大，但还是被董俊锋听到了。

陈立书？陈立书是谁？

董俊锋的脑子里瞬间做出了几个反应：刘振海说这话的意思是陈立书出卖了他？那这个陈立书和他们夫妻俩的关系肯定不一般。陈立书是谁呢？他在哪里？

这一连串的问号，开始在董俊锋的脑子里盘旋。

刘振海突然冒出这么一句，很出乎人的意料。他本来一直在和他妻子交代家里和公司的事情，竟突然冒出这样一句话来。

从郭秋菊瞬间的反应看，她似乎没有回过神来。

都交代完了，她还没有从惊愕中回过神来。

难道这是真的？与自己同床共枕这么多年的好丈夫竟然是一个杀人犯？

无论信还是不信，面前这个自己曾经无比信赖的男人，双手已被戴上了手铐，双脚还有脚镣，他的手还被手铐固定在茶几上。警察这样做，肯定是提防他逃跑。

逃跑是不可能了。更何况，还有四五个壮小伙子寸步不离地看着他。

她长这么大，还从没见过这种阵势。如果不是重刑犯，哪能会这个样子？如临大敌。

看来自己的丈夫是摊上大事了，真真切切的这一切都不会假了。

二十分钟已经过去，郭秋菊依然恋恋不舍。她不肯离开，她想跟丈夫一起走。那一瞬间，她甚至想跟丈夫一起去蹲监狱。可是，还有孩子呀！那是他们爱情的结晶，他们那么疼爱的孩子，怎能抛下孩子呢？

董俊锋十分理解她的心情，开始并没有使劲儿催促她，只是小声提醒。

她不回应，也不动，就一直坐在刘振海铺位的边角上，只坐了半个屁股，另一半一直悬在那里。就这样，始终保持一个姿势，两眼直勾勾地看着刘振海的脸。好像他的脸上写有东西，值得她仔细地阅读，生怕落掉一个字似的。

这一别，也许就是永别！她想，也许像他说的那样，他这一走，不知道什么时候才能再见面。没有他的日子，她和孩子以后的日子该怎么过？她的心好像被掏空了。

突然，郭秋菊扑上去紧紧地抱住了自己的丈夫。

"好了，就这样吧！"董俊锋再次提醒。

许久，郭秋菊才松开了手。

她还是两眼直直地盯着刘振海，仍絮絮叨叨地："你不是鞠国旗？你怎么不是鞠国旗？你就是鞠国旗……"

她摇着头："不，你……你就是鞠国旗……你是我的丈夫。"

她把脸转向董俊锋："警察兄弟，他就是鞠国旗！你不知道，他有多么善良！他处处帮人，积德行善。他们公司一个小老乡，他看他在工地上干力气活很可怜，就把他从北京带到了汉中，送他去学习，重点培养他，他现在水平比一般工程师还要高。他还帮他买了一套回迁房，帮他娶了妻子。现在，他们都有儿子了。他还替他孩子张罗上学的事。他对他就像父亲，一直教育他走正道。你说，这会是一个杀人犯做的事吗？你们肯定搞错了！请你们相信我说的话，我这个人从来不会撒谎。他就是鞠国旗，他不可能是那个什么刘振海！"

董俊锋顿时严肃起来，说道："我们是国家公安机关，我们在依法办案，不可能搞错的。何况，他刚才已经亲口对你说他杀了人。"

刘振海流着泪，他的心在流血。他现在能清晰地看见妻子脸上那个小雀斑。他还从来没有这么认真地看过她，因为他不敢直视她的双眼，唯恐被她看透他的心事。

"就这样吧！马上要开车了，还有什么要说的？"董俊锋最后提醒道。

郭秋菊从铺位上站了起来。由于长时间保持一个姿势，她下意识"哎呦"一声，好像扭了腰。

"你去吧！好好坦白交代，争取宽大处理。表现好了，说不定会轻判你呢！家里的事我会料理好，我等着你回来！"郭秋菊坚定地说。

"不用，不要等我，不用，菊。我对不起你，对不起孩子，已经对不起你了，不能再让你等下去。将来在孩子跟前不要提起我，不要告诉他有我这样一个父亲。"刘振海态度很决绝。

"听话。"郭秋菊像是哄孩子一样，云淡风轻地说出了这两个字，便扭头走了。

刚走出几步，她又回过头来，眼睛里是那样恋恋不舍。

刘振海低下了头。他不想让妻子看见他的眼泪。

董俊锋拿了一瓶矿泉水，打开盖子递给他。

他想伸手接，只听手铐"哗啦"一响。董俊锋马上明白，把水送到了他的嘴边。

他迟疑了一下，看了一眼董俊锋，心生感激。他感到眼前的这个人很沉稳，看那派头，应该是个领导。

"谢谢，请问怎么称呼您？"刘振海冲董俊锋笑了笑，他想验证一下自己的判断。

"我姓董。"董俊锋声音温和。

林襄渝接过话头："这是我们董支队长。"

董俊锋面带微笑示意他再喝口水。

接着，他又把刘振海的手铐、脚镣松了松，这样他可以靠着铺位，坐着能够舒服一点儿。

接下来还有十个小时的车程，董俊锋想和他好好聊聊，聊一聊他十八年的逃亡经历，也反思一下十八年追逃为什么一直无果，问题到底出在哪里？而尤其重要的是，务必弄清楚陈立书到底是谁？

"谢谢，谢谢！"刘振海喝完水，连声说。

说实话，自从自己被抓后，他就做好了挨打的准备，断定自己会被人家不分青红皂白地打得皮开肉绽。

他做梦也没有想到，这些警察对他很照顾。从西安的酒店抓到他的那一刻起，始终没有对他有任何粗暴的行为。相反，董支队长看他出了很多汗，还拿毛巾帮他擦汗。

在押解途中，警察们也没有对他吆五喝六，反而还很照顾他的面子和尊严，专门用衣服挡住手铐，避免被人看见。

从这些点滴小事中，刘振海感受到，现在的警察执法的确很文明，不像传说中的那样非打即骂。这让他心里踏实了很多。

刘振海的心情从来没有像今天这样放松。他打开了话匣子。

第 31 章　顽强地活下去

十八年前的那声枪响之后，他几乎是被黑山几个人架着逃离了工地。

黑山见他满身大汗，西装、衬衣都被汗湿透了，心里对他很是轻蔑。不过就是枪走火，伤了一个人，就吓成这个样子！这么小的事不值得吓成这样，实在是没出息，干不了什么大事。

刘振海记得，出事之后他第一个电话就打给了姐夫鞠义山。

鞠义山很够哥们儿义气，更像个姐夫的样子，二话没说，马上就给在北京做工程的襄阳老乡陈七军联系，让陈七军收留他。

等到刘振海带着老婆和孩子来到了北京，见了面，陈七军就一直劝他投案自首。

这是把我往门外推呢？还是作为朋友为我好？

刘振海出事前，陈七军曾与他合作过工程，而且成功了。说是合作，其实陈七军最后一分钱没出，等于空手套白狼，每人赚了十几万元。二十多年前，二十多万元可是一笔不小的数目。只是赚的钱没那么容易装进刘振海的腰包，还有"地头蛇"收保护费。就是说，想赚点儿钱，还得找黑山这样的靠山。于是，刘振海投靠到黑山门下。接着他们又有了几次工程的合作，赚了一些钱。

刘振海本来想，他现在落难到了北京，陈七军一定会帮他的忙，但是没想到陈七军把他往门外推。

"是啊！这就是人性的弱点呀！大家都好的时候，没有什么事的时候，或者是大家都混得不错的时候，光鲜的时候，谁都是好朋友。但是真正遇到事情了，那就是另外一回事了。这是人性趋利避害的本真使然，人性的险恶也就在这里，这很正常。这么多年，你应该有很深的体会吧？"董俊锋试着与他往心灵深处交流。

刘振海听着听着，突然抬起头："董支队长，有一件事，我不知道当问不当问？"

可没等董俊锋回答，他又像是自言自语地说："我一直在想，你们到底是咋抓到的我？是不是谁点了我的水？"

"你认为呢？"董俊锋反问他。

"其实，我知道他是谁，应该是襄阳本地人吧？"刘振海小心地试探着问。

董俊锋没有顺着他的话继续聊，而是说："你不要多想，只要把自己的事讲清楚就行了。尤其是当年案发时的一些细节，一定要讲清楚。这对你接下来的量刑，可能有好处。"

"好的，好的。"刘振海不假思索地随口答应着，眼神却瞟向了车窗。

虽然是白天，但为安全起见，列车窗帘是拉着的。

刘振海看不清窗外的景物，只能从缝隙里隐约感觉外面朦胧的绿色，应该是麦田或者稻田吧。他在心里猜想着。

"多少年没回襄阳啦？"董俊锋不经意地问。

刘振海把目光收了回来，轻轻叹了一口气："整整十八年了。"

语气和神态中充满了遗憾和向往。

"是吗，够久的了。最想襄阳的什么？"董俊锋开始拉起家常。

"最想襄阳的牛杂面。不瞒您说，有时候做梦都想吃咱们襄阳的牛杂面。别的任何地方的都不正宗。"刘振海的语气一下子轻松了很多。

"是吗？那好，我马上让人给你准备，保证让你一下火车，就能吃上家乡正宗的牛杂面。"

说着，董俊锋就拿起了手机，拨了号码。电话响了两声后被接了起来。

董俊锋立即对着电话说道："哥们儿，我坐西安的车回来，晚上 6 点半到襄阳站。我有个朋友快二十年没回襄阳了，非常想吃一碗襄阳的牛杂面。麻烦你帮我准备一碗牛杂面，放点儿香菜，放在执勤室。我们晚上 6 点半下车之后，先吃碗牛杂面，再办其他的事，好吧？"

接电话的是襄阳车站派出所所长，他答应得很爽快："小事一桩，我给你朋友准备两碗，一碗牛杂面、一碗牛肉面，怎么样？"

董俊锋坐火车走的时候，就是这位所长送的车，知道他们是去抓人了。现在听董俊锋这口气，看来是凯旋了。

"谢谢，谢谢，非常感谢！"董俊锋连声说。

挂了电话，董俊锋抬头再看刘振海，他的两眼已经泛起了泪花。

"你怎么了？是不是说到牛杂面突然想家了？"董俊锋问。

"不是，不是的。我真没想到，你会这么对我。我本来是一个杀人犯，你却说是你的一个朋友。"刘振海说到这里，声音哽咽起来。

董俊锋连忙摆了摆手："你先别激动啊！喝点儿水！"他将水再次递给刘振海。

刘振海摇摇头没接，只是感激地看着他。

"虽说你杀了人，是公安部通缉的网上逃犯，但在人格上，我们是平等的。特别是通过昨天和今天这一路的交流，你的所作所为所言，让我觉得，你还是一条汉子，一个有担当的人。"

这一番话，显然击中了刘振海的泪点。加上董俊锋一路上做得十分真诚，表达得十分真诚，刘振海仿佛一下子遇到了知音，禁不住涕泪横流了。

接下来，刘振海几乎完全放下了思想包袱，开始讲述他的逃亡经历。

十八年来，他尝遍了人间的冷暖。一开始，鞠义山安排他到北京找陈七军，陈七军可能是怕受连累，千方百计赶他走。本来他想按照鞠义山交代他的去做，就是关键时刻把那句话摞出来："你们的事我都知道。"可是想了想，他还是没有这么做。他选择了离开。

无奈地离开北京后，他辗转到了东北。可因为没有身份证，他找不到工作，只好在街上帮人家擦皮鞋，送桶装水。

有一天，他被警察逮住了，一直盘问他。好在没有抓住他什么事，也没有把他看得特别严，他便趁着警察不注意，翻院墙跑了。

后来，他又到了河北、山东，勉强找到一个私人的砖窑场。可没干多久，还是因为没有身份证，克扣他的工资，拿到手的血汗钱根本不够养活他自己，最后他还被辞退了。

他不得已又来到山西大同、广州、深圳，最后到了新疆，折腾了一大圈，在哪里都站不住脚跟。因为没有身份证，人们都拿异样的目光看他。

那一年在深圳，他还被人家举报了一次。等到警察来抓他的时候，他察觉到了，看到几个警察进了院子，就再次逃跑了。

本来以为新疆是边陲，可能会好混一点儿，谁知道新疆对身份证查得更严，根本就待不下去，一天也待不下去。好在他小时候生长在新疆，对那里的情况比较了解。那一次，他被派出所弄去审查了一天，最终没有发现什么可疑的情况，只得把他放了，交给了村委会。

这么大一个中国，竟然没有自己的生存空间。刘振海想到了自杀。因为实在是走投无路了。

于是他搭上了开往沙漠公路的汽车，在一个装货的汽车里整整闷了一天一夜，差一点儿被闷死、热死。

趁着司机下车尿尿的工夫，他逃下了车。他怕司机看见他，找他的事，于是拼命地向沙漠深处跑去。

人家都说塔克拉玛干沙漠是新疆最大的沙漠，也是全国最大的沙漠。它东西向长达一千五百千米，南北向长达六百千米，面积大约三十三万平方千米，为世界第二大沙漠。塔克拉玛干沙漠的维吾尔语的大概意思，翻译过来就是"进去出不来"，又称为"死亡之海"。

还有人说塔克拉玛干沙漠是流动的沙丘，有的沙丘高达一两百米，最高可达三百米，随时能够把人掩埋。

听说这里常常有沙尘暴。沙尘暴很厉害，狂风把白沙卷起，巨龙一样漫天飞舞，可以把人、房屋、汽车等卷到空中，然后再抛下来，埋在沙漠里。

刘振海已经想好了，就让沙尘暴把自己卷上天空，然后再抛到塔克拉玛干沙漠任何一个地方，埋在沙漠里，没有任何痛苦地离开这个世界。

眼前的情景，正是这样一种沙漠，绵延起伏，一眼望不到边，到处是茫茫沙海，看不到一点儿绿色。

赤日炎炎，银沙刺眼。一望无边的沙漠，没有村庄，没有人烟，没有一滴水可以喝。放眼望去，地面的景物飘忽不定，好像在大海里漂荡。

刘振海没来以前就查过百度，百度上说塔克拉玛干沙漠的表面温度最高可达七十度。此刻的温度虽然没有那么高，但是已经像要把他烤熟一样。

突然间，他发现眼前朦朦胧胧地出现了一条河流，还有田野、茂密的庄稼，郁郁葱葱。

转一个角度，又发现许多高楼大厦。这些高楼大厦都在飘动，还有都市的繁华情景，有男女恋人正在绿荫下接吻。

刘振海揉了揉眼睛。再放眼看去，那些景物瞬间又没有了。

他想，这就是人们常说的海市蜃楼吧？

就在这时，风开始大起来，不一会儿，漫天飞舞的黄沙遮天蔽日，什么也看不见了。沙子捧打在他的脸上，让他感觉到很疼很疼，最后什么感觉也没有了，眼睛也睁不开了。

突然，有一股强大的气流把他的整个身体托了起来，好像飘向了空中。接下来，他就什么都不知道了。

等他醒来的时候，他已躺在一辆大卡车驾驶室的后座椅上。

开车的师傅见他醒来，便告诉他："你已经昏迷快两天两夜了，被一个路人救起来，拦住了我的车。你来的时候，就是偷偷扒我的车走了一天一夜，后来又下车跑了。"

刘振海没有死，他被这位好心的师傅救了起来。

他感谢师傅救了他，但是他说："我不想活了。你不应该救我，我还想死。"

"死什么死？"师傅不高兴了，"你死了，你的父母怎么办？你的妻儿老小怎么办？"

师傅见他不吱声了，继续开导道："我们沙漠人有一句话，只有荒凉的沙漠，没有荒凉的人生。小兄弟，无论遇到什么事，都要顽强地活下去。只要有人在，什么奇迹都会发生。你要相信，你每天都要相信，下一刻，每一天都会有奇迹发生。与我的相遇，你不觉得是奇迹吗？你偷偷扒着我的车来的，没想到却被沙尘暴卷上了天，又把你抛到沙漠公路边上，结果被人救起来，最终你又遇见了我。这不是奇迹吗？跟我走吧！前面就是库尔勒。我把你带到库尔勒，介绍你到朋友那里工作。"

就这样，刘振海被带到了库尔勒。他被介绍到一个做水果生意的朋友那里，在冷库里工作。

没想到这个做水果生意的老板是个退休的铁路警察，而且是个刑警。他一天到晚问这问那，没完没了。他那双眼睛分明怀疑刘振海是个逃犯。

他向刘振海要身份证，说："没有身份证不要紧，你把你的姓名和身份证号告诉我，我给你补办一个临时的。我们火车站派出所就能够补办。"

刘振海连夜就溜了。最后实在是走投无路，他在乌鲁木齐用公用电话给鞠义山打了电话。

当时，鞠义山已经投奔了北京的陈七军，在陈七军的工地管账目。于是，转了一个大圈，刘振海又回到了北京，回到了陈七军的手下。

这一次，因为有姐夫鞠义山的照顾，刘振海总算结束了漂泊流浪的无助生活。他在陈七军的工地上搬砖，当泥瓦工，靠出苦力生存了下来。

这期间，他认识了鞠义山的搭档陈立书。

陈立书负责工地上的管理工作，相当于主管，也是他们襄阳老乡。他是陈七军信得过的人。相处时间长了，大家有了一定的感情，他就给了刘振海不少关照。好几个老乡都在一起，日子过得倒也愉快。

听到刘振海再次提到陈立书这个名字，董俊锋的精神为之一振。

他装作不经意地随口问道："陈立书这个人怎么样？你们好像相处得还不错呀？"

刘振海一愣。

这个董支队长怎么知道陈立书？看来一定是他出卖了我。

刘振海尽量控制住自己的情绪，摇摇头道："这个人不怎么样，不仅没有人品，而且他喜欢赌博，可以说嗜赌如命。后来看到我当老板发财以后，从我那儿前前后后敲诈了四五百万元。最开始是以合伙做生意的名义问我借钱，让我投资，到最后简直就是明目张胆地跟我要钱，不给钱就要举报我。真是个杂种！"

董俊锋不动声色地听着。

刘振海继续往下说："陈立书换车，比我换得还快，一年换一辆，反正钱也不是他赚的，来得又那么容易。我最瞧不起这种人。"说到这里，他的脸上露出了轻蔑的表情。

后来，陈七军在大连又接到一个工程，让刘振海去当主管。一共干了一年半的时间，结果没有挣到一分钱，只落了一个肚子圆。因为狡猾的陈七军早就把钱提前支走了。最后，陈七军还硬说刘振海赚了不少钱。

就这样，刘振海和陈七军两人之间的隔阂和矛盾越来越多。实在待不下去了，刘振海只好离开了陈七军，来到陕西汉中，开始自己做工程。

他先从打工开始，做一点儿小活儿，最后慢慢地从别人手里接一点儿转包小工程，找几个伙计跟着他一起干。

越干越有经验，他终于认识了一个贵人。这个贵人认为他比较聪明而且讲信誉，就帮助他成立了自己的公司，直接在汉中市接一些市政工程。

有了一些积蓄后，他又在汉中市承包了一个有很多展厅的大商场，做汉中土特产的批发和销售。

他的业务在不断扩大，后来就发展到西安，做地铁方面和政府有关的工程。

他确实发财了，他成功了。

可每当他沉浸在成功的喜悦当中时，总会突然跳出一个阴影来，黑沉沉的脸，拿着一把手枪对着他："你个杀人犯！快去偿命吧！"

所以，刘振海一直想赎罪。他拿出钱在他们小区装修了几间房子，作为老年人活动室、娱乐室，组织社区居民打球。他资助贫困山区学生上学。他给贫困农村修路，给贫困家庭修建房子。他主动做这些善事，意在赎罪。

他只要看见寺院和庙，就会进去烧香拜佛。

他妻子郭秋菊说："鞠国旗是个非常好的人，他对老婆好，对孩子好，对丈母娘当成自己亲妈一样孝顺。"

作为老板，他对手下的伙计兄弟也非常好，给他们买衣服、买鞋子；想出去学习的员工，就送他出去学习……

刘振海还在不停地说着。但是说了什么，董俊锋却没有听进去。

此时，董俊锋满脑子想的都是那个陈立书。

他俩之间，到底有什么秘密？

第 32 章　北京灭门案

陈立书敲诈刘振海，肯定是因为知道他的底细，知道他曾经杀过人，是个在逃犯。

还会有别的什么纠葛吗？

董俊锋从铺位上站起了身，很随意地说："刘振海，实际上从抓到你那一刻起，不，准确地说，是从见到你妻子的那一刻起，我觉得，我有一种很同情你的感觉。不过，不是同情你，是同情你的妻子和孩子。他们很无辜，也很无奈，更是可怜啊！"

刘振海再次被感动了。

董俊锋用眼睛的余光感觉到了刘振海此刻的心情。

"你犯的是杀人罪，是所有刑事犯罪里最重的一个罪。再加上你犯罪以后，又潜逃了十八年，可以说是罪上加罪。"董俊锋十分坦率地说，"我们费了那么大的劲，终于把你抓到了。你知道吗？在没有抓到你之前，我对你恨得咬牙切齿。我曾经发誓，抓住你以后，我一定要把你打个半死，一定要把你的证据材料做得扎扎实实，尽快把你送上法庭，给你科以重刑。"

顿了顿，董俊锋接着道："但是现在，我不这么想了。不是说，不把你送上法庭。把你送上法庭，是我的职责所在。但同时我在想另外一个问题，有什么办法能够让你得到宽大处理，保住你一条命，让你那么好的妻子不会失去丈夫，让你那么好的孩子不会永远失去父亲……"

刘振海已经开始抽泣了。

董俊锋决定继续加把火。一名优秀的刑侦专家，绝对知晓怎么掌握好对话的时机，借机发力。

"刘振海，你不会不知道，与你一起作案的四个同案犯，他们手里虽然拿着枪，但他们没有开枪打死人，就分别被判处了很重的刑罚。而你，一枪把人打死的杀人凶手，应当判什么样的刑罚呢？我这个局外人，与你个人命运完全无关的人，都在替你考虑你的未来，担忧你的家庭。难道你自己没有想想这个问题吗？"董俊锋说得入情入理。

"想……想啊！我怎么能不想呢？"刘振海吸溜了一下鼻涕，连连地点头，"可是我已经这个样子了，我有什么办法呢？我主宰不了自己的命运呀！"

董俊锋摇摇头，断然道："不！能不能活命，我认为这个主动权完全掌握在你自己的手里。"

刘振海霍地抬起了头，两眼充满了生的希望。

"董支队长，您给我指一条明路吧？怎么样才能保住我这条命呢？"

董俊锋看了看他，十分严肃地说："你记住，我们国家的政策，历来是坦白从宽，抗拒从严，检举揭发有功，立功可以赎罪。"

话音刚落，董俊锋立即明显地感觉到刘振海全身一颤。

这一颤，说明他肚子里有东西。

董俊锋接着分析："你在外闯荡这么多年，应该说经过了很多事，也见过很多事，听说过很多事。你可以回忆一下，好好想一想有没有掌握其他的案件线索。只要有，只要是构成重大犯罪线索，经过我们查证落实了，我们就会积极跟法院、检察院沟通，肯定可以从轻判决。只要你有重大立功表现，就一定可以得到宽大处理，就肯定能够保住你的脑袋，甚至判得更轻一些。你可以好好回想一下。"

董俊锋一边说，一边紧盯着他的眼睛。

刘振海的表情好像一下子停滞了。他显得十分木讷、呆滞，他的目光好像定格在很遥远的地方。

"刘振海，你听明白了没有？"董俊锋禁不住喊了他一声。

刘振海好像被突然惊醒了一般，急忙答道："明白，明白，我听明白了。你让我想一想。"

"你有什么情况，想好了就喊我。"董俊锋欲擒故纵，说完走出了软卧包间。

这时，林襄渝提着几盒盒饭进来，身后跟着闫鹏。

闫鹏一屁股坐在刘振海旁边的铺位上，笑眯眯地问他："怎么样，中午想吃什么？有米饭和面条，要不要吃辣椒？"

闫鹏一边说，一边从林襄渝手里接过饭盒。

"都行都行，谢谢，谢谢！"刘振海冲着闫鹏直点头，一副受宠若惊的样子。

"吃面吧？"闫鹏边说，边打开饭盒，"你在陕西待了这么多年，是不是已经习惯吃面了？这个面有一点儿微辣，挺爽口的。"

"好好。"他依旧点着头。

闫鹏把面条夹到他的嘴边。他有些不好意思张口，下意识地想伸手去接。

刚一动，"哗啦"一响，手就被绊住了。由于动作重，手腕被手铐卡得有些疼。他本能地咧了一下嘴。

　　这一举动，闫鹏完全看在了眼里，为了避免他尴尬，就假装没有看见，还开玩笑说："你知道吗？我觉得很荣幸，能喂你这个大老板吃饭。"

　　这句话一下子把刘振海逗笑了："不瞒你说，闫警官，前几天我刚和一位大老板谈成了一个过亿的合同。如果你们晚抓我几天，说不定合同都签完了。"

　　闫鹏发现，只要和他提到生意方面的事，他马上就会很开心，他的脸上瞬间就会洋溢起自信。

　　"是吗？这么说，我们断送了一个亿万富翁啊！"说笑间，闫鹏已将面条再次递到刘振海嘴边。

　　他这下就很自然地张口接了，配合很默契。

　　气氛一下子变得很轻松。

　　"看你这一身肌肉，平时一直在健身？"闫鹏闲聊道。

　　"是啊。我从小就喜欢运动，篮球、足球都喜欢，还是校球队的。除了吃饭睡觉上课，其他时间基本上都泡在球场上。你别看我个子不高，只有一米六六，可我的弹跳力很好，能跳一米多高，跳起来扣篮几乎能够得着球筐，灵活得像猴子一样。不瞒你说，闫警官，想当年上中专的时候，好多学姐学妹都很迷恋我。只要我在球场，场外经常会围一大群女生，为我鼓掌、尖叫。那时候，我学习又好，基本上每次考试都考年级前一两名，校长都很喜欢我。总说，别看人家刘振海好像学习不怎么用功，可人家聪明，轻轻一学，都比你们下很大劲学得还好。"刘振海讲这些辉煌历史的时候，神采飞扬，眼里放着光。

　　闫鹏早就发现，刘振海这个人极其聪明，懂得利用感情。他很能用自己的情感，挑起周围倾听者的情绪，让你产生共鸣，对他产生同情。他有丰富的人生阅历和经验，又很擅长讲故事，尤其喜欢讲情感故事。

于是，闫鹏就顺着他的思路和他聊："这么说，是不是有很多女生倒追你呀？"

刘振海摇了一下头，示意闫鹏他不吃了。

"也算吧。当年市里搞诸葛亮文化节，去我们学校选演员，导演连选了七八个都没相中。最后，学生处的领导觉得我活泼，就说刘振海，你去试试吧！"他接着说，"导演让我演个老头，做几个动作，看像不像。等我做完几个动作，导演马上说，就是他了！接下来，是脱产三个月的学习，因为省市和中央的领导都要来参加这个文化节。我记得那天演出是在体育场，人山人海，白天文化节演出以后，晚上是文艺汇报演出，我是主角，演一个农村大爷进城，是动画音乐小品……现在想想，也算过了一把上台演戏的瘾。至于谈恋爱方面，那个时候，思想都很保守，再加上我开窍晚，根本不懂得啥叫谈恋爱。回想一下，确实有几个女生对我特别好。那时候，我利用课余时间，在宿舍里卖明信片和日用品，有几个女生总买我的东西。现在想想，那可能是她们喜欢我，想趁机和我接触。而我却傻得不透气，根本没有往那方面想。哎！那个时候好单纯啊！"刘振海感慨着，似乎完全沉浸在往事里，脸上微微有了一丝红润。

闫鹏笑了："说起来，你的人生，真是挺丰富多彩的。你看多巧，两任老婆都叫菊，说明你这辈子和叫菊的女人太有缘分了。看得出来，你现在的老婆对你感情挺深的。"

"是挺好的。"刘振海淡淡地说。

本来，根据对刘振海的了解，谈到他的家庭，说到他老婆，他应该有说不完的话，没想到，他突然没有了谈话的兴趣，这让闫鹏很意外。

刘振海把脸转向了窗外。

此时已经过了中午。从时间上算，已经离湖北越来越近了。

"闫警官，我可不可以问你件事？"刘振海说话有点儿小心翼翼。

"当然可以，你说吧！"闫鹏回答得很干脆。

"董支队长，还有林大队长，他们两个谁的官大，哪个是更高一级的领导？"

"当然是支队长了，支队下面有很多大队。"

"那，那董支队长去哪儿了？"刘振海问道，眼睛向门口看去。

"你要找他吗？我去喊他。"闫鹏说着，就要起身。

"等等，闫警官。我现在不找他，让我……再想想。"

听刘振海这样说，闫鹏心里很高兴，他觉得时机快到了。

这时在旁边一直没有说话的林襄渝起身向隔壁车厢走去。他向董俊锋汇报了刚才刘振海的表现。

董俊锋一听，更加坚定了自己的判断：这个陈立书肯定有事，而且是大事！

但是他知道不能操之过急。大概又过了半个小时，董俊锋起身回到了隔壁包厢。

刘振海见董俊锋支队长回来了，向他点了一下头："董支队长好！"

董俊锋微笑着道："怎么样，午饭吃了吧？要不要喝水呀？"说着就从茶几上拿起矿泉水瓶，顺手拧开，递到刘振海嘴边。

"谢谢，谢谢领导！"刘振海边说边想，这个支队长真的没有一点儿官架子，人还这么好。

"要去厕所吗？我带你去。"董俊锋接着问，他能感觉到刘振海的内心变化。

这个时候，刘振海有点儿犹豫，欲言又止，最后，他好像狠了狠心，终于张开了嘴："董支队长，礼拜一你能不能去看守所看一下我啊？"

现在是 5 月 16 日，礼拜五。董俊锋看了一下手表。

"礼拜一，不一定啊！礼拜一我会很忙。把你带回襄阳以后，这些具体的事就交给具体的主办民警了，我一般是不会到那儿去的，不是特别大的事，我不会到那儿去。因为有分工，我们只负责侦查，还有负责办案的。"董俊锋明白他的意思，便有意吊他的胃口。

听董俊锋这样说，刘振海就想说服他："董支队长，我跟你说，你一定要去见我一下。有件事，非常重要，我只想跟你一个人说。而且，我担保，我跟你说的这件事，保证让你既能立功，又能升官。"

刘振海说这话的时候，也在观察董俊锋的反应。

没想到董俊锋依然淡淡的，好像对此没有多大兴趣。

"董支队长，你是不是不相信我？你一定要相信我呀！"刘振海有点儿急了。

董俊锋心中窃喜，可脸上表情依然淡淡的："我当然相信你呀！有啥事你现在说呗！这里又没有外人，都是我们正式在编的警察，你没啥可顾虑的，现在就可以跟我说。"

"我只想到礼拜一的时候，和你一个人说，我不想跟别人说。"刘振海态度很坚决。

"行啊，你再考虑考虑吧！等你考虑好了，随时可以喊我，但是礼拜一我真不一定有时间，礼拜一都是一天的会，我真不一定有空啊。"董俊锋说完之后，站起身离开了包厢。

刘振海张了张嘴，应该是想喊住董俊锋，却没有说出口。

看得出来，刘振海此刻很纠结。该不该说？该什么时候说？他还没有完全想好。

董俊锋躺在隔壁包厢的铺位上，料定刘振海一会儿就会喊他过去。

他拿起茶几上的《人民铁道》看着，有一搭没一搭的，时不时看一眼窗外，又看看手表。

果然，半个小时后，闫鹏过来喊他，说刘振海叫他过去。

董俊锋一骨碌从铺位上爬起来，走进了隔壁包厢。

"刘振海，你找我？"董俊锋用极平静的语调问道。

"董支队长，我想好了，我要和你讲一件惊天动地的大案，发生在北京二十多年前的一起灭门案。"刘振海说完，只见董俊锋顿现惊愕的表情。

"谁干的？"

"陈立书干的，他杀死了北京一家三口。"

第 33 章　一碗襄阳牛杂面

按照刘振海这个说法，这肯定是一起惊天大案。

他说得很认真，不像是开玩笑或者是撒谎。毕竟人命关天，他应该不敢。

包厢里所有人都很震惊，林襄渝、闫鹏不约而同看向董俊锋。

董俊锋两眼直视着刘振海，想从他的眼神里判断真假："你是怎么知道的？"

刘振海见所有在场的人都用吃惊的眼神看着他，坚定地说："是他亲口告诉我的。"

一听说是陈立书本人亲口对他说的，董俊锋、林襄渝、闫鹏一下子就怀疑上了这个案子的真实性。

"亲口告诉你的？这怎么可能？你杀了人，会去告诉别人吗？让别人去举报，让别人去立功吗？想瞒人都来不及，怎么会轻易告诉别人？除非他精神不正常。"董俊锋一副完全不相信的表情。

刘振海赶紧解释说："有一年过年，我们都不能回家，在一家小酒馆里喝酒，他喝醉了，发感慨，才和我说的。"

逃亡者最痛苦的莫过于有家不能回，尤其是过春节和中秋的时候。每逢佳节倍思亲，这句话，刘振海有着刻骨铭心的体会。

京城的春节异常寒冷，尽管有万家灯火，却没有一道门、一扇窗、一束灯光属于他们。同在异乡为异客，吃顿火锅、喝点儿酒也算慰藉吧。火锅能温暖脾胃，酒可以麻醉神经。在阖家团圆的夜晚，两个大男人开始借酒浇愁。

这是一家开在北京望京工地边上的普通小饭馆，目标顾客人群就是在附近工地上干活的工人，环境很简陋，只有四五张桌子，摆得很密集。

除夕之夜，客人很少，只有两桌有人。刘振海和陈立书坐在靠角落的一张桌子那里，燃烧着的火锅搅动起来水汽弥漫着整个房间，使京城寒冷的夜晚，似乎有了一丝丝温度。

两个人谁都没有说话，只默默地碰杯，一杯接一杯喝着闷酒。

刘振海在家乡有命案，躲藏在工地已经不是秘密。作为同乡，陈立书很清楚事情的来龙去脉，他没有因为刘振海有命案而影响他们之间的交往。

"来，兄弟，同是天涯沦落人，再干一杯！"陈立书把酒杯重重地与刘振海的酒杯碰在一起。

刘振海一直没有说话，默默喝酒，眼圈已经红了："哎！大过年的，有家不能回，这滋味太难受了。"

远在千里之外的妻子和儿子，还有年迈的父母双亲，什么时候能再相见呢？一想到后会无期，刘振海禁不住悲从心起，眼泪横流。

情绪是会传染的，尤其是在这个特殊的夜晚。

此时，两人已经喝到了八成醉。

陈立书抬起迷离的双眼，看着他："你这算个尿，才一条人命，我干掉了一家三口，你看我也没像你这样，哭哭啼啼像个娘们儿。"

刘振海一听，顷刻间，酒被吓醒了一大半。

什么？杀死了一家人？他以为自己听错了，本想问清楚，但他不敢问，害怕知道得越多越可能引来杀身之祸。

刘振海不敢说话了。

他心里想，看着这个陈立书白白净净、细眉细目，怎么也看不出他这么歹毒、心狠手辣，一下子干掉一家三口。

他到底为了什么事要这样大开杀戒？莫非也像自己一样，是误伤？那可是三条人命啊！想想都让人恐怖。

刘振海吓得不敢再看陈立书。为了不引来杀身之祸，他仍然只顾闷头喝酒。

陈立书见他依然没有反应，以为他不相信。

陈立书想，他肯定以为这是在吹牛，于是开始详细描述，越说越激动："陈七军这个王八蛋！指挥着老子把人干掉了，毛好处没落着，惹他妈一身血，太不划算了！"

接下来的时间，陈立书一直絮絮叨叨地骂着陈七军。

刘振海由此得知：雇凶的那个人是城建公司的王总，据说还是个大企业，好像还是个央企的老总。

刘振海一直忍着没吱声，不敢多问一个字。

从此以后，刘振海和陈立书两个人如同麻秆打狼——两头怕。互相都有把柄在对方手里捏着。

陈立书知道刘振海不敢把他怎么样，才那样肆无忌惮地敲诈他。刘振海也知道陈立书不敢举报他。两个人已是一根绳上的蚂蚱——谁也跑不了。

"到底是哪一年？有几个人参加？"董俊锋问。

刘振海回答："只知道雇他们杀人的，是城建公司的王总。具体安排他们杀人的，是襄樊铁路供电段停薪留职的职工叫陈七军。具体参加杀人的还有谁，我不知道，我只知道是陈立书去杀的人，杀死了一家三口。至于怎么杀的，用什么杀的，什么时间杀的，我也只知道大约的时间，在我的案子之前。我的案子是 2001 年，有可能他们的案子发生在九几年，有二十多年了。具体在哪儿杀的，通过什么手段，杀死的人叫什么，我都说不清楚。"

陈立书是杀人者。被杀的是一家三口。雇凶者是城建的王总。指使者是襄樊铁路供电段停薪留职的陈七军。案发时间是二十多年前的一九九几年。

这就是刘振海检举的所有信息。

董俊锋听完，很快形成两个方面的思考：

第一，刘振海自己说过，他非常恨陈立书，他曾经敲诈了他几百万，每次张口都是上百万元地要，只要说不给，陈立书就威胁他，就说要去公安局投案自首，一直逼迫刘振海就范，把他逼到几次想和陈立书同归于尽。这会不会是刘振海故意编造一些假信息来陷害陈立书呢？借我们警察的手把陈立书抓住，替他出气？

第二，毕竟涉及命案，我们还是宁可信其有。万一是真的呢？犯罪分子已经逍遥法外二十多年了，无论如何也要查个水落石出。记得刘振海见他老婆时说过，是陈立书揭发他的，他会把陈立书的事向我们反映清楚。那么，他所说的要反映清楚，是反映敲诈他五百万元的事呢，还是这个灭门案？

思来想去，董俊锋觉得这个事的确很重大，于是第一时间就向樊处长、余胜强副处长报告。

两位处长指示，要通过各种方法引导刘振海把他知道的这个案子的情况讲清楚。

可刘振海一再说，他只知道这么多。

带着疑问，董俊锋跟公安部刑侦局命案处处长刘杰联系汇报。

董俊锋与刘杰处长有过一面之缘，当年公安部在昆明举办基层刑侦指挥员培训班的时候，刘杰处长给他们讲过课。董俊锋加了他的微信，留了他的电话，想的就是以后有了什么事情备用。

他打通了刘杰处长的电话，把情况简要汇报了一下，告诉他一九九几年在北京发生过一家三口的命案，请他协调北京市公安局查一下案源。

董俊锋心想，一家三口被杀，肯定很简单就能查到案源。

刘杰处长一听是命案，非常重视，立即安排北京刑警总队跟董俊锋联系。

很快，北京市公安局从案件库里找到了三起一家三口的命案，却都不符合刘振海说的案件情况。

董俊锋再三追问刘振海，他一口咬定，他说的绝对是事实。

他说："你们要是不信的话，就把陈立书一抓，然后告诉他，刘振海被抓了，他肯定就会交代这个案件。"

刘振海说的固然有道理，但作为公安机关要讲究证据，仅仅凭他一个人的口供和揭发，是不能随便抓人的。所以，他这个建议和想法不可能采纳。

董俊锋想，既然刘振海一口咬定案件属实，我们就必须想办法查清楚。

毕竟已经过去二十多年了，机构的变更、人员的更替、管理上的交叉等，都会造成一些查不到准确信息的案情。但是，一次性杀三个人的案件不会太多，应该能查到。

董俊锋想，既要等待北京那边真实、准确的消息，同时也要寻找新的途径，两条腿走路。

他想到另一个熟悉的名字——陈七军。

为了避免重名重姓，再次提审刘振海进行核实，证实他所说的这个陈七军，就是当年对程前胜副处长谎称刘振海去了国外的陈七军。

当年陈七军不断放风说，刘振海去了国外，现在可以断定，他是在为刘振海打掩护。

刘振海说，就是这个陈七军，他让陈立书去杀的人，他是受托于那个城建公司的王总。

那么，陈七军与王总是什么关系？为什么王总让陈七军去雇凶杀人？陈七军为什么会听他的话？

董俊锋记得师父程前胜说过，当年陈七军似乎跟他关系还可以，只要他从北京回到襄樊，总会主动和程前胜副处长联系，吃个饭、喝个酒、聊聊天。董俊锋知道，师父程前胜纯属把他当作线人，想从他那里打探刘振海的消息，才和他保持着联系。陈七军反复对程前胜说，刘振海跑到国外了，是偷渡过去的。说得有鼻子有眼，让人很难不相信。

董俊锋给程前胜打电话时，他正在湖边钓鱼，戴着一顶大檐草帽，胳膊上裸露的皮肤已经晒成了古铜色，泛着油光。

程前胜望着阳光照耀下闪着金色波光的湖面，正在走神，突然一阵电话铃声把他吓了一跳。他接起电话。

"师父，是不是鱼都被我的电话吓跑了呀？"董俊锋张口就问。

"你怎么知道我在钓鱼？"程前胜笑着骂他。

"知师父者，徒弟也！"董俊锋故作神秘。

说完，两个人都哈哈大笑。

"说吧，去哪里喝？"程前胜问道。

"今天还真不是喝酒，我是想问问，那个陈七军最近和你联系过没有？"

程前胜想了有三秒钟，说道："大概五六年没有联系了。"

"他现在还在北京吗？"

"听说已经不在北京了，混得不咋地。怎么了，怎么想起他来了？"

这时，正好迎面有一辆火车飞驰而过，手机信号几乎中断，董俊锋赶紧说了一句："我现在在火车上，回襄阳找你喝酒细聊。"

火车早已进入了湖北境内。

刘振海开始有点儿焦躁不安了。他努力将身子探向窗外，试图从掩着的窗帘外边探究出什么。密闭的窗户，将他与外面的世界隔离开来，但故乡的气味早已灌满了他的整个鼻腔。

外边走廊上，有人用地道的襄阳话聊天。这种乡音让他感觉既亲切又陌生，往事断断续续在眼前闪现。

"到哪儿了？"他问。

闫鹏理解刘振海的心情。对于逃离十八年的刘振海来说，距离家乡越来越近，他怎能平静？终于回到阔别已久的、令他魂牵梦绕的家乡。

曾经，他设想过无数个回家的版本，幻想过无数个回家的画面。假如没有这个命案，以现在自己的资产和身份，完全可以说是衣锦还乡、荣归故里。他将被亲朋好友簇拥着，仿佛众星捧月一般。

眼下自己的这种回乡方式，实在是不堪回首。等会儿下车的时候，手铐脚镣戴着，被警察押解着，被众人围观着，有记者拿着照相机，闪光灯"噼噼啪啪"闪烁着，人们指指点点议论着。肯定明天一大早，《都市早报》头条就会爆出他被抓的新闻，并配着耸人听闻的红色大标题。更让他无法接受的是，很有可能会配上他戴着镣铐的照片。可以想象，他的亲戚朋友们，已经分离了十八年的至亲骨肉，看见这样的他，怎会不心如刀割？

刘振海想不下去了，他痛苦地闭上眼睛。

"怎么了刘振海，哪里不舒服吗？"董俊锋走进包厢，一眼就看见刘振海紧闭着眼睛，皱着眉头。

刘振海赶紧睁开眼睛，把身体坐直："没有没有，董支队长，我没事。"

"没事就好。我想问你一下，最近你和陈七军、陈立书还有北京的王总他们有联系吗？"董俊锋在梳理着案件的线索。

"没有。北京的那个王总我压根儿就不认识。至于陈七军，因为生意上的事情，我们早就搞崩了。大概已经有七八年没联系了。听说他已经不在北京了，去了广东那一带，具体哪里不清楚。陈立书倒是一直在襄阳，不干正事，靠赌博为生。"

听得出，只要一说到陈立书，刘振海就难掩心中对他的不满和轻蔑。

刘振海认为，自己和陈立书根本不是一路人。自己杀人，完全是突发的，无意识的，是枪走火。哪里像陈立书，为了钱闯入别人的家里，要了人家的命。然后，他不仅不思悔改，还靠着敲诈别人的血汗钱过着寄生虫般的生活，完全没有人格、人性，他算一个什么玩意儿。

火车终于到达了襄阳站。

下车前，董俊锋特意将他的脚镣打开，并用衣服将他戴手铐的双手盖住，和林襄渝一左一右扶着他走到车厢门口。

那一刻，刘振海几乎是鼓足了勇气，心一横，准备面对即将到来的一切。

当他被"簇拥着"走出车厢，出乎他意料的是，并没有看见自己想象出来的场景。既没有人围观，也没有记者举着照相机拍照，站台上甚至有点儿冷清。

一股热浪裹挟着一股既熟悉又陌生的气味迎面扑来。他愣怔了几秒，内心五味杂陈，细细打量着眼前的景物。

好像一切都变了，不再是十八年前的样子，甚至找不到过去的一点儿痕迹。

站台上的公安执勤室不大，四五个人往里面一站，显得有点儿拥挤。

靠窗户的位置，摆了一张长方形的写字台，桌面上放着两个一次性塑料碗的襄阳牛杂面。

刘振海被带进了执勤室，他还没弄明白是咋回事，就被董俊锋按坐在写字台前的椅子上。

然后，董俊锋伸手端起塑料碗，"咔嚓"一下把碗盖打开，蒸汽凝结着的水珠溅到桌面上。

瞬间，一股浓烈的牛杂面的味道弥漫了整个房间，钻进了每个人的鼻孔。

刘振海被这突然的来自记忆深处的熟悉味道惊住了。

他完全没有准备，他被这巨大的味觉冲击着，甚至有一刹那的眩晕。

他下意识地吞咽了一口唾液，喉结迅速地上下滚动了一下，肚子也很配合地鸣叫了一声。那清晰的肠鸣声让刘振海有点儿尴尬。

"吃吧。这是咱们襄阳最正宗的牛杂面，尝尝看，是不是你记忆中的味道。"董俊锋把打开盖子的面碗推到刘振海跟前，又将一次性筷子撕开包装，递到他手里。

刘振海望着眼前这碗面，又看了一眼董俊锋："董支队长，这真的是给我吃的吗？"

他半信半疑，尽管当时董俊锋给他朋友打电话时，刘振海就在身边，但他觉得如今的自己已经是个阶下囚，没有权利提什么要求了，没想到董支队长如此说话算话。

"当然了，专门为你准备的。吃吧！一碗不够，这里还有一碗。"董俊锋边说，边把另一盒面也推到了他跟前。

"谢谢，谢谢董支队长。"他很想站起来给董支队长鞠一个躬，感谢他把自己这个阶下囚的要求放在心上。

"快吃吧！冷了就不好吃了。"董俊锋说得很自然，像催促老朋友一样。

身边的五个人都站着，包括董俊锋，只有刘振海坐着，所有人都将目光集中到他身上。他的内心是复杂的。

眼前的牛杂面散发着浓烈的香味，袅动着热气正一丝一丝飘向刘振海的鼻孔、口腔，他贪婪地不动声色地使劲吸着。

他闻到了久违的家乡的味道，自然、馨香。他实在经不起诱惑，也不再顾及什么，便低下头，如同风卷残云般，眨眼的工夫面碗就见底了。

由于吞咽的速度太快，他被噎住了，不断地打着饱嗝。

他只好停下来，自己捶打着胸口，同时不好意思地偷瞄了大家一眼，很快又把头深深地低了下去。

"慢一点儿吃，不用着急。"董俊锋将另一碗面推到他跟前。

刘振海抬头看了一眼，董俊锋给他端来了一杯热水："喝口水，热水可以治疗打嗝，非常管用。"

他非常听话，端起水杯就喝。很快，打嗝被止住了。

一鼓作气，三下五除二，他接着把第二碗面也吃完了，最后连汤汁都喝得干干净净。

第 34 章　致命的弱点

刘振海终于到案了。至此，十八年前的"3·27"案的案犯全部被襄阳铁路警方抓获。

如果没有刘振海检举北京灭门案，也许董俊锋会召集大家隆重庆祝一下追逃大捷。但是，现在他却顾不上了，他要尽快把北京那边的案件查实，找到案源。

董俊锋已经安排情报部门通过大情报系统对陈立书、陈七军这两个嫌疑人进行大数据分析，查出他们目前的位置、通信工具、车辆信息、目前活动轨迹等。调查的结果是，陈七军果然在广东一带，陈立书现在在襄阳，主要活动地点是一家麻将馆。

可是现在还不能动他们，因为没有足够的证据。

请北京警方继续查找案源，也就是说，务必查清到底有没有这一桩灭门杀人案。

董俊锋每天至少给北京方面打三个电话，询问查找结果。

北京警方很重视，但始终没有查到入室一次杀死三人的相关案件。

如果刘振海的检举揭发是真的，一次性杀害三个人的灭门案件怎么会查不到案源呢？

樊成辉处长、余胜强副处长基本上每天都召集开会，还专门请了法监部门和前期主办的侦查员共同商量案情，研究现有证据能不能采取抓捕行动。

最后的结论是：不行，仅凭一个人的口供不能抓人。

大家反复分析后认为，陈立书一个人不可能杀死一家三口，肯定还有其他人。

再审刘振海，翻来覆去还是那句话："去抓陈立书，告诉他，我刘振海被抓了，他肯定什么都会告诉你们。"

刘振海到案以后，整个铁路系统包括家属区很快就传开了：潜逃十八年的杀人犯被抓获了。

这就带来了一个问题，陈七军曾经也是襄阳铁路职工，后来办了停薪留职。而陈立书基本上干的也是铁路工程，也是围绕着襄阳铁路这个圈子转。大家同在铁路这个圈子里，刘振海被抓的消息很容易就会传到陈七军的耳朵里。假设陈七军对北京杀人案是知情者，或者是参与者，他肯定会闻讯潜逃。

樊成辉最后决断："既然这样，干脆就加大宣传力度，在外面造势，让更多的人知道，潜逃十八年的持枪杀人犯刘振海已经抓捕到案了，看看陈立书和陈七军有什么反应。"

果然，陈七军消息灵通，率先有了反应。

他犹豫了好几天，最后还是找出了那个封存已久的电话号码。他在猜想，这个电话五六年没有联系了，算一算估计应该退休了吧。这个号码还能打通吗？电话一旦打通，到底该怎么说？

他在心里预演了几遍。这个电话打过去，既要体现自己的诚意，又要把自己的责任尽量推卸掉。

321

为了保险起见，他把自己反复琢磨好的词写在纸上，一旦打通电话，就照着事先准备好的写在纸上的词去说，千万不能出现差错。

　　是福不是祸，是祸躲不过……陈七军下定了最后的决心，按下了那一长串数字。

　　此时，他是既想接通这个电话，又害怕接通。他知道，跑了和尚跑不了庙，早晚会有这一天。

　　手机里传来了那首好听的《漂洋过海来看你》：为了这次相聚，我连见面时的呼吸都曾反复练习……

　　那么抒情的手机彩铃声，竟然是从对方的手机里传来的。

　　程前胜看着这个陌生的电话号码——显示是广东移动，他没急着去接。

　　他在心里赞叹着：行！姜还是老的辣，老领导樊成辉就是行，预料得不错，鱼，终于上钩了。

　　电话接通的瞬间，电话里传出来一个熟悉的声音，尽管陈七军已有心理准备，却还是被吓了一跳。

　　"你好，你找谁？"程前胜说话的声音中气十足。

　　"程处长吗？"陈七军小心翼翼道，"是我呀，程处长，我是陈七军！"他的脸上本能地堆起了讨好的笑容。

　　"谁？听不太清楚，你再说一遍。"程前胜故意装作没听出来他是谁。

　　"程处长，我是以前供电段的陈七军啊！因为嘎子的事，你还去北京找过我呀！"陈七军连忙解释。

　　"哦……想起来了。"程前胜一下子热情起来，"你现在在哪儿？这么多年不联系，发大财了吧？"他知道陈七军最大的特点就是吹牛，是那种把一说成一百的吹法。而且吹起来脸不红、心不跳，眉飞色舞，嘴角冒着白沫子，表情极为丰富。

"还行吧，凑合事。"陈七军今天实在没有心情神侃，"程处长，我想找您反映点儿事，您看您什么时候方便，我请您喝酒，好不好？"

"这个恐怕不行了，我已经退休了。"

"别别，程处长，咱俩可是老朋友了，这个忙您一定得帮我啊！"陈七军有点儿急了，连声恳求着。

"不是我不帮你忙，陈总，是我现在没能力帮你呀！"程前胜用无奈的口吻说。

这下，陈七军更急了："程处长，您毕竟是襄阳处的老领导，什么时候说话都管用。您就帮帮我吧！"他已经开始祈求了。

程前胜感觉火候已到，但还是拿捏着说："什么事啊？这么着急。"

"反正还是案件方面的事。"

程前胜迟疑了一下："你别急，让我想想咋办好。"停了一会儿，接着道，"这样吧，你去刑警支队找董俊锋，他是支队长，是我的徒弟，就说是我让你找他的就行了。"

"好，好，好，谢谢程处长，谢谢！您要不要事先给您徒弟打个电话交代一下，就说我是您的老朋友……"陈七军提醒道。

"好的。等会儿我把他的号码发给你。"说完，程前胜挂了电话。

连日奔波，董俊锋已感觉异常疲劳。因为缺觉，头部昏沉沉的，他使劲儿掐一下太阳穴，很痛。他想抓紧时间睡个午觉，哪怕是几分钟。这样，也许会缓解一下头痛。可是，躺在床上，却丝毫没有睡意，满脑子都是刘振海、陈立书、陈七军……

截至今天上午，北京警方查案源的事还是没有进展。

他满脑子乱七八糟的想法，越想越烦，干脆不睡了。

他刚穿好一只裤腿，电话铃就响了，是师父程前胜打来的。他把陈七军来电话的情况简要地告诉了他，让他等着电话。

果然，董俊锋穿好衣服，洗了一把脸，电话就响了。来电显示是广东移动。

他笑了："嗯，你终于来了。"他一边自言自语，一边在电话接通前打开了录音键。

"是董支队长吗？"陈七军细声细气地问。

"是啊，你哪位？"

"我是陈七军，程处长给你打过电话吧？"

"哦，打过电话了。你有什么事？"董俊锋说。

"是这样，董支队长，这么多年，我一直想向你们反映一个情况。但是，我又怕他们报复我。所以一直不敢反映。这两天，听说嘎子，就是刘振海，被抓了，压在我心头的这块大石头，终于可以落地了。"陈七军长出了一口气，有种如释重负的感觉。

"具体是啥事？你就说吧！"董俊锋心里冷笑了一声。

"董支队长，你有所不知啊，我要向你们反映的这件事，压得我都喘不过气来。因为这个，我都得了严重的糖尿病。"陈七军这语气，似乎自己受了好大的委屈。

"你找我，到底有什么事？"董俊锋已经不想听陈七军啰唆了。

"董支队长，是这样，我想过个两三天，把我手里的工程处理完了，就找你们来投案自首。可以吗？"陈七军说得很诚恳。

"可以。你可以过两天再来找我投案自首。但是现在，你必须先把事情的大概情况和我讲一下。"董俊锋说着，从耳边拿起手机看了一下，确认手机正在录音，他才放下心来。

"你们不是已经都知道了吗？我过两天再讲行不行？"陈七军说。

"我们知道的，是别人说的，不是你说的。你如果真的想投案自首，就必须先跟我说一遍，不然的话，不算自首。"董俊锋知道，陈七军主动送上门，为的就是争取落个自首。既然鱼已经上钩了，怎么能轻易将他放跑，先固定了证据再说。

"可这件事说起来比较复杂，三言两语根本说不清楚。现在又是在电话里，很难说清楚的。"陈七军振振有词，极力搪塞着，找着借口，似乎还是不想说事。

"你自己看着办吧！说不说你自己决定，至于算不算你自首，那就由不得你了。"董俊锋换了一副满不在乎的语气，"既然你不想说，那就算了吧！我这里很忙，还要去外地出案件现场。"说着，他就要挂电话。

"等等，董支队长，你说得对。我还是先把事情说清楚吧！"

接下来，陈七军开始讲起那桩耸人听闻的北京灭门案。

"大概是 1995 年以后 2000 年之前，具体时间我记不清楚了，毕竟过去二十多年了，现在记性也不好了。

"我从部队复员后，在北京城建集团当了个包工头。因为我当时在部队的首长、我的团长王华升，他转业在北京城建集团当副总经理。你知道，部队的战友情是非常珍贵的。王团长很讲感情，我去北京就投靠了他，在他手下拿工程，自己拉着队伍干工程。在全国别的任何地方干工程，都需要送大礼，或者是直接谈分成，但是在老首长那里不需要。

"我从他手上接一些工程，然后带了一帮弟兄干。说实话，也是被前呼后拥着，很有面子。那时候，干工程赚钱很快，我在九几年就买了私家车，日子过得很风光。

"王总告诉我，他喜欢上了一个比他小了很多的女人，爱得死去活来。

"但是，没有不透风的墙。有一天，他老婆发现了。他老婆不依不饶，一哭二闹三上吊，天天跟踪他，还跑到公司去大吵大闹，经常在公司门口当众哭诉，搞得王总狼狈不堪。当个领导，一点儿形象都没有了。

　　"有一天，老首长找到我，让我找两个人帮他把这个事情处理了。

　　"我当时想，王总在部队就是我的团长，现在又是我的领导，他的事必须办好。说实话，听他的话都已经成为习惯了。我所有的工程都是他给我的，我等于靠着他吃饭、发财。这一点，我一直从内心里感激他，也总想着找机会报答他。这次既然找到了我，是对我的信任，我没有拒绝的理由。说实话，我知道这是犯法，内心里也很不情愿，但我还是答应了。

　　"经过认真的思考，我就安排鞠义山和陈立书两个人去把王华升的老婆做了。"

　　董俊锋表示不相信："不可能吧？杀人这么大的事，鞠义山和陈立书他们能同意吗？"

　　"董支队长，你听我说，说服他俩去干这件事，我还真没费啥口舌。"陈七军接着道，"我只是告诉他俩，只要我们帮王总把他的老婆给解决了，王总就欠了我们一个天大的人情，以后我们就有做不完的工程，赚不完的钱。到时候，一人给你们几个大工程，自己当老板，赚了钱想咋风光咋风光。

　　"做通他两人的工作之后，我向王总作了汇报。王总很满意，说以后不会亏待你们。

　　"王总给我写了个纸条，上面有他家的详细住址和门牌号，并说好了具体时间。

　　"王总说，他假装出差，会跟他老婆说：'我今天出差，明天下午有两个人过来给我送钱，他们欠了我十万块钱，一直没有还，明天来还钱。你把钱收下来。他们来敲门，你不要追着问，给你钱你拿着就行了。'老婆一听这么好的事，这钱肯定归自己了。

"然后，我们就按照王总事先安排好的，我开车把鞠义山和陈立书他们俩送到家属区门口。他们俩下车后，就进去把王总的老婆和丈母娘杀死在屋里。"

"究竟杀了几个人？"董俊锋追问。

因为刘振海一口咬定，杀死的是三个人。

"两个人啊！肯定是两个人，不是一个人，是王总的老婆和他的丈母娘。"陈七军回答得很肯定。

"什么作案工具？"董俊锋又追问。

"他们带的是事先准备好的工具，好像用的锤子和刀。具体情况我没在现场，就不清楚了。对了，王总还告诉我，他家里的钱放在哪里，金银首饰在哪里，要他们把人杀了以后，把家里的十来万块钱和首饰也抢走，伪造成入室抢劫杀人的现场。这样可以转移公安机关的侦查视线。"

"你本人没有一起去杀人吗？"

"我没有，肯定没有。我怎么能干那种事呢？那可是伤天害理的事，我不会去干。"

"看来，你很高尚啊，仅仅是组织了这一次杀人犯罪。"董俊锋冷笑了一声。

陈七军低下了头，半天没有说话。

最后他说："我知道我犯的罪，所以今天主动来投案自首。董支队长，如果我再想起什么事，等过两天我找你的时候，再讲给你吧！行吗？"

"好吧。你编一条北京王总的详细信息发给我，越详细越好，包括他子女的信息。另外，我想问你，你现在和鞠义山、陈立书、刘振海有联系吗？"

陈七军脱口而出："最近没有联系，很久都没有联系了。我们的关系早就掰了。因为杀人这个事，他们俩都很恨我，曾经还把我绑架了。"

"绑架？"董俊锋心里画了个问号。

陈七军接着往下说："那年冬天，他们俩把我骗到襄阳火车站，说是商量工程的事，等我到了约定的襄阳火车站对面的卧龙饭店，一进门就被他俩用绳子捆了，并对我拳打脚踢，逼着我给钱，说当初为了你我们把人都杀了，整天担惊受怕，最后什么好处也没捞着，工程没做到，钱没挣着。现在，你必须给我们钱！不然，我们连你儿子也绑了。还说，惹恼了他们还撕票！没有办法，我就答应给他们钱，等我有钱了给他们钱，实际上这是缓兵之计。从那次以后，我就立马换了电话，从北京跑到了广州，再也不敢和他们联系了，他们再也找不到我了。"

董俊锋释然了。

"好，我相信你。你抓紧安排一下你的事，就过来刑警支队找我。另外，你有什么事，或者想起什么事，可以随时跟我联系。一会儿加上我的微信，发微信、短信都可以。"董俊锋为了稳住陈七军，说得十分轻松。

挂了陈七军的电话，董俊锋的心情豁然开朗，北京这起案件看来是真的了。

理由有二：一是，陈七军自己组织的这次杀人犯罪，如果没有这个事情，他不可能把屎盆子往自己头上扣。二是，杀的是两个人，而不是三个人。这样一来，北京警方查不到案源就情有可原了。因为他们一直在查一次性杀死三人的灭门案。

董俊锋立即确认了一下刚才的录音，证实确实录上了，然后又把录音保存好。接着，赶紧拿起电话向樊成辉处长和余胜强副处长汇报。

案件有了突破性进展，樊处长很高兴，要求他把案情立即向北京市公安局通报，请他们查两人被杀的入室杀人案件，而不是入室杀死三人。同时要求他立即提审刘振海。

陈七军主动交代的案情是可信的，参与杀人的还有鞠义山，但是刘振海却没有交代。

董俊锋明白，刘振海之所以只跟自己揭发陈立书杀人，却没说鞠义山，那是因为鞠义山是他姐夫，而且是他的好朋友。当时他杀人后是鞠义山带他出去逃难的。

董俊锋想，自己当时就觉得不对劲，陈立书不可能一个人一次性杀死一家三口。

董俊锋小跑着下楼后，开车赶往看守所，他要去提审刘振海。他一只手握着方向盘，另一只手打电话通知一大队大队长林襄渝。林襄渝家就住在看守所附近，董俊锋让他到看守所门口等着。

风驰电掣，董俊锋一路绿灯到了看守所。

他把刘振海提出来，带进审讯室，直奔主题。

"刘振海，今天我再来对你进行提审。现在我们全程录音录像，有几个具体问题我要问你，希望你如实回答，绝对不允许隐瞒。"

刘振海没想到董俊锋这个时候会提审他。

马上就到下班时间了，董俊锋突然来到看守所，事先没有一点儿预兆，而且他还一改往日的和善，变得异常严肃，甚至连一个招呼都没和他打，这出乎他的意料。

一定是出了什么事情，刘振海想，不然，董支队长不会这样火急火燎地提审他。

会是什么事情呢？他不敢问，心想：见机行事吧。

"好的，明白。"刘振海应答着。

"北京那个案子，除了陈立书，还有没有其他人参与作案？"董俊锋目光犀利地盯着他。

刘振海吓得赶紧避开了他的眼神，嗫嚅着说："董支队长，你……你今天这么严肃？"

"我现在问你的，是一件非常严肃的事情。这件事关系到你揭发的北京杀人案件构成不构成立功条件，构成不构成重大立功表现的问题。话说回来，是关系到能不能保住你这颗脑袋的问题。"

董俊锋看到刘振海的身体微微地抖动了一下。

"今天这么晚了，我们两个专门来提审你，是给你一次机会，给你立功的机会，希望你把握住。"董俊锋继续说，"如果你隐瞒不说，就属于知情不报，还涉嫌包庇犯罪。不仅不能减轻你的罪行，而且会罪加一等！"他故意将"罪加一等"四个字加重了语气。

"你是不是知道啥情况了？"刘振海这会儿不再躲避董俊锋的眼神，目不转睛地盯着他。

董俊锋迎着他的目光，语气很肯定地说："我知道不知道，跟你知道不知道，不是一回事，跟你说不说实情，更不是一回事。主动权完全掌握在你自己手里，也就是说，你的脑袋提在你自己手上，就看你想不想保住。"

刘振海的头完全耷拉下去了，有些谢顶的头上冒出了不少油。

董俊锋知道刘振海在想什么，顾及什么，他必须敲打一下他。

"刘振海，从我见你第一眼，就知道你是个聪明人。我也说过，我很佩服你，一个连身份都没有的人，居然成为一个成功的企业家，把事业做得那么好。但是，我觉得你身上有一个致命的弱点，这个弱点几乎改变了你的命运。你知道是什么吗？"董俊锋说到这里，故意停下不说了。

一直垂着头的刘振海抬起头来，两眼盯住董俊锋，想听他继续往下说。

"这个致命的弱点，就是你所谓的哥们儿义气。我认为，你前半辈子失败，就失败在这上面。你想想，如果当初不是你讲哥们儿义气，你就不会不问青红皂白端着枪跟着黑山走，也就不会有那个命案，更不会有后面这十八年的逃亡。难道这个教训还不够深刻吗？你为此付出的代价还不够大吗？当然，讲义气也不是完全不好，但要分什么事，要有原则。不能感情用事，不能没有原则地袒护。"

"董支队长，别说了，我明白你的意思。参加杀人的，还有鞠义山。"一说出鞠义山这个名字，他长长地出了一口气，如释重负。

刘振海对鞠义山的感情是十分复杂的。除了当年的哥们儿友情，更多的是感恩他当初冒着危险帮他处理了很多善后的事情。首先，他安排他到北京找陈七军收留他，最重要的还是后边，让他改用自己亲弟弟鞠国旗的身份，并亲自把户口迁到了陕西。从此，刘振海更名为鞠国旗。没有鞠义山鼎力相助帮他漂白身份，就没有后面自己事业的发达。这一点，刘振海没齿难忘。

刘振海向来信奉滴水之恩当涌泉相报，如今被逼无奈出卖了鞠义山，就等于出卖了自己的灵魂，背叛了自己。这真比杀了他更让他难受。

"你为什么说还有鞠义山？是谁跟你说的？"董俊锋的话打断了刘振海的思绪。

"没有谁跟我说，是我这十几年分析出来的。"刘振海没有顾及，心理压力一下子小了很多，话比刚才说得干脆多了，不再躲躲闪闪。

"哦？"董俊锋来了兴致，"说说看，你是怎么分析出来的？"

董俊锋起身拿了一包烟，抽出一根递给他。

他摆摆手，又摇了摇头："谢谢，谢谢董支队长，我不抽。"

董俊锋愣了一下：“你不是烟瘾很大吗？怎么不抽呢？”

他苦笑了一下：“我这个人最大的特点，就是有很强的意志力。其实，我的烟瘾是很大，每天两包烟，可是只要我自己决定不抽，就可以马上戒掉。我对自己就是有这股狠劲。当初我周围一圈都是吸毒的人，整天诱惑我，说吸了白粉就会飘飘欲仙，想什么有什么，比做白日梦还美。那时候，我整夜整夜地失眠，可我宁愿在工地发了疯地干活，让自己累到筋疲力尽倒头就睡，也不愿靠吸白粉麻醉自己。这是我给自己的底线。”

董俊锋冲着刘振海竖起了大拇指：“佩服，给你点赞！好了，我们接着说上一个话题。你是怎么分析出来的？”

“说来话长啊！”刘振海挪了挪屁股，试图找一个稍微舒服的姿势，把身子向椅背上靠了靠。

“话要从十八年前说起。出事后，我逃难到北京的时候，鞠义山让我找陈七军。临走的那个晚上，他跟我说了一句话，他说如果陈七军不管你，你就说一句‘你们在北京的事我都知道了’。他还一再嘱咐我，一定记住这句话，关键时刻可以保命。

“我当时虽然处在惊恐之中，但很清楚他说的这句话背后的含义。我问他，这句话是啥意思。他有点儿不高兴地说，该问的问，不该问的别乱打听，对你没好处。从鞠义山那慌乱的眼神中，我猜想他们之间一定有什么秘密。尤其是那个陈七军，他在北京肯定有什么事。还有就是那次和陈立书喝酒，他说他杀死了一家三口，我当时就有了联想。陈立书杀死了一家三口，鞠义山又说陈七军在北京有事，那就说明陈七军可能也参与了这个事。”

“为什么你认为鞠义山也参与了这个事？”董俊锋继续穷追不舍。

其实，这也是刘振海最不愿意提及的一段往事，但是他最终还是说了。

第 35 章　凭什么必须给你一百万元

五年前北京的那个秋天。秋雨绵绵，滴答的小雨下下停停，到处都湿漉漉的，寒冷、阴霾，犹如刘振海当时的心情。

这个时候，刘振海和陈立书的关系，不再是同病相怜，已经到了剑拔弩张、拔刀相向的程度。因为截至这一刻，陈立书前前后后从他这里敲诈了三百多万元。

刘振海说："我的钱也不是大风刮来的，是我辛辛苦苦一点点赚来的，省吃俭用积攒起来的。而他只需要动动嘴皮子，就大把大把地把钱拿走了。

"开始的时候，陈立书还会找个借口，什么投资项目，还会装模作样拿些文字资料，做一些数据分析，说得天花乱坠，游说我投资。我就相信了，把钱给了他，算给他投资。但这些钱却是肉包子打狗——有去无回。

"他这个伎俩被我识破后，他干脆也不拐弯抹角了，直接就要钱。我问他为什么？他也不回答，反正就是要钱。

"我不给，他就说，他要到公安局投案自首。无奈，我只有一次又一次地给他钱。每次给完他钱，我总说这是最后一次，我们算是了结了，今后你不要再来找我了。"

可陈立书完全听不进去。不给钱，他就说，他去公安局投案自首。陈立书经常做梦都会笑醒，心里骂刘振海是个胆小鬼，经不起吓唬。

刘振海越是胆小怕事，陈立书越是贪得无厌、得寸进尺。他心想，反正是张一次口，索性就要他一百万元，省得每次找他要钱，他都哼哼唧唧、不情不愿。

只是陈立书不知道的是，刘振海开始采取措施了。

两个人相约在北京四环以外的一个偏僻小公园见面，做最后的谈判。

说实话，刘振海是带着赴死的决心去的。他偷偷在裤兜里装了一把瑞士军刀，别看刀子不大，却异常锋利。

刘振海早已想好，如果陈立书继续得寸进尺，他就毫不犹豫地与他同归于尽。

他实在是过够了这种箭在弦上一触即发的日子，他被陈立书死死地卡住了喉咙，只有乖乖就范，没有丝毫还手之力。这实在是太窝囊了！这种感觉，时常让刘振海气到吐血。事后，他恨自己没有血性。如果从一开始就不受他挟持，可能就是另外一番局面了。

他问自己，究竟怕什么呢？他身上有三条人命，是跑到人家家里故意把人杀害的，肯定是死路一条。而自己只是过失杀人，只有一条人命。大不了要死大家都去死，怕他个屁！

这是气话。刘振海实际上还是顾忌重重的。因为儿子小，老婆年轻，还有他那正干得红红火火的事业，怎么可能去跟陈立书这个人渣拼个鱼死网破呢？所以，他只得一次次屈服。有了第一次，就有第二次。一次比一次过分，一次比一次步步紧逼。

这一次，陈立书又来要钱。刘振海心想，那他离死不远了。

只是，鞠义山的突然出现，让陈立书保住了一条狗命。

远处，有一朵黑云一点点向头顶上聚集，一阵风突然刮过，抖掉了树叶上的雨滴，又落在毫无防备的刘振海头上。一阵透心凉，使他打了个激灵，脑子似乎也清醒了许多。他在心里告诫自己，一定要忍住，不能像过去那样，一时冲动付出了半生的代价。

自己已经没有本钱了，已经彻底输不起了。如果说第一次是因为冲动，过失杀人，别人还容易相信，那么现在若再把陈立书杀掉，自己就成了地地道道的杀人惯犯，无论怎样解释，一辈子也洗不清这个恶名了。

冷静，一定要冷静。刘振海心里默念着，一步一步走向陈立书。

陈立书正两手抄着裤兜，用他那双锃明瓦亮的尖头皮鞋，像孩子一样踩着地面上的水。他似乎很有兴趣，一边踩还一边跳，就差像孩子那样尖叫了。他穿一件深绿色的夹克衫，领子高高竖起，新理的头发很整齐，都聚集到了头顶，还特意挑染了一撮黄毛，异常抢眼。

看着他那时尚的打扮，以及那不符合年龄的轻佻举动，刘振海开始恼火了，心说：陈立书，你打扮得人模狗样，还不都是靠着老子？老子一身汗水一身泥，累死累活，不舍得吃穿，竟给你当了长工。凭什么？

刘振海越想越生气，越想越窝囊。

"陈立书，咱俩今天必须好好谈谈。你说，你动不动就找我要钱，我的钱也不是海水潮来的，都是我一点点辛苦赚来的。你也在工地待过，你应该知道我赚钱有多么辛苦。再说，我已经给你那么多了，你拿了钱，随便在襄阳做点儿生意，说不定也早就发财了。

可你却好吃懒做，不干正事，还贪得无厌……"说到这里，刘振海停下来不说了。

他知道，接下来他绝对不会有好话，今天还是再忍最后一次，和他做个了断。

刘振海说话的时候，陈立书一直背着身子，他并没有停止踩水，只是动作比先前小多了，他在竖着耳朵听。

陈立书扭身瞟了一眼刘振海，几乎是用鼻腔发音："说那么多废话干吗？我就要一百万元，你必须给我一百万元！给还是不给？说个痛快话！"

陈立书的表情里充满了不耐烦和威胁，仿佛刘振海欠他的，而不是在讹诈。

"凭什么，凭什么必须给你一百万元？我欠你的吗?!"刘振海瞬间火冒三丈，就差冲过去打人了。

"给不给，是你的自由，去不去公安局，是我的自由。"陈立书声音虽然不大，在刘振海听来却是赤裸裸的威胁。

"你再说一遍？"刘振海这句话是咬着后槽牙，从牙缝里挤出来的。他感觉自己的火早已漫过头顶，开始熊熊燃烧了。

他伸手去摸口袋，那把冰凉的瑞士军刀已经出鞘，就等着将它插进陈立书的心脏。此刻，他的眼睛是红的，仿佛能喷出两团火。

陈立书一直低着头，他不敢抬头直视，毕竟他的心是虚的。

按道理说，刘振海对他已经做到了仁至义尽。当初，刘振海让陈立书在工地当监理，实际是个闲差，每个月给他开一万元的工资，出门有车有司机，天天中华烟随便抽，好酒随便喝，好吃好喝好待遇，目的就是堵住他这张嘴。

开始的时候，他是很满意的，毕竟自己的屁股也不干净，自己也有命案，刘振海能这样对他，他已经知足了。只可惜，他的手总是发痒，那点儿工资哪里够他下几把赌注。于是，他脑子一转，眼前不就是现成的摇钱树吗？贪心不足蛇吞象，说的就是陈立书。

危险一步步逼近的时候，陈立书是有感觉的。

他突然间就感觉到后背发凉，有"飕飕"的一股阴风袭击着他。

他停下了玩水，本能地转过身，正看见刘振海两手插着裤兜，向着自己一点点靠近，他本就皮肤泛黑的脸上，越发阴沉、黑红，好像被一口气憋的，两眼直视着他，满是凶光。

陈立书突然打了一个冷战，转身想跑。这时候他才发现，他已经被刘振海堵进了一个花坛的死角。花坛虽然不是很高，坛里却围着一棵很粗壮的法国梧桐。

陈立书见无处可躲，顿时凶相毕露。

"刘振海，你……你想干什么?!"陈立书几乎是喊着说的，他试图用声音吓退刘振海，引来周围的人。

只是，他四下张望着，却没有看到附近有一个人。

刘振海每前进一步，步履都是沉重的，口袋里握刀的手早已被汗水湿透。此刻，他的脑子却是异常的清醒。

刘振海知道，只需要几步，问题就解决了。但是，他感觉每迈出去一步，都要花费他很大的力气。他非常清楚，再往前迈出两步，就可能鱼死网破，再一次成为他命运的转折点。

这个时候，如果他突然掏出刀子刺向陈立书的胸口，陈立书肯定来不及反抗就应声倒地，然后再朝着他的胸口补上几刀，他就会立刻毙命。这样，自己也就可以完全解脱了。

然而就在这时，电话却突然响了。

电话铃声把刘振海吓了一个激灵，手机和他的瑞士军刀装在同一个裤兜里，突然的振动和铃声，让他一下子松开了手。由于刚才握刀的手攥得太紧，手心里全是汗水。

手机铃声很刺耳，如果再晚一分钟甚至更短的时间响起，陈立书或许就到另一个世界报到去了。

"嘎子。"刘振海正准备接电话，身后有人喊了一声。

不早不晚，鞠义山像是卡好了时间点来的。

"哥！你咋来了？"刘振海和鞠义山已经有好几年没见了。他的突然出现，让刘振海很意外。

"想你了，来看看你！"鞠义山说着，亲热地把手臂搭在了刘振海的肩膀上。

"你咋知道我在这儿？难道……"刘振海看着陈立书突然放松下来的神态，似乎什么都明白了。

刘振海一把拽住鞠义山的胳膊，拉着他朝前走了几步，问："哥，你告诉我，你是不是和陈立书一起来的？"他边问边观察着鞠义山的面部表情。

鞠义山尴尬地笑着，没有作答。

刘振海松开了他的胳膊，满脸的失望。

"嘎子，你听我说，你还是赶紧……赶紧把钱给他吧！不然，你可能就……有危险了！"他的话说得有点儿结巴。

"凭什么？你告诉我，凭什么我必须给他钱？凭什么我必须给他一百万元？难道我给他的还少吗？"刘振海的火气再次被点燃了，"我说哥，你究竟是哪一伙的？为什么帮着外人敲诈我？你还是我哥吗？"

鞠义山见刘振海痛苦失望的样子，很想上前安慰，但他却还是为陈立书说话："嘎子，我这都是为了你好，为了你好啊！你还是赶紧把钱给他吧！不然，大家都有危险，都会出事的。"

刘振海想了想，那就干脆打开天窗说亮话，也用不着再遮遮掩掩了。

338

"哥，你告诉我，陈立书在北京杀人的事，你是不是也参与了？"刘振海两眼死死盯着鞠义山。

鞠义山急忙闪开了眼神。

"……"

刹那间，刘振海突然感到一种无助的悲哀，他后悔不该认识鞠义山，他的前半生都毁在了鞠义山的手里。

起初，他认识了鞠义山，他带着他去混社会，认识了黑山、陈晓曲等社会渣滓，干下了他人生中第一起惊天动地的大案——杀人。后来，鞠义山又把他送到了北京陈七军那里，他哪里知道，陈七军早在多年前就是一起特大命案的始作俑者。而陈立书，驾轻就熟地搞敲诈，已经成为一种习惯。

第一个操练对象就是陈七军。陈七军是铁公鸡，要钱没有，要命有一条，完全是一副癫皮狗的模样。

陈立书肯定不稀罕他的贱命，于是，打起了陈七军儿子的主意，绑架了他儿子，逼着陈七军拿钱。

他说："老子为了你，人都杀了几口，却是毛也没捞着。如果不给钱，就撕了你儿子的票。"

这下，算是抓住了陈七军的软肋。但他经常捉襟见肘，吃了上顿没下顿，哪里有能力填陈立书这个无底欲望的大坑。

这时候，陈立书还没有开始敲诈刘振海，两人关系还不错。陈七军就求着刘振海，让他说服陈立书，放过他的儿子。

刘振海约陈立书见面，对他晓之以理，动之以情，说："大人们之间的恩恩怨怨，可以就地解决，哪怕是白刀子进，红刀子出都没问题，但是千万不要牵扯到下一代。孩子们都天真无邪，本该享受美好的生活，不该受大人的牵连。再说，你也有闺女，换位思考一下，如果说谁要是把你的闺女威胁成这样，你是什么心情？"

陈立书听后一声不吭。

刘振海最后又加大了"药量",说:"如果说你要去做这个事,我现在就回去自首,你也跑不了。你也知道,我不可能跟警察说一半留一半,肯定是一股脑儿把我知道的都交代了。"

最后,他又吓唬陈立书:"这个事,如果我不知道你去做,我不管,既然跟我说了,我就不会放过你。你捅他的那一瞬间,我会把你先干倒。不信,你只管试试看!"

陈立书只得把陈七军的儿子放了。陈七军自然很感激刘振海。

刘振海知道,从跟前鞠义山的眼神看,他肯定参与了这起灭门杀人案。

第 36 章　既然来了就别走了

听完刘振海的讲述，董俊锋长出了一口气。

留下林襄渝给他做笔录，固定证据。

董俊锋走出审讯室。有了陈七军的电话录音和刘振海对案件的分析，基本可以确定：北京那起特大杀人案的主犯就是陈立书和鞠义山。

董俊锋一直紧绷着的神经，一下子放松了不少。

走出审讯室的大门，他立即跟北京刑警总队的刘警官联系，告诉他案件的最新情况：

案子应该发生在 1995 年以后 2000 年以前的五年之间，死者的丈夫叫王华升，是北京某城建公司的副总经理。案发地在北京某区城建公司家属院。死者是王华升的妻子和他丈母娘。作案工具是刀和锤子。作案分子伪造了入室抢劫现场，从死者家里抢走十几万元现金，还有价值七八万元的金银首饰。

董俊锋觉得案情说得已经很具体了。

刘警官说他们会尽快地核查。

很快，北京方面传来了好消息，北京市公安局找到了案源。

这是 1997 年 4 月 9 日发生在北京市海淀区一起居民小区里的特大杀人案。

北京刑警总队的同志在电话里告诉董俊锋：案发时，公安部命案专家曾经亲自带队在案发现场进行取证、走访，主侦这个案件。前后工作了一两个月，但是一直没有进展，最后他们把这个案子定性为入室抢劫杀人案。只可惜，案子最终没能侦破。

董俊锋毫无保留地把前期陈七军的录音和刘振海的审讯笔录，全部发给了北京市公安局刑警总队。

刘警官说："我们一定尽快找到这个案卷，包括现场勘查笔录。"

董俊锋兴奋无比，所有的功夫终于没有白费。现在就差找到卷宗，接下来就可以动手把二十多年来一直逍遥法外的陈立书、鞠义山缉拿归案，以告慰死去的冤魂。

可是，让董俊锋没想到的是，时间已经过去了两天，北京那边还没有找到案卷，包括现场勘查笔录。

他有点儿着急上火了，实在忍不住，就又给刘警官打电话。

过了一会儿，刘警官给董俊锋回复了一条信息："董支队长，你先别急，我已经跟领导汇报了。我们现在还没有找到案卷。因为搬家，时间太久远，你想啊，1997 年的案子，到现在已经过去二十多年了，我们尽快找，一定尽快找到。"

董俊锋说："好吧！有什么情况随时联系。"

董俊锋很着急，他急的是这几名作案分子仍然逍遥法外，一旦他们得到风声，像刘振海一样潜逃，将会给案件侦破带来多么大的困难。

他又给公安部刑侦局命案处刘杰处长打电话汇报，案源找到了，是一次杀两个人，不是三个人。

刘处长听后，很兴奋，连声说："好啊！好啊！你们干了一件大事，不仅抓到了逃跑十八年的杀人逃犯，还破了一起双尸案的命案积案。祝贺你们！简直是太好了！我来督促北京这边尽快找到案卷，让他们派人过襄阳来一起办案。"

放下刘处长的电话，董俊锋心里踏实了很多。

董俊锋最怕的是陈立书、鞠义山听到消息后逃跑。如果现在能找到卷宗该多好啊，就可以立刻动手抓人，免去了夜长梦多。

未雨绸缪，董俊锋只得另做部署。

通过大数据分析研判，陈立书、鞠义山两个人都在襄阳。鞠义山在襄阳人民广场开了一个餐馆，陈立书经常在麻将馆打牌、喝茶。

樊成辉处长、余胜强副处长再次召集有关部门和专家开会，包括法制部门的同志，研究在案卷没找到之前，能不能采取一些什么手段，把这两个人先控制起来。

同志们七嘴八舌。

有人说，可用包庇罪把鞠义山先收进来。但是法制部门认为，过了追诉期不能采取这种强制措施。

运用大数据、网侦、技侦、情报部门联合对这两个人进行密切盯控，看他们有没有外逃的迹象。结果没有发现这两个人有什么异常，与平时一样按部就班。

鞠义山正常到餐馆上班，经营着他的小饭店。

陈立书一如既往几乎天天泡在麻将馆里。他还有一个爱好，就是游泳。他的作息时间很有规律。每天下午，他雷打不动先去汉江游泳，游大概一个半小时后，开着他的电动汽车在麻将馆这一带活动。

好兆头，两个人的行为轨迹相对固定。更加庆幸的是，目前这两个人似乎还没有听到什么风声，没有要逃跑的迹象。

三天后，北京警方终于给董俊锋打来电话，案卷已经找到了。

根据案卷记载的情况，与董俊锋传过去的材料、录音进行分析后，可以认定，鞠义山、陈立书就是发生在北京市海淀区1997年4月9日特大杀人案的两名主犯。

找到了案卷，认定了案源，北京警方开始高度重视起来。三名侦查员连夜坐火车到了襄阳。

鞠义山最近有点儿迟钝，记忆力衰退得厉害，他甚至怀疑自己是否得了早期的老年痴呆。想想也正常，毕竟，人已过五十岁，身体开始走下坡路，高血压、糖尿病也如约而至。

即便这样，他每天还是拖着有点儿肥胖的身体，在小餐馆里跑前跑后，既做大厨，又当服务员，忙得团团转。

他身上的衣服，每天都会被汗水湿透好几次，脖子上搭着一条长毛巾，随手擦汗。

尽管很辛苦，他却一天都不敢懈怠。好歹有生意做，每天有收入，养家糊口就没了问题。这一点，他是知足的。

二十多年前的那桩事，他几乎忘得差不多了。准确地说，不是忘，而是临时失忆。

怎么能忘得了呢？经过这件事以后，他偶然发现了一个奇怪的现象：人越是想忘记的事，往往越是清晰地在眼前重现。

他虽然不记得当初为什么答应陈七军去做这件事情，但却清楚地记得，那个血腥的午后，他和陈立书逃离了北京，回到了襄樊。尽管他们成功地逃过了警察的追捕，却无法战胜内心的那份恐惧。

他知道杀人是要偿命的，如果事情败露自己被抓，恐怕会是死刑，至少也是无期。一想到这些，他的后背就一阵阵发凉，越想越后怕。

他仿佛被一种无形的东西操控着，搞得他精神有些错乱，头发大把大把地掉，几乎整夜无眠，人也以肉眼可见的速度消瘦。

他的反常，很快被刘逸云发现。可是，无论刘逸云怎么追问，他始终只说，可能是身体出了什么问题。

他这么说，刘逸云当真了，慌忙带他到医院检查，但没查出什么问题。

有医生建议他看精神科，说他可能得了抑郁症，给他开了很多抑制精神类的药物。他就是靠着那些小小的药片，度过了最初的惶恐时期。

随着时间的推移，他慢慢学会了遗忘，学会了把这段不堪回首的往事藏进记忆的最深处，尘封起来。

除非偶尔做噩梦，场景还原，情景再现，惊出他一身冷汗，他才猛然间记起自己还有一桩命案在身。不过，这个记忆如同昙花一现，很快就被他强迫赶出脑海，赶回到记忆深处，再次尘封起来。

他不断给自己心理暗示：那不是真的，不过是一场噩梦，仅此而已。

没过两年，刘振海也出事了。他一门心思帮着这个小老弟渡过难关。两次成功瞒天过海的经历，让鞠义山有了一种错觉，即便是杀了人，也没什么大不了的。

根据这么多年的细心观察，他发现警察完全没有影视剧里表演得那么神。警察都是凡人，都是肉体凡胎，和普通人没有什么区别。

他觉得，只要事先策划好，把案子作得利索点儿，警察绝对没辙。比如自己，还有刘振海，都过去这么多年了，不都是安然无恙？他就是这样想着，庆幸着，日复一日，年复一年。

也许，鞠义山真的不知道那句话：不是不报，时辰未到。如今，时辰马上就要到了，而他还傻傻地被蒙在鼓里。

当他接到襄阳公安处刑警支队一大队马红升副大队长的电话时，依然没意识到危险。

前段时间，他为刘振海改户口的事，公安局找他了解过情况。那时，马大队长在董俊锋的授意下，已经埋下了伏笔。他告诉鞠义山，让他回去等着，有什么需要的话，再跟他联系，这更麻痹了他的神经。

他认为，既然第一次找他没有什么事，以后就更不会有事了，就可以安然无恙，继续过自己的小日子。

这一天，饭店的生意很好，鞠义山的心情也很好，他还轻哼着小曲。

接马大队长的电话时，他正在忙。店里有好几桌客人，正等着他上菜。

他本不想接电话，可电话铃声一个劲地响，响得他心烦。

他接起电话，声音里还略微带着点儿怒气："你谁呀？有事快说！"

他侧歪着肩膀，手机紧贴着肩膀和耳朵，腾出来的两只手继续切着菜。

"鞠义山，你赶紧把你的户口本送到刑警支队来，我们要用一下。"原来是刑警支队一大队马红升副大队长打来的。

他一听是马大队长，赶紧放下手里的活，用手拿起电话："马大队长，能不能等我忙过中午再给你们送过去？我这里有好几桌客人，都是事先预约好的，推不掉的，太忙了。要不你来我这里吃饭？可不可以……"

马大队长抢过话头："我这里也很急，你现在就把户口本送过来，我们复印一下，马上就好，你再回去招呼客人也不影响的。"

鞠义山犹豫着要不要现在送。

346

"有你犹豫的这点儿工夫，你人都到刑警支队了。快点儿吧！别磨叽了。"马大队长说完就挂了电话。

鞠义山感觉现在不送不行了。他来不及换下工作服，只摘掉了工作帽，头发还乱蓬蓬的，就骑上电动车赶往襄阳公安处刑警支队。

"鞠义山，你来了，好，既然来了你就别走了。"董俊锋把他迎进了办公室。

他还没看清楚和他说话的这个人长啥模样，只听"哗啦"一响，他的双手就被戴上了手铐。

他一下子愣在那里，眼睛瞪得比铜铃还大。不过，只一瞬间，他就清醒了。

他慌忙看向四周。他进的这间屋子，应该是办公室，墙上挂了不少锦旗。不知道什么时候，他四周已站着好几个小伙子，都是穿便装的。他挨个看了一眼，却没有发现给他打电话的马大队长。

"你们这是干什么？为啥要给我戴手铐？马大队长让我来送户口本的，你们搞错了吧？"他望着和他说话的董俊锋，不解地问。

"你不是叫鞠义山吗？"

"没错，我就是鞠义山，是马大队长叫我来的，叫我来送户口本。"他一再解释着。

"没错，铐的就是你，怎么会错呢？"董俊锋慢悠悠地说。

董俊锋的话，如同一颗炸雷在鞠义山的耳边炸响。

他一下子跳起老高："你们骗人，你们警察都是骗子！"

他咆哮着。他的块头比较大，比较壮硕，地面被他跺得震天响。他满脸通红，头发尖都竖起来了。他像一头发怒的狮子，两眼通红，身体不断地抖动。

董俊锋见他情绪激动，难以自制，立即示意两个年轻的警察把他强行按坐在椅子上，一只手铐在了窗边写字台的桌腿上。

他还想挣扎，因为双手和双脚被铐子固定着，已经没办法动弹了。

"你们让我送户口本，我店里还有几桌客人扔在那呢！赶快让我回去，我还要给他们炒菜呢！"

没有人理他。

鞠义山咆哮着、怨恨着，汗水早已将他的衣服全部湿透，头顶上原本乱蓬蓬的头发，顺着发际线淌着汗水。喊到最后，他终于筋疲力尽，声音嘶哑，嘴里仍然是那句话："你们骗人，警察骗人……"他的声音越来越小，到末了只能看见他一张一合的嘴巴，却没有了声音。

樊成辉处长、刘云辉政委、余胜强副处长先后赶到了刑警支队。

"这是我们襄阳公安处的处长。"董俊锋向鞠义山介绍道。

鞠义山一听是处长，立刻睁大了眼睛。

樊成辉微笑着对他说："鞠义山，不要激动，也不要着急，更不要发脾气。我希望你冷静地想一想，实际上你不需要想，你难道不知道我们为什么抓你吗？"

就这么一句话，鞠义山顿时安静了下来。

对呀！若是因为刘振海户口的事，为什么今天突然提他户口的事？为什么偏偏在这个时候翻旧账呢？转念一想，难道是陈立书举报了自己？

一想到陈立书，鞠义山就气不打一处来。这个王八蛋，这个挨枪子的！半辈子好吃懒做、赌博成性，他就像是埋在自己身边的一颗定时炸弹，随时随地、分分钟就会爆炸，还会把身边的人炸得粉碎。这样一想，鞠义山彻底泄气了。

其实，他早预感到会有这么一天。

陈立书很少光顾鞠义山的小店。不仅是档次、口味不符合他的喜好，主要是两个人近几年的生活几乎没有交集，更重要的是只要两人相见，难免会勾起二十多年前的那段往事。

然而，那天傍晚，陈立书突然出现在鞠义山的小饭店，着实让鞠义山吃了一惊，他马上有了一种不祥的预感。

他正在炒菜，炽热的火苗烘烤着他红色的脸庞，他都来不及擦去满脸流淌的汗水，或许是汗水流进了他的眼角，疼得他龇牙咧嘴。

陈立书皱了一下眉，心里想，这家伙还真行，我可过不了这样的日子。

鞠义山忐忑着走出厨房，一股浓烈的汗味迎面扑来。他身上有炒菜的味道，还有他身上特有的一股气味，好像是吃羊肉串的膻味。

陈立书又下意识地皱了一下眉头，本来想捂住鼻子，可手举到一半，突然感觉不合适，又放了下来，有点儿不好意思地看了一眼鞠义山。

鞠义山满脑子疑惑，他一直猜测着陈立书突然造访的目的，对于他的这个举动并没有在意。

客气还是要的，鞠义山将陈立书让进了他的饭店里唯一的小包间，回身就关了门。

"我给你炒几个菜吧？"鞠义山讨好地问。

陈立书看着他的样子，突然就想逗逗他。他故意不说话，只漫不经心地看着他。

鞠义山本来就紧张，见他不说话，越发感觉大事不妙。

"你倒是快说呀！我那边还忙着呢！"鞠义山道。

"你认为我是来吃饭的吗？"陈立书突然冒出这句话，把没有一点儿思想准备的鞠义山吓了一跳。

"那你想干啥？"

"哎！我说鞠义山呀，你这个人真愚钝！"陈立书其实也没心思和他开玩笑。

"你到底想干啥？"鞠义山又问。

"鞠义山，你转告刘振海，必须在月底前，给我准备一百万元，少一分都不行。不然，他的小儿子……我不说了，你懂的。"陈立书说得很轻松，说完扭身拉开包间的门，头也不回地走了。

"哎！陈立书，你……你等等！"鞠义山慌忙追了出去。

陈立书突然站住，回过头："一百万元！一分也不能少。"他看着鞠义山，故意把最后那个"万"字拉长。

"不可能！"鞠义山几乎脱口而出。

"为什么？"陈立书突然向他跟前迈了一步，那架势像是要动手，把他吓得本能地后退了半步。

"刘振海早就和我说了，他不会再给你一分钱，他宁愿进……监狱。"鞠义山说完这段话如释重负。他实在不愿意再夹在他俩之间了。

只可惜，鞠义山还没来得及将陈立书的话捎给刘振海，自己就被戴上了手铐。

他更不知道，刘振海已在他之前被关进了看守所。

第 37 章　老头很像是望风的

那天中午，陈菲正在睡觉，董俊锋发了个信息过来，告诉她，要抓一个叫陈立书的人。他说，这个人很重要，而且比较急，案子比较大，这个人有可能还参与了杀人。

可能董俊锋也习惯了，经常一个信息发来，不容商量，直接就给她下达了任务，也是下达了命令。

实际上，陈菲现在并不归董俊锋管，不是他的部下。然而，陈菲每一次都是不折不扣地执行，每一次都让董俊锋很满意。

陈菲和董俊锋是警校同学，不过她比董俊锋高了一届。因此，董俊锋喊她师姐，后来又改成菲姐。董俊锋去襄阳车站派出所当所长的时候，陈菲当时在派出所办公室干内勤，主要工作就是接接电话，上情下达、下情上报，不忙的时候，自己在网上钓鱼，抓捕公安部网上逃犯。可以说，日子过得按部就班。

陈菲那时候刚生了小孩儿，说实话，工作上也没有太大的野心，稳定就好。

可是，董俊锋不这么认为。他了解陈菲的性格，让她窝在办公室，实在是屈才。于是，他动员她说："要不然你到下面去执勤班当班长吧！"

董俊锋确实了解陈菲。以她大大咧咧的性格，确实不适合在办公室，更适合去一线工作。但无论如何，她做梦也没想过自己要去当什么官，做什么班长。

实在是经不起董俊锋的劝说，更主要的是，董俊锋是师弟，初来乍到，人生地不熟的，自己第一个就要给他捧场。

当时董俊锋刚刚从指挥中心主任的位置调到这里任职。时间是2014年年底。

"自从当了这个班长开始，就感觉上了他的当。虽说只是一个小班长，一个班里面也只有四五个民警。人不多，但班组和班组之间的竞争，让你不得不专心，不得不全力以赴，甚至绞尽脑汁。"

孩子还小，只有交给老人来管了。陈菲已经顾不上那么多了，一心扑在工作上。

董俊锋在管理上真有一套。他首先制定了严格的绩效考核制度，开展争先创优。兵熊熊一个，将熊熊一窝。作为班长，陈菲必须想办法让自己的班组得第一。

从哪里寻求突破口呢？

董俊锋抓襄阳所的信息化平台建设，陈菲就带领大家开始研究信息化作战。

刚开始，谁都不懂。董俊锋就带着大家研究，逐渐摸索出一套熟练的操作方法，再加上人的磨合，形成了默契度比较高的一个团队。

三年下来，执勤班运用信息化平台抓捕的公安部网上逃犯，连续三年都是武汉铁路公安局全局第一。

执勤班形成了一个专业的抓铺小组。只要有这方面的任务，董俊锋就会给陈菲发个信息过来，把基本情况告诉她。执勤班抓捕小组就开始分工，该看监控的看监控，该查信息的查信息，该通过手机打电话，加微信、支付宝什么的，该做什么做什么，大家都分工明确，互相协同作战，效率奇高。

与往常一样，陈菲接到命令后，马上安排小组的人把陈立书的身份证号、车牌号直接发给了团队的小聂。

小聂通过平台第一时间就核实了陈立书的身份证号和车牌号。

陈立书开的是一辆白色新能源汽车，现在是抵押状态。可以理解为这个车抵押给了别人，或者是分期付款买的车。

通过车辆卡口的视频，发现这个车一直在动，再对照陈立书的户籍照片，发现开车的就是他本人。

现在，中等以上城市车流量比较大的道路口，比较关键的路口，都会有抓拍人脸的设备，任何人都躲不过这个关卡。不过，有的时候能识别出来，有的时候不一定能识别出来。因为通过的车辆比较多，不一定每一个路口都有，有可能隔了很多个路口才会有，也可能在两个卡口中间会有很多拐弯小巷子或者小区，查起来就困难一些。

为了解决这个问题，陈菲要求把车辆卡口信息拉长，这样就可以看出来对象车的规律特点，就是准确的轨迹，能判断对象车经常从哪里出发。

视频显示，陈立书经常出发的卡口，是襄城的老龙堤，回来的时候经常在市区转。尤其是每天下午，他经常出现的一个地方是东门口闸口那边。那里是一个比较复杂的区域。老城区，街道狭窄，人员居住密集。

由于董俊锋说这个事情比较急，又比较大，还有可能参与杀人，这就不是一般的逃犯，所以陈菲更加上心。

执勤班抓捕小组的同志们把车辆卡口信息拿出来反复比对，研究后发现，这个叫陈立书的人并不是公安部网上逃犯，也没有犯罪前科。究竟是怎么回事呢？难道是补录的逃犯吗？

但是陈菲不能怀疑董俊锋支队长情报的准确性，必须想办法尽快把这个家伙抓住。

从视频监控看，此时陈立书还没有回到老龙堤。按照正常人的生活习惯和行为模式，就是早上出门去上班，然后中午回来，或者有时候中午不回来吃饭，下午再回来。

奇怪的是，他每天下午会拐到闸口。按照正常行走路线，他不用走闸口就可以回来，但是他常常去闸口，有时候晚上才出来，有时候甚至凌晨一两点，或者是半夜才回家。

那么，陈立书下午停留的这个地方，就应该是我们要找的地方。

蜻蜓眼中午 12 点查到他最后经过的卡口是闸口。可以断定，他这个时间就在闸口附近。

抓捕小组就以闸口为中心向四周辐射，展开地毯式查找。

首先采取排除法。从闸口出来是一桥头，但视频里没有在一桥头发现他的踪迹。那他就应该一直在闸口那个范围。但闸口有六个路口没有视频信息，大家只好开车去闸口，把信息化的手段和人工智能查找结合起来。

闸口是个大路口，周围有几个小区。

陈菲分析，他既然没有在下一个路口出现，那可能就在这条大路上，在这条大路上的某个小路口的岔口进去了，停留在这个范围内的某个地方。

陈菲带了三个人，一个人进一个小区去找。

进小区也需要一些技巧和门道。因为有的小区管理很严，根据长期找人积累的经验，一般都是假装边打电话边跟着小区的人一同混进小区。这个过程中不能东张西望，特别要拿出理直气壮的气势，不能表现出对这个小区不熟悉，要让人感觉到你就是这个小区的人，否则就会被保安拦在大门外。

　　一条街上有五六个小区，有的小区还比较大。几个人分头混进小区里面，查找陈立书的那辆车。找了三个多小时，把周围所有的小区找了个遍，一直到下午三点多了，还毫无收获。

　　没招了，反过来把卡口信息再认真地看几遍，怀疑是不是看反了方向。结果是没有看反方向，再重新找。

　　又过了几个小时，来来回回找了好几遍，还是连陈立书汽车的影子也没有找到。

　　陈菲有点儿沉不住气了，必须弄清楚是怎么回事。不然，就这样让弟兄们像无头苍蝇一样，在这里瞎转悠，做无用功，实在是没有什么意义。

　　这样想着，她马上掏出手机给董俊锋打了个电话，想探一下他的口风，证明一下自己的猜测。

　　董俊锋接起电话："怎么样？是不是发现陈立书的踪迹了？你千万不要动他，这个人很危险的。你千万要等我组织人过来，我们一起才能抓啊！"

　　他的口气里有点儿紧张，他生怕陈菲不明真相，人单力薄，惊动陈立书不说，更多的是担心她的安全问题。

　　还能说什么呢？还需要再问什么呢？陈菲对他说，虽然目前还没有找到陈立书，但他应该就在闸口附近。

　　"一定要想办法、下功夫找到这辆车，要千方百计！"董俊锋说道。

　　陈菲于是要求大家坚定信心，继续找，围绕着闸口这一带找，一定能找到。

陈立书的家在二桥的老龙堤，他如果回家的话，该走哪条路呢？陈菲想了想，索性就模拟走一遍。

按照陈立书以往的活动轨迹，他从闸口出来，每次要路过一桥头的卡口，再开往二桥的老龙堤。设定好了路线，陈菲就开着车，顺着陈立书回家的这条路慢慢走了一遍，还是没有发现任何异常。

大家开始向四周一圈一圈扩大寻找范围。途中经过的每一个小区，都要下车进小区找一遍，碰到有地下停车场的，几个人就一起进去找。转了很久，还是没有发现什么线索。

负责盯监控的小聂提醒说："菲姐，你们现在所在的位置没有卡口，已经脱离了监控的范围。"

小聂提醒得对。陈菲决定往回找，一转方向盘，上了一个斜坡，车即将拐上一桥头。

她一回眸，就在拐弯处的位置，有一条很窄的小路，弯弯曲曲，目测一下，感觉车好像勉强能开进去。

她一激动，仿佛突然有了灵感，没来得及多想，车已经钻进了胡同。

胡同确实很窄，如果对面来车，绝对错不开。她开得很小心，眼睛也跟着四处张望。

这时，忽然看见一个老年大学的侧门。而且，路也一下子变宽了，仿佛别有洞天。

陈菲把车停在路边，下车买了几瓶水。大家转了一下午，水都没来得及喝一口。

她边喝水边观察四周。发现旁边有一个院子，只有一栋楼，老式的七层红砖瓦梯房，很像是二十世纪七八十年代单位建的家属院，没有门牌，只有一个很黑很破的大铁门关着。

她走到跟前，发现铁门是虚掩着的。

推门走进去，她突然一眼就看见了那个熟悉的车牌。陈立书的那辆电动汽车就在离铁门几步远的地方停着。

她赶紧喊来还在门口喝水的几个弟兄，再三确认无误后，急忙掏出手机拍了一张照片给董俊锋发了过去。

接到陈菲的报告，董俊锋立即带领一帮侦查员以最快的速度往这边赶来。

每次找到目标，兴奋都是一样的。尤其这次，就在几乎没有希望的时候，目标却突然出现了。这种惊喜，简直无以言表。

陈菲开始观察四周的地形环境，为下一步抓捕做好准备。

她先把自己的车，停在了陈立书的车后边，而且停得很近。这等于堵住了他的退路，陈立书完全不可能开车逃跑。

本来只有十几分钟的车程，董俊锋他们却花了四十多分钟才赶到了陈菲给他定位的地点，因为这个地方太偏僻了。

铁门的四周，都是活动板房。不过，第一家的门是关着的，门上没有挂牌子。

奇怪的是，门口却坐着一个老头，靠着板房在那里打瞌睡。

看样子，这个老头很像是望风的。

陈菲判断，这里应该是一家麻将馆。

老头醒了，警觉地问："谁呀？你们干什么？"

"我跟你儿子是朋友呀！你忘了？"陈菲随口道。

"我儿子？我没有儿子啊！"老头一头雾水。

陈菲心想坏了，说错话了，连忙改口："说错了，你女儿呀！我怎么打不通她的电话？"

老头摇摇头："那我哪知道。你找她啥事？"

"还不是为这饭店的事。"陈菲朝小饭店一摆头。

"我不知道你们啥事。"老头道。

随行的同事机警地递上一根烟，同时把火机打着递上去，老头只顾抽烟，与同事热聊起来。

陈菲借机来到饭店窗前观望。

根据董支队长提供的信息，陈立书日常沉湎于赌博中。旁边板房的门里，飘出了一股炒菜的香味，间或还有锅碗瓢勺叮叮当当的碰撞声。无疑，这是一家小餐馆，正在准备晚餐。

董俊锋带的十几个民警和三辆民用车分散进了家属院，悄悄与陈菲会合了。

陈菲告诉董俊锋，已经看见陈立书正在小餐馆里吃饭。

确认目标无疑。

董俊锋简单进行了分工，把家属院的两个可以通行的小门全部派人把守，他自己则带领着七八个民警直接把小餐馆前后包围起来。

此时的陈立书，正和一帮牌友坐在小餐馆里吃饭。

他看起来情绪不高，好像也没什么胃口，饭吃得有点儿心不在焉。估计是刚刚结束的牌局，陈立书又输了。

他最近总是这样，手很臭，几乎是场场输。真是屋漏偏逢连阴雨，越是没钱越是输，越输越急。他满脑子都在想着，怎么样才能从刘振海那里搞到钱。

"陈立书在吗？"一个陌生的声音打断了他的思绪。

他本能地应了一句："我在，你谁呀？"

他抬头看向来人，不是一个，呼啦一下子有七八个男人，说话间已经围向了餐桌。

意识到不好，他起身想跑，却被一双粗壮的大手按住了肩膀。

陈立书的肩膀很厚实，摸着有点儿硬，很有力气的感觉。他没有放弃反抗，用力拧动一下双肩，瞬间就摆脱了那双大手。

只是还没等他完全站起身，就已经被七八个人包围，有的人扭他胳膊，有的人拽他的腿，还有人使劲按住他的肩膀。

陈立书拼命反抗着，大声地质问："你是谁呀？你们想干什么？"他吼叫着。

和他一起吃饭的人跟着起哄："咋啦咋啦？你们想干啥？你们是干什么的？"

一个高个子男人往前迈了几步，试图拦住董俊锋。

董俊锋掏出警官证："我们是警察，正在执行公务，请你们配合！"

在场的人不敢轻举妄动了。

董俊锋指挥民警扭着陈立书，迅速撤离了现场。从走进餐馆到押解陈立书上车，前后不足五分钟。

陈立书一路上都在反抗，只不过手铐、脚镣戴着，任凭他怎么愤怒，都无济于事。

他反复问着一句话："你们为什么抓我？为什么抓我？我冤枉啊！"

一直到进了讯问室的门，坐在特制的铁椅上时，陈立书才突然变了个人一样，不再喊叫，不再嘟嘟囔囔。

他斜靠在椅子上，觑眼看着面前的董俊锋，眼神并不躲闪。

"陈立书，你不是一直问为什么抓你吗？现在我来告诉你。"董俊锋两眼直视着他。

"你认识鞠义山、刘振海……还有……"董俊锋故意把话头停在这里。他想看看陈立书的反应。

他丝毫未动，包括眼神，就那样静静地坐着，看着旁边的墙壁，好像没听见董俊锋说话一样。

也不知道过了多久，最终他还是没有熬住，见董俊锋一直看着他，便道："不懂你啥意思，什么鞠义山，什么刘振海……我……

我都不知道你在说啥。"

"是吗？那我再给你提示一下。1997 年，在北京，你和陈七军、鞠义山做了什么？"董俊锋一边说着，一边捕捉着他的面部表情。

他的表情依然是平静的："什么北京啊，什么陈七军，我都不知道你们在说啥，我都不认识这些人，你们是不是搞错了？"

……

接下来的讯问，陈立书依然一问三不知。

董俊锋知道，他是属于不见棺材不落泪的人。况且，毕竟是人命案，他心里明镜似的，招认的结果只有一个可能，就是死。

他可不想死。他早就想好了，不到万不得已，一定垂死挣扎到最后一秒。他绝对是铁嘴钢牙。

第 38 章　启用另一套方案

别看鞠义山一开始暴跳如雷、怒发冲冠，像一头发怒的狮子，就差扑上去将人撕了，血压几乎要爆表，但狂风暴雨过后，人整个就蔫了下来，嘴里一直念叨着那句话："你们骗人……骗人……"

董俊锋不慌不忙，也不说话，更不劝阻，只等他发泄完毕，这才递给他一支已经点好的香烟。

他想都没想就一手接过香烟。他早就想吸烟了，他的烟瘾早就犯了，他迫不及待地叼进了嘴里，深深地连吸了几口，然后双眼紧闭。

过足了烟瘾，鞠义山突然说："好冷，好冷……能不能把空调……关掉啊？"他说话的声音都是抖动的。

董俊锋起身关掉了空调，又倒了一杯热水端到他跟前。

他哆嗦着喝完了水。大约半个小时以后，他已经完全平静下来了。

他看见离他几步远的椅子上坐着的董俊锋，由于没有空调，热得正在不停地抹汗，他白色的 T 恤已经全部湿透。再看屋子里其他人，个个都满头大汗。

他低头看了看脚底下，已经抽了六支烟了。他下意识地用脚将一枚烟蒂踩碾得粉碎。

"鞠义山，你的烟瘾不小啊！应该有二十年以上的烟龄了吧？"董俊锋问。

他点点头："差不多吧，有二十多年了。"

董俊锋感觉时机已经成熟，突然来了一句："刘振海已经被我们抓了。"

"我知道。"没想到他十分平静地说。

"哦？你咋知道的？"

"是我猜到的。进了你们刑警支队的门，一下子就给我戴上了手铐，我基本上就猜到了。"他的眼神里掠过一丝绝望。

"既然这样，你就更应该明白，不管事情过去了多久，该付出的代价，该受到法律的制裁，一样都不会少，只是早和晚的问题。"董俊锋引导着他。

"唉！"他搓着手，身子在椅子上扭动。

董俊锋又递给他一支烟。

这支烟，他抽得很慢，大部分时间，烟都在他的两指间夹着，烟雾在他的四周袅动着。

少顷，他看着董俊锋问："我能不能给老婆打个电话？"

"可以。"董俊锋答应得很干脆，随即把自己的手机递给了他。

他显然没想到董俊锋答应得这么爽快，甚至有点儿受宠若惊，一连说了三声谢谢。

接下来，他给他老婆打电话。

手机里传出他老婆的声音："你死到哪里去了？手机咋也关机了？你现在在哪儿？……"电话里发出一连串质问。

"你听我说，我现在刑警队，一时半会儿可能回不了家了，因为……前些年和人家打架，出了……点儿事……"鞠义山担心吓到他老婆，想轻描淡写，但却越说越结巴。

"什么?! 你现在在哪里?"他老婆还在继续追问，但他已经放下了电话。

挂断老婆的电话，他问董俊锋："能再给我一支烟吗?"

董俊锋点着一支烟递给他。

他接过香烟，却没有急着抽，只在手中摆弄着。一缕青烟袅袅升腾，飘过他的嘴角、鼻腔、发梢……

他终于张嘴了。

"事情都过去二十多年了，很多细节都不记得了。只记得案发那天，我在门口放哨，陈立书进的卧室。他对付的王总的老婆，我负责在客厅看着王总的丈母娘……"他说到这里，猛地连吸了两口烟，由于用力过猛，剧烈地咳嗽起来。

"你是说，你只负责在客厅看着老太太，那老太太是怎么死的?"董俊锋明显感觉到他在避重就轻。

"是陈立书……他杀完王总的老婆，从卧室里出来，老太太拦着他不让走，情急之下，他推了老太太一把，将她推倒在地，肯定撞在什么地方了。"

"你这么说的意思，老太太也是陈立书的事?"董俊锋紧追不放，只见他夹烟的手在微微颤抖。

"我……不知道，我真的不知道。我只负责在门口……放哨，其他的……我什么都不知道了。"他的身子抖动得更厉害了，连话都说不成了。他试图抽一口烟，可抖动着的手，无论如何也没办法把香烟送到自己的嘴里。

他保命的欲望非常强烈。他叙述得十分谨慎，完全把自己描述

363

成局外人。不过根据当年现场的情况，王总的老婆和丈母娘死的状态，明显都受过重创，包括流的血，绝不像鞠义山说的那样，推倒在地，人就死了。应该是两个人有分工，一人制伏一个。

鞠义山闭着眼睛，手抚胸口，一口接一口地喘着粗气，脑袋靠在审讯椅上，长时间沉默着。

董俊锋没有急于催他，没有给他太大的压力。因为他只要认这个账，只要吐口了，下边的问题都好办。

"哪里不舒服吗？"董俊锋关心地问。

他并没有睁眼，只轻轻摇了摇头。

这时，已经到了晚饭时间，董俊锋问他："你平时吃饭吃不吃辣椒？是清淡点儿，还是口味重点儿？"

他睁开双眼，坐直了身子，两眼感激地看着董俊锋："没想到啊……你们公安这么好，还问……问我的口味……"

他是真心感动了。同时，他心里很清楚，与其遮遮掩掩，不如老实交代，说不定还能换来个宽大处理。

"该我承担的，我一定会承担。"他话说得很爽快。

这是他从上午进了刑警队大门，第一次说得最正常的两句话。他到案是快中午的时候，从 11 点钟，一直到晚上七八点钟，八九个小时的时间，审讯的过程的确有点儿漫长。

接下来，他开始慢慢讲述整个作案过程，表述得比较清楚。虽然说避重就轻，把自己当成一个放哨的、看门的，但他把整个过程，时间、地点、人物、事件，当时发生的过程，交代得非常具体。跟警方前期掌握的、现场勘查的情况基本一致。包括案发的具体方位，用的什么工具，都跟现场表述是一样的。

鞠义山和陈立书都是凶手，没有抓错人。

审讯完鞠义山，已经是晚上 10 点了。说实话，董俊锋确实感觉有些疲惫。

从一大早策划着如何使鞠义山落网，接着又抓陈立书，两个案犯都顺利到案，可接下来的审讯，却没有那么顺利。

董俊锋提了提精神。他想趁热打铁，一鼓作气再把陈立书拿下。

本来，北京的案子应该以北京警方为主，但他们那边来的三位来不及熟悉案情，只有铁路警方继续办到底，这样可以为北京警方争取时间，把那边的主犯王华升赶紧抓获收网。

几个小时过后，再见陈立书，他仿佛一下子苍老了很多，身上透出了一股颓废之气。

不过，当他再次坐在审讯室的椅子上时，明显感觉他有意提了一下精气神。他显然不甘心就这样认输，他想做最后的挣扎。

没有多余的话，董俊锋直截了当地问："陈立书，想清楚了没有？"

陈立书把身子坐得笔直，头也仰得高高的，神态中带着一丝不屑："你问我啥想清楚没有？"音调里隐隐地还带有一丝挑衅。

"在北京的那些事。"董俊锋道。

"我都不知道你在说啥，我根本没去过北京。"他说完，直接闭上了眼睛，好像很不屑于搭理董俊锋。

"97 年，1997 年，你到没到过北京？"董俊锋继续进一步提示他。

陈立书心里"咯噔"了一下，警察为什么两次提到 1997 年？提到北京？如果说第一次提到是偶然，可现在他们是一直揪着不放啊！

他表面还装作不动声色，心里却想，这下子完了，一定是刘振海翻船了，把他们的事都抖搂出来了。不然，北京的事都过去这么多年了，警察怎么会知道？

可转念一想，不应该呀！刘振海隐姓埋名这么多年，生意做得风生水起，怎么会轻易翻船呢？难道是自己找他要钱，他一气之下到公安局投案自首了？

不，不可能。

他又想起刘振海确实说过，如果再找他要钱，他就去投案自首。转念一想，他也不过就是那样说说而已，是为了吓唬自己。他不会那么傻，放着老板不当，主动去送死，他不会的。

他这样安慰着自己，努力不再去胡思乱想，免得被眼前这个虎视眈眈的警察看出来。

"时间太长了，我记不得了。印象中应该没去过。"他说。

董俊锋敏锐地意识到，刚才说话还很绝对的陈立书，口气似乎有了一丝变化。

好，那就再来一剂猛药："你认不认识陈七军？认不认识鞠义山？认不认识刘振海？"

董俊锋一口气说出这三个人的名字，同时，紧盯着他的表情变化。他明显感觉到，陈立书的眼神开始飘忽，身子不由自主地扭动了一下。

紧接着，他的头低了下去。

"我都不知道你在说啥，你说的这些人我都不认识。"他声音低低地说着。

董俊锋还是那样不紧不慢，问他吃不吃饭、喝不喝水、抽不抽烟。陈立书一概摇头。

他双眼紧闭，无论问他什么，他都一言不发。

樊成辉处长、刘云辉政委、余胜强副处长走了进来，董俊锋给他一一做了介绍后，说："我们公安处三位领导都过来了，对这个

366

案件非常关心，希望你珍惜这次机会，如实地交代你的罪行……"

他依然没有任何反应。

审讯再一次进入僵持状态。时间已经是深夜 11 点了。

四周非常安静，偶尔传来几声蛐蛐的叫声。

樊处长、刘政委与董俊锋和余副处长商量，启用另一套方案。

他们故意让人把审讯室的门打开。审讯室正对着一条长长的走廊，一排日光灯把走廊照得如同白昼。

突然，一声声"哗啦、哗啦"有节奏的声响打破了夜的宁静，从走廊尽头走过来两个人。

开始的时候，由于距离较远，影影绰绰看不清楚。慢慢地，就看见一个身材高大、体形壮硕的男子迎面走来。他的两只手并拢在小腹以下，步子很慢。每迈出一步，发出"哗啦、哗啦"的声响。那是脚镣清脆的碰撞声在夜晚空旷的走廊上回荡。

正是这"哗啦、哗啦"的响声，让陈立书一下子睁开了眼睛。他本能地向着声音传来的方向看去。

可以看见，是鞠义山蹒跚着向他走来。

鞠义山每迈出一步，那"哗啦、哗啦"的声响，仿佛都在敲击着陈立书的心。

他突然打了个冷战，人一下子由刚才的昏昏欲睡，瞬间变得异常清醒。他死死地盯着鞠义山，直到他拐弯后离开了他的视线。

他愣怔着，半天没有回过神来。他不敢相信自己的眼睛，以为刚才的那一幕是梦，是幻觉，是臆想。可那清脆的"哗啦、哗啦"声似乎还响在耳畔。

鞠义山那熟悉的身影，怎么会错呢？这个鞠义山，就是扒了他的皮，剩下他的骨头，甚至烧成灰，都认得他呀！

"怎么样？陈立书，想好了吗？"董俊锋依然不慌不忙地问。

从鞠义山出现在走廊的那一刻开始，董俊锋就一直观察着陈立书的动作表情。他明确感觉到这一招儿很奏效，他顽抗到底的意志动摇了。

不等他回答，董俊锋接着问："你不交代，别人交代，谁先交代，谁先掌握主动权。"

"我看到。"陈立书突然冒出这三个答非所问的字。

他看到什么？是看到鞠义山吗？

"你看到什么了？"董俊锋问。

陈立书欲言又止。

"对了，你知道什么叫零口供吗？我给你解释一下，什么叫零口供，就是犯罪嫌疑人一句话不说，只要公安机关掌握确凿的证据，仍然不影响定罪量刑，依然会对你进行最后的审判，你终将受到法律的严惩。"董俊锋说到最后，故意加重了语气。

陈立书扭动着身体，试图找一个舒服的姿势，可是移来挪去还是不舒服。

董俊锋拿出最后的王牌，指着身边北京来的同行说："陈立书，刚才忘记给你介绍了，这是北京市公安局海淀分局刑警支队的两位同志。如果你不想在这里说，那就跟着这两位同志去北京市公安局再说也没问题。"他说着，便把他们的警官证递给陈立书看。

北京市公安局？他一看他们的证件，彻底绝望了。

看来，警察是掌握了足够的证据，不然，北京市公安局怎么会来人？

他实在坐不住了，长长地叹了口气："我想抽支烟。"

他不是在抽烟，而是在吞咽，一口接一口，一支接一支，直到剧烈地咳嗽起来。

他的脸被憋得像猪肝，眼睛里"簌簌"地淌着泪水。

第 39 章　天皇老子也救不了你

过了好一会儿，陈立书终于开始供述。

大约是从 1996 年开始，他和鞠义山两个人在北京给陈七军打工。陈七军是他们的小老板，鞠义山负责财务这一块，还负责买工程材料，陈立书负责盯工地。

陈七军的老板是北京城建集团的副总经理王华升。王华升在外面有小三，被他老婆发现了，他老婆又是一个眼睛里揉不得沙子的人，不停地跟踪他，并且跑到单位里去哭闹。

闹得王华升心烦意乱，实在没有办法了，就想找个可靠的人把他老婆给"打发"了。他曾是陈七军在部队的老首长，于是就安排给了陈七军。

陈七军是王总最信任的人，而鞠义山和陈立书又是陈七军信得过的人。有一天，陈七军就把陈立书和鞠义山喊到一起，把这个事跟他们讲了。

陈七军说："我也没有办法，现在我也是寄人篱下，我是你们的老板，但他是我的大老板，他交代的事我们必须要办好。只有把他交代的事办好了，我们以后才有很多工程去做，以后就会有赚不完的钱。"

为了将来有工程做，能发大财，他俩就答应了。

陈七军立即向王总汇报，王总马上给他写了一个地址——海淀区城建集团家属院几号楼几单元几号。王总还告诉他，家里经常性的就是两个人，一个是他老婆，还有一个就是他丈母娘。他把她们的体貌特征描述了一下。

一切准备妥当，约定好的那一天，他们到了城建局家属院。

临出发前，陈七军说："王总已经告诉他老婆，自己要出差，这两天会有人到家里送钱。若有陌生人敲门，赶紧开，不要问太多。别人到家里给你送钱，不能乱打听。王总还说，他们家还有十多万块钱和一些金银首饰，把人干掉以后要把这些东西都拿走，造成是入室抢劫的杀人现场。不要让公安机关发现是直接冲着人去的。要让他们感觉到咱们是冲着钱、冲着金银首饰去的，是图财害命。"

交代好了以后，陈七军便开着车，把他俩送到家属区，找到了她们住的那一栋楼，敲开门，是王总的丈母娘开的门……

这天是 1997 年 4 月 9 日。

陈立书进屋后，先冲进了卧室，找到王华升的老婆，鞠义山负责把门迅速关上，同时控制住王华升的丈母娘。

母女俩发现情况不对，马上大声喊叫起来。

鞠义山、陈立书一看情况不妙，心想再喊叫被人听见就麻烦了，立即掏出身上的匕首一阵猛刺乱捅，具体刺了多少刀，他们自己也记不清了。

王总的丈母娘七十多岁了，年纪大一些，只刺了几下就倒地不动了。他老婆毕竟年轻，一直在挣扎，还不停地呼救。陈立书又拿了厨房里面的菜刀对着他老婆的头部和颈部一阵猛砍。

两个人终于不动了。鞠义山、陈立书确定人死了以后，又按照王总说的位置，找到了十多万元现金和一个存折还有很多金银首饰，统统装起来拿走，伪装成入室抢劫杀人案的现场。

随后，两人把满身是血的衣服脱下，换上事先准备好的干净衣服，还有作案时戴的手套、头套，以及作案工具锤子、匕首、菜刀，统统打好包带在身上逃离了现场。

两人把作案工具带回工地，甩到了工地宿舍的垃圾桶里，然后连夜坐火车逃回了襄阳。

两三个月后，他们没有发现有警察抓捕他们的苗头，感觉风声就这样过去了。

这期间，似乎也没有警察去工地询问调查什么情况，陈七军更是觉得没啥事了，就告诉他俩，现在没啥事了，可以回来干活了。于是，他俩又回到北京在工地上继续给陈七军干活。

可好景不长，陈七军因为聚众淫乱被抓了，最后被判了三年刑。

老板被抓，群龙无首，整个工地都散了。鞠义山、陈立书只好回到了襄阳。

熬过了三年，陈七军出来了。他俩还想着跟他去圆他们的发财梦，但出来才两三个月，陈七军又因诈骗罪被抓了，又被判了三年。

等陈七军再次出来时，王副总经理已经退休了，陈七军也联系不上他了，更别说做什么工程发什么财了。

帮别人杀了两个人，一分钱没有赚到，鞠义山和陈立书感到很窝囊、很气愤。于是他们俩就把陈七军绑架到襄阳火车站对面的卧龙饭店，找他要钱。

陈七军连续两次被判刑，已经是个一穷二白的人了，自己都混得很惨，哪里有钱给他们。

陈立书说："老子两个人都替你杀了，钱没挣到，现在我们工程也没得做。你说咋搞？"

鞠义山说："你够黑的，抢到的那些金银首饰都被你拿走了。我们替你杀了人，背着罪名到处逃窜，钱也没挣到，现在一无所有。你说吧，如果你今天不给钱，就把你给杀了！"

陈七军很老到，知道好汉不吃眼前亏，对他们提出的所有条件他都答应。

他承诺道："我现在刚在广州谈了一个工程，是三千万元的工程，马上就要签协议了。等我把协议签下来，你们两个都跟着我一起干，赚了钱都是你们俩的，我给你们打工。好吗？"

陈立书和鞠义山一听，是那么回事，就让他写字据，签字画押。

陈七军都按照他俩的要求做了。他俩就把陈七军放了。可从那以后，陈立书和鞠义山就再也找不到他了。

……

两个罪犯的口供拿下来，基本情节一致。

原北京某城建集团副总经理王华升雇凶杀人，具备基本证据。北京市公安局刑警总队根据襄阳公安处提供的有关材料，于5月22日对王华升实施全天候监控。

现在只剩下案件的牵线人和实施者——陈七军还没有到案。

按照目前的证据，早可以抓他，之所以没急着抓，也可以算是一种策略，想让他自己乖乖送上门来。

董俊锋判断得一点儿没错。

5月22日接近中午的时候，陈七军来了电话："董支队长，我能不能晚两天再到你们刑警队，我这里公司的事情很多，暂时离不开呀！"

陈七军说话的语气好像忘记了自己是什么身份，仿佛跟董俊锋是老朋友一样。

董俊锋知道他是故意拖延时间，便说："行，你如果再不过来，那我就派人上门去请你过来吧。可是你要记住哟，那就不是投案自首了，会从严从重的。"

陈七军无语了，立即改口："董支队长，您别生气，我明天就过去。"

5月23日一大早，董俊锋就接到了陈七军发来的短信："董支队长，我向你请示一下，我能不能下午再过来，昨晚熬得很晚……"

"不行。我下午要出差，你上午必须过来。没得商量。"董俊锋的态度很坚定。

"好吧。"陈七军答应得很无奈。

对于陈七军来说，和警察打交道已经不是一次两次了，他很清楚警察的套路，总是在不知不觉中，让你钻进笼子，成为"瓮中之鳖"。可他也没有别的办法，正应了那句：出来混总是要还的。谁让自己欠下了这笔债呢？

5月23日上午10点，陈七军由一个朋友陪着到了刑警支队。

见了董俊锋，他俨然一副老朋友、老熟人的样子，又是握手、又是递烟。

他身穿深绿色横纹T恤衫、深蓝色西裤、黑色休闲皮鞋，头顶不多的头发梳得很整齐，好像还喷了定型水。虽然脸上的皱纹纵横交错，不大的眼睛却透着精明与世故。他的言谈举止和装扮，仿佛他不是来公安局投案自首的，而是来洽谈业务的，全身上下一股商人气。

"陈七军，我现在明确地告诉你，该抓的人我们都已经抓了，该到案的人也已经到案了。现在就剩下你了，希望你不要有任何侥幸心理，必须实事求是地交代清楚。"董俊锋直截了当地说。

373

陈七军没料到董俊锋说话这么直接，仍满脸堆笑："当然，当然，董支队长你放心，我保证有啥说啥。哎呀！说句掏心窝子的话，这几十年心里这块大石头把我压得气都喘不过来，搞成了严重的高血压、心脏病，还有糖尿病。这回好了，我终于可以卸下负担了。我临来时，把我的公司跟我的律师、我儿子也都交代好了……"

　　"你公司叫啥名字？你是法人吗？"董俊锋知道陈七军在吹，故意打断他。

　　他愣了一下，尴尬地笑了笑，并没有回答董俊锋的问题，而是接着说："我最近谈了一个几个亿的项目，若是能再晚一个月，不，两个星期就差不多能签合同了。到那时，我能有上亿的利润，我就可以……"他说得眉飞色舞，嘴角直冒白沫子。

　　董俊锋给他倒了一杯水，放到他眼前的桌子上："其他的事，我不感兴趣。你就把刘振海、鞠义山、陈立书你们几个在北京干的那件事具体说清楚吧。要给你做笔录，同时录音录像。"

　　"好吧。"陈七军把吹牛的话硬生生地咽了回去。

　　董俊锋安排一大队马红升副大队长和闫鹏对他进行讯问。

　　不到两支烟的工夫，马副大队长打来电话："董支队长，陈七军现在说的，和前几天电话里跟你说的，完全不一样。他完全推翻了，坚决不承认。他说鞠义山和陈立书到底有没有杀人，他根本不知道。他也没有开车送他们去杀人案现场。他根本不知道他们到底有没有杀人，他完全不知道。"

　　董俊锋心想：老子可不怕你要赖，防着你这一手呢。当初早就录了音。

　　陈七军应该没想到董俊锋会来到审讯室。刚才还一副无赖的嘴脸，现在见了董俊锋，马上咧嘴一笑，跟换了个人一样。

　　他把倾斜的身子坐直，三角眼含笑看着董俊锋。

董俊锋的双眉已经拧成了一个川字。熟悉他的人都知道，这是他发怒的前兆，只不过很少有人见过罢了。

陈七军最善于察言观色。董俊锋迈进审讯室的门之后，一股无形的强大气场就迎面扑来。

他开始发怵。

"陈七军，刚才交代的，为什么和前期电话里说的不一样？到底哪一个说的是实话？"

"董支队长，我哪里跟以前说的不一样啊？我记得在电话里跟你说得清清楚楚，跟我现在说的也是一模一样。我发誓，我可以对天发誓……"说着，他还举起了右手。

"够了。"董俊锋突然一拍桌子，站了起来。由于用力过猛，桌上的水杯跟着晃动了几下，最终还是有一只玻璃杯"啪"的一声清脆落地，声音异常刺耳。

"我说陈七军！你还是不是个人哪！是不是个男人？给你脸你不要脸！是不是需要我把上次咱俩通电话的录音放给你听一听？"董俊锋大怒道。

他没想到看上去文质彬彬的支队长还有这么彪悍的一面，更厉害的是，董俊锋还留了这么一手。

哎！到底是警察，不服不行啊！无论自己如何绞尽脑汁，始终也较量不过他们。

"陈七军，你现在就给老子想清楚，刚才已经清清楚楚地告诉你了，该抓的人我们已经抓了，过不了多久，你就会和你的难兄、难弟见面，包括北京的那个姓王的老头也已经落网了。"

他听董俊锋这么一说，已经完全清楚了，再狡猾抵赖也没有任何用处了。

陈七军从心底里开始泄气了。不过，总还要争取一下，哪怕有百分之一的希望，也要做百分之百的努力。

他立即换了一副面孔："董支队长，你大人不记小人过，看在咱俩是老乡的分上，你先别生气，请你原谅我。我这个人记性向来不好，这一点你可以去问程前胜处长，我们也是多年的老朋友了。这个事我也跟他汇报过了，程处长和我交代过，他说你会关照我的。"

陈七军寄希望于程前胜，这或许是他最后的一根救命稻草。他紧盯着董俊锋的表情，迫切想知道他的反应。

"关照？"董俊锋冷笑了一下。

"真的，程处长真是这样说的。不信，你现在就打电话给他。"

"陈七军，你听着，只要你好好配合我们的工作，该关照我肯定会关照你。但关照的前提是，你必须实事求是，老老实实交代。你连实话都不肯讲，我怎么关照你？那我岂不成了你的帮凶吗？"

"程处长说，已经跟你交代过的。"陈七军依然不死心，做着最后的争辩。

董俊锋这下真火了。他觉得陈七军不仅顽固，脑子似乎还有问题，他必须给他来个当头棒喝，把他彻底打醒。

他又一次拍了桌子，由于用力过猛，手被震得生疼："陈七军！你别再做梦了。我实话告诉你，现在就是天皇老子也救不了你！只有你自己能救你自己！只有你自己实事求是、实话实说，才是唯一的出路！我再重复一遍，除了你自己，天皇老子也救不了你！"

陈七军一下子成了霜打的茄子，瞬间就蔫在了那里。

董俊锋又想起对付陈立书的那一招，他指着身边两个穿警服的同志说："陈七军，我给你介绍一下，这是北京市公安局刑警总队的同志，你们这个案子，最终是要交给北京警方审理的。如果你现在能实事求是把事情说清楚，下一步怎么处理，或许还有得商量；

如果你还是一味地狡辩，我也只好今天晚上就把你交给北京警方带走。这是你的刑事拘留证，你看一下。"

董俊锋让闫鹏将拘留证拿到他面前晃了一下。

陈七军哪里敢看，他早就闭上了眼睛。

然后，他开始了跳跃式地交代。

他是怎样开车将鞠义山和陈立书送到王总家的单元门口；王总怎样给他写了个纸条，告诉他家在几号楼几单元什么位置；他是怎么跟陈立书、鞠义山交代的；他俩杀了人以后是怎么跑回襄阳的；他俩因没有赚到钱，又怎么绑架他，还要绑架他的儿子，让他担惊受怕，躲躲藏藏，到处跑……

当然，他肯定避重就轻，尽量逃避责任。

但不管怎么样，几个人的口供大体上是一致的，完全能够印证北京这起雇凶杀人案的主要犯罪情节。

考虑到案件的管辖问题，北京雇凶入室杀人案属于北京市警方管辖，襄阳铁路警方已经查清了基本的案件事实，破获了这起长达二十二年的陈年旧案，完全具备对所有犯罪嫌疑人采取刑事拘留措施的证据，经樊成辉处长批准，决定将鞠义山、陈立书、陈七军三名案犯连同全部材料移交给北京市公安局，带回北京继续审理。

至此，二十二年前发生在北京的 1997 年 4 月 9 日双尸案主犯鞠义山、陈立书、陈七军先后落网。主谋这起雇凶杀人案的首犯王华升，于 2019 年 6 月 29 日被北京市人民检察院依法逮捕，等待接受法律的审判。

第 40 章　告慰苍生

当把这一切工作都安排就绪的时候，董俊锋接到了妻子的电话，他母亲刚刚被推进了手术室。

董俊锋的妈妈两个膝盖的半月板严重损伤，疼痛难忍，几个月前就不能下地走路了，早就应该做手术。一直等着董俊锋带着他母亲去医院住院检查、做手术，但他一直没有时间。

妻子知道他忙，家里的所有事能够自己安排的，她从来不去麻烦他，不让他分心。

照顾两位年迈多病的父母，是妻子一年三百六十五天的重要任务，日复一日，年复一年，她从来没有怨言。

董俊锋对妻子的评价是："她就是爸爸妈妈的亲女儿，甚至比女儿做得还好，最起码比我这个当儿子的做得好。"

妻子在学校当老师非常忙，还要照顾孩子，还有孩子的学习。但是这一切，妻子都做得很好。

一想起这些的时候，他就感动得想流泪。

妻子觉得母亲的病不能再等了，就联系住院，做各种检查，还托人找了医院最好的大夫给婆婆做手术。

安排好这一切，她才给董俊锋打电话。因为他前几天就告诉她，刘振海已经抓住了。而且昨天又告诉她，北京的双尸案也破了，几个凶犯也都抓获了，口供也拿下来了，她才决定把母亲进手术室的事告诉他。

等董俊锋赶到医院手术室时，母亲已做完手术推到了病房。

看到儿子来到病床前，母亲的脸上露出了笑容，伸出手来拉住儿子的手："你那么忙，怎么来了呀？你看你都累瘦了……"

这一句充满慈爱的话，竟把董俊锋说得泪水夺眶而出。

当警察近二十年，自己亏欠父亲母亲的太多了，亏欠妻子的太多了……

妻子把餐巾纸递到他的手上，告诉他："咱爸也在这里住院，去看看他吧，已经住了一个多月了。"

父亲的身体一直不好，2006 年就做了心脏搭桥手术，时好时坏，反反复复，隔个一两年就会到医院住一段时间，甚至有时一年住几次院。

这时，他的手机又响了。

旅客列车上发生一起电信诈骗案件，一个大学生网上交友不慎，轻信理财专家"美女"小妹的话，一下子把家长给的一万七千八百元学费全部打到对方的账号上后，再也联系不上了。这是专门诈骗大学生的系列案件，已经发生五起了。武汉铁路公安局将此案列为督办案件，现在通知他到武汉汇报……

董俊锋来到父亲的病房。

他正在输液，嘴里还插着氧气管，但看见董俊锋后，他的脸上露出了笑容。因为儿媳妇已经告诉他，儿子已率领刑侦支队连破两起杀人大案。他虽然不能说话，但是他向儿子竖起了大拇指。

董俊锋紧紧握了握父亲的手，嘱咐他好好养病，等他从武汉回来，一定到医院里侍候他。

他一步一回头，走出病房，泪水充盈了眼眶……

2019 年 6 月 20 日，武汉铁路公安局专门召开抓捕襄阳十八年前持枪杀人命案逃犯刘振海以及侦破二十二年前北京双尸命案的座谈和经验交流会。

武汉铁路公安局局长李冬生、政委郝阳、分管刑侦副局长郝勇智以及公安局刑侦处、技侦处、网安处、宣教处、办公室、指挥中心等相关处室负责同志，襄阳、武汉、麻城三个铁路公安处的处长、分管刑侦副处长以及"四侦一化"的网安、技侦、刑侦、情报等部门的负责人参加了这个规格高、规模大，参加人数众多的专业会议。

会议首先播放了该案的内部专题片。

接下来，由襄阳公安处刑警支队支队长董俊锋、刑警支队一大队大队长林襄渝、公安处处长樊成辉和副处长余胜强先后发言，介绍经验，交流体会。公安局各处室负责人、各公安处处长都谈了感想和体会。

董俊锋很激动。这是他第一次参加这么高规格的会议，而且是以他为主介绍经验和体会。

他说："我作为刑侦战线的一名新兵，在此之前我没有干过一天刑警，到刑侦战线还不到一年半的时间，承蒙领导的信任，让我一上来就担任支队长，给我压了这么重的担子。说实话，一年前，我不知道能不能经受住组织上的这个考验。

"我曾经犹豫，曾经彷徨，曾经忐忑不安。但是最终在公安局处主要领导的亲自组织指挥和重视下，在公安局领导和有关部门的

380

共同配合下，在参战的全体侦查人员共同努力下，终于成功了。

"刘振海最终被抓捕归案，并且通过刘振海破获了北京1997年4月9日的双尸案，我感触很多，有很多体会想同大家分享。我感受最深的，还是我从襄阳铁路刑警这个大熔炉里汲取了营养，真正理解了襄樊刑警敢打敢拼、无私奉献和不破不休的精神，学会了坚持。是各级领导和专家、老师的督促教诲，手把手地教我破案本领，是战友们拧成一股绳的力量。我的刑警生涯才刚刚开始，就像樊成辉处长说的，抓住刘振海只是万里长征走完了第一步。我究竟能不能当一个合格的铁路刑警，我愿意接受组织长期的考验。我会和我的战友们一道，扛好襄阳公安处刑侦这面旗帜，护好这面旗帜！"

樊成辉处长的发言简短、坦诚而有力，他满怀深情地说：

"回忆刘振海的案件，经历了十八年的抓捕历程，我从刑警支队支队长到副处长，到政委，再到处长，却一直没能够将其抓获，说起来我感觉到很惭愧。

"但是，我们从没有放弃。近二十年来，我们几届班子，包括我本人，从来没有放弃。正是一代又一代人的坚持和传承，无论遇到多么大的艰难困苦，都一直坚持着，最后终于成功了。

"这要感谢董俊锋和他的战友们，他们为此付出了艰辛的劳动和智慧，为我们争得了荣誉，谢谢你们！

"选择当刑警，就意味着奉献和牺牲！攻坚克难，永不言败，招之即来，来之能战，战之必胜！当刑警，就要当一个能够打击犯罪、保护人民的好刑警，这就是我们襄阳铁路刑警的誓言！"

最后，武汉铁路公安局局长李冬生对抓捕刘振海专案组工作中体现的奋斗精神表示充分肯定，要求在全局大力宣传和发扬。他希望全局的刑侦工作，都要像襄阳铁路刑侦工作这样，走在全局各项工作的前列，要始终走在全局第一方阵，把武汉铁路公安局管内三千多千米铁路的治安管好。

这次会议，让董俊锋备受鼓舞，也深受启发，思考了很多很多……

2019 年 5 月 29 日，国务委员、公安部部长赵克志同志作出批示："对破案有功人员应予嘉奖。"

公安部铁路公安局、武汉铁路公安局、襄樊铁路公安处先后发布命令，为追捕刘振海专案组的下列有功人员记功和嘉奖：

襄阳公安处刑警支队支队长董俊锋记个人一等功，发给奖金两万元；

襄阳公安处副处长余胜强记个人二等功，发给奖金一万元；

襄阳公安处刑警支队一大队大队长林襄渝记个人二等功，发给奖金一万元；

襄阳公安处刑警支队二大队教导员朱露记个人三等功，发给奖金五千元；

襄阳公安处刑警支队一大队副大队长马红升记个人三等功，发给奖金五千元；

襄阳公安处刑警支队一大队侦查员闫鹏（已提任二大队副大队长）记个人三等功，发给奖金五千元；

襄阳公安处襄阳东站派出所民警陈菲给予通令嘉奖，发给奖金两千元；

襄阳公安处刑警支队四大队侦查员胡宇轩给予通令嘉奖，发给奖金两千元；

襄阳公安处网络安全支队民警韩龙给予通令嘉奖，发给奖金两千元；

襄阳公安处行动技术大队副大队长王江给予通令嘉奖，发给奖金两千元。

接着，武汉铁路公安局召开隆重的表彰大会，对有关人员进行了表彰和奖励。

董俊锋和他的师父程前胜又来到了"情到深处"小馆子。

他们还是坐在那个角落里，点的菜也还是以前他们爱吃的那几个小瓦罐、土菜。什么煨土鸡、黄鳝炒腊肉、面炕黄鸭叫、土芹菜炒干豆腐、焋炒藕片、丝瓜炒鸡蛋、青毛豆炒萝卜丁，个个都是他俩最爱吃的。

唯独和以前不一样的是，这么多年来每一次在小酒馆里相聚，都是董俊锋请程前胜，因为徒弟请师父是天经地义的，绝对不能让师父买单；而这一次，是程前胜主动给董俊锋打电话，师父要请徒弟吃饭，酒也是师父带来的。

这是一罐"程河老酒"，六十六度。说起这酒，可是有年头了。那是 1955 年程前胜出生时，父亲的一个老战友在他满月时送的。父亲和这位老战友都是 1948 年参加革命，后来父亲从政，到程前胜出生时已经是乡党委书记了。而这位老战友不愿意离开家乡，喜欢喝酒，继承了父亲的酒业，自建了一个小麦原浆酒厂。

这罐酒是纯正的小麦酿造，而且是头酒，也就是说，纯粹的粮食精华，没有勾兑一点儿水。过去听父亲说，这罐酒当时是两斤重。一直埋在地窖里，五十多年过去了，自然消耗了一部分，估计现在只有一斤二两左右。

"我俩今天就这一罐酒，多了我也没有。"程前胜说。

此刻，他俩已经喝下去一大半了，有些醉眼蒙眬。

"你小子真可以啊！你没有给你师父丢脸。你把刘振海抓住了，了却了师父的一个心愿，也挽回了我的面子。虽然不是我抓的，但我可以自豪地说，这是我最得意的徒弟抓的，跟我抓的是一样的。"程前胜脸上红扑扑的。

董俊锋端起酒杯，跟师父碰杯："师父，刘振海就是你抓的！没有你教我，没有你在后面逼着我，我哪有这个能耐？所以跟你抓的是一样的，就是你抓的！"

"你小子别诓我，你的奖章呢？我让你带来，你带来了吗？"

"带了，带了！我肯定要带来给师父看呀！"董俊锋连声道。

程前胜把那枚一等功奖章双手捧在手心里，仔细地端详着，勋章闪烁着金灿灿的光芒。

程前胜很感慨："你小子可以呀！刚当上刑警一年多，就立了个一等功！来，我给你戴上……"

看着徒弟戴着一等功臣奖章，程前胜的眼眶湿润了。

他们再次碰了满满一杯酒……

2019年12月20日，武汉铁路运输中级人民法院开庭审理刘振海故意杀人案。

被告人刘振海，绰号嘎子，男，1975年4月26日出生，汉族，中专毕业，无业，户籍所在地湖北省襄阳市樊城区，住陕西省汉中市汉台区。因涉嫌犯故意杀人罪，于2001年6月5日被原襄樊铁路运输检察院批准逮捕（在逃），于2019年5月16日被武汉铁路公安局襄阳公安处抓获，同日被执行逮捕。

经法庭审理查明，刘振海伙同他人犯杀人罪事实清楚，证据确凿，但归案后向公安机关检举他人入室杀人案件的犯罪线索，被举报的犯罪嫌疑人有四人被北京市人民检察院第一分院以涉嫌故意杀人罪批准逮捕，可能被判处无期徒刑以上刑罚，系重大立功。

同年 9 月 13 日，被告人刘振海与被害人刘某的亲属已达成赔偿协议，由被告人刘振海赔偿被害人刘某的亲属损失人民币五十万元，并已全部付清。被害人刘某的亲属对被告人刘振海表示谅解，撤回刑事附带民事诉讼。

刘振海当庭自愿认罪认罚，真诚悔罪，且系初犯、偶犯。

根据被告人犯罪事实，依法对被告人从轻处罚，判处有期徒刑十五年，剥夺政治权利五年。刑期从判决执行之日起计算，自 2019 年 5 月 16 日起至 2034 年 5 月 15 日止。

刘振海表示服从法庭判决，不予上诉。

2019 年年底，刘振海被送往监狱服刑。在去往监狱的路上，刘振海用管教民警的手机给董俊锋专门打了电话，表达对董俊锋和他的同事们的感激之情。

刘振海说："我会好好接受改造，重新做人，做个模范犯人，争取减刑，早日刑满出狱。我出去后，会专门去看你……"

董俊锋嘱咐道："你要吸取你前半生血的教训，就是你入错了圈子。就是这害了你，让你付出了沉重的代价。到了监狱，那里都是犯了各种罪的人，你千万要慎独。你要把那里当作改造自己的熔炉，不要变成毁掉自己的染缸。好好学习吧，重新做一个对社会有用之人。抽时间我会去看你。"

刘振海已经泣不成声了……

2019 年中秋节上午，天朗气清，襄阳市功德墓地杨柳依依，花儿竞相开放。来扫墓的人络绎不绝。

樊成辉、程前胜、董俊锋等一行人把车停下，鱼贯地走向他们的老领导、老战友田华富的墓地。

可眼前的一幕，却让他们惊呆了。

田华富的墓前，已有两个人，一个是黑山李光，一个是小娟。小娟跪在墓前，哭得像个泪人。李光拉她走，她就是不走，还在那里哭。

　　程前胜最先看见了这一幕。

　　"你们看，你们看！李光和小娟怎么会来给田处长扫墓呢？"程前胜指着墓地那边说。

　　怎么回事？

　　大家都莫名其妙，说着他们已经来到了墓前。

　　李光也看到了他们。

　　"啊，你们都来了！"李光打招呼道。

　　"这是怎么回事？你们跟田处长是亲戚吗？"程前胜问道。

　　看着大家疑惑的眼神，李光便说起了小娟的一段往事。

　　那是二十多年前的事了。小娟那时正在上初中，因为后母的关系，她从学校里跑了出来。她不想上学了，准备坐火车去广州打工。但是身上又没有钱，她就在火车站讨要，祈求叔叔大爷可怜可怜她，让她凑够去广州的火车票钱。

　　谁知道几个流氓盯上了她，把她强行拉到火车站路边调戏，扒她的衣服。小娟哭着叫着。正在这个时候，一辆汽车经过。坐在车上的田华富立即让司机停车，跳下车挡在小娟前面，义正词严地斥责歹徒。谁知道这几个流氓围着田华富大打出手，结果被田华富和他的司机三拳两脚打倒在地，最后连同小娟一起带到公安处大院。

　　小娟离开学校不辞而别要到广州打工的事，被一个同学告诉了老师。老师通知了小娟的父亲。小娟的父亲正因为处找不到女儿而着急，不料接到了铁路公安处的电话。

　　在等小娟父亲的过程中，田华富副处长像慈父般跟她聊了很多，要她今后千万不能再干傻事，一定要好好学习，要考上大学，以后有什么困难都可以找他。

小娟很听田处长的话，两个人拉了钩。小娟说，她一定好好学习，考上大学，将来报答田处长。从那个时候开始，田处长每个学期都资助她一些费用。

小娟的父亲对她说，田处长也是你的父亲，以后你可以不孝顺我，但是一定要孝顺田处长。

可是突然有一天，小娟跟田处长怎么也联系不上了。她去铁路公安处找过田处长，人家告诉她田处长因病去世了。

得到这个消息，小娟就像天塌了一样。她在家里哭了好几天，没有起床，也不吃饭。也就是从那个时候开始，她辍学了，开始打工。

后来，小娟把这一段往事告诉了李光。从那以后，每到清明节，李光都会陪着小娟一起来给田处长扫墓。

这一下勾起了大家很多回忆。

樊成辉、程前胜、董俊锋他们在田华富副处长的墓前忆起了他的种种往事。

田华富副处长不仅是一个好警察、一个好领导，还是一个大善人。很多次，他在铁路沿线、火车站检查工作时，遇到流浪儿童，都会把身上的钱掏给他们，告诉他们不要在外流浪，让他们回家好好学习。有时他不放心，还专门派民警直接把他们送到家里。

他还多次资助贫困山区的孤寡老人和儿童。战友们、同事们谁家里有病人，有特殊困难，他都会给予无私的帮助。

往事如昨，历历在目。

大家先在田华富墓前献了花，然后站成一排，肃立默哀。

"田处长，我们都来看您了。也是来向您汇报，您生前最操心的持枪杀人逃犯刘振海被抓住了，还破了北京的一起二十二年前的灭门案。现在，我们刑侦队伍后继有人哪！有董俊锋这样的优秀接班人，您就放心吧！他们会比我们这一代干得更好……"樊成辉十分欣慰地说道。

这时，程前胜从包里掏出一瓶酒，是三十年的襄阳老酒。

"田处长，您还记得吗？老伙计，有一天您到我家去，非要喝这瓶老酒。当时我说，就这一瓶老酒了，而且是头酒。留给您过六十大寿时我们再喝。可是……您却早早走了……今天，我专门把这瓶老酒带来了。来，您喝上一口啊！度数太高，一顿喝不完，慢慢喝，别醉了，您也就是二两的量……"程前胜一边说着，一边把杯中酒洒到墓地边上。

大家都已泪流满面。

图书在版编目（CIP）数据

时辰已到／王仲刚著．—北京：群众出版社，2021.3
ISBN 978-7-5014-5928-5

Ⅰ．①时… Ⅱ．①王… Ⅲ．①长篇小说—中国—当代 Ⅳ．①I247.5

中国版本图书馆 CIP 数据核字（2021）第 043697 号

时辰已到——襄阳铁警追凶大解密

王仲刚 著

出版发行：群众出版社
地　　址：北京市丰台区方庄芳星园三区 15 号楼
邮政编码：100078
经　　销：新华书店
印　　刷：北京市科星印刷有限责任公司

版　　次：2021 年 3 月第 1 版
印　　次：2021 年 3 月第 1 次
印　　张：12.375
开　　本：880 毫米×1230 毫米　1/32
字　　数：299 千字

书　　号：ISBN 978-7-5014-5928-5
定　　价：49.00 元

网　　址：www.qzcbs.com
电子邮箱：qzcbs@sohu.com

营销中心电话：010-83903254
读者服务部电话（门市）：010-83903257
警官读者俱乐部电话（网购、邮购）：010-83903253
文艺分社电话：010-83903973